ro
ro
ro

Andree Hesse wurde 1966 in Braunschweig geboren und wuchs bei Celle auf. Bevor er sich an der Filmhochschule in München einschrieb, erlernte er das Sattlerhandwerk. Seit 1998 arbeitet Andree Hesse als freier Autor und Übersetzer. Er lebt derzeit in Berlin. Nach «Der Judaslohn» (rororo 24019) und «Das andere Blut» (rororo 24349) ist dies der dritte Kriminalroman um den Celler Kommissar Arno Hennings.

«‹Die Schwester im Jenseits› ist ein politischer Krimi; packend und intelligent.» *Westfalenpost*

Andree Hesse

Die Schwester im Jenseits

Roman

Rowohlt Taschenbuch Verlag

Veröffentlicht im Rowohlt Taschenbuch Verlag,
Reinbek bei Hamburg, Dezember 2009

Umschlaggestaltung any.way, Cathrin Günther
(Foto: Katja Rüppell)
Satz Adobe Garamond PostScript (PageOne)
bei Dörlemann Satz, Lemförde
Druck und Bindung CPI – Clausen & Bosse, Leck
Printed in Germany
ISBN 978 3 499 24787 3

All I ask of livin'
is to have no chains on me,
and all I ask of dyin'
is to go naturally
LAURA NYRO

Der leere Raum (Leichte Beute)

1

Provinz Dohuk, Irak, März 1987

Am Anfang war der Tod nur ein Wort. Als kleines Kind glaubte Nasira, das Leben höre nie auf. Obwohl sie wusste, dass sie einmal einen Bruder gehabt hatte. Er war auf eine Mine getreten und langsam verblutet, weil der einzige Arzt weit und breit zur Armee gehörte und nicht kommen wollte. Aber damals war sie noch viel zu jung gewesen, um zu begreifen, was es bedeutete.

Als Nasira zehn Jahre alt wurde, hatte der Vater gesagt, sie solle tapfer sein, und war mit einigen anderen Männern des Dorfes in die verschneiten Berge gezogen. Nasira hatte gehört, dass er gegen die Armee kämpfen wollte, dass er ein Peshmerga geworden war, einer, der dem Tod ins Auge sieht, und das war schon mehr als nur ein Wort.

Während der Vater verschwunden blieb, kam seine jüngste Tochter auf die Welt, bei deren Geburt die Mutter fast gestorben wäre. Wie zum Trotz nannte sie das Kind Jian: *Leben.* Doch Nasira hatte nicht nur dieses kleine hilflose Bündel in den Armen gehalten, sie hatte auch die Todesangst in den Augen der Mutter gesehen. Von da an verband sie mit dem Wort ein Gefühl.

Und im selben Jahr, nur wenige Tage vor dem Neujahrsfest, bekam der Tod für sie auch ein Gesicht.

Die Sonne stieg gerade über die zerklüfteten, baumlosen Grate der Berge, und es war noch sehr kühl, als sich Nasira zum letzten Mal von ihrer Mutter verabschiedete. Wie jeden Morgen ging sie zu ihrem Onkel, der schon auf sie wartete. Mit einem Ast durfte sie den Leithammel durch das Gatter treiben, dann setzte sich die Herde in Bewegung und folgte ihm über den steinigen Weg hinauf in die Gärten.

Der Onkel, ein kleiner, gebrechlicher Mann, zog, seit Nasira denken konnte, sein rechtes Bein nach. Er war eigentlich ein heiterer Mensch, der gerne ausschweifende Geschichten erzählte und in dessen Gegenwart sich das Mädchen wohl fühlte. Doch manchmal konnte er unbeherrscht sein, und da er an diesem Morgen mürrisch wirkte, betrachtete Nasira ihn vorsichtig von der Seite und hoffte, keinen Fehler zu machen.

Am Bachlauf trafen sie auf ein paar Frauen, die dort im sprudelnden kalten Wasser ihre Wäsche wuschen und stumm grüßten. Das Dorf war weithin bekannt für seine vielen sauberen Quellen, die für die Bewässerung der Gärten sorgten. Ein Stück weiter kamen die beiden an den verfallenen Hütten vorbei, in denen einmal die Seidenraupen gehalten worden waren. Früher war hier eine Seidenmanufaktur betrieben worden, hatte ihr der Onkel erzählt, aber das war lange vor Nasiras Zeit gewesen.

Dann musste Nasira loslaufen, weil sich ein Schaf von der Herde entfernt hatte und zwischen den Hütten verschwand. Unsicher schaute sie zu ihrem Onkel, aber der war schon weitergegangen. Es war immer dasselbe Schaf, das aus der Reihe tanzte. Mit ihrem Ast trieb Nasira das ungehorsame Tier zurück zu den anderen.

Hinter der schnurgeraden Allee der Maulbeerbäume, auf einer Terrasse am Hang der Berge, lagen die Gärten. Viele schmale Gräben verliefen durch die Baum- und Strauchreihen. An manchen Büscheln hingen noch Tautropfen. Ein stetiges Plätschern hallte durch die Anpflanzung. Nasira ließ die Herde zwischen den Bäumen grasen und setzte sich auf einen Stein. Der Onkel aber blieb stehen und starrte in den Himmel, als würde er ihn zum ersten Mal sehen.

Der Wind kam aus nördlicher Richtung. Kühl wehte er von den schroffen Bergen herab in das weite Tal, viel zu kühl für die Jahreszeit. Über dem Bergkamm erhob sich eine bedrohliche Wolkenfront wie eine Mauer, direkt über dem Dorf aber, das wie ausgebreitet vor ihr lag, war der Himmel klar und blau. Auf einigen Höfen liefen Hühner umher, hier und dort spielten Kinder, und die Frauen am Bachlauf waren mit der Wäsche fertig und gingen zurück ins Dorf. Ihre Mutter konnte sie nicht sehen, sie war im Haus und buk Brot für das Fest. Früher wurde dabei gesungen und getanzt, wie würde es wohl in diesem Jahr werden? Nasira seufzte und sah zum Onkel hinüber. Sein Schweigen behagte ihr nicht. Irgendetwas lag in der Luft, das spürte sie.

Als es schließlich geschah, zuckte Nasira zusammen. Sie hatte ihren Blick nachdenklich in die Ferne schweifen lassen, als der Onkel plötzlich mit überraschender Behändigkeit losgestürmt war. Erschrocken teilte sich die grasende Herde vor ihm. Im ersten Moment wusste Nasira nicht, was der Onkel vorhatte. Dann sah sie das Schaf, das schon bei den Hütten ausgerissen war. Wieder hatte es sich von den anderen entfernt. Statt wie der Rest der Herde die Gräser zwischen den Bäumen abzugrasen, hatte es sich auf die Hinterbeine erhoben und knabberte die honigfarbenen Beerenfrüchte von den Zweigen eines Dattelbaums. Das Schaf war so vertieft in sein Tun, dass es den heranhumpelnden Mann nicht bemerkte. Der Onkel packte das Tier am Hals, schleuderte es zu Boden und schüttelte es, als wollte er es erwürgen.

Erst als er innehielt, ging Nasira zögernd hinüber. Das Schaf lag da, der Kopf schlug rhythmisch auf das Gras, so sehr pochte das Herz. Der Onkel schaute schnaufend auf das Tier hinab, als wüsste er nicht, was er nun tun sollte. Und Nasira wagte nicht, das Wort an ihn zu richten.

«Es muss von der Herde getrennt werden.» Der Onkel keuchte schwer.

Nasira nickte, obwohl sie nicht genau wusste, was er damit meinte.

«Es muss von der Herde getrennt werden», wiederholte der Onkel. «Verstehst du das?»

«Ja», sagte Nasira leise. Ihr war, als hätte sie etwas Verbotenes getan und müsste nun mit einer Bestrafung rechnen.

«Die Schafe dürfen nur das Gras fressen», erklärte der Onkel. «Wenn eines anfängt, an die Bäume zu gehen, machen es die anderen nach. Dann ist die ganze Ernte ruiniert. Es muss sofort aussortiert und getötet werden.»

Das Schaf lag immer noch bebend auf dem Boden. Die anderen Tiere hatten wieder zu grasen begonnen. Der Onkel stand gebeugt da und fuhr durch sein schwarzes Haar. Nasira sah, dass seine Hand zitterte. Aber anstatt sich weiter um das Schaf zu kümmern, wandte er sich ab und setzte sich auf den Stein.

Nasira wusste nicht, was sie tun sollte. Wollte der Onkel, dass sie das Schaf fortschaffte? Musste es tatsächlich getötet werden? Verunsichert schaute sie zwischen dem Schaf und ihrem Onkel hin und her.

«Komm her», sagte er nach einer Weile.

Sie gehorchte. «Soll ich das Schaf wegbringen?», fragte sie.

«Nein. Wir schlachten es zum Neujahrsfest.» Er zeigte hinüber. «Da, es steht schon wieder auf. Setz dich zu mir.»

Tatsächlich hatte sich das Schaf aufgerappelt und trottete schnell zurück in den Schutz der Herde, als könnte es damit seinem Schicksal entgehen.

«Kennst du den Unterschied zwischen dem Newrozfest und unserem Neujahrsfest?»

Nasira schaute den Onkel an. Sie schüttelte schuldbewusst den Kopf. Nachdem sie die erste Klasse besucht hatte, war die Schule des Dorfes geschlossen worden. Es gab keinen Lehrer mehr, und auch der Pir, der alte Priester, war längst verstorben. Niemand hatte seine Rolle eingenommen. Und in die Nachbardörfer durften sie nicht gehen.

«Dann wird es Zeit. Setz dich», sagte der Onkel. Er schien sich beruhigt zu haben. «Ich erzähle dir eine Geschichte.» Als er sprach, sah er sie nicht an, sondern beobachtete die Schafe. «Vor langer, langer Zeit herrschte ein grausamer Tyrann über dieses Land, das damals Scharazur genannt wurde. Dieser Tyrann Zohak war durch und durch grausam, aber das Grausamste an ihm waren die beiden Schlangen, die aus seinen Schultern wuchsen. Sie waren so blutgierig, dass ihnen täglich die Gehirne von zwei kleinen Kindern geopfert werden mussten. Tag für Tag wurden zwei kleine Kinder den Eltern entrissen und mussten sterben, nur weil die Schlangen so gefräßig waren. Lange Jahre bangten die Familien um das Leben ihrer Kinder, bis eines Tages die Diener des Tyrannen auf die Idee kamen, wie sie wenigstens jeweils ein Kind retten konnten.» Der Onkel machte eine kurze Pause und sah Nasira an. «Sie mischten einem Kinderhirn das Hirn eines Lammes bei und schickten das gerettete Kind fort, weit weg von dem Tyrannen, hinauf in die Berge.»

«In die Berge?», wiederholte Nasira vorsichtig. «So wie mein Vater?»

Ein Auge des Onkels zuckte, dann wandte er seinen Blick wieder von ihr. «Ja, wie dein verfluchter Vater, der seine Familie im Stich gelassen hat. Mögen Gott und Tausi Melek ihn und die anderen beschützen.» Er schnaufte und fuhr fort. «Für jedes Kind, das sterben musste, ging eines in die Verbannung in die Berge. Bald waren es immer mehr, die aus der vertrauten Heimat flohen, um zu leben. Und diese vertriebenen Kinder, das sind unsere Vorfahren, weißt du?»

Nasira nickte, obwohl sie diese Geschichte zum ersten Mal hörte. Sie versuchte sich die Schlangen vorzustellen, die aus den Schultern des Tyrannen wuchsen und Gehirne von armen Kindern fraßen, aber sie sah immer nur ihren Vater vor sich. Ihren Vater, der sie verlassen hatte und irgendwo in den Bergen war und dem Tod ins Auge sah.

«Damals gab es einen Schmied, der hieß Kawe», fuhr der Onkel fort. «Er hatte schon viele Kinder verloren, acht an der Zahl. Beim neunten aber packte ihn die Verzweiflung. Kein einziges sollte mehr getötet werden. Also ging er in den Palast des Tyrannen und erschlug Zohak mit seinem Schmiedehammer.»

«Er war tot?»

«Ja, das war er», sagte der Onkel düster. «Deswegen feiern wir jedes Jahr am 21. März das Newrozfest. Unser Neujahrsfest findet dagegen erst am 1. April statt, an dem Tag, an dem sich vor Tausenden von Jahren Tausi Melek, unser oberster Engel, auf die Erde begeben hat. Das darfst du nie vergessen. Yezide zu sein ist nicht leicht, aber es ist eine gute und reine Religion.»

Er hielt inne, kniff die Augen zusammen und wandte sich zu den felsigen Bergen um. Über den Gipfeln stand noch immer die dunkle Wolkenwand. Dann hob er die Hand und lauschte. Nasira hielt verwirrt die Luft an. Sie hörte nur das Plätschern der Gräben und das Glucksen aus dem Inneren der Schafe. Doch der Onkel sprang auf.

Als Nasira aufstand und seinem Blick folgte, sah sie, wie ein großes, schwarzes Etwas aus den Wolken über den Gipfeln kam. Mit einer kurzen Verzögerung dröhnte ein dumpfer Maschinenlärm herab und hallte von den Hängen der Berge wider. Ein Hubschrauber, dann ein zweiter und ein dritter. Die Schafe stoben auseinander, Nasira und ihr Onkel blieben wie erstarrt stehen. Die Hubschrauber flogen direkt auf das Dorf zu und stiegen dicken Hummeln gleich am anderen Talende wieder auf. Innerhalb kürzester Zeit waren sie wieder verschwunden. Unten im Dorf herrschte gespenstische Stille, kein Mensch war zu sehen, die Hühner bewegten sich nicht. Der Wind schien sich gelegt zu haben. Selbst die Schafe rührten sich nicht mehr.

Der Onkel lief humpelnd los, nach ein paar Metern drehte er sich noch einmal um. «Du bleibst hier!», brüllte er Nasira an. «Bleib hier, bis ich dich hole, hast du verstanden?» Dann eilte er hinab ins Dorf.

Nasira schaute ihm zitternd hinterher und setzte sich wieder auf den Stein. Während sie unten im Tal ihren Onkel durch die Häuser laufen sah, dachte sie an ihre Mutter und die kleine Schwester. Hinterher wusste Nasira nicht mehr, wie lange sie so dagesessen hatte. Die Zeit schien stillzustehen, die Welt um sie herum nicht zu existieren. Erst als sie einen Jeep über den holperigen Weg ins Dorf fahren sah, kehrte Leben in sie zurück.

Nasira stand auf, warf noch einen Blick auf die verstreute Schafherde und lief los. Sie hatte so großen Durst, dass sie kurz an der Quelle anhalten musste, um etwas zu trinken. Dann ging sie ängstlich hinunter ins Dorf. Kein Mensch war zu sehen. Ein paar Hühner lagen reglos auf dem staubigen Boden. Der Jeep stand vor ihrem Elternhaus. Der Soldat am Steuer grinste sie an, als sie näher kam, sagte aber kein Wort. Nasira schaute durch die geöffnete Tür. Von hier konnte sie bis in den Innenhof schauen. Es roch nach verbranntem Teig und leicht nach Knoblauch. Die Mutter saß auf dem Boden, ihr Kopf war dunkel angelaufen, und sie hustete und röchelte. Der Onkel hockte daneben und hielt ihr einen Becher hin. Vor ihnen standen drei Soldaten, bei ihrem Anblick blieb Nasira stehen.

«Wo ist er?», schrie der kleinste von ihnen auf Arabisch. Er trug eine Schirmmütze und sah aus wie ein Offizier.

«Lasst sie etwas trinken», bat der Onkel.

«Sie darf nichts trinken, habe ich gesagt», rief der Offizier. «Ich will wissen, wo ihr verfluchter Mann ist.»

«Ihr seht doch, dass sie etwas trinken muss», entgegnete der Onkel.

«Es ist Ramadan, das weißt du genau.»

«Nicht für uns.»

«Nimm dich in Acht, Ungläubiger!», rief einer der Soldaten.

Der Offizier winkte ab, hob mit aufreizender Lässigkeit ein Bein und trat mit der Stiefelspitze den Becher aus der Hand des Onkels. Das Porzellan zerschellte auf dem Boden, Wasser lief über die Fliesen. Sofort sprang der Onkel auf. Seine Fäuste waren geballt. Aber er war ein gebrechlicher Mann, und die Soldaten lachten ihn nur aus.

«Was habt ihr mit ihr gemacht?», fragte der Onkel.

«Es war nur eine Granate», sagte der Offizier achselzuckend und deutete mit dem Kinn auf die Mutter. «Sie hat Pech gehabt und das Gas eingeatmet. Man kann nichts mehr machen. Die Haut platzt auf, die Schleimhäute der Lunge und der Luftröhre lösen sich ab, und man erbricht seine eigenen Innereien.»

Der Offizier gab den Soldaten ein Zeichen, sie wichen einen Schritt zurück. Dann zog er seine Pistole hervor und richtete sie auf die schmale Brust des Onkels.

«Also, zum letzten Mal, wo ist er?»

Die Mutter schaute röchelnd auf und schüttelte den Kopf. «Ich weiß es wirklich nicht», brachte sie hervor und wurde wieder von einem Hustenanfall geschüttelt. «Tun Sie ihm nichts!», krächzte sie.

«Helft ihr doch!», flehte der Onkel.

Der Offizier sah ihn an und grinste. Mit einem Mal schwenkte er die Pistole herum und drückte ab. Ein lauter Knall hallte durch den Innenhof, und die Mutter fiel zurück auf den Boden. Augenblicklich breitete sich unter ihrem Kopf ein dunkles Rinnsal aus und vermischte sich mit dem verschütteten Wasser. In einem anderen Zimmer begann die kleine Schwester zu schreien.

Nasira wollte losrennen, doch etwas bremste sie. Ihre Tante stand hinter ihr und presste sie zitternd an ihren harten, runden Bauch.

«Lasst euch das eine Warnung sein», sagte der Offizier und steckte die Waffe weg. «Wir kommen wieder, und dann werden wir das ganze Dorf auslöschen.»

Der Offizier nickte den Soldaten zu und wandte sich ab. Die Mutter lag leblos am Boden, das rote Rinnsal wurde zu einem breiten Fluss. Der Onkel stand wie versteinert da und schaute hinab. Nasiras Augen brannten. In diesem Moment wusste sie nicht, was schlimmer war, ihre Angst oder ihre Wut. Ein Teil von ihr wollte, dass ihr Vater da wäre, ihr großer und starker Vater.

Der Onkel rührte sich auch dann nicht, als die Soldaten das Haus verließen. An der Tür blieb der Offizier vor Nasira stehen. Er war klein, schon fast zierlich und wirkte jünger als ihr Onkel. Durch seine große Brille schaute er sie prüfend an. Im Haus weinte die kleine Schwester immer lauter. Als der Offizier seine Hand ausstreckte, wich Nasira zurück und spuckte auf die blankgeputzten Stiefel des Offiziers.

«Sie ist doch noch ein Kind», rief die Tante, zog Nasira weg und legte eine Hand auf den Mund des Mädchens. «Sie weiß nicht, was sie tut.»

«Aber Allah weiß es», sagte der Offizier und sah drohend die schwangere Tante an. Doch dann ging er davon und sprang zu den anderen in den Jeep. Während die Soldaten davonfuhren, spürte Nasira zum ersten Mal im Leben, wie etwas in ihr starb. Damals kam es ihr endgültig und unumkehrbar vor, aber da wusste sie noch nicht, was sie bald lernen sollte: Niemand stirbt auf seinem Weg nur ein einziges Mal.

2

Celle, Deutschland, Sonntag, 1. Januar 2006

Mehmed Duman blieb fast das Herz stehen. Er trat mit aller Kraft auf die Bremse, doch der Wagen schlitterte unkontrolliert über die Kreuzung und kam erst zum Stehen, als die Räder an den gegenüberliegenden Rinnstein prallten. Mehmeds Puls raste, er atmete tief durch. Wenn auf der Hauptstraße Verkehr gewesen wäre, hätte es gekracht. Und wenn es ihn dabei nicht erwischt hätte, hätte ihn mit Sicherheit sein Bruder umgebracht.

Am Morgen des Neujahrstages war die Hälfte des Schnees geschmolzen, riesige Pfützen waren zurückgeblieben. Dann war die Temperatur wieder gesunken, und die schlammigen, mit zerfetzten Silvesterböllern vermischten Schneereste waren gefroren. Jetzt, in der Dunkelheit des frühen Abends, funkelten die glatten Straßen wie Eislaufbahnen.

Mehmed hatte sich den großen BMW seines älteren Bruders Ilhan ausgeliehen. Obwohl der nach der vergangenen Nacht den ganzen Tag im Bett verbrachte und nichts davon ahnte; Mehmed hatte einfach den Schlüssel vom Küchentisch genommen und eingesteckt. Seine Mutter hatte wie immer hinter ihm hergeschimpft, aber darum kümmerte er sich schon lange nicht mehr.

Wahrscheinlich war der Wagen nicht einmal mit Winterreifen ausgerüstet. Mehmed stieg aus, ging um den Wagen herum und hockte sich vor die Räder. So wie es aussah, hatten die verchromten Felgen keinen Kratzer abbekommen. Glück gehabt, denn Ilhan verstand in letzter Zeit keinen Spaß mehr. Aber es war wirklich saukalt. Mehmed schlug den Kragen seines dünnen Blousons hoch und stieg schnell wieder ein. Ehe er weiterfuhr, nahm er die neue CD von *50 Cent* vom Beifahrersitz. Mit einem leisen Zischen saugte der blinkende CD-Player die silberne Scheibe ein. Dann schaute Mehmed in den Rückspiegel; als er sah, dass immer noch kein Verkehr kam, gab er vorsichtig Gas.

Das Zittern ließ nicht nach, aber das lag nicht nur an der Kälte. Wenn er an seine Verabredung dachte, wurde ihm etwas mulmig zumute. Bis dahin war noch Zeit, deshalb fuhr Mehmed nicht direkt in die Innenstadt, sondern auf den Ring und dann nach Süden. Er hatte Lust, mal wieder durch das Viertel zu fahren, in dem er aufgewachsen war. Die Scheinwerfer strichen über den glitzernden Asphalt. Mehmed presste sich in den Ledersitz und lauschte den harten Beats von *The Massacre*, die den gesamten Wagen zum Erzittern brachten. Die CD war das Erste, was er sich gekauft hatte, als er kurz vor Weihnachten aus Göttingen nach Celle zurückgekehrt war. Ein Mithäftling hatte ihn darauf aufmerksam gemacht. Die Texte verstand er nicht richtig, aber die harte Musik gab ihm das Gefühl von Stärke.

Er bog vom Ring in die Neustadt ein und fuhr langsam zwischen den alten Backsteinhäusern hindurch. Nichts hatte sich verändert, er sah aber niemanden, den er kannte. Eigentlich wäre Mehmed am liebsten in Göttingen geblieben. Im offenen Strafvollzug hatte jeder Häftling seinen eigenen Schlüssel gehabt und musste entweder zur Schule oder zur Arbeit gehen. Mit achtzehn Jahren hatte Mehmed dort seinen Hauptschulabschluss nachgemacht, woran er früher immer wieder gescheitert war. Als Volljähriger hatte man bis neun Uhr abends Ausgang. Der Knast war mehr oder weniger eine Jugendherberge gewesen. Wenn man Probleme hatte, sprachen die Leute das mit einem durch, sogar bei den Schulaufgaben gab es Hilfe. Er hatte wirklich eine gute Zeit in Göttingen gehabt. Zum Beispiel war er in seinem ganzen Leben noch nie Skilaufen gewesen, dort aber waren sie alle zusammen in den Harz gefahren. Irgendwie betrachtete es die Anstaltsleitung jedoch als besondere Belohnung für seine gute Führung, dass er zu Weihnachten und Silvester nach Hause zurückdurfte. Dabei hatten diese Feste keinerlei Bedeutung für seine Familie. Selbst die Moslems feierten den Jahresbeginn nach dem christlichen Kalender, nur seine Leute nicht. Wenn Mehmed als Kind gefragt hatte, warum das so sei, hatte er zur Antwort bekommen: Weil Gott der Allmächtige es so will. Und bei der nächsten Frage hatte es Schläge gegeben.

Am Ende der Neustadt fuhr Mehmed unter der dunklen Bahnhofsbrücke hindurch. Als er auf der anderen Seite vor der Ampel halten musste, zuckte er zusammen. Auf dem Bahnhofsplatz standen mehrere grüne Mannschaftswagen. Automatisch drehte er die Musik leiser und knabberte an den Fingernägeln. Was machten denn die ganzen Bullen in Kampfklamotten dort? Was war da los? Irgendeine Großrazzia? Aber außer den Polizisten war niemand zu sehen. Mehmed versuchte, sich zu entspannen. Lächerlich, dass er immer gleich ein schlechtes Gewissen bekam, doch seit einiger Zeit ließ es ihn nicht mehr los.

Mehmed war nach Göttingen gekommen, weil er einige Vorstrafen wegen Körperverletzung angesammelt hatte und schließlich auch noch wegen Drogenhandels aufgeflogen war. Damals war er völlig durch den Wind gewesen. Besonders nach Laylas Tod, an dem er sich die Schuld gegeben hatte. Er hätte sie nicht im Stich lassen dürfen, als sie mit den Drogen aufgehört hatte, aber jetzt wusste er, dass er nicht allein verantwortlich war. Die Frage war nur, wie er mit dieser neuen Information umgehen sollte. Jedenfalls wollte er in Zukunft nichts mehr mit dem Zeug zu tun haben. Obwohl er völlig pleite war und zumindest für den Übergang ein bisschen Kohle brauchte. Schon im Herbst hatte er sich vom Knast aus auf einige Lehrstellen beworben, als Automechaniker oder Schlosser, es war aber nichts dabei herausgekommen. *Wir stellen dieses Jahr keinen ein, wir brauchen niemanden, die Stelle ist schon besetzt, tut uns leid.* Bei einer Firma hatten sie ihn eingeladen, aber gleich an der Tür wieder weggeschickt. Jetzt musste er bis zum nächsten Sommer warten, um es wieder zu versuchen. Außerdem brauchte er endlich eine eigene Wohnung. In dem neuen Haus seiner Familie war zwar genug Platz, trotzdem fühlte sich Mehmed dort nicht wohl. Selbst seine Schwester hatte sich verändert, sie ging eigene Wege, und seine Eltern ließen ihren Frust an ihm aus.

Als die Ampel grün wurde, fuhr er langsam weiter und drehte die Musik wieder lauter. Obwohl er sein ganzes Leben in Celle verbracht hatte – jedenfalls das Leben, an das er sich erinnern konnte –, wusste er nun nicht, was er hier tun sollte. Die Freunde, die er noch hatte, würden ihn am Ende nur wieder in den alten Sumpf ziehen. Er konnte wieder zum Fußballverein gehen, aber der Trainer hatte seine Position neu besetzt. Vielleicht ging er trotzdem hin und zeigte allen, wer der beste Mittelstürmer war.

Da er schon einmal hier war, konnte er auch eine Runde durch die Altstadt drehen. Trotz der Kälte ließ er das Fenster runter, damit die Musik hinausdröhnen konnte. Er fuhr gemächlich den Südwall entlang und bog dann an der Feuerwache in die Bergstraße ein. Doch selbst die Innenstadt war wie ausgestorben. Weder Autos noch Fußgänger waren unterwegs. Nur vor dem Dönerladen an der Passage stand jemand.

Als Mehmed näher kam, erkannte er Tahsin und Kemal. Das hätte er sich denken können. Die beiden arbeiteten ja dort. Es waren Freunde von Ilhan, am vergangenen Abend waren sie alle zusammen unterwegs gewesen. Mit Sicherheit hatten sie den Wagen erkannt, deswegen sagte er lieber kurz Hallo.

Als er ausstieg, unterbrachen die beiden ihr Gespräch. «Hey, Leute», rief Mehmed und begrüßte die beiden Männer dann mit Wangenküssen, wie es der Respekt erforderte. *«Shoni?»*

«Bashi. Shoni?»

«Bashi.»

Das kurdische Begrüßungsritual. *Wie geht's? Gut geht's.* Bei Feierlichkeiten, wenn die ganzen Familien zusammenkamen, konnte es sich ewig hinziehen.

«Wieder fit?», fragte Tahsin.

«Klar.»

«Krasse Mucke.» Kemal deutete mit seiner Zigarette auf den Wagen, in dem immer noch die Musik lief. «Was singt der da?»

Mehmed zuckte mit den Achseln. «Keine Ahnung», sagte er grinsend.

«Wo ist Ilhan?», fragte Tahsin.

«Der pennt noch.»

«Das ist doch Ilhans Wagen, oder?»

«Ja, klar, ist aber kein Problem.» Mehmed lachte unsicher.

Tahsin und Kemal sahen ihn skeptisch an. Die beiden hatten den Stress am vergangenen Abend in der Disco hautnah miterlebt und spielten sich gerne wie seine großen Brüder auf. «Was hast du überhaupt vor?», wollte Tahsin wissen.

«Ich musste nur mal raus», antwortete Mehmed ausweichend und schaute sich um. Gegenüber hatte offenbar eine neue Kneipe aufgemacht, die hell erleuchteten Fenster waren die einzigen Lichttupfer in der schmalen Straße. Mehmed hatte plötzlich den Eindruck, als wäre ihm die ganze Stadt fremd geworden. Er fühlte sich hier nicht mehr wohl. Außerdem war ihm kalt. «Sag mal, wisst ihr, was die ganzen Bullen am Bahnhof wollen?»

«Bullen am Bahnhof?», wiederholte Tahsin und runzelte die Stirn. «Keine Ahnung, davon hab ich nichts gehört.»

«Ich auch nicht», sagte Kemal.

Mehmed rieb seine Hände aneinander. «Na, egal, ich muss dann wieder», sagte er, verabschiedete sich und lief zum Wagen.

«Mach keinen Ärger», rief Tahsin hinter ihm her.

Mehmed stieg in den BMW, fuhr die Bergstraße hinunter und überquerte den Großen Plan. Links und rechts standen noch die mit Lichterketten und Tannenzweigen geschmückten Hütten und Stände des Weihnachtsmarktes. Er ließ die Altstadt hinter sich und fuhr über den Thaerplatz in die Mühlenstraße. Kurz vor der Allerbrücke ging es links zum Schützenplatz.

Das leere Areal, das nur als Parkplatz benutzt wurde, wenn nicht gerade Schützenfest war, schien spiegelglatt zu sein. Es reizte ihn, mit dem BMW über das Eis zu schlittern. Doch Mehmed blieb vernünftig. Mitten auf der Freifläche hielt er an. Keine hundert Meter zur Linken verlief die Hafenstraße, an der Laternen standen, auf der aber kaum Verkehr herrschte. Auf der anderen Seite schlängelte sich in der Finsternis die Aller entlang, davor war der Schießstand. Am anderen Ende des Platzes sah man die dunklen Gebäude einer Firma. Auch dort hatte sich Mehmed vergeblich um eine Lehrstelle als Schlosser beworben. Er schüttelte den Kopf. Im Grunde hatte er sowieso keine Lust, den ganzen Tag in einer kalten Halle zu stehen und an einem Metallstück herumzufeilen und sich den Arsch abzufrieren. Im Grunde wollte er nur noch weg von hier.

Mehmed schaltete den Motor und die Musik aus und wartete. Die Begegnung mit den Freunden seines Bruders hatte ihn deprimiert und negative Erinnerungen heraufbeschworen. Als er Silvester mit Ilhan, Tahsin und Kemal in der Disco gewesen war, hatte er ein paar alte Bekannte getroffen, unter anderem die unsäglichen Zwillinge, die ihn gleich wieder in ihre Geschäfte einspannen wollten. Fast hätte er seine guten Vorsätze über den Haufen geworfen, die Kohle war verlockend. Doch er war hart geblieben und hatte gesagt, er wäre raus aus dem Geschäft. Freundschaften in diesen Kreisen waren nichts wert. Sofort waren die Typen aggressiv geworden, hatten ihn an alte Abmachungen erinnert und schließlich beleidigt. Und Mehmed war keiner, der schnell klein beigab. Ganz im Gegenteil, manchmal ging seine Wut mit ihm durch, was schon häufiger zu Problemen geführt hatte. Seine Ausraster waren ein Grund, warum sein Fußballtrainer oft sauer auf ihn gewesen war und ihn schließlich aus dem Team verbannt hatte, und auch in Göttingen hatten sie mit ihm darüber geredet. Aber dieses Mal hatte er sich nicht provozieren lassen, und am Ende hatte Ilhan mit seinen Freunden die Wogen geglättet. Was in Mehmed jedoch nur ein Gefühl der Schwäche zurückgelassen hatte.

Dabei war er an diesem Abend lediglich darauf aus gewesen, ein bisschen Spaß zu haben und eine Frau kennenzulernen. Je länger er im Knast war, desto mehr hatte er sich danach gesehnt. Seit Layla hatte er keine Freundin mehr gehabt, und die Mädchen, mit denen ihn seine Eltern verkuppeln wollten, kamen für ihn nicht in Frage. Noch während des Streites mit den Dealern war ihm eine Frau aufgefallen, die ganz in der Nähe stand, ihn beobachtete und manchmal auf die Tanzfläche ging, um direkt vor ihm die Hüften zu schwingen.

Sie war eine Deutsche, groß und schlank, in engen, ausgebleichten Jeans, schweren Stiefeln und einer knappen schwarzen Bluse, das blonde Haar beinahe streng zum Pferdeschwanz nach hinten gebunden. Vielleicht hatte ihm ihre offensive Art gefallen, vielleicht fand er sie nur deshalb so interessant, weil sie völlig anders war als Layla. Jedenfalls wollte er sie unbedingt kennenlernen, egal was es kostete.

Vor den Fabrikhallen funkelte etwas und schreckte Mehmed aus seinen Gedanken auf. Doch dann war es schon wieder weg. Wahrscheinlich schlich eine Katze über das Gelände. Oder es war eine Reflexion auf dem Eis am Boden. Es war stockdunkel, kein Mond war zu sehen, nur ein paar Sterne glitzerten am finsteren Himmel. Er schaute auf die Uhr. Allmählich wurde es Zeit. Irgendwo hörte er einen Wagen. Ungeduldig machte Mehmed die Tür auf und stieg aus. Seine Hände schienen am Metall der Tür festzufrieren. Sofort drang ihm die Kälte bis auf die Knochen. Jeder Atemzug schmerzte in der Nase wie Nadelstiche.

Zitternd drehte er sich zur Straße um. Kein Wagen, nichts. Lange wartete er nicht mehr, er wollte sich nicht verarschen lassen. Er schaute über den Schützenplatz. Dieses Mal sah er drüben beim Schießstand etwas aufblitzen. Stand dort jemand? Mit einem flauen Gefühl im Magen kaute Mehmed am Daumennagel. Ja, er meinte eine Gestalt zu erkennen, die an der Ecke stand. Und dann ging dort drüben ein Feuerwerk los. Mehmed zuckte erschrocken zusammen, als eine ganze Batterie von Böllern explodierte und bunte Funken in den schwarzen Himmel stoben. *Was soll der Scheiß?*

Im gleichen Moment wurde Mehmed von einer unsichtbaren Kraft vom Wagen weggerissen. Ehe er begriff, wie ihm geschah, sprühten Funken vor seinen Augen. Er fiel und fiel, ganz leicht plötzlich, schwerelos, ohne jemals anzukommen. Denn als er rücklings auf den vereisten Boden schlug, hatte sein Herz schon aufgehört zu schlagen.

3

Im Flugzeug von Danzig nach Hamburg,
Sonntag, 1. Januar 2006

Das Licht erlosch, dann ging es hinab. Die Welt draußen war etwas, das nicht zu existieren schien, eine große Leere, in der man sich leicht verlieren konnte. Arno Hennings krallte seine Finger in die Armlehnen des Sitzes und öffnete den Mund, um den Druck im Ohr auszugleichen. Über seinem Kopf spürte er die niedrige Gepäckablage, er roch den Schweiß des dicken Mannes auf dem Nachbarsitz und starrte hinab auf seine Knie, die gegen den Vordersitz stießen. Beklemmung machte sich in ihm breit. Aus dem Augenwinkel sah er matte Wolkenfetzen am dunklen Fenster vorbeirasen. Manche Leute schlugen sich für einen Fensterplatz, Arno gehörte nicht dazu. Er hatte ihn nehmen müssen, weil die Fluggesellschaft beschlossen hatte, Kosten zu senken, indem die Platzreservierung abgeschafft wurde. Und anscheinend gab es mehr Passagiere mit Flugangst, als man glaubte, denn im Gedränge beim Einsteigen hätte er schon Gewalt anwenden müssen, um nicht auf den Platz am Fenster geschoben zu werden.

Nur die Aussicht auf eine lange Fahrt auf überfüllten Straßen hatte ihn davon abgehalten, mit dem Wagen zu reisen. Das schlechte Wetter wäre ihm egal gewesen. Arno hatte schon immer unter Flugangst gelitten. Sie ging einher mit einer Höhenangst, die im Alter statt nachzulassen sogar zunahm. Es hatte irgendetwas mit seinem Gleichgewichtssinn zu tun. Nicht einmal im Wasser fühlte er sich wohl. Arno Hennings war ein Mensch, der ungern in Situationen geriet, die er nicht kontrollieren konnte. Schon als Kind hatten ihn ständig wiederkehrende Träume geplagt, in denen er ins Bodenlose fiel, und auch wenn es diese Träume heute nicht mehr gab, brauchte er einen festen Boden unter seinen Füßen.

Beim Start waren ihm die Zeilen eines alten Soulsongs in den Sinn gekommen und geisterten ihm seither durch den Kopf. *Endlessly*, so endlos wie dieser Flug ihm erschien, der eigentlich nur anderthalb Stunden dauerte. Wenn er die Augen schloss, konnte Arno die vibrierende, sinnlich und atemlos hervorgepresste Altstimme von Mavis Staples beinahe spüren. *Higher than the highest mountain and deeper than the deepest sea.* Eigentlich ein Lied über die ewige Liebe. Aber der Gedanke daran war für Arno im Moment genauso verstörend wie das Fliegen durch eisige Höhen.

Die Musik in seinem Kopf vermischte sich mit den lauten Gesprächen, die um ihn herum stattfanden. Bei den Passagieren handelte es sich vor allem um Polen. Den wenigen Worten nach, die Arno verstand, waren die meisten wohl zu Zeiten des Kriegsrechtes, Anfang der achtziger Jahre, geflohen und hatten über die Feiertage die Verwandten besucht. Mittlerweile hatten sie sich zwar in der Fremde eingerichtet, aber jeder Abschied von der Heimat beschwor anscheinend erneut den Kummer der damaligen Flucht herauf. Heutzutage konnten sie sich frei bewegen, nun mussten sie jedoch zurück in ein Land, das den meisten immer noch nicht geheuer war, weil am Tag nach Neujahr schon wieder die Schicht begann. Auch Arno musste am nächsten Morgen zur Arbeit, und er hoffte, dass sie ihn wenigstens ablenkte, obwohl das bei seinem Beruf ein eher zynischer Gedanke war.

Arno hatte die polnische Sprache immer gemocht, es gab Zeiten, da war sie für ihn untrennbar mit Liebe und Zärtlichkeit verbunden. Doch jetzt konnte er sie nur schwer ertragen. Er kam sich vor wie ein Betrogener, ausgeschlossen und ausgegrenzt, die fremde Sprache war für ihn zu einem Rivalen geworden. Irgendwo hatte er einmal den Satz gelesen: *Die Sprache ist dem Menschen gegeben, um seine Gedanken zu verbergen.* Wenn Arno sich nicht täuschte, stammte er von Napoleons Minister Talleyrand und war eine zynische Antwort auf jemanden, der an Versprechungen erinnert hatte. In gewisser Weise drückte dieser Satz ein Gefühl aus, das Arno während der ganzen letzten Tage begleitet hatte und ihm schmerzhaft verdeutlichte, was er verloren hatte.

Anderthalb Jahre war sein Sohn jetzt alt. Im Sommer hatte er den Kleinen zum letzten Mal gesehen. Ein halbes Jahr ist für ein Kleinkind eine Ewigkeit, erst recht für Andrzej, der früher auf die Welt gekommen war als andere Kinder und sich dafür etwas später entwickelt hatte. Seit dem Sommer war der Junge größer geworden, er hatte laufen gelernt und zu sprechen begonnen. Worte, die Arno zwar noch verstand, die ihm aber vor allem sagten, dass sein Kind sich nicht nur räumlich von ihm entfernt hatte. Bald würde Arnos magerer polnischer Wortschatz nicht mehr ausreichen, um mit Andrzej zu kommunizieren. Es würde immer schwerer werden, diesen Menschen kennenzulernen, der neu in sein Leben getreten war.

Zu Beginn des Besuches hatte Andrzej Arno, wenn der mit ihm sprach, verständnislos und auch etwas ängstlich angeschaut. Die Mama musste dem Kleinen erst sagen, dass es der *Tata* war, der Papa, der da über Weihnachten zu Besuch gekommen war. Andrzej versteckte sich hinter Aglajas Rockzipfel und lief lieber zur *Babcia*, der Oma, statt die Geschenke des Mannes in Empfang zu nehmen, den er offenbar nicht mehr kannte. Und als Arno seinen Jungen schließlich rief, *Andrzej, choć, komm, mein Junge,* mit diesem fremden Akzent, da fühlte er sich nicht nur wie ein ungebetener Eindringling, sondern wie einer dieser armseligen Widerlinge, die an den Schulecken lauern und mit Süßigkeiten locken.

Das Flugzeug sackte tiefer und flog eine wackelige Kurve. Im Fenster sah Arno, wie sich der von Nebel umhüllte Flügel auf seiner Seite neigte. Dahinter ein tiefes Schwarz wie ein großes Nichts. In diesem Moment war ihm die Dunkelheit jedoch willkommen, sie machte die Sache leichter. Er hätte überall sein können. Es bedurfte nur wenig Phantasie, um sich vorzustellen, irgendwo anders zu sein. Manchmal war es eine Beruhigung, nicht alles erkennen zu können. Doch je länger er hinaus in die Finsternis starrte, desto deutlicher merkte Arno mit einem flauen Gefühl im Magen, wie nicht nur die Hoffnungslosigkeit an ihm nagte, sondern auch Verzweiflung in ihm aufstieg.

Andrzej. Der Name war natürlich Aglajas Idee gewesen. Arno hatte sich darauf eingelassen, ihr zuliebe, ebenso auf die Taufe, obwohl er kein religiöser Mensch war. Wahrscheinlich waren es die ersten Schritte ihrer Distanzierung gewesen. Dabei wusste Arno, dass sein Kind nirgendwo besser aufgehoben war als bei Aglaja. Im Laufe seines Besuches hatte sie sich sehr bemüht, eine harmonische Atmosphäre herzustellen. Auch ihre Mutter, bei der Aglaja mit dem Kleinen in einem Außenbezirk Danzigs, unweit des Meeres, wohnte, war herzlich zu ihm gewesen. Nach wenigen Tagen hatte sich die Situation tatsächlich entspannt, und Andrzej war zutraulicher geworden. Mit der Zeit hatte er sich in den Arm nehmen lassen und keine Scheu mehr gehabt, etwas von dem Vater anzunehmen. Wenn sie durch die verschneite und festlich erleuchtete Stadt spaziert waren und Arno seinen Sohn auf dem Arm getragen hatte, hatte er für Augenblicke glauben können, dass sie eine ganz normale kleine Familie waren. Und Silvester hatten sie mit alten Freunden Aglajas gefeiert, einer davon hatte sogar Deutsch gesprochen. Wiktor, ihr Jugendfreund, leitete heute eine Niederlassung von Volvo, und da Arno einen Volvo fuhr, der ihm schon häufig Probleme gemacht hatte, hatten die beiden ein Gesprächsthema gehabt. In diesen Momenten hatte er vergessen, wie weit weg von zu Hause er war.

Doch gleichzeitig hatte sich Aglaja jedem persönlichen Gespräch entzogen und war allen Fragen ausgewichen, die über die Gegenwart hinausgingen. Sie hatte viel geredet, jedoch ohne ihre Gedanken zu offenbaren. Arno hatte das Gefühl gehabt, für eine bestimmte Zeit an ihrer Seite sein zu dürfen und eine zeitweilige Gnade zu genießen, die vielleicht eines Tages nicht mehr erneuert werden würde. Eigentlich hatte er nie ein Kind haben wollen, nun aber, wo es Andrzej gab, konnte er sich nicht mit der Tatsache abfinden, dass er ein Beobachter bleiben sollte. Ein sporadischer Gast, der nur abschnittsweise miterleben durfte, wie der Sohn größer wurde, und der wohl mit der Zeit immer mehr zum Fremden werden würde. Je näher der Abschied gerückt war, desto schwermütiger war Arno geworden, und noch während er dort gewesen war, hatte er schon wieder begonnen, sich einsam zu fühlen.

Obwohl die Landung wesentlich gefährlicher sein sollte als der Start, war ihm mit jedem Meter, den die Maschine an Höhe verlor, wohler zumute. Die Landung bedeutete wenigstens, dass der Flug bald zu Ende sein würde. In dem Moment erkannte er aber auch die ersten Einzelheiten am Boden, die Lichter von Häusern, die schneebedeckten Felder, durch die sich schnurgerade Wege zogen, und er fragte sich, wie man ein Flugzeug auf einer vereisten Piste unter Kontrolle behielt. Arno schaute hinab auf seine Knie und atmete tief ein und aus.

Kurz darauf setzten sie erstaunlich sanft auf der Landebahn des Hamburger Flughafens auf und rollten gemächlich, dem allem Anschein nach steifen Wind und der bitteren Kälte zum

Trotz, Richtung Terminal. Sofort sprangen die Passagiere auf, die Gespräche wurden lauter, als wäre jeder erleichtert, den Flug ohne Unglück überstanden zu haben und der Enge der Maschine zu entkommen. Während die meisten auf ihr Gepäck warten mussten, auf die zahllosen Pakete und Geschenke aus der Heimat, die nach und nach über das Förderband glitten, konnte Arno mit seiner Tasche gleich durch die Passkontrolle gehen und die Ankunftshalle verlassen. Eine riesige Menschentraube hatte sich davor versammelt, in der neuen Heimat zurückgebliebene Familienmitglieder, die ihre Angehörigen abholen und wieder in die Arme schließen wollten. Nur Arno schlängelte sich allein durch die Menge, ohne von jemandem erwartet zu werden. Mit einem Bus gelangte er zur nächsten U-Bahn-Station und von dort weiter zum Hauptbahnhof. Er hatte Glück, denn kaum war er angekommen, fuhr schon eine Regionalbahn nach Celle ab.

Der Zug schlich durch die hell erleuchtete Großstadt, überquerte die mattschwarzen Arme der Elbe und rumpelte an den weitläufigen Hafenanlagen vorbei, wo die Hochseeschiffe mit Containern beladen und entladen wurden wie an jedem Tag des Jahres. Dann nahm er Fahrt auf und fuhr durch die dunkle, flache norddeutsche Landschaft nach Süden. Jetzt, wieder in Sicherheit, auf festem Boden, fielen Arno schließlich erschöpft die Augen zu.

Er schreckte erst wieder auf, als eine mechanische Stimme den nächsten Halt ankündigte und er den vertrauten Namen seiner Heimatstadt hörte. Kein anderer Fahrgast stieg in Celle aus. Ein eisiger Wind aus Osten wehte über den verlassenen Bahnsteig, als der Zug weiterfuhr. Arno setzte seine Wollmütze auf, schlug den Kragen des Mantels hoch und schulterte die Tasche. Trotz der Kälte beschloss er, zu Fuß nach Hause zu gehen. Seinen Wagen hatte er über die Feiertage an seinen Kollegen Müller verliehen. Ein Taxi zu nehmen lohnte nicht – der Weg war nicht allzu lang, und er freute sich sogar auf den kleinen Marsch. Außerdem wollte er die Ankunft in seinem leeren Haus hinauszögern. Nicht einmal seine Schäferhündin Basta würde ihn erwarten, denn er hatte sie während seiner Abwesenheit in die Obhut seines Cousins gegeben, der weit draußen auf dem Land lebte.

Obwohl der Celler Bahnhof häufig renoviert und umgestaltet worden war, würde er wohl immer ein abweisender Ort bleiben. Der kahle, kalte Gang von den Bahnsteigen war mit Graffitis verschmiert. Aus den Toiletten strömte ein übler Geruch. Die Bahnhofshalle war verwaist, doch auf der Straße davor bemerkte Arno ein paar Mannschaftswagen und eine Gruppe Bereitschaftspolizisten. Verwundert ging er auf die Glastür zu, die sich automatisch vor ihm öffnete. An den Nummernschildern und den Dienstabzeichen erkannte er, dass es eine Staffel der Bundespolizei aus Nordrhein-Westfalen war, die fröstelnd vor dem Bahnhof wartete. Er fragte sich, was die fremden Polizisten hier taten und ob etwas passiert war. Gerade als er einen der Beamten ansprechen wollte, sah er an der Bushaltestelle neben dem Ausgang ein bekanntes Gesicht.

Karsten Müller stand dort im Schein einer Straßenlaterne, in der Hand eine Zigarette. Wie immer trug er seine fransige und ausgeblichene Jeansjacke, die viel zu dünn war für die Jahreszeit. Als er Arno sah, winkte er ihm sichtlich frierend zu. Seltsam, aber während Arno noch dachte, dass Müller bestimmt nicht aus reinem Zufall in der Kälte wartete, heiterte sich seine Stimmung ein wenig auf. Obwohl die Anwesenheit des Kollegen nur Arbeit bedeuten konnte.

Die Kette der Folgen

4

Provinz Dohuk, Irak, März 1987

Noch vor Sonnenaufgang ging Nasira wie jeden Tag hinauf in die Berge. Doch sonst war alles anders an diesem Morgen. Die Schafe blieben zurück im Hof, und nicht allein der Onkel begleitete sie, sondern ein großer Teil des Dorfes. Ein paar Familien harrten lieber in Angst aus, als die Flucht zu wagen, die anderen aber hatten das Nötigste in schwere Rucksäcke verpackt. Manche führten eine Ziege an der Leine, damit sie auf ihrem Weg frische Milch hatten und wenn nötig Fleisch. Die hochschwangere Tante hatte den kleinen Cousin im Arm, und Nasira trug das Körbchen mit ihrer Schwester. An diesem Morgen kurz vor dem Neujahrsfest verließ Nasira den Ort, in dem sie ihr ganzes bisheriges Leben verbracht hatte, für immer.

Kurz hinter den Gärten drehte sich Nasira ein letztes Mal um und schaute hinab auf das nahezu verlassene Dorf. Nur noch die Schafe und Hühner, die sie zurücklassen mussten, liefen zwischen den Häusern umher. Am Rande lag der Friedhof, wo sie am vergangenen Abend die Mutter zu Grabe getragen hatten. Sie mussten sie beerdigen, obwohl weder der Vater da war noch ein Priester und ohne die übliche Trauerzeremonie von zehn Tagen einhalten zu können. Denn schon einen Tag nach dem Tod der Mutter waren erneut Hubschrauber über dem Dorf gekreist und hatten die Bewohner in Angst und Schrecken versetzt. Dieses Mal hatten sie keine tödliche Last abgeworfen, aber sie hatten die Drohung verstärkt, die der Offizier ausgesprochen hatte. Wenn sie bleiben würden, das war nun jedem klar, würden sie alle sterben. Schweren Herzens hatte sich der Onkel entschlossen, die Heimat zu verlassen, und die Verantwortung, die er sich damit aufgeladen hatte, ließ ihn noch gebeugter erscheinen.

«Schau nicht zurück», herrschte er nun Nasira an.

Sie drehte sich schnell um und folgte den anderen den Weg hinauf in die Berge. Jenseits der grünen Gärten, die bald in Blüte und Pracht stehen würden, gab es keine Bäume mehr. Nur noch dornige Sträucher krallten sich im Geröll und Schotter fest. Der Pfad wurde schmaler und steinig, und schon nach kurzer Zeit taten Nasira die Füße in den Plastiksandalen weh. Nachdem sich der Frühnebel aufgelöst hatte, wirbelte die schweigend und bedrückt dahinmarschierende Karawane den feinen Staub auf, der in Augen und Nase drang. Sie kamen nur langsam voran, aber je höher sie kletterten, desto heißer wurde es, und als die Sonne über die Gipfel stieg, strahlte sie direkt in ihre Augen. Der kleine Cousin begann in den Armen der Tante schon bald zu weinen, und auch Nasira kämpfte unter der Anstrengung mit den Tränen. Sie hatte den Korb ihrer schlafenden Schwester fest an sich gepresst, mit jedem Schritt wurde er schwerer und schwerer. Aber Nasira wusste: Was auch immer geschehen sollte, niemals würde sie die Schwester alleinlassen. Sie war alles, was sie noch hatte.

Der Weg führte sie vom fruchtbaren Tal ins immer karger werdende Gebirge. Statt Sträuchern gab es nun nur noch graue Schlingpflanzen und Moose, zwischen denen hin und wieder kleine Eidechsen davonjagten. Zum ersten Mal wurde Nasira bewusst, wie reich ihr Leben trotz aller Nöte im Dorf gewesen war. Von dort oben glich es einer grünen, lebendigen

Oase inmitten einer ockerbraunen, öden Wüste. Diese Welt war ihr völlig fremd, obwohl sie sie die ganze Zeit umgeben hatte. Einmal mehr fragte sie sich, wo ihr Vater geblieben war und wie es ihm erging. Aber mittlerweile konnte sich Nasira nicht mehr vorstellen, dass man in dieser Umgebung lange am Leben bleiben könnte.

Zur Mittagszeit, als sie der Sonne schutzlos ausgeliefert waren, hieß der Onkel sie Rast machen im Schatten eines großen Felsens, der einer zackigen Nase gleich wie ein Wächter über den Abhang ragte. Wasser und Brot wurden verteilt, um sich von den ersten Strapazen zu erholen. Noch immer wagte es niemand, die Stimme zu erheben. Die Gruppe hockte eng beisammen, aber jeder war allein mit sich und seinen Gedanken. Ein paar Männer hatten sich abseits postiert, um Wache zu halten. Während Nasira mit der Schwester auf dem Schoß dasaß, konnte sie die riesige Kaserne inmitten des Tales sehen, von der die Soldaten die ganze Umgegend kontrollierten. Zum ersten Mal endete Nasiras Blick nicht an den Berghängen auf der anderen Seite, nun konnte sie über die Gipfel schauen und erkannte die unendliche Weite, die sich dahinter ausbreitete. Der Anblick verängstigte sie, löste aber gleichzeitig eine solche Faszination aus, dass sie beinahe vergaß, was sie zurückgelassen hatte.

Der Onkel war zum Anführer des Dorfes geworden, obwohl er noch kein alter Mann war. Aber außer ihm war niemand mehr da, der so viel wusste über das Land und die Religion. Jetzt saß er neben Nasira wie an all den Tagen, an denen sie gemeinsam die Schafe gehütet hatten, und folgte ihrem Blick. «Wohin du auch schauen kannst», erklärte er mit leiser Stimme, «bis zum Ende des Horizonts und weiter, überall leben Kurden wie wir. Das alles ist unser Land.»

Nasira nickte und musste wieder an ihren Vater denken. Wenn es stimmte, was der Onkel gesagt hatte, gab es vielleicht auch Hoffnung für ihren Vater. Was sie aber nicht verstand: Wenn tatsächlich überall Kurden lebten, Menschen wie sie, warum mussten sie ihre Heimat verlassen? Sie schaute ihren Onkel an, der sich nun um die erschöpfte Tante kümmerte, und betrachtete dann die kleine Schwester, die friedlich in ihrem Körbchen lag, noch viel zu jung, um sich irgendwelche Fragen zu stellen.

Nach einer halben Stunde brachen sie wieder auf, und bis zum Einsetzen der Abenddämmerung marschierten sie ungehindert weiter. Sie hatten nun den Gipfel fast erreicht und folgten wenige Höhenmeter tiefer einem schmalen Grat in nördlicher Richtung. Auf der einen Seite fiel der Hang jäh hinab, auf der anderen Seite türmte sich das Gestein schroff gen Himmel auf, der allmählich dunkler wurde. Nasira hatte aus den Gesprächen der Erwachsenen erfahren, dass der Onkel sie zu einer Höhle führen wollte, in der sie sicher die Nacht verbringen könnten. Mittlerweile waren nicht nur ihre Beine müde, sondern auch die Arme taub vom Gewicht des Körbchens. Sie trottete nur noch hinter den anderen her, setzte einen Fuß vor den anderen, ohne etwas zu denken oder zu spüren. Doch mit einem Mal war sie wieder hellwach.

Erst hörte man das Brummen der Motoren, dann strich ein grelles Licht über die Felswand. Sofort durchzuckte eine Welle der Panik die gesamte Karawane. Für einen Moment erstarrten die Flüchtenden. Der Onkel aber drängte sie weiterzugehen, immer weiter, ihm hinterher. Nach wenigen Metern erreichten sie einen felsigen Einschnitt am Hang. Als sie um die Ecke traten und sich an den Felsen pressten, schaute sich Nasira um. Entsetzlich langsam zog der Hubschrauber vorbei. Das Licht des Suchscheinwerfers streifte über ihr Gesicht und blendete sie. Dann entfernte sich das Brummen, und alles war dunkel. Sie stolperten weiter in die Spalte des Berges hinein, fort von dem Licht und der Maschine am Himmel, die – wie sie alle wussten – den Tod bringen würde. Schon nahm der Lärm wieder zu.

Am Ende der Spalte lag, hinter einem Vorsprung versteckt, der Eingang zur Höhle. Doch als sie näher kamen, wich ihre Erleichterung dem nächsten Schrecken. Drinnen, über die nackten Steinwände, flackerte ein schwacher Lichtschein. In der Höhle mussten Menschen sein, und keiner konnte sagen, wie sie den Flüchtlingen gesinnt waren. Draußen vor dem Hang zog der Hubschrauber weiterhin seine Kreise. Sie waren gefangen in dieser schmalen Spalte im Berg hoch über dem Abgrund. Und während selbst der Onkel nicht mehr wusste, wie es weitergehen sollte, und ein Stoßgebet an den Engel Pfau und den allmächtigen Gott schickte, hörten sie aus dem Inneren der Höhle eine heisere Stimme: *«Were de vere, were de vere!»*

5

Celle, Sonntag, 1. Januar 2006

Die Lichter der Laternen funkelten auf der überfrorenen Straße, als Müller den Volvo startete und langsam an den Mannschaftswagen der Bundespolizei vorbeifuhr. Die Beamten seien zum Schutz eines Castortransportes gekommen, dessen Abfahrt sich wegen des Wetters jedoch verzögert hatte, hatte er Arno gleich bei der Begrüßung erzählt. Der Transport des Atommülls sollte über den Bahnhof Celle weiter ins Endlager Gorleben führen. Wahrscheinlich hatte man darauf spekuliert, kurz nach den Feiertagen nicht so viel Aufmerksamkeit zu erregen und Demonstrationen zu vermeiden, eine Rechnung, die offenbar aufgegangen war, denn außer den frierenden Polizisten war niemand zu sehen.

«Also, was ist passiert?», fragte Arno, nahm seine Brille ab und putzte sie am Hemdzipfel. In der warmen Luft, die aus der Heizung des Autos strömte, war sie sofort beschlagen.

«Ein Türke, erschossen auf dem Schützenplatz.» Müller bog auf die Bahnhofstraße Richtung Innenstadt.

«Ein Türke?», wiederholte Arno skeptisch. Seines Wissens handelte es sich bei den in Celle lebenden Ausländern vor allem um Kurden.

«Oder ein Kurde, was weiß ich», sagte Müller.

Der Schützenplatz lag dunkel und abgelegen zwischen der

Aller und dem kleinen Hafen, in der Nähe nur Gewerbebetriebe, aber weit und breit kein Wohnhaus. «Wie ist er dort gefunden worden?», fragte Arno.

«Eine Frau, die jenseits der Aller wohnt, hat sich gemeldet», sagte Müller. «Sie hat angeblich laute Kracher gehört. Das ist die Frau, die sich auch jedes Jahr beim Schützenfest beschwert, weil es ihr zu laut ist. Die Stadt wollte ihr in der Zeit sogar schon einen Urlaub bezahlen, aber sie bleibt stur.»

«Und sonst?»

«Mehr weiß ich auch noch nicht. Die Kollegen sind jedenfalls schon dort.»

Arno nickte, aber die knappe Information drang kaum in sein Bewusstsein. In seinem eigenen Wagen chauffiert zu werden verstärkte sein Gefühl, noch immer unterwegs zu sein und sich lediglich auf einem Etappenstopp einer Reise zu befinden, die noch lange nicht zu Ende war. Im Schlitz des Radios steckte eine seiner Kassetten, und am liebsten hätte er sie eingelegt, um mit der Musik im Ohr auf dem Beifahrersitz einzuschlafen und irgendwo anders aufzuwachen. Er setzte seine Brille wieder auf und versuchte die Müdigkeit zu verdrängen. Als Müller beschleunigte, scherte der Kombi ein wenig aus.

«Ein frohes Neues übrigens», sagte Müller.

«Ebenfalls.»

«Und, wie war's bei der Familie?», wollte Müller wissen.

«Schwierig. Und bei Ihnen?»

«Geht so. Den ersten Feiertag waren meine Eltern da, den zweiten die Schwiegereltern, Sie kennen das ja.»

Nein, Arno kannte es nicht, und wenn, dann nur von früher, aus der Sicht des Kindes. «Können Sie etwas langsamer fahren?»

«Haben Sie eigentlich Winterreifen drauf?»

«Dazu bin ich nicht mehr gekommen», entgegnete Arno. Schon als er abgereist war, hatte es zu schneien begonnen. Er meinte sich zu erinnern, Müller gesagt zu haben, wo seine Winterreifen lagerten und dass der Kollege sie bei Bedarf montieren sollte. Sie kamen auf den Thaerplatz und mussten an der Ampel halten. Arno schaute durch die kahlen Bäume auf die leuchtenden Ziffern der großen Standuhr. Zwanzig vor neun. Ihm fielen die Augen zu.

«Das musste ja irgendwann mal passieren», sagte Müller.

«Was?»

«Dass einer von denen erschossen wird. Ich meine, irgendwas ist immer los bei den Kurden, oder?»

Da Arno nicht reagierte, verstummte auch Müller und fuhr schweigend weiter. Seit er vor zweieinhalb Jahren nach Celle zurückgekehrt war, arbeitete Arno nun mit Müller zusammen. Am Anfang war ihm der Oberkommissar, der lieber an seinem Eigenheim herumzuwerkeln schien, als sich im Dienst zu engagieren, auf die Nerven gegangen, doch mit der Zeit hatte er ihn zu schätzen gelernt. Wenn es hart auf hart kam, konnte man sich blindlings auf ihn verlassen, hatte Arno schnell festgestellt. Seit Müller in eine finanzielle Notlage geraten war und sein Haus und fast auch seine Familie verloren hätte, schien er zudem nachdenklicher und gewissenhafter geworden zu sein. Sie hatten sich auch ein paarmal privat getroffen, und Müllers Frau war eine der wenigen Personen in Celle gewesen, die sich um Aglaja bemüht hatten. Doch genauso wie Aglaja nichts mit Müllers Frau hatte anfangen können, konnten Müllers Fahrigkeit und Geschwätz Arno noch immer auf die Palme bringen, und vielleicht war das der Grund, dass er den Kollegen weiterhin stur siezte und damit etwas auf Abstand hielt.

«Ach, du Scheiße», rief Müller plötzlich, «da ist ja mehr los als beim Schützenfest.»

Müller hielt an, und Arno öffnete seine Augen. Der ganze Platz war voller Menschen. An der Straße parkten Dutzende Autos. Eine kleine Gruppe uniformierter Polizeibeamter versuchte, die Leute zurückzudrängen, aber sie kamen gegen die Menge offenbar nicht an. Als Arno ausstieg, empfing ihn nicht nur eine schneidende Kälte und eisiger Wind, der vom Allerwehr herüberwehte, sondern auch ein lautes Stimmengewirr. Er schlug den Kragen seines Mantels hoch, setzte seine Mütze auf und versuchte sich zu orientieren. Frierend ging er auf die Menge zu, anscheinend alles Kurden, die sich hier in der kalten Nacht versammelt hatten. Er konnte nicht verstehen, was sie riefen, es klang jedoch wie ein Klagen, in das sich brennende Wut mischte.

«Würden Sie mich bitte durchlassen?» Die Leute schienen Arno nicht zu hören. Nur ein Mann drehte sich zu ihm um, und sofort wurde er von einem Blitzlicht geblendet. Arno kannte den Journalisten bereits von früheren Fällen, wo er sich meistens als aufdringlicher und unangenehmer Zeitgenosse erwiesen hatte. Jetzt aber, in der fremden Masse, wirkte er verunsichert.

«Was ist hier los?», wollte er wissen.

«Das weiß ich noch nicht, aber Sie erfahren es früh genug», entgegnete Arno. «Erkundigen Sie sich morgen bei unserer Pressestelle.»

«Ich muss *jetzt* etwas in die Redaktion mitbringen.»

«Ich dachte, wir hätten mal vereinbart, bei solchen Fällen etwas zurückhaltender zu sein.»

«Aber …»

«Außerdem glaube ich nicht, dass diese Leute hier besonders gut auf Ihre Zeitung zu sprechen sind.»

Der Journalist schaute ihn verärgert an. Sein Zittern war offenbar nicht nur der Kälte geschuldet. «Warum hacken Sie eigentlich immer auf unserer Zeitung herum?», ereiferte er sich. «Sie sind doch ein Ewiggestriger. Sie haben gar keine Ahnung, was wir schreiben oder für wen wir uns engagieren.» Er zögerte einen Moment, nickte dann knapp und verschwand.

Arno sah dem Journalisten verdutzt hinterher. Doch kaum war er weg, kam schon Müller herangestürmt. «Weg da, zur Seite!», brüllte er.

Das wirkte. Die Leute vor ihnen wirbelten herum. Feindselige Gesichter starrten die beiden an. Es waren vor allem junge Männer.

«Treten Sie bitte zur Seite», sagte Arno beschwichtigend.

«Weg da, Polizei», wiederholte Müller kopfschüttelnd. «So was habe ich ja noch nicht erlebt, Mensch.»

Nur widerwillig öffnete sich ein kleiner Spalt in der Menge. Arno und Müller zwängten sich hindurch. Vor ihnen stand ein dunkler, großer BMW, die Fahrertür war geöffnet. Direkt davor lag der Erschossene, lang ausgestreckt auf dem Rücken. Unter seinem Kopf hatte sich eine Lache aus Blut und anderen Substanzen auf dem vereisten Boden ausgebreitet. Neben der Leiche kniete Gerd Stockmann, der Leiter der Spurensicherung. Ein paar seiner Kollegen versuchten, in dem Chaos Fotos zu machen und Fingerabdrücke und andere Spuren an dem Wagen zu sichern. Zwei uniformierte Beamte sperrten den direkten Tatort ab und hielten eine Gruppe weinender und wehklagender Frauen zurück. Arno hatte während seiner Zeit in Berlin schon ähnliche Situationen erlebt. Besonders schlimm war seine Erinnerung an ein kleines Mädchen, das überfahren worden war, und die vor Trauer lauthals verzweifelten und aufgebrachten Angehörigen. Nach dem Unfall wäre es fast zum Lynchmord und zur Straßenschlacht in Kreuzberg gekommen.

«'n Abend», sagte Arno in die Runde. «'n Abend, Herr Stockmann. Frohes neues Jahr.»

«Ja, Ihnen auch», brummte Stockmann. «Fängt ja großartig an. Ich war über Silvester nur draußen in der Kälte. Fünf Pkw sind in der Nacht geknackt worden. Und jetzt das.»

Arno betrachtete den großen Wagen. «Ist hier was gestohlen worden?»

«Nee, sieht nicht so aus.» Stockmann schaute auf. «Scheiße, ich kann so nicht arbeiten. Schafft die Leute weg, verdammt nochmal.»

«Woher wissen die alle, was hier passiert ist?», meinte Müller.

Stockmann zuckte mit den Achseln. «Die waren jedenfalls schon vor uns hier. Anscheinend auch schon vor der Streife, die den Toten gefunden hat.»

«Müller», wandte sich Arno an seinen Kollegen, «kümmern Sie sich bitte darum, dass die Leute hier wegkommen. Aber versuchen Sie, freundlich zu bleiben. Und fragen Sie, ob jemand etwas weiß oder gesehen hat.»

«Mit den paar Beamten?»

«Wann kommt denn Verstärkung?»

«Wir sind dünn besetzt über die Feiertage.»

«Versuchen Sie es.» Arno wandte sich wieder an Stockmann. «Wo ist Dr. Papenburg?»

«Der tut was für seinen Teint. Urlaub. Wir haben einen Pathologen aus Hannover angefordert. Aber der ist noch nicht hier.»

«Können Sie schon irgendwas sagen?»

Stockmann stand stöhnend auf und deutete auf die Leiche. «Junger Mann, vielleicht zwanzig. Kopfschuss, die Patrone ist glatt durchgegangen. Ich tippe auf ein Gewehr, abgefeuert aus einiger Entfernung. Soweit ich sehen kann, hat ihn nur ein Schuss getroffen.»

Arno nickte. Obwohl er Polizist war und regelmäßig Schießübungen absolvieren musste, hätte er das nicht geschafft. «Muss ein guter Schütze gewesen sein. Von wo ist geschossen worden?»

«Gute Frage.» Stockmann kratzte sich den Kopf. Sein Toupet, unter dem er im Sommer schwitzte, war tief in die Stirn gerutscht. «Wir müssen den ganzen Platz absperren und absuchen. Gott, die Leute sind bestimmt schon überall rumgetrampelt. Was ist nur mit denen los? Die sind ja wie entfesselt. Im Grunde hat Karsten recht, man müsste eigentlich alle mitnehmen. Und dazu diese Schweinekälte.»

«Wissen Sie schon, wer es ist?»

«Keine Ahnung. Aber der Wagen ist auf einen Ilhan Duman zugelassen.»

«Duman? Kommt mir irgendwie bekannt vor», sagte Arno und drehte sich zur Menge um. Instinktiv griff er nach seinem Notizbuch. Als er es in den Händen hielt, war er überrascht, dass es tatsächlich in der Innentasche seines Mantels gesteckt hatte, obwohl er gerade aus dem Urlaub gekommen war.

«Diese Namen klingen doch alle gleich», sagte Stockmann missmutig. Er hockte sich wieder neben die Leiche.

Die Kälte kroch bis auf die Knochen. Arnos Hände waren steif und seine Augen tränten, als er den Namen aufschrieb und sich umschaute. Die klagenden Frauen waren zwar verschwunden, die Menge war aber nicht kleiner geworden. Etwas abseits von den Leuten bemerkte er eine junge Frau. Im ersten Moment hätte man sie für eine unbeteiligte Beobachterin halten können. Unter der Wollmütze schaute das Haar hervor, schwarz wie glänzende Kohle, und fiel auf die Schultern, die leicht vorgebeugt waren. Genauso dunkel ihre Augen, deren Weiß in der Finsternis strahlte. Sie schob die Unterlippe unter die Vorderzähne, als sie ihm in die Augen blickte. Arno hatte sofort das Gefühl, ihr ganz nah zu sein und sie gleichzeitig mit jeder Annäherung verletzen zu können. Ein Eindruck, der ihn verwirrte. Er war sich nicht sicher, ob dieser Blick dem Geschehen oder ihm galt, doch er merkte, wie seine Knie weich wurden. Lange hielt er ihrem Blick, dieser Mischung aus Scheu und Wachsamkeit, nicht stand. Er wandte sich ab. Direkt vor ihm stand ein junger Mann, der Arnos Blickkontakt mit der jungen Frau offenbar bemerkt hatte und ihn angrinste.

«Sie, würden Sie bitte mal herkommen», bat Arno.

Der Mann machte jetzt ein erschrockenes Gesicht und sah sich um. «Ich?»

«Ja, Sie. Keine Angst, ich habe nur ein paar Fragen.»

Zögernd kam der junge Mann heran. Er hatte ein fliehendes Kinn und eine hohe Stirn und machte einen wachen, intelligenten Eindruck. Er hatte die Hände tief in den Taschen vergraben, sein Kopf war zur Seite geneigt, als würde er eine schwere Last auf den schmalen Schultern tragen. Die anderen Leute in der Menge beobachteten die beiden misstrauisch und rückten ebenfalls näher.

«Ich habe keine Angst.»

«Dann ist ja gut. Ich bin Hauptkommissar Hennings», stellte sich Arno vor. «Wer sind Sie?»

«Dosto Yavsan, wieso?»

«Herr Yavsan, kennen Sie einen Ilhan Duman?»

«Ja.» Er deutete mit einem Nicken zur Leiche. «Aber das ist Mehmed, Ilhans Bruder.»

«Sind Sie sicher?»

Dosto Yavsan nickte.

«Aber der Wagen gehört Ilhan Duman?»

«Ja.»

«Sie kennen also die ganze Familie?»

«Ja. Mehmed war mein Jenseitsbruder.»

Müller war zurückgekehrt und versuchte, die neugierige Menge von Arno und Dosto Yavsan wegzudrängen.

«Sind Sie verwandt mit ihm?», fragte Arno.

«Nicht direkt. Wie gesagt, er ist mein Jenseitsbruder. Das ist etwas anderes.»

Müller hatte sich neben Arno aufgebaut, als wollte er ihn beschützen. «Steht das im Koran, oder was?», fragte er.

Dosto betrachtete Müller abschätzig. «Wir sind keine Moslems», sagte er. «Wir sind Kurden, yezidische Kurden.»

«Schon gut», versuchte Arno zu beschwichtigen, «das spielt jetzt keine Rolle.»

«Ich muss mit Ihnen sprechen», mischte sich Müller genervt ein und zog Arno zur Seite. «Wir kriegen die Leute nicht weg», fuhr er leiser fort. «Und reden will auch keiner.»

Arno seufzte und schaute sich nachdenklich um. Er sah wieder dorthin, wo die junge Frau gestanden hatte, aber sie war weg.

«Soll ich zum Bahnhof fahren und die Beamten dort bitten, uns zu helfen?», fragte Müller.

«Lieber nicht. Wenn die in ihrer Kampfmontur hier aufmarschieren, wird die Situation nur noch schlimmer.»

«Und so kommen wir nicht weiter.»

«Wo bleiben denn unsere Kollegen?» Arno wandte sich wieder an Dosto Yavsan, der sich nicht von der Stelle gerührt hatte. «Woher wissen die Leute eigentlich, was hier geschehen ist?»

«So etwas spricht sich schnell herum.»

«Herr Hennings», rief Gerd Stockmann. «Die Kollegen sind gerade eingetroffen, mit dem Pathologen aus Hannover.»

«Ich komme», rief Arno zurück. «Müller, lassen Sie von allen Leuten die Personalien aufnehmen und schicken Sie sie dann nach Hause.»

Brummend ging Müller davon, um die neuen Beamten einzuweisen.

«Brauchen Sie mich noch?», fragte Dosto Yavsan.

«Ja, bitte bleiben Sie noch einen Moment. Sind die Angehörigen von Mehmed auch hier?»

«Ja. Seine Mutter war gerade noch hier.» Dosto drehte sich um. «Aber jetzt sehe ich sie nicht mehr.»

«Wo wohnen sie?»

«Ich?»

«Die Familie von Mehmed.»

«In Klein Hehlen.»

In diesem Moment kam der Erste Hauptkommissar Heiner Pries, Arnos direkter Vorgesetzter, mit einem großen, schlanken Mann mit Vollbart zu den beiden herüber. Pries trug eine leuchtend rote Daunenjacke, die den kleinen Leiter des Fachkommissariats I, der in jeder freien Minute Gewichte stemmte, noch bulliger erscheinen ließ.

«'n Abend», begrüßte er Arno und zeigte auf den Mann neben ihm, der die Kapuze seines Bundeswehrparkas abnahm. «Das ist Dr. Rybek, der Pathologe aus Hannover.»

Der Pathologe nickte nur knapp und widmete sich sofort der Leiche. Er drehte das Opfer auf die Seite, zog die weite Camouflagehose herunter, die schon vorher fast in den Kniekehlen gehangen und den Blick auf grell gemusterte Boxershorts freigegeben hatte, und maß rektal die Körpertemperatur.

Pries musterte Dosto Yavsan, der gebannt auf den Toten starrte, und wandte sich dann wieder an Arno. «Frohes neues Jahr übrigens.»

«Ebenfalls.»

«Du bist gerade zurückgekommen, oder?»

«Ja», antwortete Arno und beobachtete, wie der Pathologe etwas in sein Diktaphon sprach und dann die Schusswunde am Kopf untersuchte. Dieser Mord sah nach einer gezielten Abrechnung aus, beinahe nach einer Hinrichtung, dachte er. Das war keine Folge eines üblichen Streites, der normalerweise mit Fäusten oder Messern ausgetragen wurde.

«Und, wie war's?»

«Geht so.» Dass jeder von seiner privaten Misere wusste und daran Anteil nahm, behagte Arno überhaupt nicht. «Sag mal, hat es über die Feiertage irgendwelche Probleme gegeben? Schlägereien, Überfälle oder so was?»

Pries schüttelte den Kopf. «Das nicht. Aber über Silvester sind fünf Autos aufgebrochen worden. Die Diebe hatten es gezielt auf Navigationsgeräte abgesehen.» Er deutete auf Dosto. «Wer ist das?»

«Dosto Yavsan, ein Bekannter des Opfers.»

«Gut», sagte Pries zu Dosto, «Sie können jetzt gehen, aber halten Sie sich zur Verfügung.»

Dosto zuckte mit den Achseln und wandte sich zum Gehen.

«Moment», rief Arno. «Geben Sie bitte meinem Kollegen Ihre Adresse. Vielleicht brauchen wir Ihre Hilfe noch einmal.»

«Wir sehen uns sowieso bald wieder», entgegnete Dosto und trottete mit einem irgendwie ältlich wirkenden Watschelgang davon, den Kopf schwer zur Seite geneigt.

Arno ließ ihn gehen und steckte sein Notizbuch ein. Er hatte den Namen, und wenn Dosto tatsächlich zum engen Bekanntenkreis der Familie gehörte, würde er ihn wiederfinden. Doch es gefiel ihm nicht, dass Pries, kaum angekommen, die Führung übernahm, ohne etwas von den bisherigen Ermittlungen zu wissen. Viel hatten sie allerdings noch nicht. Er kam aber nicht dazu, sich weiter darüber zu ärgern, denn in dem Moment hörte er Stockmann aufgeregt rufen. Der Leiter der Spurensicherung hatte die Beifahrertür des BMW geöffnet und sich ins Innere des Wagens gebeugt.

«Ich habe hier was!»

Als Arno und Pries zu ihm kamen, richtete sich Stockmann auf. In jeder Hand hielt er einen durchsichtigen, kleinen Beutel. In dem einen befanden sich ein paar bunte Pillen, in dem anderen ein kleines grünes Büschel, das aussah wie getrocknetes Unkraut.

«Die lagen auf der Matte vor den Pedalen», berichtete Stockmann.

«Na also», sagte Pries. «Klarer Fall, oder?»

6

Es dauerte über eine halbe Stunde, bis sich die Menge aufgelöst hatte und die Leute fort waren. Die junge Frau, deren Blick Arno nicht vergessen konnte, war nicht wieder aufgetaucht.

Die Messungen des Pathologen hatten ergeben, dass Mehmed Duman erst seit knapp einer Stunde tot war. Ansonsten konnte er nur Stockmanns erste Einschätzungen bestätigen, es gab tatsächlich nur eine einzige Schussverletzung im Kopf, die auf der Stelle tödlich gewesen war. Dr. Rybek wollte jedenfalls in Celle bleiben und am nächsten Morgen im Allgemeinen Krankenhaus mit der Obduktion beginnen. Möglicherweise würde die Untersuchung Aufschluss darüber geben, aus welcher Richtung und aus welcher Distanz geschossen worden war. Außerdem mussten sie genau wissen, welche Munition und welche Waffe benutzt worden war. Jetzt, da die Leute fort waren, sollte der gesamte Schützenplatz abgesperrt und von den Beamten der Spurensicherung mit Metalldetektoren abgesucht werden, um den Standort des Schützen und vielleicht sogar die Patronenhülse zu finden. Für den nächsten Morgen war eine Besprechung in der Polizeiinspektion vereinbart worden, und bis dahin sollten die ersten Ergebnisse vorliegen.

Bei den Drogen, die Stockmann im BMW gefunden hatte, handelte es sich um Ecstasypillen und Marihuana. Die Menge war nicht groß genug, um von Handelsware sprechen zu können, aber auch nicht so klein, dass es nur nach Eigenbedarf aussah. Natürlich konnte man zu diesem Zeitpunkt noch nicht sagen, ob sie dem Opfer oder dem Fahrzeughalter gehörten oder aber absichtlich in dem Wagen deponiert worden waren. Doch gemeinsam mit der Erkenntnis, dass der junge Kurde offenbar gezielt hingerichtet worden war, wies der Drogenfund auf ein äußerst gefährliches Tätermilieu.

Da Arno und Müller am Tatort vorerst nichts weiter tun konnten, machten sie sich auf den Weg zu Ilhan Dumans Adresse, die bei der Kfz-Zulassungsbehörde eingetragen war. Es war die gleiche, die im Personalausweis von Mehmed Duman stand, den Stockmann zuvor aus der Jackentasche des Opfers gezogen hatte. Der junge Mann war demnach in Hakkari in der Türkei geboren worden und achtzehn Jahre alt gewesen, Ende März wäre er neunzehn geworden. Und Arno grübelte immer noch darüber nach, wo und wann er den Namen schon einmal gehört hatte.

«Kommt Ihnen der Name Duman auch irgendwie bekannt vor?», fragte Arno und sah Müller von der Seite an.

«Diese Namen sind doch alle gleich», brummte der Oberkommissar und schaute stur geradeaus. Wie selbstverständlich hatte er wieder das Steuer von Arnos Volvo übernommen. Sobald er die Adresse erfahren hatte, hatte er keinen Ton mehr von sich gegeben und war stumm durch die leeren, eisigen Straßen gefahren. Mittlerweile war es zehn Uhr abends.

«Alles okay?», erkundigte sich Arno.

«Super», schnaubte Müller und bog von der Hafenstraße nach rechts Richtung Bremer Weg ab. Wenige Straßen weiter wohnte Arno. Am liebsten wäre er ausgestiegen und nach Hause gegangen. Er hatte Hunger und war müde und sehnte sich nach seinem Bett, obwohl das kalt und einsam sein würde. Müller schien ähnlich schlechter Laune zu sein, auf ihn wartete immerhin eine Familie, und deswegen ließ Arno ihn in Ruhe.

Soweit er wusste, wohnten die meisten Kurden hinter Bahnhof und Zuchthaus in der Neustadt, einer alten, schmuddeligen Arbeitersiedlung, wo es sogar einen kurdischen Supermarkt gab. Das war jedenfalls früher so gewesen. Der jenseits der Aller gelegene Stadtteil Klein Hehlen dagegen wurde wegen des teuren Baugrunds und der teilweise größeren Familienhäuser im Volksmund auch «Fein Hehlen» genannt. Mittlerweile wurde die Neustadt saniert, und kurdische Familien ließen sich überall in der Stadt nieder.

Als sie in die schmale Straße eines Neubauviertels am Rande Klein Hehlens bogen, hatte Arno erneut das Gefühl, dass ihm etwas entgangen war.

«Hier war ich doch schon mal.»

Müller hielt vor dem Haus an. Einige Autos parkten vor der Garage und auf dem Seitenstreifen, die Fenster waren erleuchtet. «Ach, dämmert es Ihnen auch schon?», entgegnete er sarkastisch.

«Das ist Ihr Haus, stimmt's?»

«*War* mein Haus.»

Als würden sie über ein Mordopfer sprechen, dachte Arno. Er musste daran denken, wie er mit Aglaja bei einer Feier von Müller hier gewesen war, nur einen Tag nachdem sie ihm gesagt hatte, dass sie schwanger wäre. «Tut mir leid, das habe ich überhaupt nicht begriffen. Wussten Sie, dass die Dumans es gekauft haben?»

«Keinen Schimmer», erwiderte Müller. «Der Bau gehörte ja im Grunde der Bank. Die haben es verscheuert. An wen, hat mir keiner gesagt. Wollte ich auch gar nicht wissen. Aber mich würde schon interessieren, wo die die Kohle herhaben.»

Müller hatte es nie geschafft, sein Haus fertigzustellen. Selbst als er schon darin wohnte, hatte es immer wie eine Baustelle ausgesehen. Jetzt war es aber vollständig verklinkert, von Baugeräten war keine Spur mehr zu sehen, und der Garten wirkte, obwohl zu dieser Jahreszeit alles kahl und grau war, sehr gepflegt.

«Wollen Sie lieber hier warten?», fragte Arno.

Müller zog den Zündschlüssel heraus und schüttelte den Kopf. «Nein, auf keinen Fall. Natürlich bin ich neugierig, wie es jetzt da drinnen aussieht, aber wir sind ja nicht zum Spaß hier.»

Während sie auf das Haus zugingen, konnte Arno die Anspannung seines Kollegen regelrecht spüren. Er hoffte nur, dass er sich zusammenreißen würde, und drückte auf den Klingelknopf, den Müller wahrscheinlich einmal ausgesucht und eigenhändig angebracht hatte. Arno hatte kaum seine Hand zurückgezogen, da wurde schon die Tür geöffnet, als hätte man auf sie gewartet. Und als er sich umwandte, bekam er augenblicklich weiche Knie.

Die junge Frau vom Schützenplatz stand vor ihm. Sie konnte nicht älter als neunzehn oder zwanzig Jahre alt sein. Ihr pechschwarzes, dichtes Haar hatte sie jetzt zurückgebunden, was ihre breiten Wangenknochen hervorhob und auch offenbarte, dass sie leicht abstehende und ziemlich große Ohren hatte. Auch ihre Nase war nicht zierlich und saß ein wenig schief in ihrem olivenfarbenen Gesicht. Im linken Nasenflügel steckte ein silberner Ring. Ihr Blick verschlug Arno erneut die Sprache. Sie schien den Kopf ein wenig gesenkt zu haben, auf jeden Fall schaute sie ihn irgendwie von unten an, obwohl er eine Stufe niedriger stand und genau auf ihrer Augenhöhe war. Wieder vereinnahmte ihn diese Mischung aus Scheu und Wachsamkeit und Verletzlichkeit und … ja, jetzt kam es Arno beinahe wie ein Hauch von Durchtriebenheit vor.

«'n Abend», schaltete sich Müller ein. «Oberkommissar Müller, das ist mein Kollege Hauptkommissar Hennings. Wer sind Sie, wenn ich fragen darf?»

«Ronahi», sagte sie mit einer etwas brüchigen Altstimme,

wobei sich ihre Lippen kaum bewegten. In der Stadt begegnete man vielen jungen und auffällig schönen Kurdinnen, die meisten von ihnen waren jedoch stark geschminkt und kleideten sich nach dem gleichen modischen Vorbild wie ihre deutschen Altersgenossinnen. Ronahi Duman aber schien mit ihren dunklen Jeans und dem braunen, weiten Sweatshirt ihre Weiblichkeit eher verstecken zu wollen. Der auffällige Nasenring wirkte dabei wie ein Zeichen des Trotzes.

«Sind Sie die Schwester?», fragte Arno.

Sie nickte und senkte den Blick für einen Augenblick, nur um Arno gleich darauf wieder direkt zu fixieren.

«Mein Beileid», sagte Müller ohne Mitgefühl. «Dürfen wir reinkommen?»

Sie trat zur Seite und ließ die beiden herein. Von weitem hörte man ein gedämpftes Stimmengewirr. Als Arno an ihr vorbeiging, froh, dem direkten Blickkontakt wenigstens für einen Moment ausweichen zu können, nahm er ihren Duft wahr. Wenn er sich nicht täuschte, roch sie sehr dezent – und sehr angenehm – nach Veilchenöl.

«Das Wohnzimmer ist gleich links», sagte sie.

«Ich weiß», sagte Müller und marschierte voran, den Stimmen entgegen. Ohne anzuklopfen, so als wäre er hier immer noch der Hausherr, platzte er ins Wohnzimmer, blieb dann aber wie angewurzelt auf der Schwelle stehen. Arno war ihm gefolgt und schaute dem Kollegen über die Schulter.

Man konnte den Eindruck gewinnen, in dem Zimmer hätten sich alle Leute versammelt, die auf dem Schützenplatz gewesen waren, so dicht gedrängt saßen sie auf den Sofas und Sesseln. Es waren vor allem Männer jeden Alters, unter ihnen auch Dosto Yavsan, wie Arno sah. Der Couchtisch war mit Teegläsern und überquellenden Aschenbechern vollgestellt. An einer Wand hing ein großes Bild von einer orientalisch wirkenden Tempelstätte, an einer anderen das eines Pfaus mit aufgefächertem Rad. Erst nach einer Weile wurden sich die Männer der Anwesenheit der beiden Polizisten bewusst, sie verstummten nach und nach und starrten zur Tür. Wie die dichten grauen Rauchschwaden lag auch eine Spannung in der Luft, nur der Fernseher in der Ecke plärrte ungerührt weiter.

«'n Abend zusammen», sagte Müller. «Kann mal einer die Kiste ausmachen?»

Ein junger Mann, der auf der Lehne des Sofas saß, beugte sich vor, nahm die Fernbedienung vom Tisch und schaltete den Fernseher aus. Eisige Stille breitete sich aus.

Arno schob sich an Müller vorbei. «Guten Abend. Entschuldigen Sie die Störung. Hauptkommissar Hennings und Oberkommissar Müller von der Celler Kriminalpolizei. Wir untersuchen den Mord an Mehmed Duman und würden gerne …»

Weiter kam er nicht. Wie auf ein Kommando begannen alle Männer gleichzeitig zu sprechen, ein orkanartiger Redeschwall stürmte auf sie ein, von dem Arno kein Wort verstand. Er hob beschwichtigend die Hände, doch es hatte keine Wirkung. Nach einer Weile stand Dosto Yavsan auf und kam zu ihnen. Der junge Mann, der den Fernseher ausgestellt hatte, folgte ihm.

«Kommen Sie mit», sagte Dosto und führte Arno und Müller in ein Nebenzimmer. Es war kleiner als das Wohnzimmer, aber ebenfalls mit einem Sofa, Sesseln, Couchtisch und Fernseher eingerichtet. Bei der Familie Müller war es das Esszimmer gewesen, erinnerte sich Arno, als er den prüfenden Blick seines Kollegen bemerkte.

Auf dem Sofa saß eine ältere Frau in einem dicken, langen Kleid, die ihr Gesicht in den Händen verborgen hatte und vor sich hin schluchzte, während der kleine Mann mit dem faltigen Gesicht neben ihr offenbar nicht wusste, was er tun sollte. An der Tür stand Ronahi Duman, die Schwester des Toten.

«Das sind Mehmeds Eltern», sagte Dosto und deutete dann auf den jungen Mann, der ihm gefolgt war, «und das ist sein Bruder, Ilhan.»

«Mein Beileid», sagte Arno. Er stellte erneut sich und Müller vor und reichte erst der Mutter und dann dem Vater die Hand. Beide nahmen sie zögerlich und schauten ihn unsicher und ein wenig ängstlich an. Arno wurde heiß in dem kleinen, überheizten Zimmer, aber er ließ seinen Mantel an.

«Und wer sind die ganzen Leute drüben?», wollte Müller wissen.

«Verwandte, Freunde», antwortete Ilhan Duman gereizt. Der Bruder des Mordopfers war ein athletischer Typ, mit einer auffällig geraden Nase und Gel im Haar, der Dosto um fast zwei Köpfe überragte.

«Wo waren Sie heute Abend?», fuhr Müller sogleich fort.

«Zu Hause, wieso?»

«Sie waren also alle zu Hause?» Müller schaute in die Runde. Jeder nickte, nur Ronahi Duman schaute zu Boden. «Sie auch?»

«Ja.»

«Woher wussten Sie so schnell, was auf dem Schützenplatz geschehen ist?»

«Wir haben einen Anruf bekommen», sagte Ilhan.

«Von wem?»

«Von einem Freund.»

«Hat der auch einen Namen?»

«Das war Ismet, glaube ich.»

«Ismet, und weiter?»

«Ismet Acar. Er ist Taxifahrer.»

«Ist der jetzt auch hier?»

«Ja, drüben.»

Müller warf Arno einen Blick zu und ging dann ins Wohnzimmer, um nachzufragen. Dosto folgte ihm.

«Herr Duman, Frau Duman», begann Arno, «ich kann mir vorstellen, wie Sie sich fühlen, aber Sie müssen uns ein paar Fragen beantworten.»

Sie sahen ihn mit großen Augen an.

«Ich weiß, dass das manchmal etwas unangenehm sein kann, aber wir müssen so schnell wie möglich unsere Ermittlungen aufnehmen», fuhr Arno fort und zückte sein Notizbuch. «Wissen Sie, ob Ihr Sohn Drogen genommen hat?»

«Was soll die Frage?», mischte sich Ilhan ein.

«Entschuldigen Sie, aber ich rede gerade mit Ihren Eltern.»

«Sie können Sie nicht so gut verstehen. Ihr Deutsch ist nicht so gut. Außerdem sind sie in Trauer.»

«Verstehe. Können Sie übersetzen?»

Der Vater sah Ilhan an und fragte ihn etwas auf Kurdisch. Der antwortete gereizt, und für einen Moment entstand eine hitzige Diskussion, als hätten sie Arno völlig vergessen. Er sah hinüber zu Ronahi Duman, die ihn die ganze Zeit zu beobachten schien, nun aber wegschaute. Plötzlich stand der Vater auf und verließ das Zimmer. Die Mutter fing wieder zu weinen an.

Arno schaute ihm hinterher. «Was ist?», fragte er Ilhan. «Wo will er hin?»

«Er hält es nicht mehr aus.»

Arno holte tief Luft. «Na schön. Haben Sie Ihrem Bruder den Wagen geliehen?»

Ilhan zuckte mit den Achseln. «Wir sind eine Familie. Er konnte ihn nehmen, wenn er wollte.»

«Wir haben im Wagen Drogen gefunden.»

«Das sind nicht meine», sagte Ilhan sofort.

«Dann müssen es wohl Mehmeds sein.»

«Bestimmt nicht.»

«Wenn es weder Mehmeds noch Ihre sind, wie sind sie dann in den Wagen gekommen?» Arno schaute wieder hinüber zu Ronahi Duman, aber sie wich erneut seinem Blick aus.

Die junge Frau verunsicherte ihn immer mehr, und allmählich begann er sich zu fragen, ob sie sich lustig über ihn machte.

«Woher soll ich das wissen?», blaffte Ilhan.

Arno wandte sich wieder zu ihm um. «Na gut, das kann man leicht nachprüfen», sagte er ruhig. «Kommen Sie einfach morgen in die Polizeiinspektion, dann nehmen wir Ihre Fingerabdrücke.»

«Ist das eine Drohung?»

«Nein, eine Einladung.» Arno lächelte ihn an. «Hören Sie, Ihr Bruder wurde erschossen, im Wagen haben wir Drogen gefunden. Es ist doch klar, dass wir die Zusammenhänge überprüfen, oder?»

Müller und Dosto kamen zurück. «Der will es auch von jemand anderem gehört haben», sagte Müller genervt. «Natürlich weiß er nicht mehr, wer es war.»

Dosto machte eine schuldbewusste Miene, neigte den Kopf zur Seite und stopfte die Hände in die Hosentaschen.

Arno seufzte auf. «Okay, fangen wir nochmal von vorne an. Wissen Sie, was Mehmed heute Abend vorhatte und was er auf dem Schützenplatz wollte?»

«Das fragen wir uns auch», sagte Ilhan.

«Sie haben also keine Ahnung? Er hat den Wagen genommen und ist losgefahren, einfach so?»

Ilhan zuckte nur mit den Achseln.

«Wann genau ist er losgefahren?»

Statt zu antworten, wandte sich Ilhan auf Kurdisch an seine Mutter. Sie schaute mit verheulten Augen auf und antwortete etwas. Ilhan nickte.

«So gegen sieben», sagte er zu Arno. «Kurz vor sieben.»

«Sie haben also nicht gesehen, wie er weggefahren ist?»

«Ich nicht, nein.»

«Wo hat Mehmed eigentlich gearbeitet? Oder ging er noch zur Schule?»

«Er hat auf eine Lehrstelle gewartet.»

«Und Sie?», schaltete sich Müller ein.

«Was ist mit mir?»

«Was haben Sie für einen Beruf?»

«Spielt das eine Rolle? Ich arbeite in der Autowerkstatt eines Freundes.»

«Und wo?»

Ilhan stöhnte auf, nannte dann aber eine Werkstatt in Bergen, einem Ort gut dreißig Kilometer nördlich von Celle, in dem auch viele Kurden lebten.

«Besitzen Sie eigentlich eine Waffe?», fragte Müller, während Arno noch die Adresse notierte.

Ilhan ballte die Fäuste und sah ihn zornig an.

«Beantworten Sie meine Fragen!»

«Mein Bruder ist tot, und Sie verhören mich?» Seine Stimme überschlug sich fast. «Glauben Sie etwa, ich hätte meinen Bruder umgebracht? Meinen eigenen Bruder?»

«So etwas soll schon vorgekommen sein.»

«Würden Sie einem Deutschen die gleichen Fragen stellen?» Es war Ronahi Duman, die gesprochen hatte. Bisher hatte sie nur stumm zugehört. Alle drehten sich zu ihr um und starrten sie an.

Müller verzog sofort das Gesicht. «Jetzt geht das los», stöhnte er auf.

Arno sah sie an, diesmal wich sie seinem Blick nicht aus, sondern konterte herausfordernd, was ihr allerdings einige Mühe zu machen schien. Ihre Unterlippe bebte. Erst jetzt bemerkte Arno einen Pickel direkt über ihrer linken Augenbraue. «Unsere Aufgabe besteht darin, den Mörder zu finden, mehr interessiert uns nicht», sagte er. «Wir leben alle in einer Stadt, oder? Außerdem hatte Ihr Bruder einen deutschen Pass.»

«Den haben wir alle», entgegnete sie. «Aber was bringt das? Man erkennt die Menschen nicht am Pass.»

Nein, dachte Arno, wenn überhaupt, erkennt man sie an den Augen, aber das sagte er nicht. Er ließ es lieber dabei bewenden, versuchte ein Lächeln, was Ronahi sogar erwiderte. Doch die Situation war angespannt und verfahren. Arno hatte den Eindruck, dass er mehr von Ronahi und Ilhan erfahren würde, wenn er unter vier Augen und in einer anderen Umgebung mit ihnen sprechen könnte.

«Wir versuchen, alle gleich zu behandeln, glauben Sie mir», sagte er dann. «Dürfen wir uns kurz in Mehmeds Zimmer umschauen?»

«Er hat kein eigenes Zimmer», antwortete Ilhan.

Arno sah ihn verwundert an. «Äh, wie meinen Sie das?»

«So wie ich es gesagt habe. Keiner von uns hat ein eigenes Zimmer. Wir schlafen alle im Wohnzimmer.»

Für einen Moment war Arno sprachlos. Ilhan Duman schien das zu genießen.

«Sagen Sie schon, was Sie denken», sagte er provozierend zu Arno.

«Sie wären enttäuscht», erwiderte Arno. «Aber ich hätte gern einen Blick auf seine persönlichen Sachen geworfen.»

«Da müssen Sie schon das ganze Haus absuchen.»

Es ist sinnlos, dachte Arno. «Das werden wir auch tun, wenn es sein muss», sagte er und schaute hinüber zu seinem Kollegen. «Gehen wir.»

«Ich warte noch auf eine Antwort», meinte Müller und starrte Ilhan Duman an. «Haben Sie eine Waffe?»

«Nein», sagte Ilhan genervt.

«Und Sie?», fragte Müller Dosto.

Der schaute erschrocken auf und nahm die Hände aus den Taschen. «Ich auch nicht. Was soll ich mit einem Gewehr?»

«Gewehr?» Müller sah Arno vielsagend an und ging dann einen Schritt auf Dosto zu. «Habe ich was von einem Gewehr gesagt?»

Nun schien Dosto vollends verunsichert zu sein. «War es kein Gewehr?»

Arno legte eine Hand auf Müllers Schulter. «Belassen wir es erst einmal dabei.»

«Aber wir würden gerne wissen, wann wir, äh … wann wir Mehmed haben können», fragte Ilhan und deutete auf seine Mutter. «Wegen der Trauerfeier.»

«Verstehe», sagte Arno. «Erst muss die Leiche obduziert werden. Bei unserem Treffen kann ich Ihnen vielleicht schon mehr sagen.»

«Unserem Treffen?»

«Wir haben eine Verabredung, schon vergessen?», sagte Arno und steckte sein Notizbuch in die Manteltasche. «Passt es Ihnen um neun Uhr?»

«Kann ich dann auch meinen Wagen wiederhaben?», brummte Ilhan.

«Mal sehen. Gute Nacht, und entschuldigen Sie die Störung.» Arno gab allen die Hand zum Abschied und verschwand dann schnell nach draußen. Müller drehte sich nur auf dem Absatz um und folgte ihm.

«Gott, aus meinem Haus ist eine Moschee geworden», fluchte der Oberkommissar, als sie durch die sternenklare Nacht hinaus zum Wagen gingen. «Viel gebracht hat uns der Besuch nicht.»

«Morgen wissen wir mehr.»

«Aber dieser Dosto kommt mir verdächtig vor.» Müller drehte sich zum Haus um. «Da, jetzt beobachten sie uns.» Er schüttelte den Kopf. «Und der Bruder ist auch nicht ganz astrein. Würde mich nicht wundern, wenn die das Haus mit schmutzigem Drogengeld gekauft haben.»

Arno folgte seinem Blick. Tatsächlich schien jemand hinter der Gardine zu stehen. «Das werden wir alles rausfinden.»

«Automechaniker!» Müller wandte sich vom Haus ab, blies

in die Hände und zog dann den Wagenschlüssel hervor. «Die Eltern sehen auch nicht aus, als würden sie die dicke Kohle verdienen, oder? Und wenn doch, dann bestimmt nicht auf ehrliche Weise. So ein Haus kostet. Wo ist eigentlich der Vater plötzlich hin?»

«Er hat es nicht mehr ausgehalten.»

«Na super.» Müller verdrehte die Augen. «Schlafen alle im Wohnzimmer! Wozu brauchen die eigentlich ein ganzes Haus? Und dann dieses verstockte Mädchen ...»

«Regen Sie sich endlich ab, verdammt», rief Arno. Müller hielt inne und starrte ihn erschrocken an. Selbst Arno war überrascht von der Schärfe seiner eigenen Stimme.

«Tut mir leid», entschuldigte er sich sofort und streckte seine eiskalte Hand nach dem Wagenschlüssel aus. «Kommen Sie, ich fahre Sie nach Hause.»

Es war bereits nach Mitternacht, als Arno den Volvo vor seinem alten Fachwerkhaus parkte. Nur die Kälte und der Geruch von Basta erwarteten ihn. Vielleicht würde er morgen dazu kommen, die Schäferhündin von seinem Cousin abzuholen. Er hatte Hunger, aber der Kühlschrank war leer und der letzte Kanten Brot hart geworden. Trotzdem knabberte er daran herum, während er ins Wohnzimmer ging. Der Anrufbeantworter blinkte – er enthielt lediglich eine Nachricht von Aglaja. Sie wollte wissen, ob er gut angekommen sei. Seltsam, als er sie besucht hatte, war sie reserviert gewesen, kaum war er wieder fort, telefonierte sie hinter ihm her. Und machte sich nun bestimmt schon Sorgen, weil er noch nicht zu Hause war und nicht zurückgerufen hatte. Jetzt war es zu spät dafür und er zu müde. Doch nicht nur deswegen verspürte er ein schlechtes Gewissen, als er sich in das Bett legte, das viel zu groß für ihn allein war, und beide Decken über sich ausbreitete. Es lag auch an Ronahi Duman, deren Bild er beim Einschlafen nicht abschütteln konnte.

7

Celle, Montag, 2. Januar 2006

«Klarer Fall, hab ich doch gesagt», verkündete der Erste Hauptkommissar Heiner Pries am nächsten Morgen.

Arno hockte auf der Fensterbank des Konferenzzimmers und schaute die sechs Stockwerke hinunter auf den Hof des benachbarten Landgestütes. Den Boden konnte er kaum erkennen, er hatte den Eindruck, inmitten der dichten Wolkendecke zu sitzen. Wie im Flugzeug, dachte er mit knurrendem Magen und wandte sich schnell um, ehe das Gebäude zu wanken begann.

Um halb acht in der Früh hatten sich die Ermittler des Fachkommissariats I für Tötungs-, Sexual- und Branddelikte in der Celler Polizeiinspektion versammelt. Arno war am Morgen aufgewacht, bevor der Wecker klingeln konnte, und nach einem Espresso und einer Zigarette aufgebrochen, um Müller abzuholen. Der Oberkommissar wohnte seit dem Verlust seines Hauses in einem Mietsblock in der Nähe des Krankenhauses. Am liebsten wäre Arno gleich in die Pathologie gegangen, aber selbst wenn Dr. Rybek zeitig mit der Obduktion begonnen hatte, wäre es noch zu früh gewesen. Müller war wegen des vergangenen Abends offenbar noch immer verstimmt, jedenfalls hatte er auf der Fahrt durch die ungewöhnlich leere Stadt kaum ein Wort von sich gegeben.

Neben Pries, Arno, Müller und Gerd Stockmann war auch Polizeidirektor Jan-Peter Sörensen zu der Sitzung gekommen. Der Leiter der Celler Polizeiinspektion war braungebrannt und sah mit der Nickelbrille und in seinem gutsitzenden anthrazitfarbenen Anzug eher wie ein Manager als wie ein Polizist aus. Im Gegensatz zu den anderen wirkte er zudem frisch und erholt. Das lag daran, dass er vergangene Nacht aus dem Urlaub zurückgekehrt war; er hatte mit seiner Familie zwei Wochen in den Alpen beim Skifahren verbracht. Über die Ereignisse auf dem Schützenplatz musste er erst unterrichtet werden. Nun fehlte nur noch Kriminalkommissar Ulf Mertens, der sich über die Feiertage mit seiner Freundin auf Gran Canaria erholt hatte. Trotzdem hatte Heiner Pries bereits begonnen, und was er zu sagen hatte, war tatsächlich eine Überraschung, klarer machte es den Fall für Arno allerdings nicht.

Der Erste Hauptkommissar hatte nicht lange in den Akten suchen müssen, um herauszufinden, dass Mehmed Duman den Behörden kein Unbekannter war. Erst zwei Tage vor Weihnachten war er aus dem Jugendstrafvollzug in Göttingen entlassen worden, wo er wegen Drogenhandels und Körperverletzung gesessen hatte.

Müller knallte die flache Hand auf den Tisch. «Ich hab's gewusst», sagte er.

«Und von der Familie hat es keiner erwähnt, als Sie gestern dort gewesen sind?», fragte Sörensen.

«Niemand», sagte Müller. «Ganz im Gegenteil.»

Sörensen sah ihn fragend an.

«Na ja, als wir sie mit dem Drogenfund im Wagen konfrontiert haben, taten sie so, als hätte Mehmed nie was mit Drogen am Hut gehabt.»

Arno sah auf die Uhr und setzte sich zu den anderen an den Tisch. «Ich habe den Bruder, Ilhan Duman, der auch der Halter des BMW ist, gebeten, um neun Uhr hier zu sein. Mal sehen, was er heute zu sagen hat.»

«Wenn er auftaucht», sagte Müller.

«Wir müssen herausfinden, wo Mehmed gedealt hat und mit wem er zusammengearbeitet hat, als er damals verhaftet wurde», sagte Pries. «Vielleicht ist er gestern jemandem zum Opfer gefallen, der eine Rechnung mit ihm zu begleichen hatte. Vielleicht hat er jemanden verraten oder übers Ohr gehauen. Ich setze mich gleich mit dem Gefängnispersonal und den Kollegen vom Drogendezernat in Hannover in Verbindung. Dort ist er im Frühjahr geschnappt worden.»

«Gut», sagte Sörensen. «Zuerst der zeitliche Ablauf. Der Notruf erfolgte um 19:34 Uhr, richtig?»

«Richtig», bestätigte Pries. «Eine Frau, die jenseits der Aller wohnt, direkt gegenüber dem Schützenplatz.»

«Die Streife war um 19:48 Uhr am Tatort.»

Pries nickte. «Zu dem Zeitpunkt waren die Kurden schon alle dort.»

«Darauf kommen wir gleich. Der Tod trat also gegen 19:30 Uhr ein?»

«Nach der vorläufigen Untersuchung des Pathologen trifft das zu, ja», sagte Arno.

Sörensen wandte sich an Gerd Stockmann. «Wissen wir schon Genaueres über die Tatwaffe?»

Der Leiter der Spurensicherung nickte. «7,62 Millimeter. Die Hülse haben wir zwar nicht gefunden, dafür aber die Patrone, die den Schädel durchschlagen hat.» Er hielt eine kleine durchsichtige Plastiktüte hoch, in der die Patrone lag, die ein wenig angelaufen und verbeult war, aber ansonsten wie neu wirkte. «Angesichts des Kalibers und der Durchschlagskraft gehe ich von einem Gewehr aus, ich tippe auf ein G3.»

«Ein Bundeswehrgewehr?», fragte Arno.

«Die Polizei hat auch welche, die kommen aber selten zum Einsatz.»

«Wusste ich gar nicht.»

«Man lernt nie aus. Sie werden zum Beispiel benutzt, wenn mal eine angefahrene Kuh erschossen werden muss oder so», erklärte Stockmann. «Außerdem wird es in vielen Ländern in Lizenz hergestellt und weltweit von allen möglichen Armeen benutzt. Ein deutscher Exportschlager sozusagen. Heckler & Koch muss sich damit dumm und dusselig verdient haben. Beim Bund ist das G3 allerdings seit Ende der Neunziger ausgemustert worden.»

«Waren die nicht extrem schwerfällig und ungenau?», warf Pries ein.

«So kann man das nicht sagen. Aber ein G3 hat eine große Feuerkraft und deshalb einen enormen Rückstoß. Mit Zielgerät ist es treffsicher bis auf 800 Meter und mehr. Ein guter Schütze trifft ohne Zielfernrohr auf einer Distanz von 200 bis 300 Metern.» Stockmann erhob sich, ging zur Tafel und nahm ein Stück Kreide. «Also, hier stand der BMW, gleich am Anfang des Parkplatzes», sagte er und zeichnete ein Kreuz. «Die Patrone haben wir im Stamm eines Baumes an der Hafenstraße, etwa zwanzig Meter hinter der Leiche gefunden. Und hier, in der anderen Richtung, ungefähr zweihundert Meter vom Opfer entfernt, direkt zwischen dem Schießstand und der Aller, haben wir die Reste einer Batterie Silvesterböller und Fußspuren entdeckt.» Er skizzierte ein Rechteck und daneben eine Schlangenlinie. Dann schüttelte er den Kopf und drehte sich zu den anderen um. «Allerdings ist der ganze Platz voller Fußspuren, weil überall Leute rumgerannt sind.»

«Böller?»

«Ja», sagte Stockmann. «Die ganze Stadt ist ja mit abgebrannten Silvesterböllern übersät, aber an dieser Stelle haben wir keine anderen gefunden. Wenn sie nicht schon vorher dort entzündet worden sind, waren die Böller vielleicht dazu da, das Opfer abzulenken und den Schuss zu übertönen.»

«Das könnte passen», meinte Pries nickend. «Die Frau, die angerufen hat, hat von Krachern gesprochen und nicht von einem Schuss. Kann man die Böller ermittlungstechnisch verwerten?»

Stockmann zog eine Augenbraue hoch. «Fingerabdrücke sind darauf nicht mehr zu finden», sagte er. «Und kaufen kannst du den Scheiß überall. Aber wenn der Pathologe nichts anderes herausfindet, gehe ich mal davon aus, dass der Schütze hier gestanden hat.» Stockmann deutete auf das Rechteck aus Kreide, das den Schießstand direkt neben der Aller darstellen sollte.

«Was meinen Sie, Herr Stockmann», begann Sörensen, «wie gut muss man schießen können, um auf die Entfernung den Kopf zu treffen?»

«Man muss kein Meisterschütze sein, aber man muss schon sehr geübt sein, würde ich sagen. Es sei denn, es war ein Zufallstreffer.»

«Und es ist nur ein Schuss abgefeuert worden?»

«Die Leiche wies keine weitere Schussverletzung auf, und wir haben keine andere Patrone gefunden.»

«Sieht aus wie eine fachmännische Hinrichtung», brummte Pries.

«Wo kriegt man ein G3 her?», fragte Arno.

Stockmann zupfte an seinem Toupet. «Wenn es nicht geklaut ist? Ich glaube, da gibt es unzählige Möglichkeiten. Auf der ganzen Welt existieren mehrere Millionen Exemplare. Von Europa über die Türkei bis nach Brasilien.»

«Die Kurden kommen doch aus der Türkei», sagte Müller.

Stockmann verdrehte die Augen. «Das war nur ein Beispiel, Karsten. Die Dinger gibt es überall auf der Welt.»

«Stimmt es eigentlich, dass die fast alle einen deutschen Pass haben?», fragte Müller und sah in die Runde.

«Die meisten Kurden, die hier bei uns in Celle leben, haben einen», antwortete Sörensen. «Da sie in ihrer Heimat sowohl ethnisch als auch religiös verfolgt worden sind, wurde den Asylgesuchen fast durchgängig stattgegeben. Die Kurden hier in Celle sind ja vor allem Yeziden.»

«Und warum sind die alle gerade in Celle?», hakte Müller weiter nach.

«Die ersten sind Ende der siebziger Jahre hergekommen», wusste Gerd Stockmann. «Als Gastarbeiter. Damals gab es ja noch Industrie hier. Philips, Trüller und so weiter.»

«Richtig», sagte Sörensen nickend. «Und da liegt das Problem. Man dachte, die gehen nach ein paar Jahren wieder. Die Behörden hatten anfangs keine Ahnung, dass es sich um Yeziden handelte. Nach und nach haben die dann ihre Familien nachgeholt. Mittlerweile lebt in Celle die größte Gemeinschaft von Yeziden außerhalb Kurdistans.»

«Und da wird immer behauptet, hier sei alles Mittelmaß», bemerkte Pries ironisch.

Sörensen warf ihm kurz einen kritischen Blick zu. «Von dem engen Zusammenhalt und der Verfolgung der Yeziden wusste damals jedenfalls niemand etwas», fuhr er fort.

Müller war immer noch nicht zufrieden. «Was unterscheidet denn Yeziden nun eigentlich von den anderen Kurden?»

«Der größte Teil der Kurden ist islamisiert worden», erklärte Sörensen, «die Yeziden nicht. Es sind keine Moslems. Deswegen werden sie von den Arabern und Türken nicht nur als Kurden, sondern auch als Ungläubige verfolgt.»

«Das ist ja schön und gut», sagte Müller, «aber woran glauben die jetzt?»

Sörensen nahm seine Nickelbrille ab und rieb sich die Augen. «Schwierig zu sagen.» Er setzte die Brille wieder auf und schaute in die Runde. Sein Blick traf auf allgemeines Schweigen.

Heiner Pries lehnte sich in seinem Stuhl zurück. «Glaube hin oder her. Im Moment muss uns das nicht interessieren, oder? Es ist schon bei kleineren Delikten schwer, in der kurdischen Gemeinde zu ermitteln. Und jetzt müssen wir einen Mord aufklären.»

«Wo wir schon mal dabei sind», sagte Arno, «es sollte absolute Nachrichtensperre herrschen. Wenn irgendwas von Kurden und Drogen und Mord in der Presse erscheint, gibt es gleich wieder Unruhe in der Stadt.»

«Von dem Mord steht schon was drin», sagte Pries und hob die Regionalzeitung hoch. «Und natürlich haben sie auch was von Drogengeschichten geschrieben.»

«Scheiße», fluchte Arno. «Woher wissen die das?»

Pries zuckte mit den Achseln. «Von mir nicht.»

«Mit der Redaktion war eigentlich Zurückhaltung bei diesen Fällen abgemacht», sagte Sörensen. «Ich kümmere mich persönlich darum und werde unsere Pressestelle anweisen, keine Informationen rauszugeben.»

In dem Moment ging die Tür auf, und Kriminalkommissar Ulf Mertens kam herein. «Sorry, aber der Flug hatte Verspätung und ...» Er setzte sich schnell hin. «Frohes neues Jahr übrigens.»

«Ebenfalls.»

«Ich denke, du warst auf Gran Canaria», sagte Müller.

«War ich auch, wieso?»

«Du bist immer noch kalkweiß, Mann.»

Sofort wurde Mertens knallrot. «Es war superheiß, und wir sind beide keine Sonnenanbeter, deshalb ...»

«Deshalb hast du mit Frau Miele lieber die ganze Zeit im Hotel die Matratze getestet, oder wie?» Müller lachte laut auf, Arno und Heiner Pries mussten schmunzeln, und Gerd Stockmann schüttelte nur den Kopf.

«Gut», sagte Sörensen, «wenn wir das geklärt hätten, können wir ja weitermachen, oder?» Er wandte sich wieder an Stockmann, der noch immer vor der Tafel stand. «Haben Sie noch mehr im Wagen gefunden?»

«Nichts, was uns weiterbringt. Einen Haufen Fingerabdrücke. CDs, Werkzeug, Müll, Kondome.»

«Was für CDs?», wollte Arno wissen.

Pries hob eine Augenbraue. «Ist das wichtig?»

«Es sagt uns etwas über den Menschen.»

«Ich kenne mich damit nicht aus», antwortete Stockmann, «aber auf den Covern sind vor allem muskelbepackte Schwatte in ähnlichen Klamotten wie das Opfer mit leichtbekleideten Bräuten und großen Knarren zu sehen.»

«Schwarze heißt das», mahnte Pries mit einem verstohlenen Blick auf Sörensen.

«Mehr habe ich jedenfalls nicht», brummte Stockmann, legte die Kreide weg und setzte sich wieder an den Tisch.

«Okay», begann Arno. «Wir müssen jetzt vor allem herausfinden, was Mehmed Duman getan hat, seit er aus dem Gefängnis entlassen wurde, wen er getroffen hat und so weiter. Also Konzentration auf seine Familie, seine Freunde und sein ganzes Umfeld.»

«Ja», sagte Heiner Pries, «und jetzt kommen wir wieder zu diesem Auflauf, der am Tatort geherrscht hat. Angeblich sind die Leute alle angerufen worden. Es muss doch möglich sein, herauszufinden, wer die Telefonkette eingeleitet hat, oder?»

«Und wie?», wandte Arno ein. «Wir können kaum von jedem das Handy konfiszieren, geschweige denn Listen von den Telefongesellschaften anfordern. Da steigt uns gleich der Datenschutz aufs Dach.»

«Richtig», pflichtete ihm Sörensen bei.

«Aber mich würde schon interessieren, wer die Nachricht als Erster weitergegeben hat», beharrte Pries. «Derjenige muss etwas wissen oder vielleicht sogar etwas mit dem Mord an

Mehmed Duman zu tun haben. Die ersten Leute waren vor der Streife dort.»

Damit hatte Pries nicht unrecht, dachte Arno. Die anderen schienen es genauso zu sehen.

Sörensen schüttelte den Kopf. «Ich sehe da keine Chance», meinte er.

«Mist», fluchte Pries, verschränkte seine kurzen, muskulösen Arme und lehnte sich zurück. «Ich hasse diese Bürokratie.»

«Mehmed Duman?», wiederholte Mertens, der die ganze Zeit aufmerksam zugehört hatte, als wollte er damit seine Verspätung gutmachen.

«Ja», sagte Arno. «Das ist der achtzehnjährige Kurde, der letzte Nacht erschossen worden ist. Der Kollege Müller kann Ihnen gleich die Einzelheiten erzählen.»

«Mit dem hatten wir doch schon mal zu tun, oder?»

«Mir kam der Name auch gleich bekannt vor, aber ich komme nicht darauf, woher.»

Mertens legte die Hände auf die Tischplatte und schaute konzentriert an die Decke. «Das muss kurz nach der Sache im Landgestüt gewesen sein, vor drei Jahren oder so. Oder eher zweieinhalb.» Er senkte den Blick und sah Arno an. «Sergeant Fuller hat uns damals drauf gebracht, wissen Sie noch?»

«Stimmt. Jetzt fällt es mir auch wieder ein.» Kein Wunder, dass sich Mertens so gut an diesen Fall erinnerte, dachte Arno. Bei den Ermittlungen hatte der damals noch unerfahrene Kommissar die Gymnasiallehrerin Maja Miele kennengelernt, mit der er sich gerade auf Gran Canaria vor der Sonne versteckt hatte. Schon damals hatte niemand die Schwärmerei des verklemmt wirkenden Mertens für die provokante und schrullige Kunsterzieherin verstehen können. «Das war bei diesem Fußballspiel, oder?»

«Herr Hennings, können Sie uns mal aufklären?», verlangte Sörensen.

Arno versuchte, sich die Fakten wieder ins Gedächtnis zu rufen. «Im Herbst 2003 kam Sergeant Emma Fuller zu mir und bat uns um Hilfe», begann er. «Bei einem Fußballspiel in Bergen zwischen einer Mannschaft britischer Soldaten und einem kurdischen Club …»

«Genau, der FC Agir», fiel Müller ihm ins Wort. «Die sind im ganzen Landkreis berüchtigt. Macht keinen Spaß, gegen die zu spielen.»

«Gegen englische Mannschaften zu spielen macht auch keinen Spaß», entgegnete Arno. Er hatte als Kind selbst in der Kreisliga gespielt und eigene Erfahrungen gesammelt. «Bei der Partie kam es jedenfalls zu einer Rangelei zwischen einem kurdischen und einem britischen Spieler und …»

«Rangelei ist gut», unterbrach ihn Müller erneut. «Die haben sich auf dem Platz richtig geprügelt.»

«Bei dem Kurden handelte es sich tatsächlich um Mehmed Duman. An den Namen des Engländers kann ich mich nicht mehr genau erinnern. John Peel, oder so.» Arno hielt inne. Nein, John Peel war ein berühmter englischer Radiomoderator, der viele Rockbands entdeckt hatte und erst kürzlich verstorben war. «Egal, aus der Sache hatte sich jedenfalls eine richtige Fehde entwickelt, der englische Soldat fühlte sich zunehmend bedroht von den Kurden.»

«Ja», sagte Mertens, «obwohl der auch völlig durchgedreht ist auf dem Platz. Eigentlich konnte niemand sagen, wer den Streit begonnen hat.»

«Richtig.»

«Und was wollte Sergeant Fuller von Ihnen?», fragte Sörensen interessiert.

«Tja, als britische Militärpolizistin stand sie natürlich auf der Seite ihrer Landsleute und wollte, dass wir etwas gegen

Mehmed Duman und seine Freunde unternehmen», erinnerte sich Arno. «Sie wollte ihre Truppe schützen – wozu es keine Veranlassung gab. Wie gesagt, es war einfach ein Streit auf dem Fußballplatz, der etwas ausgeartet ist. Dafür, dass die Kurden den Soldaten weiterhin bedroht haben, gab es keinerlei Beweise. Da sind einfach zwei Hitzköpfe aneinandergeraten.»

Für eine Weile breitete sich ein nachdenkliches Schweigen im Konferenzzimmer aus. Sörensen beugte sich nach vorn, starrte auf die Tischplatte und faltete die Hände wie zum Gebet.

«Zwei Hitzköpfe, die aneinandergeraten sind», sagte der Polizeidirektor tonlos. «Ein Kurde und ein britischer Soldat. Jetzt ist der Kurde mutmaßlich mit einem Armeegewehr erschossen worden. Offenbar von einem geübten Schützen.» Er schaute auf. «Ich will nicht voreilig urteilen, aber mich würde dennoch interessieren, was dieser Soldat heute macht. Und wenn wir damit nur eine Möglichkeit ausschließen können.»

«Operation Desert Shield», sagte Mertens wie aus der Pistole geschossen. Und als die anderen ihn fragend anstarrten, fügte er schnell hinzu: «Ich weiß auf jeden Fall noch, dass er im Irak war. Wie die meisten Engländer in Bergen.»

«Und jetzt?» Sörensen schaute von Mertens zu Arno.

«Könnte vielleicht nicht schaden, das herauszufinden.»

8

Sergeant Emma Fuller vom SIB, der Kriminalpolizei der britischen Army, war eine der ersten Personen gewesen, die Arno kennengelernt hatte, als er nach Celle zurückgekehrt war. Sein erster Fall hatte ihn auf den riesigen NATO-Truppenübungsplatz am Nordrand des Landkreises geführt, wo nach einem Manöver ein britischer Soldat erschlagen aufgefunden worden war. Die kleine, drahtige Militärpolizistin hatte damals erheblichen Anteil an der Lösung des Falles gehabt. Von Anfang an waren sich die beiden sympathisch gewesen, doch während Arno sie eher auf freundschaftliche Art und Weise zu schätzen lernte, hätte Emma sich damals wohl durchaus mehr vorstellen können. Aber abgesehen davon, dass sie nicht wirklich sein Typ war, waren Arnos Gedanken nur um Aglaja gekreist, die er in Berlin zurückgelassen hatte.

Nach dem Konflikt zwischen Mehmed Duman und dem englischen Soldaten hatte er Emma nicht mehr gesehen, denn damals waren sie nicht gerade in Frieden auseinandergegangen. Arno erinnerte sich jetzt wieder genau an den Vorfall: Sein jüngerer Bruder Philip, der in den USA als Studiomusiker arbeitete, war zu der Zeit zu Besuch gewesen und hatte mit seiner Band ein Konzert in Celle gegeben, bei dem unerwartet Emma aufgetaucht war und Arno um Hilfe gebeten hatte. Tatsächlich hatte sie ihn dann aber nicht nur gedrängt, zum Schutze der englischen Soldaten etwas gegen die Kurden zu unternehmen, sie hatte im Grunde verlangt, dass er irgendetwas Belastendes fand, um Mehmed und seine Freunde aus dem Verkehr zu ziehen. Dabei war ihr anscheinend jedes Mittel recht. Zu diesem Zeitpunkt hatte nichts gegen den jungen Kurden vorgelegen, und außerdem war Arno mit anderen Fällen beschäftigt gewesen, deshalb hatte er sich lieber aus der Sache herausgehalten. Emma hatte das ganz und gar nicht gefallen, der Kontakt war danach abgebrochen, und die beiden hatten sich ganz aus den Augen verloren.

Deshalb hatte er jetzt ein ungutes Gefühl, als er in seinem Büro Emmas Nummer heraussuchte. Schließlich konnte er ihr kaum sagen, dass die Umstände des Mordes an Mehmed Duman Polizeidirektor Sörensen gerade dazu veranlasst hatten, eine Verbindung zu dem englischen Soldaten herzustellen. Arno hatte Emma gut genug kennengelernt, um zu wissen, dass man manchmal sehr behutsam mit ihr umgehen musste. Während er ihre Nummer wählte und sich eine Strategie überlegte, fragte er sich, ob sie überhaupt noch in Bergen am Truppenübungsplatz stationiert war. Doch nach kurzem Läuten war sofort ihre tiefe Stimme zu hören, die ihm auch nach all der Zeit noch vertraut war. Natürlich war sie überrascht von seinem Anruf, sie klang aber auch aufrichtig erfreut. Als Arno auf den Mord an Mehmed Duman zu sprechen kam und nach dem englischen Soldaten fragte, wich die Freude jedoch sofort wieder aus ihrer Stimme.

«Und was soll unser Soldat damit zu tun haben?», wollte sie wissen.

«Wahrscheinlich nichts», entgegnete Arno. «Aber wir wissen zu wenig über diesen Mehmed Duman. Vielleicht hat es nach dem Streit auf dem Fußballplatz doch noch irgendeinen Kontakt zwischen den beiden gegeben.»

«Was für einen Kontakt?»

Arno seufzte. «Du hast doch damals selbst gesagt, dass der

Soldat sich weiterhin bedroht gefühlt hat. Ich würde nur gerne mit ihm reden, vielleicht kann er mir irgendwie weiterhelfen. Jede Information kann uns weiterbringen, du kennst das doch. Wie war noch sein Name?»

Es entstand eine kurze Pause. «Der Name des Soldaten war Sergeant Thomas Peel», sagte Emma. Arno hatte also doch nicht so falsch gelegen.

«Sehr gut, Sergeant», meinte er. «Ich wusste ja, dass ich mich auf dich verlassen kann.»

«Inspector, bitte», entgegnete Emma, schon etwas besser gelaunt.

«Oh, sorry. Herzlichen Glückwunsch, Inspector Fuller.» Die Briten waren offenbar schneller zu Beförderungen bereit als die deutschen Behörden. «Und wo ist dieser Sergeant Peel jetzt?»

«Ich glaube, er ist aus der Army ausgeschieden.»

«Also ist er nicht mehr in Deutschland?»

«Kann ich nicht sagen.» Sie hielt einen Moment inne. «Soll ich mich informieren?», bot sie dann an.

Ihr Deutsch ist auch besser geworden, dachte Arno. «Das wäre wunderbar.»

«Komm doch einfach her, dann schauen wir gemeinsam», schlug Emma vor.

«Ich komme, sobald du etwas weißt, okay?»

«Wenn du mit ihm reden willst», sagte Emma, «will ich auf jeden Fall dabei sein.»

«Kein Problem.»

«Okay, ich melde mich.»

Sie beendeten das Gespräch. Bevor er sich auf den Weg nach Bergen machte, musste Arno etwas anderes erledigen. Mittlerweile war es Viertel nach neun, und Ilhan Duman war noch nicht aufgetaucht. Vielleicht war es naiv gewesen zu glauben, er würde einfach Arnos Bitte nachkommen. Außerdem musste Arno endlich etwas essen.

Er fuhr mit dem Fahrstuhl ins Erdgeschoss und stieg dann vorsichtig die völlig vereisten Stufen vor der Eingangstür hinab. Diesmal würde er allein zu den Dumans fahren, was angesichts von Müllers Laune wahrscheinlich besser war. Es war schon schwierig genug, das Misstrauen der Kurden aufzubrechen, da wollte er nicht auch noch verhindern müssen, dass der Kollege es durch seine persönlichen Probleme sofort wieder schürte.

Zudem gab es bereits jetzt so viele verschiedene Ermittlungsstränge, dass sie gar keine andere Wahl hatten, als sich aufzuteilen. Während Heiner Pries sich darum kümmerte, mehr über Mehmed Dumans Haft und seine Kontakte zur Drogenszene herauszufinden, sollte Müller gemeinsam mit Mertens die Liste der Personalien durchgehen, die am Tatort von den Schaulustigen aufgenommen worden war. Außerdem sollten die beiden versuchen, über die Verbindung zum Fußballclub FC Agir Freunde des Mordopfers zu finden, die vielleicht etwas über Mehmeds letzte Tage wussten.

Arnos Hände froren beinahe am Lenkrad fest. Beim Losfahren schob er die Kassette ein, die noch immer im Schlitz des Autoradios steckte. Wenn er mal einen freien Abend und nichts anderes zu tun hatte, nahm er gerne Kassetten auf, die er leider nie beschriftete. Meistens ließ er sich dabei von irgendeinem Motiv oder Thema durch seine umfangreiche Plattensammlung treiben. Er hatte keine Ahnung mehr, was ihm bei dieser Aufnahme durch den Kopf gegangen war, doch als die Kassette leiernd anlief und er dann die sanft federnde Soulmusik hörte und die einschmeichelnde Stimme erkannte, wusste er, dass es ein verdammt einsamer und wahrscheinlich sehr kalter Abend gewesen sein musste. *When you really love somebody,* sang Shirley Brown, *you just don't see no wrong.*

Die Stadt wirkte noch immer erstaunlich entvölkert, selbst auf der chronisch verstopften Hannoverschen Straße herrschte an diesem Vormittag kaum Verkehr. Entweder waren die meisten Leute noch in Urlaub, oder sie trauten sich bei der Eiseskälte nicht aus dem Haus. Oder beides. Tatsächlich war es erneut ein Tag, den man am besten im Bett verbrachte; die grauen Wolken zogen nicht ab und hingen wie eine Glocke über der Stadt. Alles war grau, kahl und kalt. In der frostigen Luft wurden die Abgase zu dichten, züngelnden Rauchfahnen, die jedes Auto hinter sich herzog.

An der Allerbrücke entschied sich Arno, zuerst ins Allgemeine Krankenhaus zu fahren. Dort konnte er vielleicht ein belegtes Brötchen bekommen, dann wollte er der Pathologie einen Besuch abstatten. Je schneller ihm alle medizinischen Einzelheiten des Mordes bekannt waren, desto besser war er vorbereitet.

Auf dem Parkplatz vor dem Krankenhaus war ein ganzer Trupp Männer mit orangen Westen und Mützen damit beschäftigt, die dicke Eisschicht aufzuschlagen und abzutragen. Arno schaltete die Musik aus, stieg aus dem Wagen und stakste über den Platz zum Haupteingang. Drinnen empfing ihn eine warme Luftwelle und der scharfe Geruch nach Putzmittel, der ihm fast den Appetit raubte. Dennoch ging er in die Cafeteria, die gerade geöffnet wurde, und kaufte eine Flasche Wasser sowie ein mit Schinken belegtes Baguette, das er sofort zu essen begann.

Die pathologische Abteilung lag im Keller des weitläufigen Gebäudes. Als Arno aus dem Fahrstuhl trat, meinte er auf dem Gang das Aftershave zu riechen, das Dr. Papenburg immer üppig aufzutragen pflegte. Aber das konnte nicht sein, der hauptamtliche Pathologe war ja auch im Urlaub. Arno schlang schnell den Rest des Baguettes hinunter, wischte sich die Hände am Mantel ab und klopfte an der Tür zum Autopsiesaal an. Als niemand antwortete, ging er langsam hinein. Auf dem Metalltisch im Zentrum lag eine mit einem weißen Tuch abgedeckte Leiche, aber sonst war niemand zu sehen.

«Dr. Rybek?», rief Arno. «Sind Sie da?»

Sofort kam der großgewachsene Pathologe gebückt durch die Tür, die in ein kleines Büro führte. Er trug eine besprenkelte Plastikschürze über einem weißen Kittel und sah Arno fragend an.

«Hauptkommissar Hennings. Wir haben uns gestern kurz auf dem Schützenplatz gesehen.»

«Ach, richtig. Kommen Sie», sagte er und ging zum Autopsietisch. «Ich war gerade dabei, den Bericht zu schreiben.»

Arno folgte ihm. «Sind Sie Pole?» Nach seinen dürftigen Polnischkenntnissen könnte Rybek eine Verniedlichungsform von Ryby sein, was Fisch bedeutete.

Rybek drehte sich mit einem argwöhnischen Blick zu ihm um. «Sehe ich so aus, oder ist mein Deutsch so schlecht?»

«Weder – noch. Wegen des Namens.»

«Meine Eltern stammen aus Polen, aber ich bin hier geboren. Ich spreche auch kein Polnisch. Wollen Sie sonst noch etwas wissen?»

«Nicht über Sie. Entschuldigen Sie meine Neugier.»

Ohne etwas zu erwidern, schlug Dr. Rybek das weiße Laken zurück.

«Im Prinzip gibt es keine neuen Erkenntnisse», begann der Pathologe und deutete auf den Kopf. Die Wunde war gereinigt worden, das Loch in der Stirn hatte seine schreckliche Wirkung verloren und sah aus, als gehöre es zum Gesicht wie Augen, Nase und Mund. Arno erkannte nun auch die große Ähnlichkeit Mehmeds zu seinem älteren Bruder, er hatte das gleiche tiefschwarze, dichte Haar und eine ähnlich gerade, beinahe ansatzlose Nase wie Ilhan, die Arno an griechische Skulpturen erinnerte.

«Die Kugel ist hier direkt über dem rechten Auge in die

Stirn eingedrungen», erklärte Rybek, «hat den Schädel diagonal durchschlagen und ist links am Hinterkopf wieder ausgetreten.»

Die Leiche lag auf dem Rücken, sodass man die Austrittswunde nicht sehen konnte. «Hat er was davon gemerkt?», fragte Arno.

Der Pathologe zog eine Augenbraue hoch. «Die Kugel ist direkt durchs Hirn gegangen. Um noch etwas zu merken, blieb keine Zeit.»

Arno nickte. «Dann ist der Schuss also schräg rechts von ihm abgegeben worden.» Er sah Stockmanns Skizze vor sich. Die Böller wurden auf der rechten Seite des Schießstandes gefunden, der BMW hatte in einer Entfernung von gut zweihundert Metern etwas nach links versetzt vor dem Gebäude gestanden.

«Sieht so aus.»

«Die Spurensicherung hat eine Patrone vom Kaliber 7.62 mm gefunden. Unser Fachmann von der Spurensicherung geht von einem G3 aus.»

«Kommt hin», murmelte Dr. Rybek und starrte auf die Leiche. «Es muss jedenfalls eine spitze Patrone gewesen sein, die den Schädel mit einer solch enormen Durchschlagskraft durchbohrt hat, dass selbst durch die relativ kleine Austrittswunde Hirnmasse geschleudert wurde.»

«Danke, jetzt kann ich mir auch das vorstellen», sagte Arno. Aber es half ihm nicht weiter. Häufig führten die Ergebnisse der Obduktion eine Ermittlung auf die richtige Spur. Dieser Fall war zwar brutal, jedoch im Grunde simpel und eindeutig, ohne dass ihm diese Erkenntnis eine große Hilfe war. «Und der Todeszeitpunkt?»

«Irgendwann zwischen 19:25 Uhr und 19:35 Uhr gestern Abend», antwortete Dr. Rybek gleichgültig. «Präziser kann man das nicht sagen.»

«Sie sind doch ziemlich präzise in Ihren Ausführungen», sagte Arno. Der Anruf der Frau kam um 19:34 Uhr, also musste Mehmed kurz davor gestorben sein. Er lächelte den Pathologen an. «Haben Sie sonst noch etwas herausgefunden?»

Dr. Rybek blieb reserviert. «Der junge Mann war in guter körperlicher Verfassung», sagte er sachlich, «allerdings war er offenbar ein ziemlich nervöser Typ. Er war starker Raucher, und die Fingernägel sind fast alle bis aufs Nagelbett abgekaut.»

Das brachte Arno auch nicht weiter. Mehmed Duman war nicht der Einzige, der nach Monaten im Gefängnis vor lauter Langeweile und Unruhe an den Nägeln knabberte. «Haben Sie Hinweise auf Drogenmissbrauch gefunden?»

«Ich habe tatsächlich ein paar Tests gemacht, nachdem ich gehört hatte, dass in seinem Wagen Drogen gefunden worden sind.» Der Pathologe schüttelte den Kopf. «Nachweisen konnte ich aber nichts. Jedenfalls keine der üblichen Substanzen wie die, die am Tatort gefunden wurden. Wenn er Drogen konsumiert hat, dann muss es schon eine Weile her sein.»

«Na schön», sagte Arno. «Das war es dann wohl. Ich danke Ihnen für die schnelle, sorgfältige Arbeit.»

«Ich schicke Ihnen den Bericht zu», sagte Rybek, schlug das Laken wieder über die Leiche und marschierte zurück in das kleine Büro.

Arno verabschiedete sich und verließ den Autopsiesaal. Mit dem Fahrstuhl fuhr er hinauf zur Eingangshalle. Am Ausgang wäre er beinahe mit einem kleinen Mann zusammengeprallt, der mit wehendem Mantel ins Krankenhaus gehetzt kam. Scheinbar völlig in Gedanken versunken, schaute der Mann erschrocken auf. Trotz der Kälte standen Schweißperlen auf seiner Stirn.

«Tut mir leid», sagte Arno.

«War meine Schuld», murmelte der Mann und hielt einen

Moment inne, als hätte Arnos Anblick etwas in ihm wachgerufen.

Auch Arno kam der Mann mit der großen Brille und der breiten Krawatte bekannt vor. «Dr. El Tahir, richtig?»

«Richtig», sagte der Mediziner und fuhr mit einem Ärmel über die Stirn. Seine Hand zitterte. «Sie sind …?»

«Hauptkommissar Hennings», half Arno ihm auf die Sprünge. «Wir hatten vor ein paar Jahren dienstlich miteinander zu tun.» Ein Verdächtiger war angeschossen worden, Dr. El Tahir hatte ihn behandelt und eine seltene Substanz in seinem Blut festgestellt, eine Droge, an der die minderjährige Tochter des Arztes fast gestorben wäre.

«Ja, genau, jetzt erinnere ich mich.»

«Geht es Ihnen gut?»

«Ja, ja, ich bin nur in Eile, entschuldigen Sie, ich …» El Tahir wandte sich ab und eilte zum Fahrstuhl.

Arno schaute ihm hinterher, dann trat er hinaus in die eisige Kälte, die auch jetzt, obwohl es auf den Mittag zuging, nicht abnehmen wollte.

9

Arno rieb seine Hände aneinander und stapfte von einem Fuß auf den anderen, während er darauf wartete, dass die Tür geöffnet wurde. Wie am vergangenen Abend standen zahlreiche Autos vor dem Einfamilienhaus am Rande Klein Hehlens. Arno drückte noch einmal auf die Klingel. Sein Finger blieb beinahe am Metall haften. Er erinnerte sich an schreckliche Geschichten von Kindern, die einen überfrorenen Metallpfosten angeleckt und ihre Zungen nicht mehr losbekommen hatten. Arno kannte zwar niemanden, dem das passiert war, aber in seinem Kopf hatten sich seitdem schreckliche Bilder von festgefrorenen und abgerissenen Zungen eingenistet. Und mit einem etwas flauen Gefühl im Magen merkte er nun, wie er sich halb darauf freute, halb aber auch befürchtete, gleich wieder Ronahi Duman gegenüberzustehen. Mein Gott, dachte er, woher kommen diese Verunsicherung, diese Schmetterlinge im Bauch, und das mitten in einer Ermittlung, im tiefsten Winter und noch dazu in seinem Alter?

Statt der scheuen jungen Frau öffnete jedoch Dosto Yavsan die Tür, den Kopf wie immer etwas schief zur Seite geneigt. «Ach, Sie», sagte er.

«Ja, ich», entgegnete Arno. «Darf ich reinkommen?»

Dosto trat einen Schritt zurück und ließ Arno in den Flur. «Im Moment können Sie aber niemanden sprechen», sagte er.

«Weshalb?»

«Der Pir ist hier.»

«Lassen Sie mich nicht dumm sterben.»

«Kommen Sie, wir gehen ins Nebenzimmer.»

Arno folgte ihm und knöpfte seinen Mantel auf. Dosto führte ihn in das kleine Zimmer, in dem am vergangenen Abend Mehmeds Eltern gesessen hatten, und deutete auf die Sessel. «Setzen Sie sich. *Tcha?*»

«Bitte?»

Dosto lächelte. «Wollen Sie einen Tee?»

«Tee wäre nicht schlecht, danke.» Arno ließ sich in einem der Sessel nieder und genoss die angenehme Wärme. Als Dosto hinausging, nahm er die beschlagene Brille ab und putzte sie an seinem Hemdzipfel. Er setzte sie wieder auf und schaute sich um. Auch in diesem Zimmer hing ein Bild von einem Pfau an der Wand. Während Arno noch das kunstvoll gezeichnete, aufgefächerte Rad betrachtete, kehrte Dosto mit zwei kleinen Gläsern Tee auf einem Tablett zurück, stellte eines vor Arno ab und nahm dann in dem anderen Sessel Platz.

«Was heißt danke auf Kurdisch?», fragte Arno.

«Spas.»

«Na dann, *spas*», sagte Arno, nahm den Tee und lehnte sich zurück. «Also, wer ist hier?»

«Der Pir», antwortete Dosto und machte ein wichtiges Gesicht. «Das ist ein religiöser Führer, eine Art Priester. Bei den Yeziden gibt es drei Kasten: Es gibt die normalen Leute, die Muride, dann kommen die Pirs und dann die Scheichs. Und nur die Pirs und Scheichs kennen die religiösen Riten und Handlungen.»

«Ach, interessant.» Das Glas war so heiß, dass Arno es von einer Hand in die andere wechseln musste.

«Außerdem sind eine Menge Freunde und Verwandte gekommen. Das ist so üblich bei einem Todesfall. Jeder bringt

Geld mit für die Beerdigung und die Trauerfeier. Die dauert zehn Tage.»

«Zehn Tage? Eine lange Zeit.» Arno trank einen Schluck Tee. «Oh, der ist bitter.»

«Hier ist Zucker.»

«Danke.» Arno löffelte Zucker in den Tee und stellte das Glas auf dem Tisch ab. «Darf ich rauchen?»

Dosto beugte sich vor und schob den Aschenbecher zu Arno. «Bitte.»

Arno knetete die klammen Finger, holte dann seinen Tabaksbeutel hervor und begann, sich eine Zigarette zu drehen. «Eigentlich wollte ich zu Ilhan.»

«Ich habe ihm schon Bescheid gesagt. Er kommt gleich.»

«Gut. Was machen Sie eigentlich sonst so?»

«Ich? Ich arbeite beim Kurdischen Kulturverein.» Dosto beobachtete Arno aufmerksam. «Einen Polizisten, der Zigaretten dreht, habe ich noch nie gesehen.»

«Haben Sie schon viele Polizisten kennengelernt?»

«Nein.»

«Aber Mehmed offenbar. Wussten Sie, dass er wegen Drogenhandels im Gefängnis war?»

Dosto nickte mit trauriger Miene. «Ja.»

«Warum haben Sie gestern nichts davon gesagt?»

Der junge Mann zuckte mit den Achseln. «Sie haben nicht gefragt.»

Arno zündete sich die Zigarette an. «Wie gut sind Sie mit ihm befreundet gewesen?», fragte er und zupfte ein paar Tabakkrümel von den Lippen.

«Früher waren wir sehr eng befreundet», sagte Dosto. «Jetzt nicht mehr so.»

«Weshalb?»

Dosto zuckte mit den Achseln. «Wir sind sehr verschieden. Aber ich bin sein *biraye achrete*, sein Jenseitsbruder.»

«Ja, das haben Sie bereits erwähnt. Und was bedeutet das?»

«Also, für Sie ist das vielleicht komisch, aber wir Yeziden glauben, dass das Leben nicht mit dem Tod endet», begann Dosto, und sein Kopf schien sich noch weiter als sonst zur Seite zu neigen. «Wir glauben, dass die Seele nach dem Tod in einen anderen Zustand übergeht. Seelenwanderung, verstehen Sie? Wenn man lebt, sucht man sich einen Bruder fürs Jenseits. Und wenn man dann stirbt, begleitet einen der Jenseitsbruder bei der Totenzeremonie auf dem Weg zur neuen Bestimmung.» Dosto hielt inne. «Natürlich nur symbolisch.»

«Natürlich. Dann haben Sie jetzt eine ziemlich wichtige Rolle zu erfüllen, oder?»

«Ja.» Dosto nickte ernst. «Die meisten in meinem Alter haben keine Ahnung davon. Von unseren Traditionen, meine ich. Wie Mehmed. Wenn ich gestorben wäre, hätte er wahrscheinlich gar nicht gewusst, was man tun muss. Aber mir ist klar geworden, dass es nicht gut ist, wenn keiner etwas weiß. Von allein sagt einem keiner etwas. Wir haben auch keine Bibel oder Koran oder so. Die Religion wird nur mündlich überliefert von den Pirs und Scheichs. Man muss sich selbst darum kümmern, dass man etwas von ihnen erfährt. Ich war im letzten Herbst in Lalish, und das hat mir sehr viel gebracht.»

«Inwiefern?»

«In Lalish ist das Grab von Scheich Adi. Das war ein ganz wichtiger Mann für die Yeziden.» Dosto zeigte auf das Bild des Pfaus an der Wand. «Er ist die Verkörperung von Tausi Melek, dem Engel Pfau. Das ist das Oberhaupt der Sieben Engel.»

«Entschuldigung, aber ich verstehe kein Wort», unterbrach ihn Arno. «Der Pfau ist ein Engel, und dieser Scheich Adi wird durch den Pfau dargestellt? Also ist er ein Engel?»

«Äh, das kann man so nicht sagen.» Dosto runzelte die Stirn. «Es ist ein bisschen komplizierter. Jedenfalls hat Scheich

Adi vor vielen hundert Jahren gelebt. In Lalish findet jedes Jahr im Oktober eine Versammlung statt, und jeder Yezide sollte mindestens einmal in seinem Leben dorthin pilgern.»

«Und wo ist dieses Lalish?», fragte Arno und trank einen Schluck Tee. Jetzt war er zwar immer noch herb, aber durchaus wohlschmeckend.

«Im Irak.»

Arno setzte das Glas an. «Sie waren letztes Jahr im Irak? Ist es nicht verdammt gefährlich dort? Gerade jetzt?»

Dosto lächelte. «Für einen Amerikaner oder Deutschen vielleicht. Aber Lalish liegt im Norden, in Kurdistan, da ist es nicht so schlimm. Und ich falle dort auch nicht auf.» Er fuhr mit einer Hand über sein fliehendes Kinn. «Ich habe mir einen Bart wachsen lassen und mir traditionelle Sachen angezogen, damit sah ich aus wie alle Männer dort.»

«Stammen Sie eigentlich aus dem Irak oder aus der Türkei?»

«Aus der Türkei, direkt an der Grenze.»

«Und die Dumans?»

«Die kommen aus einem kleinen Dorf im Irak, von der anderen Seite der Grenze. Wir gehören aber zur gleichen Sippe und sind über tausend Ecken miteinander verwandt.»

Arno erinnerte sich an den Personalausweis des Erschossenen. «Aber Mehmed wurde in der Türkei geboren, oder?»

«Ja. Dort ist die Familie hingegangen, bevor wir alle nach Deutschland gekommen sind. Seine Geschwister wurden noch im Irak geboren.»

An der Tür klopfte es. Dosto rief etwas auf Kurdisch. Nach einem Augenblick kam Mehmeds Mutter herein. Sie trug ein Tablett, auf dem kleine, verzierte Tonschalen standen, die mit einer dunklen Masse gefüllt waren.

Arno drückte die Zigarette aus und stand auf. «Guten Tag, Frau Duman.»

«Guten Tag», sagte Mehmeds Mutter, nickte dann feierlich und hielt ihm das Tablett hin.

Sie kann also doch Deutsch, dachte Arno. «Was ist das?», fragte er.

«Sie müssen essen», sagte Frau Duman.

Arno sah sich verwirrt zu Dosto um.

«Das ist eine Trauerspeise», erklärte Dosto. «Sie wird nur zubereitet und gegessen, wenn jemand gestorben ist.»

«Danke, aber …» Arno fasste sich mit einer bedauernden Miene auf den Bauch.

«Sie müssen es probieren, sonst beleidigen Sie sie», verlangte Dosto.

«Na gut.» Arno lächelte Mehmeds Mutter an und nahm ein Schälchen vom Tablett. Frau Duman reichte ihm einen Löffel.

«Spas», sagte Arno und probierte die Trauerspeise. Sie schmeckte sehr nussig und fürchterlich süß, schon beim ersten Bissen begannen seine Zähne zu schmerzen, aber er versuchte, sich nichts anmerken zu lassen. Mehmeds Mutter schaute ihn freundlich, ja fast dankbar an, und sagte etwas auf Kurdisch.

Arno schaute fragend Dosto an. «Was hat sie gesagt?»

«Mögen Gott und Tausi Melek Sie und Ihre Familie beschützen», übersetzte Dosto.

«Spas», sagte Arno noch einmal.

Frau Duman nickte wieder feierlich und ging dann hinaus.

«Im Gegensatz zu Mehmed und Ilhan sind ihre Eltern sehr religiöse Menschen», erklärte Dosto, nachdem sie weg war.

«Ja», sagte Arno und setzte sich wieder. «Das merkt man.» Jetzt konnte er nicht mehr an sich halten und verzog das Gesicht. Die süße Masse hatte sein ganzes Gebiss verklebt. Mit dem restlichen Tee spülte er den Mund aus. «Entschuldigen Sie, aber das Zeug ist ja fürchterlich.»

Dosto lachte laut auf. «Ich esse es auch nicht.»

«Aber Sie …»

«War nur ein Spaß.»

Arno lächelte. Aber in diesem Moment kam er sich seltsam unzulänglich vor. Er verstand die Leute nicht und wusste nichts über ihre Sitten. Und das führte dazu, dass ihn das Gefühl beschlich, man wollte sich die ganze Zeit lustig über ihn machen. Vielleicht war alles nur inszeniert, ging ihm jetzt sogar durch den Kopf, vielleicht hatte man ihn lediglich abgelenkt, und Ilhan Duman war längst verschwunden. Doch während Arno sich noch fragte, warum er abgehauen sein könnte, und überlegte, was er tun sollte, ging die Tür erneut auf. Ilhan trat ein und setzte sich grußlos aufs Sofa. Der junge Mann wirkte müde und erschöpft, so als hätte er die ganze Nacht keinen Schlaf bekommen.

Arno betrachtete ihn und fragte sich, wo er geschlafen hatte, wenn keiner ein eigenes Zimmer hatte und das Wohnzimmer voller Besuch war. «Ich habe auf Sie gewartet.»

«Ja, tut mir leid», entgegnete Ilhan und schaute hinab auf seine Hände. Wie Mehmeds Nägel waren auch seine abgekaut und hatten zudem dunkle, ölige Ränder. «Ich konnte auch nicht zur Arbeit. Wegen der Trauerfeierlichkeiten. Da kann man nichts machen.»

«Sie hätten wenigstens anrufen können.»

«Ja, gut.»

«Wissen Sie, wie das aussieht?»

Ilhan zuckte mit den Achseln.

«Als hätten Sie etwas zu verheimlichen.»

Ilhan sah ihn kurz an, konzentrierte sich dann aber gleich wieder auf seine Hände. «Hab ich nicht.»

«Wieso haben Sie mir gestern nicht gesagt, dass Mehmed wegen Drogenhandels im Gefängnis war?», wollte Arno wissen.

«Sie haben nicht gefragt.»

Arno seufzte auf. «Aber ich habe Sie nach den Drogen gefragt.»

«Ja, aber Mehmed nimmt keine.»

«Er verkauft sie nur?»

«Das ist vorbei.»

«Ja», sagte Arno, «das ist jetzt wohl vorbei. Mein Gott, Ihr Bruder ist tot, und Sie wollen mich hier an der Nase herumführen, oder was?»

«Es war schon vorher vorbei.»

«Wirklich? Er war erst vor wenigen Tagen aus dem Gefängnis entlassen worden.»

Ilhan reagierte nicht.

«Und Sie? Verkaufen Sie auch Drogen?»

«Brauchen Sie was?»

«Sehr witzig», sagte Arno und versuchte, mit der Zunge ein Stück einer Nuss zwischen seinen Zähnen hervorzuhebeln. «Unser Freund Dosto hat mich schon bestens unterhalten. Wie wäre es zur Abwechslung mal mit der Wahrheit?»

«Okay», rief Ilhan und schaute Arno wütend an. Seine Augen funkelten, als könnte er sich nur mit Mühe im Zaum halten. Aber dann senkte er seine Stimme wieder. «Ich hatte früher auch mal was damit zu tun, das gebe ich zu, kein Problem. Aber jetzt nicht mehr. Ich habe meine Arbeit und so.»

Es ging nicht anders, Arno musste einen Finger zu Hilfe nehmen. «Könnte es nicht sein, dass Mehmed wegen der Drogensache erschossen worden ist?»

«Keine Ahnung.»

«Ihr Bruder war in Ihrem Wagen unterwegs. Vielleicht sollten eigentlich Sie umgebracht werden.»

Ilhan schüttelte nur den Kopf.

«Aber Sie kennen doch bestimmt noch ein paar Leute aus der Szene, oder?» Arno wischte den Finger an der Hose ab, holte sein Notizbuch hervor und zog den Kugelschreiber vom Deckel.

«Ich habe nichts mehr damit zu tun. Schon lange nicht mehr.»

«Wenn ich Mehmeds Mörder finden soll, muss ich zumindest mit diesen Leuten reden. Ein paar Namen bitte.»

«Ich kann Ihnen nicht helfen.»

«Wen wollen Sie jetzt schützen? Die Ehre Ihres Bruders und die Drogendealer?»

Ilhan schwieg und rieb seine Hände. Dosto schaute besorgt auf das Pfauenbild an der Wand.

«Wie Sie wollen», fuhr Arno fort. «Können Sie mir wenigstens sagen, was Mehmed in den letzten Tagen getan hat? Seit er aus dem Gefängnis raus ist?»

«Weiß nicht», nuschelte Ilhan. «Der hing die meiste Zeit nur hier rum.»

«Hat er Freunde getroffen? Vom Fußballverein zum Beispiel?»

«Kann sein.»

«Was war Silvester? Hat er irgendwo gefeiert?»

«Silvester?»

«Ja, Silvester. Sie wissen schon, diese Feier zum Jahresende.»

«Keine Ahnung, was er da gemacht hat.»

«Und Sie, Dosto? Wissen Sie etwas?»

Dosto wandte seinen Blick von dem Bild und sah Arno erschrocken an. «Ich? Also, ich glaube, er war in der Disco.»

«In welcher?»

«Wie die heißt, weiß ich nicht.» Dosto zuckte mit den Achseln. «Draußen in Westercelle, nehme ich an. Da war er früher oft. Ich gehe nicht in Discos.»

«Hat er vielleicht mit irgendwem Ärger gehabt?»

Dosto schaute unsicher und etwas verlegen zu Ilhan, aber

der erwiderte den Blick nicht. Das schien Dosto zu ermutigen. «Mehmed hat immer mit irgendwem Ärger gehabt.»

«Das habe ich gehört. Aber Sie wissen nicht, ob in den letzten Tagen oder mit wem?»

Dosto schüttelte betreten den Kopf.

Arno klopfte mit dem Kugelschreiber auf sein Notizbuch. «Ilhan, warum ist Ihr Bruder Ihrer Meinung nach getötet worden? Erschossen. So etwas passiert schließlich nicht alle Tage. Irgendjemand hat Mehmed brutal aus dem Weg geräumt.»

«Es werden ständig Leute erschossen», brummte Ilhan.

«Ja, im Film oder bei Gangsta-Rappern. Oder im Krieg. Wir sind hier aber in Celle. Haben Sie keine Idee?»

Die beiden jungen Männer schwiegen. Der leibliche und der Jenseitsbruder Mehmeds, der immer mit irgendwem Ärger gehabt hatte. Dies schien die einzige Information über das Mordopfer zu sein, die gesichert war.

Arno klappte sein Notizbuch zu und steckte es wieder ein. «Wo ist eigentlich Ihre Schwester?», fragte er.

«Ach, Jian …», murmelte Ilhan.

«Achschian? Was heißt das?»

Ilhan schaute ihn verdutzt an. «Achschian? Ich hab gesagt, ach, Jian. Meine Schwester.»

«Jian?» Jetzt war Arno verwirrt. «Mir hat sie gesagt, sie würde Ronahi heißen.»

Ilhan schnaubte. «So nennt sie sich seit einiger Zeit.» Eine wegwerfende Geste zeigte, wie er darüber dachte.

«Ronahi heißt Sonnenaufgang», erklärte Dosto. «Das Kommen eines neuen Tages. Das hat auch eine symbolische Bedeutung.»

«Das Kommen eines neuen Tages», wiederholte Arno. «Was für ein neuer Tag?»

Ilhan schaute Dosto strafend an. «Quatsch. Das hat nichts zu bedeuten. Die spinnt einfach ein bisschen.»

«Muss sie nicht an den Trauerfeierlichkeiten teilnehmen?»

«Sie macht, was sie will.»

«Und Ihre Eltern haben nichts dagegen?»

«Doch, aber sie können nichts machen.»

«Sorry, aber ich dachte, gerade Mädchen würden, wie soll ich sagen …»

«Unsere Frauen laufen nicht im Schleier rum.»

«Das habe ich gesehen. Aber sehr emanzipiert sind die kurdischen Frauen auch nicht gerade, oder?»

«Unsere Frauen sind keine Emanzen», entgegnete Ilhan beinahe erbost. «Im Gegensatz zu den deutschen Zicken.»

«Genau, das meine ich ja. Aber Ronahi macht einfach, was sie will?»

Ilhan zuckte mit den Achseln. «Was sollen wir machen? Glücklich sind wir auch nicht darüber.»

«Manche haben einen Schutzengel», sagte Dosto, wofür er sich wieder einen bösen Blick von Ilhan einhandelte.

«Mehmed hatte keinen», entgegnete Arno und stand auf. «Und wo kann ich sie finden?»

«Sie arbeitet draußen in der Pampa bei so einem Schäfer.»

«In welcher Pampa genau?»

Ilhan streckte den Arm aus und schwenkte ihn unbestimmt Richtung Fenster. Am unteren Rand hatten sich Eisblumen gebildet. «Da oben irgendwo in der Nähe von Unterlüß mitten im Wald. Keine Ahnung, wie das Kaff heißt.»

«Na schön», sagte Arno und fixierte Ilhan Duman. «Trotzdem werden Sie in die Polizeiinspektion kommen, damit Ihre Fingerabdrücke genommen werden können. Nur so können wir herausfinden, ob ein Fremder sich an Ihrem Wagen zu schaffen gemacht hat. Und lassen Sie sich noch heute dort blicken. Das ist Ihre letzte Chance. Sonst betrachte ich Sie als Verdächtigen und lasse Sie mit einer Streife abholen, haben Sie mich verstanden?»

Ilhan senkte den Blick und brummte vor sich hin.
«Verstanden?»
«Okay, ist ja gut. Ich komme.»
«Das will ich hoffen.» Arno sah Dosto an. «Was heißt ‹Auf Wiedersehen› auf Kurdisch?»
Dosto lächelte. *«Cha hafiz.»*
«Na dann, *cha hafiz*», sagte Arno. Als er das Zimmer verließ, klingelte sein Handy. Er zog es aus der Manteltasche und schaute auf das Display. Die Nummer kannte er nicht. Als er heranging, meldete sich Emma.
«Eine Sekunde», bat Arno und ging durch den Flur zur Haustür. Aus dem großen Wohnzimmer konnte er gedämpfte Stimmen hören, er sah aber niemanden, als er hinaus in die Kälte trat.
«Okay, jetzt kann ich sprechen.»
«Sergeant Tom Peel lebt hier», sagte Emma, «ganz in der Nähe sogar.»
«Sehr gut. Kann ich mit ihm sprechen?»
«Ja, aber er ist retired und sehr krank vom Krieg.»
Emmas Worte lösten sofort grausame Bilder von verstümmelten Kriegsversehrten in Arnos Kopf aus, Bilder, die er nur aus Filmen kannte. «Ist er behindert? Gehandicapt?»
«Ja», sagte Emma, «aber nicht so, wie du denkst.»

Des Sturmes Gesetz

10

Provinz Dohuk, Irak, März 1987

«*Were de vere, were de vere*», rief die Stimme erneut. «Hierher, hierher.»

Nach dem ersten Schrecken nahm der Klang der vertrauten Sprache den Flüchtlingen die Furcht. Auch ließ ihnen der Hubschrauber keine andere Wahl, als weiterzugehen. Angeführt vom Onkel, tasteten sie sich schnell der Reihe nach um den Felsvorsprung und gingen dann geduckt durch den niedrigen Höhleneingang. Nach wenigen Metern beschrieb der schmale Gang eine Kurve und ging dahinter in einen großen Raum über. Ungefähr zehn Leute hockten auf dem Boden um ein Feuer herum und schauten die Ankömmlinge gespannt an. Es waren allesamt alte Männer und Frauen, Greise, an deren trüben Augen man ablesen konnte, dass sie genauso verängstigt waren wie die Karawane aus Nasiras Dorf.

«Fürchtet euch nicht, Brüder und Schwestern», sagte der Onkel. «Wir sind Kurden wie ihr und mussten unser Dorf verlassen. Aber macht besser das Feuer aus.»

«In der Nacht sind wir hier sicher», sagte der alte Mann, der sie hereingerufen hatte. Dennoch trat er auf die brennenden Scheite und erstickte das Feuer. Nur noch ein leichtes Glimmen erhellte den Raum. «In der Dunkelheit werden sie keine Soldaten den Berg heraufschicken.»

«Mögen Gott und Tausi Melek uns beschützen», sagte der Onkel und gab seinen Leuten ein Zeichen.

Erschöpft ließen sich die Dorfbewohner nieder. Als sie erfuhren, dass die alten Leute Yeziden waren wie sie und ebenso auf der Flucht, entspannten sie sich. Die Alten schienen gar noch länger unterwegs zu sein, denn sie hatten nichts mehr zu essen und waren am Ende ihrer Kräfte. Der Onkel und die anderen Bewohner aus Nasiras Dorf öffneten ihre Rucksäcke und teilten das Brot, den Reis und das Fleisch mit ihnen, alle die Gerichte, die sie eigentlich für das Neujahrsfest vorbereitet hatten. Wie an diesem Feiertag wollten sie ihre Frömmigkeit und Barmherzigkeit zum Ausdruck bringen, so groß war die Erleichterung über diese Zuflucht.

Nasira aber verspürte trotz ihrer Erschöpfung keinen Hunger. Ihre Schwester und der Cousin waren eingeschlafen, kaum dass sie in die Höhle gekommen waren, und ein wenig beneidete sie die Kleinen. Beide waren in Decken gehüllt, denn ohne das Feuer war es sehr kalt zwischen den nackten Felswänden. Zudem waren Nasiras Füße aufgescheuert vom Staub und den Steinen. Sie wollte nur noch schlafen, doch nach dem Essen begannen die Erwachsenen zu erzählen, und die Geschichten hielten sie wach. Zuerst berichtete der Onkel den anderen, warum sie ihr Dorf verlassen hatten, erzählte von den Hubschraubern, den Soldaten, dem Tod von Nasiras Mutter und der Drohung, den ganzen Ort auszulöschen. Die alten Leute hörten mit gesenkten Blicken zu und schnalzten hin und wieder mit der Zunge, wodurch sie ihre Anteilnahme ausdrückten.

«Das Unheil ist über euch gekommen», sagte der alte Mann, der Wortführer der Gruppe. Er hatte sich den Neuankömmlingen als Mohtar vorgestellt, als Vorsteher seines Dorfes. Als er seine Geschichte erzählte, wurde Nasira und den Ihren bei allem Schmerz schnell deutlich, dass das Unheil noch viel schlimmer zuschlagen konnte.

«Auch zu uns kamen die Hubschrauber», begann der Mohtar mit heiserer und zittriger Stimme. «Wie bei euch kamen sie einem Schwarm Heuschrecken gleich heran und verschwanden ebenso schnell wieder hinter den Bergen. Doch danach war alles voller Rauch. Eine große Wolke stand am Himmel. Zu Anfang war sie weiß und schwarz gewesen, wie eine Wolke, die den Regen bringt und wir sie in trockenen Sommern herbeisehnen. Dann aber hat sie sich gelb verfärbt und über das Tal und unser Dorf herabgesenkt. Der Rauch hatte einen süßlichen Geruch, wie nach Äpfeln. Aber nach einer Weile schon wurde er bitter und unerträglich. Sofort brannten die Augen und die Haut. Man bekam keine Luft mehr, weil der Rauch in die Lungen drang. Diejenigen, die der Wolke am nächsten gekommen waren, versuchten, ihre brennende Haut in der Dorfquelle zu reinigen. Viele von ihnen konnten nicht mehr schlucken. Einige erblindeten und irrten umher. Bei anderen flatterten unablässig die Muskeln, wie Insektenflügel. Viele, viele starben binnen Stunden. Wir sahen voller Verzweiflung, wie unsere Angehörigen und Nachbarn verendeten wie Tiere. Manche von uns Älteren erinnerten sich noch an die Geschichten unserer Eltern und Großeltern von den Luftangriffen der Briten vor vielen Jahrzehnten. Damals hatten die Briten unserem Volk einen eigenständigen Staat versprochen, doch dann waren sie mit ihren Flugzeugen gekommen und haben Giftgasbomben abgeworfen. Es war wie damals.»

Der Mohtar hielt inne und wickelte die Decke enger um seine knochigen Schultern. Nasira konnte in dem Schein der glimmenden Holzscheite nur seine Umrisse erkennen, doch seine Stimme zog sie derart in den Bann, dass sie glaubte, ihn ganz klar vor sich zu sehen.

«Wir, die davon verschont geblieben waren», fuhr er heiser, aber ungebrochen fort, «dachten, welches Schicksal hat den einen den Tod gebracht und uns am Leben gelassen? Doch da wussten wir noch nicht, dass die Toten das Schlimmste hinter sich hatten und dass der Tod manchmal eine Erlösung sein kann. Denn dann kamen die Soldaten, viele Soldaten. Sie teilten uns in drei Gruppen – Frauen und Kinder, alte Männer, junge und erwachsene Männer. Eine große Gruppe von Männern unterschiedlichen Alters wurde ausgesondert. Sie mussten sich auf dem Dorfplatz in die Hocke setzen. Die Soldaten schritten die Reihe der Männer ab. Sie begannen zu weinen und flehten um ihr Leben. Unterdessen bezogen einige Soldaten ihnen gegenüber Position. Aus einer kurzen Distanz heraus eröffneten sie das Feuer. Einige Männer starben sofort, die Verwundeten wurden der Reihe nach mit Genickschüssen getötet. Dann ließen die Soldaten die Leichen einfach liegen und verschwanden.»

Bei der Erzählung war Nasira immer kälter geworden, sodass sie schließlich zitterte wie die Stimme des Mohtars. Nun hatte sie nicht mehr den Erzähler vor Augen, sondern nur noch den Offizier, der ihre Mutter erschossen hatte und dessen Gesicht sie nie im Leben vergessen würde. Obwohl keiner der anderen sie sehen konnte, wischte sie die salzigen Tränen weg. Sie wollte nicht schwach sein, von nun an wollte sie stark sein.

«Wir hatten weder die Kraft noch die Zeit, unsere Toten zu beerdigen», nahm der Mohtar den Faden seiner traurigen Geschichte nach kurzer Stille wieder auf. «Am liebsten wären wir selbst tot gewesen. Warum haben wir Alten überlebt? Warum sind die Jungen tot? Welche Zukunft kann es da noch geben? Aber auch ein alter Mensch hat Angst vor dem Tod und bangt um sein Leben. Wir, die Überlebenden, sind losgezogen. Zwei Tage waren wir unterwegs, bis wir diese Zuflucht fanden, und seit zwei Tagen sind wir nun hier in dieser Höhle gefangen.» Er spuckte auf die glimmenden Holzscheite, erschrak aber sogleich über sich selbst und entschuldigte sich. Er hatte vergessen, dass ein Yezide nicht spuckte.

Der sonst so strenge Onkel sah darüber hinweg und tadelte ihn nicht. «Wohin wollt ihr jetzt?», fragte er.

«Wir wissen es nicht. Die Kraft hat einige von uns verlassen. Und ihr?»

«Wir wollen über die Grenze.»

«Über die Grenze?» Die heisere Stimme des Alten überschlug sich fast. «Aber wisst ihr denn nicht, dass dort viele Soldaten sind, noch viel mehr als hier im Landesinneren? Und dass wir auch in der Türkei nicht frei leben können?»

«Doch, das wissen wir», sagte der Onkel so gedrückt, als spürte er in diesem Moment all die Verantwortung, die auf ihm lastete. «Es wird nicht leicht, aber wir haben keine andere Wahl. Wir müssen es versuchen. Hier können wir nicht mehr leben.» Er sah seine Frau an und ihren dicken Bauch. «Meine Kinder sollen nicht in dieser Welt aufwachsen. Ich will, dass sie ein besseres Leben haben.»

Darauf entstand eine Stille, in der bald nur ein leises Wimmern zu vernehmen war. Nach einer Weile zeigte der Onkel auf die einzige junge Frau unter den Greisen. Sie lag zusammengekrümmt auf einer Decke, das Wimmern kam von ihr. Im schwachen Glimmen des Feuers sah Nasira erst jetzt, dass ihre nackten Beine grässlich verschmort waren. Die Haut hing in Fetzen von den Knochen, unter dem Knie waren schmutzige Binden gewickelt, voller Blut. «Was ist mit ihr?», fragte der Onkel.

Der Mohtar betrachtete sie seufzend und strich ihr durch das Haar. «Diese Frau war mutig», berichtete er und schüttelte traurig den Kopf. «Sie wollte ihren Mann retten und ist auf die Soldaten losgegangen. Die Soldaten wollten ihr offenbar nur eine Lehre erteilen. Anders ist es nicht zu erklären, dass sie nur ihre Beine und nicht den ganzen Körper mit Benzin bespritzt und angezündet haben. Nach einer Weile hat einer der Soldaten einen verdreckten Lappen genommen und die Flammen erstickt. Sie hatten ihren Spaß gehabt, einen Spaß von jener Sorte, die sie sehr schnell langweilt.» Der Mohtar zuckte traurig mit den Achseln. «Vielleicht ist das der Grund, dass sie noch lebt. Mögen Gott und Tausi Melek ihr beistehen.»

Nasira kämpfte mit den Tränen. Stark zu sein erwies sich als schwer, viel schwerer, als sie in ihrem bisherigen Leben jemals geahnt hätte.

11

Hermannsburg bei Celle, 2. Januar 2006

«*My live is totally fucked up*», sagte Thomas Peel und schaute aus dem Fenster.

Hier draußen auf dem Land war es klarer als in der Stadt und selbst bei diesem Wetter nahezu idyllisch. Hinter dem Haus am Rande des Heidedorfes Hermannsburg erstreckte sich ein Garten mit abgedeckten Beeten und knorrigen Obstbäumen und einem Rasen, der mit Puderzucker bestreut zu sein schien. An seinem Ende floss die teilweise vereiste Örtze durch ihr gewundenes Bett. Ein paar Enten tauchten die Köpfe in das kalte Wasser und suchten nach Nahrung. Durch die kahlen und mit einer dünnen Eisschicht umhüllten Zweige der alten Bäume zeigte sich sogar die tiefstehende Sonne und schien ins Fenster.

Thomas Peel saß beinahe bewegungslos an seinem Tisch und zog kaum merklich an der Strippe des Rollladens, um ihn noch ein Stückchen weiter herunterzulassen. Dann schaute er wieder in das abgedunkelte Zimmer und nahm die Teetasse mit beiden Händen. Sie zitterten leicht. Alles war in Reichweite, Peel schien die Dinge gerne im Griff zu haben, jedenfalls soweit ihm das noch möglich war. Etwas weiter links stand ein Laptop, daneben eine Plastikschale mit zahllosen Medikamenten, rechteckigen und quadratischen Schachteln, großen und kleinen Döschen und Röhrchen. Direkt hinter ihm war ein Regal mit einer teuer aussehenden Stereoanlage und unzähligen Platten, die sich Arno am liebsten sofort angeschaut hätte, wären die Umstände anders gewesen.

Doch Emma hatte recht gehabt: Der ehemalige Sergeant der britischen Army war weder körperlich behindert noch auf die Art gehandicapt, die sich Arno im ersten Moment vorgestellt hatte. Er sah nicht einmal sonderlich militärisch aus. Thomas Peel war zwar ein stämmiger Kerl, machte aber sonst eher den Eindruck eines alternden Hippies. Das für einen Sechsundvierzigjährigen schon recht schüttere und stark ergraute Haar hing strähnig über die Ohren, in dem runden, etwas aufgedunsenen und unrasierten Gesicht verlor sich die zarte, randlose Brille fast gänzlich. Die Augen waren merkwürdig trübe. Und mit dem schwarzen T-Shirt, auf dem die martialischen Schriftzüge einer obskuren Rockband prangten, wirkte er eher wie ein verschrobener Eremit und Musikliebhaber und erinnerte Arno tatsächlich an seinen berühmten Namensvetter, den Radiomoderator John Peel. Militaria oder Erinnerungsfotos aus der aktiven Zeit waren nirgends zu sehen. Dabei war der Mann in seinem ganzen Leben nie etwas anderes als Soldat gewesen.

«Mein Leben ist, wie sagt man, im Arsch», wiederholte er in fast akzentfreiem Deutsch und schaute an Arno vorbei. «Beruflich und privat.»

Peels deutsche Frau war zur Tür hereingekommen und stellte geräuschlos eine Schale mit Plätzchen ab. Constanze Peel war groß und schlank, hatte schulterlanges blondes Haar, im Kontrast dazu dunkle Augenbrauen, eine kleine Stupsnase und volle rote Lippen. In der weiten schwarzen Hose und dem braunen Wollpullover sah sie wesentlich gepflegter aus als ihr Mann. Sie setzte sich an den Tisch und beobachtete den ehemaligen Soldaten, der schließlich begann, zu reden und zu reden. Seine Hände verschwanden dabei unter dem Tisch und krallten sich dort ineinander, während er sich langsam dem Moment näherte, in dem sein Leben in Stücke gebrochen war.

Als Arno und Emma angekommen waren, hatte Constanze Peel die beiden in Empfang genommen und darum gebeten, vorsichtig mit ihrem Mann umzugehen. Sie war seit fünfzehn Jahren mit dem Engländer verheiratet und hatte jedes Mal, wenn er zu einem Auslandseinsatz einberufen worden war, furchtbar gelitten. Doch mit der Zeit hatte sie sich daran gewöhnt, an der Seite eines Soldaten zu leben, zumal eines britischen. Die Sorgen der Ehefrauen von Bundeswehrsoldaten, die heutzutage irgendwo am sicheren Rande von Konfliktherden eingesetzt werden, waren ihr dagegen geradezu lächerlich vorgekommen. *Bei seinem letzten Einsatz habe ich meinen Mann verabschiedet und einen Fremden zurückbekommen,* hatte sie gesagt und dabei ein Gesicht gemacht, als hätte sich an diesem Zustand bis zu diesem Tag nichts geändert. Arno hatte vorgeschlagen, ein anderes Mal wiederzukommen, doch Emma hatte auf dem Gespräch bestanden. Und nun konnte sich Arno des Gefühls nicht erwehren, dass Emma ihm den kranken Soldaten «vorführen» wollte. Zu welchem Zweck, war ihm allerdings nicht ganz klar. Auf jeden Fall blieb ihm nichts anderes übrig, als sich Peels Geschichte anzuhören, und danach war es ihm fast peinlich, seiner Arbeit nachzugehen und seine Fragen zu stellen.

Thomas Peel war das jüngste von sieben Kindern eines armen Fabrikarbeiters aus dem damals noch schmutzigen Manchester, der versehrt aus dem Zweiten Weltkrieg zurückgekehrt war und starb, als Thomas drei Jahre alt war. Der Stiefvater war ein Säufer, der seinen Frust an der Familie ausgelassen hatte, bis er von Thomas' älteren Brüdern aus dem Haus geprügelt worden war. Schon in jungen Jahren hatte Thomas gelernt, dass man nicht jammerte und wie man sich in der rauen

Wirklichkeit durchsetzte. Während seiner Jugend stand sein Leben auf der Kippe, es hätte nicht viel gefehlt und er hätte eine kriminelle Laufbahn eingeschlagen und wäre im Knast gelandet. Um nicht unter die Räder zu geraten und weil er keine andere Möglichkeit sah, seiner Herkunft zu entfliehen, war er mit siebzehn Jahren zur Army gegangen.

Berufssoldat zu sein war ein Job, der in seinen Kreisen etwas galt. Peel war nicht nur stolz auf die Uniform gewesen, er hatte in der Army auch Halt gefunden und eine bis dahin unbekannte Anerkennung erfahren. Bereits Ende der achtziger Jahre war er nach Deutschland versetzt worden, wo er bald seine zukünftige Frau kennengelernt hatte. Nach der Wiedervereinigung hatte er den rapiden Truppenabbau erlebt und überlebt, wie er sagte, denn er durfte in Bergen bleiben, was wohl vor allem daran lag, dass er sich freiwillig zu Auslands- und Kampfeinsätzen gemeldet hatte. Die Aufgabe hatte ihn voll und ganz ausgefüllt, so sehr, dass er deshalb, gegen den Willen seiner Frau, lieber keine Kinder in die Welt setzen wollte. Bereits während des zweiten Golfkrieges Anfang der neunziger Jahre war er im Irak gewesen, später an verschiedenen Konfliktherden in Afrika und dann im Kosovo. Von jedem dieser Einsätze war er, auch wenn sie blutig gewesen waren, mit dem Gefühl zurückgekehrt, eine wichtige und gute Mission erfüllt zu haben. Er und seine Kameraden hatten Kuwait befreit, zahllose Afrikaner vor einem Terrorregime gerettet und die Kosovo-Albaner beschützt, und meistens waren sie von der einheimischen Bevölkerung mit Wohlwollen oder sogar Freude empfangen und mit Tränen verabschiedet worden. Das hatte sich erst bei seinem letzten Einsatz geändert, und zwar radikal.

«Ende 2003 kamen wir nach Basra, im Südirak», erzählte Thomas Peel und knetete seine Hände unter dem Tisch. «Die Hochburg der Schiiten. Ich kannte die Stadt schon, von unserer Befreiung Kuwaits. Damals wurden wir wie Heilige und

Retter in der Stadt empfangen. Dieses Mal behandelten sie uns wie Feinde. Das begann schon, als wir die Stadt besetzten. Und wenn wir Kriminelle oder Terroristen suchten oder auf Patrouille durch die Stadt fuhren, sahen uns die Leute an, als wenn wir keine Menschen wären, so … *fucking hostile.*»

«Feindselig», half ihm seine Frau.

«Ja, ich weiß», entgegnete er schroff. «Und misstrauisch. Das war nicht schön, das war demütigend. Du kommst, um zu helfen, und riskierst dein Leben für diese Leute, und sie sehen dich an, als wenn du ein … ein Dieb oder ein Mörder bist. Nach den ersten Kampfhandlungen saßen wir meistens nur in unserem Camp, in so einem alten, verrotteten Palast. Ständig wurden wir beschossen. Die Stimmung wurde immer schlimmer, einige von uns drehten durch. Sie gingen aufeinander los und auf die Irakis. Was ich verstehen konnte. Okay, als es nach drei Monaten zum ersten Mal zurück nach Hause ging, war ich froh.» Peel zog erneut an dem Rollladen, der jetzt fast ganz heruntergelassen war. Licht kam nur von einer kleinen Lampe am Plattenregal hinter ihm. Es ließ sein graues Haar noch schütterer erscheinen und sah aus wie ein Heiligenschein. Gerade als er weitersprechen wollte, klingelte ein Telefon.

Es war Arnos Handy. Emma sah ihn strafend an. Er entschuldigte sich, stand auf und entfernte sich ein paar Schritte.

«Wann sind Sie wieder in Celle?», wollte sein Kollege Müller wissen.

«In anderthalb Stunden ungefähr. Was ist? Ich kann jetzt nicht.»

«Ich habe einen Termin für uns ausgemacht», meinte Müller. «Könnte wichtig sein.»

«Gut», sagte Arno, ließ sich die Adresse geben und beendete das Gespräch. Sicherheitshalber stellte er sein Handy aus. «Tut mir wirklich leid», entschuldigte er sich noch einmal und nahm wieder Platz.

Peel winkte ab. «Kein Problem.» Er ließ die Hand sinken und vertiefte sich sofort wieder in seine Geschichte. «Okay, wir waren schon auf dem Weg nach Hause», fuhr er fort. «Im Kopf waren wir schon weg vom Irak. Der Flughafen war nur ein paar Meilen vom Camp entfernt. Wir haben noch Späße gemacht im Bus.» Er atmete schwer ein. «Was dann passierte, habe ich nicht richtig erlebt, sie mussten es mir hinterher erzählen. Ein Schlag, alles war plötzlich dunkel, mein ganzes Gesicht war voller Blut und in mir war alles tot.» Er wollte etwas mit seinen Händen tun, ließ sie aber wieder unter den Tisch fallen. «Ich hatte das Taxi nicht gesehen. Es ist mit 150 Kilo TNT in unsere Kolonne gerast. *A suicide squad.* Ich habe auch die Kameraden nicht gesehen, die neben mir schrien und starben. Mein Freund Terry ist neben mir gestorben. Er war total zerfetzt, sein Blut war überall. Und ich hatte nur die Reste meiner Sonnenbrille im Auge.» Peel deutete auf seine Brille. «Die hier hatte ich vorher noch nicht. Ich hatte Glas im Auge, ein Lid war abgerissen, in meinem Gesicht, im Hals und in den Beinen steckten Metallsplitter. Auf mir lagen Glasscherben und Metallteile vom Bus. Aber das Schlimmste war, dass ich dachte, ich muss ersticken. Irgendjemand hat mich rausgezerrt und draußen an einen Betonblock gelehnt. Und dann bin ich durchgedreht.» Er hielt inne und sah hinab auf seine Hände.

«Plötzlich war alles hell», fuhr er stockend fort, «total hell, die Sonne hat vom Himmel geknallt wie … Wie ein Feuerball. Und der Betonblock war glühend heiß. Ich dachte immer noch, ich ersticke. Ich wollte am liebsten meine Haut runterreißen. Dann dachte ich an meine Frau, an zu Hause. Ich wollte da nicht sterben. Die ganze Straße war voller Blut, das rieche ich heute noch. Auf den Blutlachen saßen Myriaden von Fliegen, ich höre noch dieses Summen. Und da steht dieser Mann vor mir. Erst dachte ich, es ist ein Iraki. Aber der Mann war ein *medical*, einer von uns, und hat immer geschrien: *Breathe, breathe.* Fast drei Jahre ist das jetzt her, aber ich höre noch immer das Summen der Fliegen und diese Stimme: *Breathe, breathe.* Als wenn das alles wäre. Als wenn das das Leben wäre.»

Emma sah Arno vielsagend an. Der atmete durch und lehnte sich zurück.

«Ich habe viele Operationen gehabt, kein Problem», erzählte Peel weiter und hob langsam die zitternden Hände an seine Ohren. «Ich habe mich gewöhnt daran, dass ich auf dem linken Ohr kaum noch höre und das andere immer nur piep, piep macht. Ich weiß, welche Pillen ich gegen Durchfall nehmen muss und welche Schmerzmittel, Schlaftabletten oder Tranquilizer. Ich habe auch ständig Kopfschmerzen …»

«Migräne», sagte seine Frau tonlos, als er verstummte. «Man hat bei Tom eine Posttraumatische Belastungsstörung diagnostiziert. PTBS nennen das die Mediziner. Im Ersten Weltkrieg nannte man es einfach Kriegszittern.»

«Ja», sagte Peel und senkte seine Arme wieder. «Kriegszittern. Sehr passend. Das Schlimmste ist die Depression. Es gab Zeiten, da wollte ich nur sterben. Oder ich war total aggressiv, ich kannte mich selbst nicht mehr. Ich war wie Eis.»

Seine Frau nickte traurig, offenbar litt sie noch immer an der Kälte ihres Mannes.

«Okay, jetzt hat mich die Army entlassen.» Als Peel auflachte, bewegte sich sein Körper zum ersten Mal. Es war ein falsches Lachen. «*Not fit for service.* Wie sagt ihr auf Deutsch: dienstuntauglich.» Er schüttelte den Kopf. «Klar, sie haben mir am Ende eine Kompensation gezahlt, nicht wenig. Aber erst nach einem langen Kampf und vielen Prozessen. In dieser Zeit ist der Kontakt zu den alten Kameraden kaputtgegangen. Als es ums Geld ging, hat jeder nur noch für sich gekämpft. Keiner kommt mehr vorbei, keiner ruft an. Auch die nicht, die mit mir im Bus saßen.» Er schüttelte noch einmal den Kopf.

«*Be the best, join the army.* Kämpfe für dein Land, haben sie gesagt. Das habe ich getan, nach bestem Wissen und Gewissen, aber jetzt braucht mich die Army nicht mehr.»

Thomas Peel fiel wieder in seine Reglosigkeit. Constanze Peel schaute ihren Mann besorgt an.

«Würden Sie es wieder tun?», fragte Arno nach einer Weile. «Zur Army gehen, meine ich?»

«Jederzeit», antwortete Peel sofort, als hätte er diese Frage schon häufig gestellt bekommen und viel darüber nachgedacht. Und in diesem Moment funkelten seine Augen. «Selbst die Attacke war vielleicht gut. Vielleicht weiß ich erst jetzt, dass es echte Feinde gibt. Und was das Leben kostet.»

«Was es wert ist», berichtigte Constanze Peel.

Eine trostlose Stille breitete sich in dem dunklen Zimmer aus. Auch das Licht hinter den Rollläden nahm ab. Arno war völlig benommen von Peels Geschichte, und er fragte sich, was er in diesem Haus wollte. Warum er in das ruinierte Leben dieses Mannes eindrang. Eine von Peels letzten Formulierungen geisterte ihm noch durch den Kopf: Vielleicht weiß ich erst jetzt, dass es echte Feinde gibt. Ein seltsamer Lebensantrieb, fand Arno, aber vielleicht dachte man so, wenn man erlebt hatte, was Peel erlebt hatte. Vielleicht war die Formulierung aber auch nur der Tatsache geschuldet, dass sich der englische Soldat in einer fremden Sprache ausdrücken musste. Andererseits war sein Deutsch sehr gut, was trotz der vielen Jahre in Deutschland an der Seite einer Einheimischen erstaunlich war. Arno spürte eine Hand auf dem Schenkel, und als er zur Seite schaute, sah er Emmas Miene, die zum Aufbruch mahnte.

«Es tut mir leid, Herr Peel», sagte Arno und räusperte sich. «Ich möchte keine alten Geschichten aufwühlen, aber ich muss Ihnen leider ein paar Fragen stellen. Ich kann allerdings auch später wiederkommen, wenn Ihnen das lieber ist.»

«Wegen diesem erschossenen Kurden?» Peel sah ihn an und nahm wieder mit beiden Hände seine Teetasse. «Kein Problem, fragen Sie.»

Emma nahm ihre Hand weg, verschränkte die Arme und lehnte sich schnaufend zurück.

«Ja», sagte Arno und ignorierte Emma. «Mehmed Duman. Wir wissen leider nicht viel über ihn. Sie hatten damals diesen Konflikt mit ihm, auf dem Fußballplatz. Das muss kurz vor Ihrem Einsatz in Basra gewesen sein, oder?»

«Ja», sagte Peel nickend. «Es war mein letztes Spiel vor dem Flug nach Basra. Mein letztes Spiel im Leben.»

«Können Sie mir noch einmal erzählen, was damals passiert ist?»

Peel schloss die Augen. «Es war ein ganz normales Tackling. Er kam mit dem Ball auf mich zu, ich habe ihn getackelt von der Seite. Eine saubere Sache, der Ball war weg, da ist er auf mich losgegangen und hat getreten.» Er schüttelte den Kopf.

«Er hat also nachgetreten, weil Sie ihm den Ball abgenommen haben? Woher kam die Aggression?»

«Nicht von mir. Ich habe mich nur gewehrt. Das ist dann zu einem richtigen Kampf geworden. Ich weiß nicht, was mit diesen Jungs los ist. Oder doch, ich kenne das aus dem Irak. Diese Typen können plötzlich total durchdrehen. Ein falsches Wort, schon ein falscher Blick reicht. Die Araber sind so. Das liegt in ihrem Blut. Sie können nicht verlieren.»

Arno sparte sich den Einwand, dass Mehmed kein Araber war. «Haben Sie danach noch etwas von Mehmed Duman gehört?»

Peel schnaubte. «Ja. Er war hier, und nicht allein.»

«Und was wollte er?»

«Er stand nur vor dem Haus und hat geschaut. Leere Drohungen.»

«Und wie haben Sie darauf reagiert?»

«Ich bin zu ihm gegangen und habe ihm gesagt, wenn er nochmal kommt, mache ich ihn fertig.» Peel sah Arno durchdringend an, als wollte er ihm zeigen, dass er mal ein harter Kerl gewesen war. «Er hat gelacht, aber ich hätte es getan.»

«Und dann?»

Peel schaute seine Frau an.

«Sie kamen auch noch ab und zu, als Tom schon in Basra war», sagte Constanze Peel. «Sie haben nie etwas gemacht, sie standen einfach vor dem Haus. Aber sie haben mir trotzdem Angst eingejagt. Einen von diesen Typen sehe ich manchmal noch in Bergen, wenn wir dort in den Supermarkt gehen.»

Wahrscheinlich Ilhan, dachte Arno, der arbeitete ja in Bergen. «Wie lange gab es diese Drohungen?», fragte er.

«Das ging ein paar Monate so», antwortete Constanze Peel. «Aber dann haben sie wohl die Lust verloren.»

«Danach gab es keinen Kontakt mehr?»

«Nein», sagte Peel. «Aber dass er auch meine Frau bedroht hat, als ich weg war, das ist wirklich schlimm. Das … das kann ich nicht vergeben.»

«Kann ich verstehen», sagte Arno nachdenklich. «Herr Peel, aus reiner Neugier, was war eigentlich Ihr Job bei der Army? In welcher Einheit waren Sie?»

Emma boxte ihn in die Seite. «Arno …»

«Schon gut», sagte Peel beschwichtigend. «Ich war bei einer Einheit der *combat troops*. Das sind die Kampftruppen, die ganz vorne an der Front sind und als Erste feindliche Stellungen bekämpfen.»

«Das stelle ich mir extrem gefährlich vor.»

«Das war es, aber du hattest dein Platoon. Du hattest Kontrolle. Es ging darum, wer besser war. Es war nichts, verglichen mit diesem feigen *suicide bomber.*»

«Arno, es ist genug», sagte Emma und zog an seinem Ärmel.

Arno nickte. «Na gut, leider muss ich eine letzte Frage stellen. Nur um die Sache abzuschließen.» Er holte tief Luft. «Können Sie mir sagen, wo Sie am Abend des 1. Januars waren?»

Kaum hatte Arno seine Frage ausgesprochen, sprang Emma auf und entschuldigte sich auf Englisch bei Peel. Der hörte ihr beinahe amüsiert zu und winkte dann ab. «Schon gut, Inspector Fuller. Lassen Sie ihn, er macht nur seinen Job.» Und dann wandte er sich an Arno und sah ihn wieder an. «Ich war hier, zu Hause, mit meiner Frau.»

«Gut», sagte Arno, der es unheimlich fand, wie stechend Peels trübe Augen blicken konnten. «Das war's schon, ich danke Ihnen. Glauben Sie mir, es ist nicht immer leicht, diese Ermittlungen zu führen.»

«Kann ich mir vorstellen.»

«Aber nun ist diese Sache abgeschlossen. Herr Peel, Frau Peel», Arno stand auf und reichte den beiden die Hand, «ich danke Ihnen für Ihre Zeit und Ihr Verständnis. Und für den ausgezeichneten Tee.»

Emma war schon auf dem Weg hinaus, doch Arno konnte der Verlockung nicht widerstehen und zeigte auf das Plattenregal. «Darf ich mal schauen?», fragte er vorsichtig.

«Bitte.»

«Wie ordnen Sie die?»

«Alphabetisch.»

«Ich weiß nie, wie ich meine ordnen soll. Welche Musik hören Sie denn so?» Die Sammlung bestand bestimmt aus ein paar tausend Platten, die alle fein säuberlich in Plastikfolien verpackt waren. Arno ging näher und zog eine heraus, *Skrewdriver* stand auf dem Cover. Der Name der Band sagte ihm nichts. Da schreckte ihn die plötzlich schneidende Stimme Peels auf.

«Nur schauen, nicht anfassen.» Thomas Peel war aufgesprungen und stand bereits im nächsten Moment neben ihm. Er sah wütend aus.

«Oh, entschuldigen Sie», sagte Arno verunsichert, «ich wusste nicht … ich wollte nicht …» Er kam sich vor wie ein ertappter Schuljunge und verschwand schnell vom Regal. Constanze Peel schaute etwas betreten, Emma schüttelte nur den Kopf. Als Arno ihr zur Zimmertür folgte, sprach Peel ihn noch einmal an. Der frühere Sergeant stand nun wie ein Wachposten vor seinem Plattenregal, seine Stimme war wieder sanfter geworden.

«Werden Sie ihn finden?»

«Den Mörder? Davon gehe ich aus.»

«Verlangen Sie nicht von mir, dass ich Ihnen Glück wünsche», meinte Peel und lächelte ihn schief an.

«Ich verlange nichts», sagte Arno. «Auf Wiedersehen.»

12

Die Dämmerung war bereits hereingebrochen, als Arno zurück nach Celle fuhr. Die Straße verlief größtenteils durch dichten, dunklen Wald und war spiegelglatt, er konnte nur langsam fahren und musste sich so konzentrieren, dass seine Augen bald müde waren. Auf dem Weg kam er an der Stelle vorbei, an der seine Eltern tödlich verunglückt waren. Die Straße führte über die Örtze, und kurz hinter der Brücke stand die Eiche, deren Rinde im unteren Bereich noch immer nicht nachgewachsen war. Damals, als seine Eltern von einer Weihnachtsfeier bei Freunden gekommen waren, musste es genauso kalt und glatt gewesen sein wie an diesem Abend. Vier Jahre war der Unfall jetzt her, und trotz der Witterung konnte er wieder frische Blumen vor dem Baum ausmachen, die, wie Arno seit einiger Zeit wusste, sein im Amerika lebender Bruder regelmäßig dort abstellen ließ. In dem Moment blendete der Fahrer hinter ihm auf und überholte. Arno war, in Gedanken verloren, noch langsamer geworden.

Zuvor hatte er Emma zurück in ihr Büro gebracht. Kaum war er von den Peels losgefahren, hatte sie begonnen, sich lautstark über sein Verhalten zu beschweren. Die Strecke von Hermannsburg nach Bergen war nur kurz, aber sie reichte aus, um sich völlig zu zerstreiten.

«Entschuldige», sagte Arno zum wiederholten Mal, «aber

ich habe ihn gefragt, und er hat gesagt, bitte. Ich habe nur die Platte rausgezogen.»

«Er hat gesagt, du kannst mal schauen.»

«Mein Gott, die Platten waren alle in Folie verpackt, was soll denn da passieren?»

«Vielleicht war es eine besonders wertvolle Platte.»

«Skrewdriver.» Arno schnaubte. «Also, ich habe noch nie von der Band gehört.»

«Screwdriver?» Emma sah ihn stirnrunzelnd von der Seite an.

«Ja, aber mit k geschrieben. Das heißt doch eigentlich Schraubenzieher, oder? Was ist, kennst du die Band?»

Emma schüttelte nachdenklich den Kopf.

«Es tut mir leid», sagte Arno. Sie waren bereits in Bergen. «Aber ich glaube, er hat einfach ein bisschen überreagiert.»

«Ja, ist das ein Wunder?», schimpfte Emma. «Du warst nicht sehr höflich zu ihm.»

«Nicht höflich? Jetzt hör mal zu …»

«Wie konntest du ihm solche Fragen stellen?»

«Emma, ich bin Polizist. Genau wie du. Ich *musste* die Fragen stellen. Deswegen war ich bei ihm.»

«Du hast doch seine Geschichte gehört. Der Mann hat fast sein Leben verloren, und für dich ist er ein Verdächtiger.»

«Quatsch. Mich hat seine Geschichte auch mitgenommen. Glaubst du etwa, es ist mir leichtgefallen?» Arno hielt vor dem schmucklosen Gebäude der Royal Military Police an. «Emma, ich bitte dich …»

«Bitte mich nie wieder um Hilfe», fauchte sie und sah ihn böse an. Dann stieg sie grußlos aus, knallte die Tür zu und ging auf die Eingangstür zu. Nein, trotz des vereisten Bodens lief sie sogar, als wollte sie so schnell wie möglich seiner Gegenwart entfliehen.

Kopfschüttelnd schaute Arno hinter ihr her. Er hatte Peel

nur aufgesucht, um dem Soldaten ein paar einfache Fragen zu stellen, und nicht damit gerechnet, mit einer solchen Tragik konfrontiert zu werden. Mit einer Geschichte, die sich nun auch in seinem Kopf eingenistet hatte. Wenn er jemandem deswegen böse war, dann Emma, die es offenbar darauf angelegt hatte, ihn zu schockieren. Hätte sie ihm vorher gesagt, was mit Peel los war, hätte man sich die ganze Sache sparen können.

Verwirrt war Arno nach einer Weile weitergefahren. Um sich abzulenken, hatte er wieder die Kassette eingeschoben, aber als er hörte, mit welcher Verzweiflung und Verstörung Aretha Franklin in ihre Version von *Ain't Nothing Like The Real Thing* einstieg und wie sie der eigentlich beschwingten Melodie einen Trauerrhythmus verlieh, hatte er das Gerät wieder ausgeschaltet und versucht, sich auf die Straße zu konzentrieren. Das war das Problem mit der Musik: Die emotionale Dichte, die sie für ihn erst zu etwas Besonderem werden ließ, konnte sich im nächsten Moment gegen ihn wenden.

Mittlerweile hatte er Celle erreicht, durch die hell erleuchteten Straßen zogen trübe Nebelschwaden. Nur schleichend ging es durch die Vorstadt und dann den Berg hinab zur Aller. Müller hatte ihm eine Adresse in der Bahnhofstraße gegeben. An der Ampel schaute Arno auf die Uhr. Er würde etwas zu spät kommen und fragte sich, was sein Kollege wollte und ob er etwas herausgefunden hatte. Als er Richtung Bahnhof fuhr, sah er Müller rauchend vor der grell erleuchteten Filiale der Sparkasse auf und ab laufen. Arno bog auf den Parkplatz hinter der Bank ein und stellte den Wagen ab. Dann stieg er aus, schlug den Mantelkragen hoch und ging um die Ecke.

Müller schaute genervt auf seine Uhr. «Da sind Sie ja endlich. Ich stehe hier schon eine ganze Weile in der Scheißkälte. Ich wollte Sie anrufen, aber Ihr Handy ist ausgeschaltet.»

«Tut mir leid», sagte Arno. Das Telefon hatte er ganz vergessen. Er holte es hervor und schaltete es wieder ein. «Und, was wollen wir hier?»

«In dieser Bank haben die meisten Kurden ihre Konten», erklärte Müller und deutete mit einer Kopfbewegung hinter sich. «Auch die Dumans. Wahrscheinlich haben sie früher drüben in der Neustadt gewohnt.»

Außer Müller hatte niemand versucht, Arno zu erreichen. Er steckte das Handy ein und rieb seine Hände. «Und?»

Müller schnippte seine Kippe weg. «Es könnte nicht schaden, mal nachzuprüfen, wie die das Haus finanzieren. Bei meiner Bank habe ich schon nachgefragt. Sie haben eine ziemlich hohe Anzahlung gemacht und zahlen regelmäßig ihre Raten. Die sind auch ziemlich üppig.»

«Na, dann ist doch alles bestens.»

«Ja, aber woher kommt das Geld?»

«Haben Sie einen richterlichen Beschluss, um Einblick in das Konto zu bekommen?»

«Nein, aber …»

Langsam verlor Arno die Geduld. «Was soll der Scheiß dann?»

Müller sah ihn beleidigt an. «Was der Scheiß soll? Wenn die Kohle aus dubiosen Quellen kommt, kann man sie vielleicht von dieser Bank aus zurückverfolgen. Wenn sie zum Beispiel aus dem Drogenhandel kommt, dann haben wir auch eine klare Spur.»

Arno schüttelte den Kopf.

«Lassen Sie uns wenigstens mal mit dem Filialleiter sprechen», schlug Müller vor.

«Das bringt doch nichts», entgegnete Arno verärgert. «Ich glaube nicht, dass der Hauskauf etwas mit Mehmeds Ermordung zu tun hat. Und so wie es aussieht, ist ja auch alles rechtmäßig abgelaufen.»

«Warum verteidigen Sie diese Leute immer?»

«Ich verteidige sie nicht. Ich versuche nur, sie nicht voreilig zu verurteilen. Seien Sie ehrlich, Müller, Sie führen doch hier einen Privatkrieg.»

«Schwachsinn.» Müller winkte genervt ab und zog eine neue Zigarette hervor.

«Haben Sie Freunde von Mehmed gefunden?», wollte Arno wissen.

«Diese Liste durchzugehen dauert ewig. Außerdem sagen die Leute eh alle dasselbe: Nichts gesehen, nichts gehört.» Müller zündete die Zigarette an und atmete den Rauch aus, der sich in der kalten Luft nicht aufzulösen schien. «Zwei Typen, die in einem Imbiss in der Innenstadt arbeiten, haben ihn noch kurz vor dem Mord gesehen. Er ist vorbeigefahren, hat kurz angehalten, Hallo gesagt und ist weitergefahren. Was er vorhatte, wussten sie nicht. Das ist alles.»

«Das ist alles?», wiederholte Arno. «Und was ist mit dem Fußballverein?»

«Arbeiten wir noch dran.»

«Ich hole Sie morgen ab», sagte Arno, drehte sich um und ließ Müller stehen.

«Wo wollen Sie hin?»

«In die Inspektion», rief Arno über die Schulter. «Machen Sie Feierabend und seien Sie morgen fit.»

Er ging zurück zu seinem Wagen. Als er vor dem Steuer saß, nahm er die Brille ab und rieb sein Gesicht. Was sollte er nun tun? Der Tag war so gut wie zu Ende, und er hatte nichts erreicht. Sein Magen knurrte, und es hatte nur Streit gegeben. Er startete den Volvo und scherte aus der Parklücke aus. Etwas zu schwungvoll, sodass er auf dem vereisten Boden beinahe gegen einen Wagen gerutscht wäre, der hinter ihm einparken wollte. Arno hob entschuldigend die Hand und bog langsam auf die Bahnhofstraße, wo er Müller sah, der mit gesenktem Kopf und tief in die Taschen vergrabenen Händen Richtung

Innenstadt davonstapfte. Arno fuhr an ihm vorbei und erreichte nach wenigen Minuten die Polizeiinspektion.

Im Eingang kam ihm Gerd Stockmann entgegen, der gerade Feierabend machen wollte.

«War Ilhan Duman hier?», fragte Arno ihn.

«Ja, der war hier.» Stockmann schüttelte genervt den Kopf. «Hat aber die ganze Zeit wissen wollen, wie lange wir die Fingerabdrücke speichern, und was von Datenschutz gefaselt. Wenn's drauf ankommt, kennen sich die Burschen bestens mit den Gesetzen aus.»

«Und was haben Sie herausgefunden?»

«Seine Fingerabdrücke sind nicht auf dem Drogenpäckchen», entgegnete der Leiter der Spurensicherung und schaute unruhig auf seine Uhr. «Der Innenraum des Autos ist natürlich voll mit seinen Abdrücken. Aber es ist ja auch sein Auto.»

«Und sonst?»

«Sonst?» Stockmann zuckte mit den Achseln. «Der Wagen ist voll mit tausend verschiedenen Abdrücken. Damit kann man kaum etwas anfangen. Er hat den Wagen erst seit zwei Monaten, hat er gesagt.»

«Na gut», sagte Arno, «dann schönen Feierabend.»

«Ebenfalls, bis morgen.»

Mit dem Fahrstuhl fuhr Arno hinauf zu den Büros des Fachkommissariats I. Auf dem Flur traf er Heiner Pries in seiner dicken Daunenjacke, auch er offenbar auf dem Weg nach Hause.

«Warst du bei dem Soldaten?», fragte Pries.

«Ja», antwortete Arno und erzählte ihm kurz, was er von Peel erfahren hatte.

Pries verzog das Gesicht. «Armes Schwein», meinte er nur. «Dann ist diese Spur also ausermittelt.»

«Anscheinend. Hast du was von der Gefängnisleitung oder vom Drogendezernat gehört?»

«Kommst du mit runter, oder wolltest du noch ins Büro?», fragte Pries.

Arno wusste auch nicht mehr, was er hier sollte. «Ich komme mit.»

«Also», begann Pries, als sie im Fahrstuhl standen, «sieht so aus, als wäre Mehmed in Göttingen lammfromm gewesen. Es gab keine Beschwerden. Er hat dort sogar seinen Hauptschulabschluss nachgemacht. Wegen guter Führung ist er schon früher entlassen worden, damit er Weihnachten noch zu Hause verbringen kann. Das schien ihm allerdings nicht so gut zu gefallen.»

«Wieso?»

«Keine Ahnung. Vielleicht hatte er keine Lust auf die Familie.»

«Oder er hatte draußen vor etwas Angst.»

«Kann auch sein. Das sollten wir rauskriegen.»

Leicht gesagt, dachte Arno, aber er nickte. «Und was ist mit Hannover?»

«Die Kollegen waren sehr beschäftigt. Morgen soll ich eine Liste mit Namen kriegen. Leute, mit denen er früher zusammengearbeitet hat. Details über seine Verhaftung. Sein Bruder Ilhan ist denen übrigens auch keine Unbekannter.»

«Ich weiß. Ist er jetzt noch aktiv?»

«Er ist länger nicht mehr auffällig geworden. Aber das heißt ja erst mal nichts. Jedenfalls steht er immer noch unter Beobachtung, wie ich gehört habe.»

Sie waren im Erdgeschoss angekommen. Kommissar Witte, der die Nachtschicht in der Zentrale übernommen hatte, grüßte mit missmutiger Miene. Am Eingang verabschiedete sich Pries. «Okay, Arno, bis morgen in aller Frische.» Er boxte Arno grinsend gegen die Schulter und stapfte schlingernd über den vereisten Hof zu seinem Wagen.

Arno blieb stehen und schaute ihm hinterher. Der ganze Tag

war umsonst gewesen, er hatte nichts erreicht. Jetzt waren auch die Geschäfte geschlossen, und er hatte zu Hause immer noch nichts zu essen. Na gut, dachte Arno, dann werde ich mir zum Abschluss dieses Tages wenigstens noch etwas Gutes gönnen.

Eine Viertelstunde später betrat er das *Heidestübchen* in der Innenstadt. Das kleine Restaurant gehörte seinem Cousin Hans, bei dem er wegen der Reise nach Polen seine Schäferhündin Basta untergebracht hatte.

«Frohes neues Jahr», begrüßte ihn Hans' Frau Jutta, die hinter der Theke lehnte. Das Lokal war völlig leer.

Als Arno sie in den Arm nahm, meinte er, eine leichte Alkoholfahne zu riechen. Jetzt sah er auch das leere Weinglas neben ihr. Außerdem sahen ihre Augen geschwollen aus, als hätte sie gerade geweint.

«Wünsche ich dir auch», sagte Arno. «Alles in Ordnung bei euch?»

Sie nickte übertrieben. «Ja, ja, alles in Ordnung. Heute ist nicht viel los, aber über die Feiertage lief es ganz gut.»

«Wie hat sich Basta benommen?»

Jetzt leuchteten ihre Augen ein wenig auf. «Wunderbar», sagte sie. «Ich glaube, ihr gefällt es draußen bei uns.»

«Schön. Ich hoffe, ich komme morgen dazu, sie abzuholen.»

«Das hat keine Eile», entgegnete Jutta. «Sie macht wirklich keine Umstände. Sie hat im Garten Auslauf und kann die ganze Zeit draußen sein.»

Hans kam aus der Küche und band sich eine weiße Schürze vor seinen mächtigen Bauch. «Pass auf», sagte der Hüne mit der schütteren Elvis-Tolle und reichte Arno seine Riesenpranke, «Jutta gibt den Köter gar nicht mehr her. Frohes Neues.»

«Frohes Neues», gab Arno zurück.

«So hab ich es nicht gemeint», sagte Jutta beleidigt.

«Das weiß ich doch», versicherte Arno ihr. Aber er musste auch daran denken, dass sie immer Kinder gewollt hatte, was nie Wirklichkeit geworden war. Vielleicht hatte sie über Weihnachten ihre unerfüllten Muttergefühle an Basta ausgelebt. Und wahrscheinlich hatte seine Schäferhündin gar keine Lust mehr, zu ihm zurückzukommen.

Jutta wandte sich wieder an Arno. «Und wie war's bei dir?»

«Ganz gut», sagte er ausweichend und merkte mit einem leichten Entsetzen, dass er zum ersten Mal an diesem Tag an seinen Sohn dachte.

«Wie macht sich der kleine Pole?», fragte Hans.

Arno musste beinahe auflachen, doch Jutta war nun richtig verärgert und warf ihrem Mann einen scharfen Blick zu. «Du bist so was von unsensibel», herrschte sie Hans an, drehte sich abrupt um und füllte ihr Weinglas nach.

Hans hob entschuldigend und genervt die Arme. «Ich gehe lieber wieder in die Küche», sagte er und schlug Arno auf die Schulter. «Hunger?»

«Und wie», sagte Arno. «Mach mir irgendetwas Gutes.»

«Was anderes habe ich nicht», meinte Hans und verschwand in der Küche.

Der Wildschweinbraten, den sein Cousin ihm dann servierte, war tatsächlich das Beste, was Arno an diesem Tag geschehen war. Nachdem er gegessen hatte, saß er noch eine Weile mit Hans und Jutta bei einem Bier zusammen, aber die Stimmung blieb angespannt, sodass er sich bald müde verabschiedete.

Zu Hause erwartete ihn erneut eine Nachricht von Aglaja auf dem Anrufbeantworter. Dieses Mal war sie sehr knapp gehalten und lautete: Ruf bitte zurück, wir müssen reden. Arno blieb seufzend vor dem Telefon stehen und fragte sich, was sie von ihm wollte. Seine Beziehung zu Aglaja war immer von einem Hin und Her geprägt gewesen, wahrscheinlich war es seine Schuld. Erst war Arno zurück in seine Heimatstadt gegangen und hatte sie in Berlin zurückgelassen. Kaum war er in Celle gewesen, hatte sie einen Unfall gehabt, und Arno hatte sie zu sich geholt. Dann war Aglaja schwanger geworden und ganz nach Celle gezogen. Sie hatte ihren Job im Polnischen Kulturinstitut gekündigt und ihre kleine Wohnung aufgegeben. Es hatte wie eine endgültige Entscheidung ausgesehen. Damals dachte Arno, sie wären endlich angekommen. Dass Aglaja sich bereits in dieser Zeit von ihm entfernte, hatte er erst später gemerkt. Sie hatte in Celle keine Freunde gefunden; diejenigen, die sich um sie bemüht hatten, waren Leute gewesen, mit denen sie nichts hatte anfangen können. Arno hatte kaum Zeit für sie gehabt, und sie war ständig mit dem Kind allein gewesen. Als sie im letzten Sommer mit dem Jungen nach Polen zu ihrer Mutter gereist war, sollte es nur für eine begrenzte Zeit sein. Doch der Zustand dauerte an und er hatte keine Ahnung, wie es weitergehen sollte. Mit einem Mal bekam Arno Angst, dass etwas passiert sein könnte. Er suchte die Danziger Nummer heraus, und nachdem er sie gewählt hatte, hörte er schon nach dem ersten Läuten Aglajas vertraute Stimme. In diesem Moment spürte er wieder, wie sehr sie ihm fehlte.

«Ist alles in Ordnung?», fragte Arno besorgt. «Geht es Andrzej gut?»

«Ja. Er hat vor dem Einschlafen nach dir gefragt.»

«Das ist schön», sagte Arno erleichtert. «Gib ihm einen Kuss von mir.»

«Ja.» Sie stockte. «Wie geht es dir?»

«Mir? Ich bin ziemlich im Stress.»

«Das bist du immer.»

Arno wollte etwas entgegnen, aber er ließ es lieber. Er hatte keine Lust auf einen weiteren Streit.

«Arno …»

«Was ist?»

«Wir müssen reden.»

Arno seufzte. «Als ich bei euch war, hast du kaum mit mir gesprochen. Jetzt, wo ich wieder zu Hause bin, willst du plötzlich unbedingt mit mir reden.»

«Anders konnte ich es nicht. Ich hatte Angst.»

«Angst? Wovor? Vor mir?»

«Ja. Vor deiner Reaktion.»

«Reaktion worauf? Worum geht es denn?»

«Arno, wir können so nicht mehr weitermachen …»

«Das weiß ich, aber …»

«… und ich werde nicht mehr zurückkommen.»

Arno schluckte. So direkt hatte sie es noch nie gesagt.

«Ich werde nicht mehr zurückkommen», wiederholte sie. «Hier bin ich zu Hause, das merke ich erst jetzt richtig. Du weißt, dass ich mich in Celle nie wohl gefühlt habe.»

«Und Andrzej?»

«Darüber müssen wir reden. Wie wir damit umgehen. Auf jeden Fall fühlt er sich hier auch wohler.»

«Woher weißt du das?»

«Das weiß ich eben. Ich bin seine Mutter.»

«Und ich bin sein Vater.»

«Ich will mich nicht mit dir streiten.» Sie zögerte. Er hörte sie atmen, und es klang so, als würde sie direkt neben ihm stehen. «Aber da ist noch etwas anderes.»

«Was?»

«Es geht um Wiktor.»

«Den Autofritzen?»

«Er hat eine Volvo-Vertretung.»

«Was ist mit ihm?»

Wieder ihr Atmen. «Seit ich wieder hier bin, sehen wir uns ziemlich häufig. Es ist fast wie früher. Er bemüht sich, wir mögen uns, sehr sogar, und …»

«Ach, ihr mögt euch», unterbrach er sie. «Na wunderbar. Ist da was zwischen euch?»

«Noch nicht.»

«Noch nicht? Und was willst du jetzt von mir?»

«Ich wollte nur, dass du es weißt.»

«Moment mal. Du erzählst mir, dass du etwas mit einem anderen Mann anfangen willst?»

«Ich dachte, es wäre fair, wenn …»

«Du willst meinen Segen, um wieder etwas mit deiner alten Jugendliebe anzufangen?»

«Arno, ich …»

Er knallte den Hörer in die Station und schleuderte dann das Telefon weg, das krachend auf den Boden knallte. Eine Weile stand er in der kalten Küche und starrte in die Dunkelheit. Als er zu zittern begann, drehte er sich um, ging ins Schlafzimmer und kroch vollständig bekleidet ins Bett. Zweimal klingelte das Telefon noch, und er hörte ihre Stimme auf dem Anrufbeantworter. Er zog den Stecker heraus und schaltete auch sein Handy aus. Dann legte er sich wieder hin, schaute auf die schiefen Balken an der Decke und wartete auf den Schlaf.

13

Celle, Dienstag, 3. Januar 2006

In der Kindheit hatte es eine Zeit gegeben, in der er nicht einschlafen konnte, weil er Angst gehabt hatte, er könnte das Atmen vergessen. Er lag dann wach im Bett, und mit einem Mal war das Atmen kein Vorgang mehr, der automatisch ablief, sondern er musste selbst dafür sorgen. Alles in ihm musste sich darauf konzentrieren, ein- und auszuatmen. Wenn ich es vergesse, bin ich tot, dachte er damals. Wenn ich einschlafe, vergesse ich zu atmen und sterbe. Viele Nächte kämpfte er so um sein Leben, erst die Erschöpfung darüber ließ ihn einschlafen. Und wenn er schweißgebadet am nächsten Morgen aufwachte, war da schon wieder die Angst, dass es von vorne losgehen könnte. So wie damals, dachte er immer, hatte er sein Leben nie wieder in der Hand gehabt.

Arno bekam keine Luft und glaubte, den stockenden Puls seines Atems zu hören. Ein schrilles Klingeln, das in seinem Kopf dröhnte und immer lauter wurde. Er wusste nicht, wie lange es schon da war. Mit einem Mal schreckte er auf, schnappte nach Luft und schaute sich um. Er konnte nichts sehen, alles war dunkel, nur die Ziffern der Digitaluhr leuchteten. Kurz nach eins. Mitten in der Nacht. Ein schlechter Traum, dachte er, doch da setzte das Klingeln wieder ein. Oder war es ein Hämmern? Eine unbestimmte Angst überkam ihn.

Arno sprang auf und schaute aus dem Fenster. Nichts als Finsternis. Benommen wankte er aus dem Schlafzimmer und über die kalten Fliesen der großen Küche. Schon vom weitem sah er das grelle Licht hinter der Haustür. Als er sie öffnete, musste er seine Augen abschirmen. Neben dem Volvo stand ein Streifenwagen, davor zwei uniformierte Beamte mit Taschenlampen. Offenbar wollten sie gerade wieder losfahren.

«Hauptkommissar Hennings?»

«Ja?» Erst jetzt merkte Arno, dass er schweißgebadet war und am ganzen Leib zitterte.

«Wir haben Sie angerufen, aber Ihre Telefonleitung ist tot, und Ihr Handy ist aus.»

«Was ist?»

«In der Stadt ist die Hölle los. Erst sind zwei Kurden attackiert worden, jetzt artet die Sache offenbar total aus. Mehr wissen wir auch nicht.»

Sofort war Arno hellwach. «Einen Moment», bat er und lief zurück ins Haus. Statt sich umzuziehen, suchte er nur seine Sachen zusammen und warf den Mantel über.

«Ich fahre bei Ihnen mit», sagte er und schloss die Haustür hinter sich ab. Einer der Beamten hielt ihm die Wagentür auf. Arno setzte sich auf den Rücksitz. Mit angestelltem Blaulicht, aber ohne Sirene rasten sie aus der Siedlung zum Bremer Weg. Es hatte wieder zu schneien begonnen, und eine neue Schneedecke legte sich auf die Eisschicht. Doch die Glätte schien den Fahrer nicht zu kümmern, mit hohem Tempo jagte er durch die leeren Straßen. Die Beamten wussten nicht mehr, als sie gesagt hatten. Trotzdem konnte Arno seine Ungeduld kaum zügeln, und es kam ihm wie eine Ewigkeit vor, bis sie endlich die Innenstadt erreicht hatten. Als sie in die Bergstraße bogen, zeigte der Beifahrer nach vorn.

«Dort soll es begonnen haben», sagte er. «Vor dem Imbiss da. Aus der Kneipe gegenüber kam anscheinend plötzlich eine

Horde Leute rausgelaufen und ging auf zwei Kurden los, die davor standen.»

Während der Imbiss dunkel war, waren die Fenster der Kneipe hell erleuchtet. *Märkische Botschaft* hieß der Laden, Arno kannte ihn nicht, aber das hatte nichts zu bedeuten. Die Fluktuation in der Innenstadt war hoch, viele Ladenlokale oder Gaststätten standen leer, und häufig zogen für kurze Zeit neue Betreiber ein, die sich wegen der hohen Mieten nie lange halten konnten. Auf der Straße war nichts zu sehen. Die schneebedeckten, schmalen Fachwerkhäuser zu beiden Seiten machten einen friedlichen Eindruck.

«Da vorne», rief der Fahrer.

Als sie weiterfuhren, sah auch Arno den Tumult gut hundert Meter weiter auf dem Großen Plan, wo noch immer die geschmückten Buden des Weihnachtsmarktes aufgebaut waren. Sie hielten neben den beiden Streifenwagen an, die bereits dort standen. Arno öffnete die Tür, hielt dann inne und lehnte sich wieder in den Wagen. «Haben Sie einen Schlagstock übrig?»

Die Polizisten sahen ihn kurz verwirrt an, dann griff der Beifahrer unter den Sitz und reichte ihm einen Schlagstock. «Hier.»

Arno sprang aus dem Wagen. Während er versuchte, die Lage zu überblicken, liefen die beiden Beamten sofort los. Sie wollten ihren Kollegen helfen, die sich verzweifelt darum bemühten, der Lage Herr zu werden und die Streithähne zu trennen. Aber es waren zu wenige, sie wurden beschimpft und zurückgedrängt, und es sah so aus, als hätten sie nun vor allem damit zu tun, sich selbst zu schützen. Mit gutem Zureden würde dieser Tumult jedenfalls nicht gelöst werden.

Am Rande war die Menge in einzelne Gefechte ausgebrochen, in der Mitte waren die Männer in einem heillosen, brodelnden Chaos ineinander verkeilt. Als Arno gehört hatte, dass die Kurden angegriffen worden waren, hatte er mit einer Horde bulliger Skinheads gerechnet. Doch tätowierte Kahlgeschorene in Bomberjacken und mit Springerstiefeln waren nur vereinzelt zu sehen. Die meisten Männer waren schwarz gekleidet und hatten Wollmützen ins Gesicht gezogen, manche trugen zu seinem Erstaunen Palästinensertücher, und an einem sah er sogar ein T-Shirt mit einem «Che Guevara»-Aufdruck. Auf den ersten Blick hätte man sie für linke Autonome aus dem Schwarzen Block bei den Berliner Maikrawallen halten können. Dagegen wirkten die zumeist schlanken und wendigen Kurden mit ihren weiten Hosen, Blousons und den Baseballkappen auf den gegelten schwarzen Haaren schon eher wie eine Einheit. Und während die rund dreißig Angreifer anscheinend eher zum profanen Boxen und Prügeln neigten, versuchten sich die wenigen Kurden mit diversen asiatischen Kampfsportarten zu wehren.

In sicherem Abstand in einem Ladeneingang erkannte Arno die aufgeblähte rote Daunenjacke von Heiner Pries. Trotz der Kälte hatte sein Kopf die gleiche Farbe angenommen wie die Jacke. Der Erste Hauptkommissar schrie abwechselnd in ein Funkgerät oder brüllte seinen Beamten Kommandos zu, doch seine Worte gingen in dem Lärm unter.

«Arno, na endlich», sagte Pries schnaufend und senkte das Funkgerät.

«Wie lange geht das schon so?»

Pries zeigte die Bergstraße hinab. «Es hat dahinten angefangen», berichtete er atemlos. «Erst waren es nur zwei Kurden. Sie wurden von den anderen hierhergejagt. Vor wenigen Minuten sind plötzlich weitere Kurden aufgetaucht, und dann ging's los.»

«Wenn das so weitergeht, gibt's eine Katastrophe.»

«Was soll ich machen?», blaffte Pries. «Ich habe nicht genug Beamte.»

«Steht am Bahnhof noch die Staffel der Bundespolizei?»

«Ich glaube. Der Castor ist immer noch nicht durch. Warum?»

«Wir haben keine andere Wahl, als sie um Hilfe zu bitten, oder?»

Der Erste Hauptkommissar legte die Stirn in Falten und dachte nach.

«Wir haben keine andere Wahl», wiederholte Arno scharf.

Pries nickte hektisch und gab dann über Funk der Zentrale in der Polizeiinspektion die Anweisung, die Kollegen vom Bahnhof anzufordern. Als er fertig war, fuhr er sich mit der Hand über die Stirn. «Verdammte Scheiße, Mensch. Das hat uns gerade noch gefehlt.»

«Ist sonst noch jemand von uns hier?»

«Nur Karsten.»

«Wo ist er?»

Pries zuckte mit den Achseln und schaute hilflos auf die prügelnde Menge. Von irgendwo hörte man klirrendes Glas und einen Schrei.

«Fordere Krankenwagen an», wies Arno ihn an. Dann ließ er Pries stehen und lief durch den stärker werdenden Schneefall. Müller konnte er nirgendwo sehen. Er nahm die Brille ab, steckte sie tief in seine Manteltasche, verlangsamte seinen Schritt und packte sich den ersten Schläger. Als er ihn an der Kapuze seines schwarzen Parkas zurückriss, wirbelte der Mann herum. Ein hasserfülltes Gesicht starrte Arno an, die Augen zwei schmale Schlitze, die Nase aufgebläht, die Fäuste geballt. Ehe der andere etwas tun oder sagen konnte, knallte Arno ihm den Schlagstock an den Schädel. Der Mann sank zu Boden, Arno schob ihn zur Seite und drang weiter ins Zentrum vor. Er sah nur noch Arme, Fäuste und Stiefel. Wie mit einer Machete durchs Unterholz bahnte er sich mit dem Schlagstock einen Weg durch die kämpfenden Leiber. Als er selbst getroffen wurde, schlug er nur wilder um sich. Dann spürte er, wie seine Knie wegsackten. Sein Kinn knallte gegen eine Schulter, und hinter seinen Augen explodierten weiße Funken. Der Schlagstock fiel ihm aus der Hand. Jemand trat ihn gegen die Hüfte, und er hörte einen gellenden Schrei – seinen eigenen. Im dunklen Gewimmel tastete er nach dem Stock. Überall um sich herum sah er nur Stiefel. Nach einem weiteren Tritt wirbelte er zur Seite und schmeckte Blut. Arno stöhnte auf und tastete über den vereisten Boden. Sein Stock lag direkt unter ihm, er packte ihn und drehte sich nach Atem ringend um. Ein bulliger Kerl beugte sich über ihn und grinste ihn an. Arno versuchte, sich aufzurappeln, konnte sich aber nicht bewegen. Jetzt sah er die Holzlatte in der Hand des anderen, doch als der gerade damit ausholen wollte, wurde er zur Seite gerissen. Plötzlich stand Müller neben ihm und trat dem Strauchelnden in den Unterleib. Dann zog er Arno hoch und schleppte ihn aus dem Zentrum des Tumultes.

Arno stützte die Hände auf die Knie und versuchte, wieder zu Atem zu kommen. «Mein Gott …»

«Da», rief Müller plötzlich und zeigte nach links.

Arno schaute auf. Vor dem hell erleuchteten Schaufenster eines Geschäftes lag jemand auf dem Pflaster, zwei schwarz vermummte Männer traten und schlugen abwechselnd mit Holzlatten auf ihn ein. Ohne Brille konnte Arno aus der Entfernung nicht erkennen, wer es war. Zudem tropfte ihm Blut ins Auge.

«Das ist doch dieser Dosto», rief Müller.

«Kommen Sie», sagte Arno und lief los. Heftige Schmerzen in seiner Seite durchzuckten ihn. Müller überholte ihn und trat dem ersten Angreifer ohne Umschweife zwischen die Beine. Arno hämmerte den Schlagstock auf den Rücken des anderen. Beide wichen überrascht und fluchend zurück, wollten aber sofort zum Gegenangriff übergehen.

In dem Moment hörten sie die Sirenen. Blaues Licht wanderte über die Fassaden und färbte die herabfallenden Schneeflocken. Die Mannschaftswagen der Bundespolizei kamen von beiden Seiten auf den Platz gefahren und sperrten damit die Ausgänge ab. Die beiden Randalierer sahen sich an und liefen dann auf die heranstürmenden Bundespolizisten zu. Aber denen waren solche Situationen nicht fremd. In kleinen Eingreifgruppen drangen sie blitzschnell von allen Seiten in den Kampfherd vor. Jeweils zwei, drei Beamte packten sich einen Schläger, und wenn er Widerstand leistete, zwangen sie ihn zu Boden.

Während Müller sich zu Dosto hinabbeugte, sah Arno jemanden auf sie zukommen. Als er atemlos vor ihm stand, erkannte Arno Ilhan Duman.

«Was ist mit ihm?», fragte er und schaute auf Dosto. Der schmächtige Kurde hatte sich am Boden wie ein Fötus zusammengekrümmt, sein Gesicht war blutverschmiert.

«Sieht schlimmer aus, als es ist», sagte Müller.

«Wir kümmern uns um ihn», versicherte Arno dem Kurden. «Gleich kommt ein Krankenwagen. Ilhan, gehen Sie und sagen Sie Ihren Freunden, dass sie sich nicht gegen die Polizisten wehren sollen.»

Ilhan starrte ihn verständnislos an. Arno bemerkte, dass seine Hände von der Fingerabdrucknahme noch schwarz verfärbt waren. Aber vom Kampf schien er nichts abbekommen zu haben.

«Bitte, tun Sie, was ich gesagt habe! Es ist wichtig!»

Ilhan nickte, drehte sich mit einem letzten Blick zu Dosto um und lief zurück. Die kämpfende Meute löste sich allmählich in ihre Bestandteile auf. Während die Celler Beamten erschöpft und lädiert das Feld räumten, schienen die Bundespolizisten die Kontrolle zu gewinnen. Trotz heftiger Gegenwehr und lautstarken Schmähungen führten sie bereits die ersten Männer ab und verfrachteten sie in die Wagen. Und die Kurden hielten sich tatsächlich zurück und sammelten sich etwas abseits. Der Schock stand ihnen noch ins Gesicht geschrieben.

Arno atmete durch und kniete sich neben den Verletzten. «Hey, alles klar?»

«Mir ist kalt», hauchte Dosto. Sein Gesicht war bleich, er lag noch immer zusammengekrümmt da und presste die Hände auf den Bauch.

Müller zögerte nicht lange, zog seine dünne Jeansjacke aus und legte sie auf den jungen Kurden. Dass er nun nur noch ein Hemd trug, schien den Oberkommissar nicht zu kümmern.

«Wie sind Sie da hineingeraten?», fragte Arno.

«Ilhan hat mich angerufen.» Man konnte Dosto kaum noch verstehen.

Müller schüttelte den Kopf. «Irgendwer ruft bei euch immer an, wenn was los ist. Schon komisch.»

«Wir müssen zusammenhalten», sagte Dosto. Seine Zähne klapperten.

Arno wollte gerade seinen Mantel ausziehen, da trafen endlich die Krankenwagen ein. Als er sich aufrichtete, sah er auch wieder Heiner Pries, der über den Platz marschiert kam und mit fuchtelnden Armen versuchte, seine Beamten zu sammeln und die Sanitäter zu delegieren.

«Hierher», schrie er und zeigte zu Arno und Müller.

Zwei Sanitäter liefen mit einer Bahre heran und wären beinahe auf dem glatten Boden ausgerutscht. Aber sie fingen sich wieder, und als sie bei Dosto waren, begannen sie sofort, ihn zu untersuchen.

«Das war knapp», sagte Pries schwer atmend. «Ohne die Bundespolizei wäre das in die Hose gegangen.» Er musterte Arno. «Mein Gott, du blutest ja. Hier, der Mann muss behandelt werden.»

«Ist nicht so schlimm», wehrte Arno ab und wandte sich an die Sanitäter. «Was ist mit ihm?»

«Kann ich noch nicht genau sagen», antwortete einer von ihnen. «Aber wir müssen ihn mitnehmen.» Sie legten Dosto auf die Bahre und transportierten ihn ab.

«Okay», sagte Pries und schaute ihnen hinterher, «ich kümmere mich darum, dass alle in die Inspektion gebracht werden.» Der Erste Hauptkommissar schaute stöhnend über den Platz. Mit heulender Sirene jagte ein Krankenwagen durch die engen Gassen davon. «Das wird eine verdammt lange Nacht.» Er drehte sich um und ging gebeugt davon.

Als er weg war, hob Arno Müllers Jacke auf, die in den Schnee gefallen war. «Danke», sagte er und reichte sie dem Kollegen.

«Wofür?» Müller nahm die Jacke und zog sie an.

«Sie haben mich gerettet.»

«Wenn Sie draufgegangen wären, hätte ich die Ermittlung am Hals gehabt», sagte Müller lächelnd, holte seine Zigarettenschachtel hervor und bot sie Arno an. «Ist bei dem Wetter besser als eine Gedrehte.»

«Stimmt.» Arno gab Müller Feuer und steckte sich dann seine Zigarette an. Trotz des Mantels zitterte er am ganzen Leib. Er holte seine Brille hervor, setzte sie auf und schaute sich um. Die Stelle, wo der Kampf stattgefunden hatte, konnte man mittlerweile nur noch daran erkennen, dass dort der Schnee und das Eis geschmolzen waren. Dahinter waren mindestens zwei Holzhütten des Weihnachtsmarktes in Mitleidenschaft gezogen worden, auch eine Schaufensterscheibe war zu Bruch gegangen. Doch allmählich wurde es wieder still in der Stadt. Erst jetzt sah Arno, dass in vielen Häusern die Fenster geöffnet waren und Anwohner herausschauten. Wahrscheinlich hatten sie schon die ganze Zeit das Spektakel beobachtet. Morgen würde der Vorfall in aller Munde sein, was ihre Arbeit nicht gerade erleichterte.

«Was haben Sie sich eigentlich dabei gedacht?», fragte Müller kopfschüttelnd. «Stürmen da rein wie ein wilder Stier. Haben Sie Todessehnsucht, oder wie?»

Arno fiel auf, dass er noch immer den Schlagstock in der Hand hielt. «Und Sie?»

«Ich habe nur meine Wut abreagiert.»

«Ich auch.»

Müller zog eine Augenbraue hoch. «Ich dachte, das wäre nicht Ihre Art.»

«Und ich dachte, Sie hätten was gegen die Kurden.»

«Habe ich auch», sagte Müller und atmete hustend den Rauch seiner Zigarette aus. «Das heißt aber noch lange nicht, dass ich was mit den anderen Arschlöchern am Hut habe.»

In diesem Moment fiel Arno ein, dass in der *Märkischen Botschaft* noch Licht gebrannt hatte. Er ließ seine Zigarette fallen und lief los.

«Was ist denn jetzt?», rief Müller hinter ihm her und folgte ihm dann fluchend.

Auf den letzten Metern bekam Arno Seitenstechen und musste gehen. Als er atemlos die Kneipe erreichte, sah er, dass die Fenster dunkel waren. Er zog an der kalten Klinke der Tür, doch sie war verschlossen. Nach all der Anstrengung schmerzte sein Gesicht im Frost wie bei den Schneeballschlachten, die er sich früher mit seinen Freunden geliefert hatte. Als Kind hatte er einen Heidenspaß dabei gehabt und selbst den Schmerz genossen, wenn er später in der Zimmerwärme mit den Zähnen die klammen Handschuhe auszog. Aber in der langen Zeit, die seitdem vergangen war, musste die Freude über solche Gefühle irgendwann abhandengekommen sein.

14

Während in der Innenstadt wieder Ruhe einkehrte, herrschte nun in der Polizeiinspektion ein heilloses Durcheinander. Der Hof war mit den Mannschaftswagen der Staffel aus Nordrhein-Westfalen blockiert, und auch im Erdgeschoss hatte die Bundespolizei die Initiative an sich gerissen, als hätte sie das Gebäude eingenommen. Jeder verfügbare Raum war mit den Randalierern besetzt worden, manche bluteten aus kleineren Schnittverletzungen, und die meisten beschwerten sich lautstark und leisteten noch immer Widerstand. Doch gegen die Übermacht der Beamten hatten sie jetzt keine Chance mehr.

Als Arno und Müller mit einer Streife ankamen und durch den Haupteingang gingen, hörten sie über all dem Lärm die Stimme von Kommissar Witte, der hinter der Anmeldung mit hochrotem Gesicht versuchte, sein Revier zu verteidigen. Als er die beiden sah, zog er verzweifelt seine Hose hoch und schüttelte den Kopf.

«So was habe ich noch nicht erlebt», stöhnte er und deutete auf Arnos Stirn. «Sie haben ja auch was abbekommen.»

«Nur eine Schramme», sagte Arno und legte den Schlagstock auf den Tresen. «Was ist mit unseren Leuten?»

Mit erhobener Augenbraue betrachtete Witte erst ihn und dann den Schlagstock. «Die meisten sind glimpflich davongekommen», sagte er schließlich. «Prellungen, Schnitte, mehr nicht. Zwei Kollegen sind allerdings im Krankenhaus. Einer hat eine Gehirnerschütterung, dem anderen wurde die rechte Hand gebrochen.»

«Wo sind die Kurden?»

«Die hat Heiner nach oben bringen lassen.» Witte schaute sich um. «Was hier los ist, reicht mir schon. Sörensen ist übrigens auch schon oben.»

«Und Mertens?»

«Der ist ebenfalls gerade eingetrudelt.»

Arno drehte sich zu Müller um. «Bleiben Sie hier, um die Verhöre zu führen? Ich schicke Ihnen Mertens zur Unterstützung runter.»

Müller verdrehte die Augen.

«Oder wollen Sie lieber mit den Kurden sprechen?»

«Schon gut.»

«Und knöpfen Sie sich besonders die beiden vor, die Dosto zusammengeschlagen haben.»

«Mit Vergnügen.»

Arno musste sich regelrecht zum Fahrstuhl durchboxen. In der glänzenden Metallwand der Kabine sah er sein Spiegelbild und erkannte sich kaum wieder. Das Blut über seiner Braue war bereits geronnen und das Auge angeschwollen. Außerdem waren Mantel und Hose völlig ruiniert, wie er erst jetzt bemerkte, und das Blut, das seine Kleidung verdreckte, war bestimmt nicht nur sein eigenes.

Auf dem Flur traf er auf Heiner Pries. «Ich habe auf dich gewartet mit den Befragungen.» Der Erste Hauptkommissar konnte sich ein Grinsen nicht verkneifen. «Arno, nimm es mir nicht übel, aber dir fehlt nur noch die Aldi-Tüte.»

Arno lächelte gequält.

«Tja, wer den Schaden hat, braucht für den Spott nicht zu sorgen», meinte Pries. «Komm, ich verarzte dich erst einmal.»

«Schon gut …»

«Keine Widerrede. Oder willst du so die Vernehmungen führen?»

Nein, dachte Arno, am liebsten würde ich sie gar nicht führen und sofort ins Bett gehen. Widerwillig folgte er Pries in dessen Büro. Er zog seinen Mantel aus, Hemd und T-Shirt darunter waren klatschnass.

«Zieh das auch aus», forderte Pries ihn auf. «Ich kann dir eine Trainingsjacke von mir leihen.»

«Meinst du, damit sehe ich besser aus?»

Pries öffnete seinen Schrank und zog eine hellblaue Jacke hervor. «Sie ist jedenfalls trocken.»

Als Arno sein Hemd auszog, stöhnte er auf und fasste sich an die Seite. Der Schlag oder Tritt wirkte nach.

«Vielleicht solltest du doch besser ins Krankenhaus», sagte Pries besorgt und reichte ihm die Jacke. «Nachher ist noch eine Rippe gebrochen, oder so.»

«Wird schon nicht so schlimm sein.» Die Jacke war an der Taille zu kurz, dafür an Schultern und Armen viel zu weit, aber Pries hatte recht, es tat gut, wieder etwas Trockenes auf der Haut zu haben.

«Du hast dich aber auch da reingeworfen.»

«Von allein wäre der Kampf nicht beendet worden», entgegnete Arno. Fast hätte er hinzugefügt: Und vom Zugucken auch nicht. «Ist von den Kurden jemand verletzt worden?»

Pries schüttelte den Kopf. Die unterschwellige Kritik hatte er entweder nicht gehört, oder er ignorierte sie. «Abgesehen von dem armen Schwein, das ins Krankenhaus gebracht wurde, hat es wundersamerweise keine ernsthaften Verletzungen gegeben», sagte er und nahm ein Fläschchen Jod und eine Rolle Pflaster aus einer Schublade seines Schreibtisches. «Aber drei von den anderen mussten verarztet werden. Und das, obwohl sie in der Überzahl waren.»

An der Tür klopfte es, Mertens kam mit ein paar Papieren in der Hand herein, blieb aber sofort stehen. «O Gott, Sie sehen aus wie …»

«Ich weiß», unterbrach Arno ihn. «Wollten Sie was?»

«Äh, ja.» Mertens schaute unsicher von Arno zu Pries. «Befragen Sie die Kurden?»

«Ja.»

«Wir beide», fügte Pries hinzu.

«Also, die beiden Männer, die in diesem Imbiss arbeiten, warten im Zimmer nebenan, gemeinsam mit Ilhan Duman.»

«Wie heißen die beiden?»

Mertens schaute auf eines der Blätter. «Tahsin Bilmez und Kemal Cengiz», las er und legte das Papier auf den Schreibtisch.

«Liegt was gegen die beiden vor?»

Mertens schüttelte den Kopf. «Nein.»

«Mit denen würde ich gerne sprechen», bat Arno Pries. «Vielleicht erfahre ich von Ilhan Duman noch mehr über Mehmed.»

«Okay», stimmte der Erste Hauptkommissar zu. «Dann übernehme ich die anderen.»

«Gut. Mertens, gehen Sie bitte runter und helfen Müller.»

Der Kommissar machte große Augen. «Zu den Nazis?»

«Personalien aufnehmen und so weiter, Sie wissen schon. Noch sind die Bundespolizisten da und passen auf», fügte Arno hinzu.

«Na gut.» Mertens drehte sich um und verschwand.

Arno musste sich auf den Stuhl setzen, damit der einen Kopf kleinere Pries die Wunde behandeln konnte. Als er sie mit Jod reinigte, hätte Arno fast laut aufgeschrien. Aber er biss die Zähne zusammen. Er fühlte sich hilflos, und die körperliche Nähe von Heiner Pries behagte ihm nicht. Doch der war schnell fertig und klebte schon ein Pflaster über den Schnitt.

«So, bis zur Hochzeit ist alles verheilt», scherzte Pries, bemerkte aber sogleich seinen Fauxpas. «Tut mir leid.»

«Schon gut», sagte Arno und stand auf.

«Willst du einen Kaffee? Gerade frisch gebrüht.»

«Bloß nicht», lehnte Arno ab, der schon bei dem Gedanken an Pries' Filterkaffee Magenschmerzen bekam. «Ich brauche ein Wasser.»

«Aber vielleicht wollen die anderen welchen», überlegte Pries. Er schenkte Kaffee in drei Pappbecher und stellte sie gemeinsam mit einer Zuckerdose und einem Glas Wasser auf ein Tablett.

Vielleicht fühlte sich Pries in der Mutterrolle am wohlsten, dachte Arno. Er bedankte sich, nahm das Tablett und den Zettel von Mertens und ging hinüber. Mit gesenkten Köpfen saßen die drei jungen Kurden an einem Tisch des kahlen Verhörzimmers, in der Mitte Ilhan Duman. Als Arno hereinkam, schauten sie unsicher auf. In ihren Gesichtern meinte er, noch immer den Schock über den Angriff zu lesen, ansonsten sahen sie aber nicht annähernd so lädiert aus wie Arno. Und wenn er sich nicht täuschte, musterten die modebewussten jungen Männer kritisch seine provisorische Aufmachung.

«Wollen Sie einen Kaffee?», fragte Arno und stellte das Tablett auf dem Tisch ab.

«Kaffee wäre gut.»

«Verletzt ist wirklich niemand von Ihnen?», erkundigte er sich und verteilte die Tassen.

Jetzt flackerte ein gewisser Stolz in den Augen der drei auf. «Nee.»

«Wie haben Sie das geschafft?»

«Taekwondo», lautete die knappe Antwort.

«Taekwondo, interessant», sagte Arno und nahm Platz. «Und das können Sie richtig gut?»

«Es reicht», brummte Ilhan.

«Anscheinend.» Arno schaute auf den Zettel. «Wer von Ihnen ist Tahsin Bilmez?»

Der junge Mann links von Ilhan löffelte gerade Zucker in seinen Kaffee und meldete sich wie in der Schule.

«Gut, dann sind Sie also Kemal Cengiz», sagte Arno und nickte dem anderen freundlich zu. «Sie arbeiten beide in dem Imbiss in der Bergstraße?»

«Ja», antwortete Ilhan für seine Freunde. «Haben Sie was von Dosto gehört?»

«Noch nicht, aber ich werde mich nachher im Krankenhaus erkundigen.» Arno lehnte sich zurück und trank einen Schluck Wasser. «Also, was genau ist geschehen, Kemal? Beginnen Sie ganz von vorn.»

Kemal Cengiz hatte beide Hände um seine Tasse gelegt und schaute in den schwarzen Kaffee. «Wir wollten den Laden gerade zumachen und haben draußen eine geraucht. Da ging's los.»

«Einfach so?», fragte Arno. «Haben Sie die anderen irgendwie provoziert?»

«Provoziert?» Kemal starrte ihn an. «Überhaupt nicht, die kamen plötzlich aus ihrer Kneipe rausgestürmt.»

«Euch machen wir kalt, haut hier ab, haben die gerufen», sagte Tahsin.

«Ja», warf Kemal ein, «die haben uns geschubst und Kanaken genannt.»

«Wir sollen zurückgehen, wo wir hergekommen sind.»

«Ey, habt ihr schon einmal ein KZ von innen gesehen?» Kemal schnaubte. «So haben die gesprochen.»

«Ja», sagte Tahsin und stellte seine Kaffeetasse ab. «Und da habe ich echt Schiss bekommen.»

Er sagte das mit einer trotzigen Miene, aber Arno konnte sich gut vorstellen, dass die beiden im Angesicht einer Meute hasserfüllter Rechter tatsächlich Todesangst gehabt hatten.

Solche Beleidigungen kamen immer wieder vor, häufig begannen rassistische Übergriffe damit. Aber auch wenn viele Leute diese Bemerkungen auf die leichte Schulter nahmen, handelte es sich dabei nicht etwa um ein Kavaliersdelikt. Nach Paragraph 130 des Strafgesetzbuches war es Volksverhetzung, eine Straftat, die mit einer Geldstrafe oder Haft bis zu fünf Jahren geahndet wurde. Und wie man an dem Beispiel von Tahsin und Kemal sah, gab es einen guten Grund für dieses Gesetz. «Und dann?», fragte Arno.

«Was sollten wir machen? Es waren zu viele. Wir haben uns erst mal im Imbiss verschanzt und Hilfe gerufen», erzählte Kemal.

«Wen haben Sie angerufen?»

«Na, unsere Freunde, Ilhan zum Beispiel.»

«Warum nicht die Polizei?»

Sie zuckten mit den Achseln, aber ihr Blick sagte genug. Die Polizei war für sie offenbar keine Adresse, von der sie Hilfe erwarteten.

Arno wandte sich an Ilhan. «Und Sie sind gleich gekommen? Wie konnten Sie so schnell hier sein, Sie haben doch im Moment kein Auto?»

«Ein Freund hat mich abgeholt. Ismet, er ist Taxifahrer.»

Den Namen hatte Arno schon einmal gehört. «Ist das der gleiche Ismet, der Sie angerufen hat, als Mehmed ermordet wurde? Wie war nochmal sein Nachname?»

«Acar», sagte Ilhan. «Und?»

«Ist immer zur Stelle, dieser Ismet, oder?» Arno musterte Ilhan, aber der wich seinem Blick aus. Auf jeden Fall sollten sie einmal ausführlicher mit diesem Ismet Acar sprechen. Als Taxifahrer war er vielleicht tatsächlich immer auf dem Laufenden. «Na schön, wie ist es dann weitergegangen?», fuhr Arno fort und notierte den Namen.

«Wir sind am Imbiss vorbei und bis zum Großen Plan gefahren, um die Nazis wegzulocken», berichtete Ilhan. «Wir haben die Fenster runtergekurbelt und gerufen und dann angehalten.»

«Was haben Sie gerufen?»

Ilhan zuckte mit den Achseln. «Na, fickt euch, ihr Scheiß-Nazis, und so.»

«Da sind die sofort losgelaufen», ergänzte Tahsin. «Und wir sind raus aus dem Imbiss und hinterher. Na ja, und dann ging es los.»

Arno kratzte sich an der Stirn. Der Schnitt unter dem Pflaster pochte und juckte. «Kennen Sie welche von denen?», fragte er.

«Kennen?» Kemal schüttelte vehement den Kopf. «Nee. Aber gesehen habe ich ein paar davon schon mal.»

«Wo?»

«Na, wenn die da drüben in die Kneipe gegangen sind. Mir war gleich klar, was das für Typen sind.»

«Sie wussten, dass sich dort die rechte Szene trifft?»

«Ja, klar, wusste doch jeder.»

Arno wusste es bis zu dieser Nacht nicht. «Haben Sie vorher am Abend mitgekriegt, ob drüben in der *Märkischen Botschaft* irgendeine besondere Veranstaltung stattgefunden hat?», wollte er wissen. «Irgendein Treffen oder so?»

«Nee», entgegnete Tahsin, «wir hatten zu tun und haben nicht darauf geachtet.»

«Wie lange gibt es den Laden eigentlich schon?»

«Ein paar Monate», sagte Kemal und sah Tahsin an. «Seit dem Sommer, oder?»

Tahsin nickte. «Ja, seit dem Sommer bestimmt.»

«Haben Sie die Leute auch woanders gesehen?»

«Ja. In der Stadt oder so.»

«Hatten Sie schon mal Stress mit denen?»

«So wie heute noch nie. Kleine Reibereien, aber immer nur mit Worten, nicht mit Fäusten.»

«So viele auf einem Haufen habe ich auch noch nie gesehen.»

Arno kam ein Gedanke. «Sie waren doch alle Silvesterabend mit Mehmed in der Disco. Könnte dieser Angriff etwas mit dem Mord an Mehmed zu tun haben?»

«Wie das?» Ilhan rückte mit seinem Stuhl nach vorn.

«Haben Sie diese Nazis auch in der Disco gesehen?»

Die drei sahen sich an und schüttelten den Kopf.

«Dealen Sie dort in der Disco?», fragte Arno.

«Jetzt geht das wieder los.» Ilhan ließ sich zurückfallen. «Wir machen das nicht mehr», brummte er genervt. «Hab ich doch gesagt. Und Mehmed kam gerade erst aus dem Knast. Glauben Sie, der wollte gleich wieder rein? Nee.»

Arno musterte Tahsin und Kemal. «Und Sie?»

Tahsin schüttelte nur den Kopf.

«Ich auch nicht, echt», sagte Kemal. «Ich hab meine Arbeit.»

Arno faltete seine Hände auf dem Tisch. «Okay. Aber es ist doch ein komischer Zufall, oder? Erst wird Mehmed erschossen. Und einen Tag später prügeln Sie sich mit einer Horde Rechter in der Innenstadt …»

«Die haben angefangen», unterbrach Tahsin ihn. «Wir hätten nichts gemacht.»

«Ja», sagte Arno. «Das glaube ich Ihnen auch. Trotzdem frage ich Sie jetzt noch einmal: Was war wirklich los Silvesterabend in der Disco? Einen Abend bevor Mehmed ermordet wurde. Hatte der heutige Angriff irgendetwas damit zu tun?»

Ilhan sah wirklich verwirrt aus. «Wie denn?», fragte er wieder.

«Ich lasse alle Leute befragen, die an dem Abend in der Disco waren», sagte Arno drohend, obwohl er genau wusste, wie schwierig eine solche Ermittlung sein würde.

Kemal betrachtete Ilhan verstohlen von der Seite. «Es hat schon ein bisschen Stress gegeben in der Disco.»

«Mit wem?»

Ilhan warf Kemal einen bösen Blick zu. Doch der ließ sich davon nicht beirren. «Stimmt doch. Aber das war auch nicht unsere Schuld. Wir haben Mehmed nur beschützt.»

«Vor wem?» Arno spürte die Müdigkeit und wurde langsam ungeduldig. Im Fenster sah er, dass es draußen allmählich hell wurde. «Ilhan? Ihr Bruder wird ermordet, vorher wurde Mehmed in der Disco bedroht, und jetzt gehen die Rechten auf Sie los. Warum schweigen Sie die ganze Zeit, verdammt nochmal? Vor welchen Leuten mussten Sie Mehmed beschützen?»

«Ach, verdammt», fluchte Ilhan. «Die wollten ihn wieder in die Scheiße reinziehen. Aber er hat nein gesagt. Da wurden die sauer, und wir mussten ihn beschützen. Aber es ist nichts passiert, alles lief ganz ruhig ab. Kein Problem. Sie sehen also, wir haben nichts mehr damit zu tun.»

Arno runzelte die Stirn. «Verstehe ich Sie richtig, dass Silvesterabend gewisse Leute in der Disco waren, die Mehmed wieder in die Drogengeschäfte reinziehen wollten, er sich aber geweigert hat, was die Dealer nicht so einfach hinnehmen wollten?»

«Sag ich doch.»

«Wer sind diese Leute?»

«Die Typen kommen teilweise aus Hannover.»

«Okay. Sind es Kurden?»

«Kurden und Deutsche.»

«Haben die auch Namen?»

Ilhan seufzte auf, nannte ihm dann aber zwei Namen. Deutsche Namen. Arno schrieb sie auf.

«Und die Kurden kennen Sie nicht?», fragte er skeptisch.

«Nein, die kannte ich nicht, ehrlich.»

«Ich glaube Ihnen kein Wort.»

«Ehrlich!»

Arno ließ es dabei bewenden. «Was hat Mehmed nach dem Streit getan?»

«Nichts.»

«Er hat mit einer Frau gequatscht, aber die hat ihn wohl abblitzen lassen», sagte Kemal und lachte auf. «Wir haben uns noch lustig über ihn gemacht.»

«Was für eine Frau?»

«Keine Ahnung. Eine Blonde, sah gar nicht übel aus. Eine Deutsche», berichtete Kemal.

«Ist doch ganz normal nach dem Knast, dass er mal wieder …» Tahsin sah Arno an. «Äh, Sie verstehen schon.»

Arno nickte. «Ich kann es mir vorstellen. Hat er sie angesprochen oder sie ihn?»

«Weiß ich nicht», sagte Kemal. «Ich habe nur gesehen, wie Mehmed mit ihr geredet hat.»

«Aber es ist nichts draus geworden?»

«Nee, wie gesagt, die hat ihn abblitzen lassen und war plötzlich weg. Er stand ziemlich geknickt an der Theke.» Tahsin zuckte mit den Achseln. «Geht halt nicht immer so, wie man will.»

Nein, leider nicht, dachte Arno. Auch nicht in einer Ermittlung. Nun wusste er zwar mehr über den Abend vor dem Mord, aber dadurch stellten sich nur neue Fragen. Der Spur der verärgerten Drogendealer musste auf jeden Fall nachgegangen werden. Immerhin waren im Wagen Drogen gefunden worden, deren Herkunft ungeklärt war. Allerdings blieb auch Mehmeds Fahrt zum Schützenplatz nach wie vor ein Rätsel. Genauso wie die nächtliche Attacke der Nazis.

«Was machen Sie jetzt mit der Kneipe, mit dieser *Botschaft*?», fragte Kemal. «Vielleicht kommen die wieder?»

«Wir werden sie auf jeden Fall im Auge behalten und verstärkt Streife in der Stadt fahren, keine Sorge», versicherte

Arno ihm. «Und sollte noch einmal etwas passieren, dann rufen Sie bitte sofort die Polizei. Eine wilde Prügelei macht die Sache nur noch schlimmer.» Er hielt einen Moment inne und überlegte. Doch obwohl sich tausend Fragen stellten, fiel ihm keine mehr ein, die ihn jetzt weiterbringen würde. «Fällt Ihnen noch etwas ein?»

Die drei sahen sich an und schüttelten die Köpfe. Ilhan schaute auf seine Uhr. «Können wir jetzt gehen?»

«Okay, Sie können gehen. Aber ich werde erneut mit Ihnen sprechen müssen.»

Nachdem die drei verschwunden waren, rieb sich Arno die Augen und streckte sich. Er hätte auf der Stelle einschlafen können. Bevor das geschah, richtete er sich abrupt auf, raffte seine Papiere zusammen und schleppte sich ins Büro nach nebenan. Der Erste Hauptkommissar befand sich im Gespräch mit Polizeidirektor Sörensen. Als Arno hereinkam, schaute er auf seine Uhr. «Hat ganz schön lange gedauert.»

«Ja», sagte Arno. «Viel rausbekommen habe ich trotzdem nicht.» Er fasste kurz zusammen, was er erfahren hatte.

«Das deckt sich mit dem, was ich gehört habe», meinte Pries. «Die Attacke ging eindeutig von den Rechten aus.»

«Ich habe mit dem Landeskriminalamt gesprochen», sagte Sörensen. «Von dieser *Märkischen Botschaft* ist noch nichts bekannt. Die rechte Szene war seit einiger Zeit ziemlich ruhig.»

«Das ist offenbar vorbei», erwiderte Arno und gähnte.

«Offenbar», sagte Sörensen. «Ich warte jedenfalls auf Informationen aus Hannover. Gehen Sie jetzt nach Hause und schlafen Sie eine Weile. Wir treffen uns mittags wieder. Sagen wir Punkt zwölf?»

Arno nickte. Er verabschiedete sich, nahm seinen schmutzigen Mantel und ging zum Fahrstuhl. Im Erdgeschoss hatte sich die Situation einigermaßen beruhigt. Die Bundespolizisten und die Randalierer waren fort. Von Witte hörte Arno, dass auch Müller und Mertens schon eine Weile weg waren. Arno bat den wachhabenden Kommissar, einen Beamten zu schicken, der ihn nach Hause fahren konnte. Dann ging er hinaus und wartete auf dem Parkplatz. Irgendetwas ist anders, dachte er, während er frierend dastand und mit der Müdigkeit kämpfte. Erst als der uniformierte Kollege herausgelaufen kam und sie zu einem Streifenwagen gingen, fiel Arno auf, wie still es war und dass er zum ersten Mal seit Tagen wieder den Himmel sehen konnte. Die dichten Wolken waren abgezogen, und es hatte aufgehört zu schneien. Die Morgensonne funkelte auf der dicken Schneedecke, die jedes Geräusch zu dämmen schien. Was er nicht merkte, war, dass er auf dem Weg nach Hause verfolgt wurde.

Niemandsland

15

Provinz Dohuk, Irak, März 1987

Die Nacht war kurz und ruhig. Früh am Morgen hörte Nasira einen Schrei. Erschrocken wachte sie auf. Im ersten Moment wusste sie nicht, wo sie war. Neben ihr schlief die Schwester in ihrem Körbchen. Dann erkannte sie die Tante und den kleinen Cousin zusammengeschmiegt auf dem nackten Felsboden. Als sich Nasira aufrichtete, sah sie die anderen Dorfbewohner um die verkohlten Scheite liegen. Da erinnerte sie sich an die vergangene Nacht und die Geschichten der alten Leute und an ihren Marsch den Berg hinauf. Am Ende hatte sie ihr Heimatdorf vor Augen und schließlich die Mutter. Aber sie sah sie tot vor sich, mit diesem dunklen Rinnsal unter dem Kopf.

Wieder hörte Nasira einen Schrei, sie hatte ihn also nicht geträumt. Sie stand auf und folgte dem dämmerigen Licht nach draußen. Am Höhleneingang saß der Onkel und schaute nachdenklich über das weite Land. Die Sonne war noch nicht aufgegangen, und Nebelschleier zogen über die Steppe, die sich friedlich zwischen den riesigen Bergen ausbreitete. Der Onkel nickte ihr zu und zeigte schweigend hinaus. Nasira kniff die Augen zusammen. Am Horizont versank der Mond hinter den Gipfeln, in seinem Schein kreiste ein großer Adler und gab einen Schrei von sich.

«Nicht wir, die Menschen, sind das Gesetz der Erde», sagte der Onkel leise, «sondern er, der Mond, der zwischen Sonne und Licht das Geheimnis des Zwielichtes verwaltet, bis sich das Schicksal der Welt erfüllt. Und nicht der Mensch, sondern dieser Raubvogel dort ist ihr Herrscher.» Dann wandte er sich dem Eingang der Höhle zu. «Wir müssen weiterziehen, ehe die Sonne aufsteigt.»

Nach einem kargen Frühstück brachen sie auf. Der Onkel lud die alten Leute ein, sie zu begleiten, aber denen fehlte es an Kraft, und wahrscheinlich hatte sie auch der Mut verlassen. Der Mohtar sagte, dass sie noch ein paar Tage in der Höhle ausruhen wollten, wo sie sich sicher wähnten, selbst wenn die Hubschrauber zurückkehren sollten. Die Alten bedankten sich voller Herzlichkeit für die Gaben des Abends und wünschten den Weiterziehenden, dass Gott und Tausi Melek sie beschützen mögen auf ihrem Weg.

So führte der Onkel nur seine Leute über einen Pass des Berges, und als die Sonne über den Gipfel stieg, hatten sie bereits die andere Seite erreicht, auf der sich ein weiteres Tal erstreckte, in der Mitte ein brauner Fluss, der träge nach Süden floss. Der Große Zab, erklärte der Onkel, entspringe im Norden hinter der Grenze, sodass sie ihm nur stromaufwärts zu folgen hätten, um das Land zu verlassen. Auch im Nachbarland lebten ihre Brüder, die ihnen, so Gott wollte, helfen würden. Mit dieser Hoffnung und der Aussicht auf Erfrischung am Wasser setzten sie ihren Weg fort.

Während sie den Hang hinabkletterten, wurde es heißer und heißer. Am vergangenen Tag hatten sie unter der Mühsal des Aufstieges gelitten, doch das Gefälle machte den Weg noch tückischer. Das Geröll unter den Füßen gab immer wieder nach, jeder Schritt wollte mit Bedacht gewählt sein, und dennoch rutschten viele unter der Last ihres Gepäckes weg und stürzten zu Boden. Nasira hatte die Schwester mit einem

Tuch auf ihren Rücken gebunden, damit sie genau sehen konnte, wohin sie trat. Nach einiger Zeit, noch auf weiter Höhe mitten am Hang, brach dann genau vor ihr die Tante mit einem Stöhnen zusammen.

Sofort eilte der Onkel humpelnd zu ihr. Die Tante hielt sich den Bauch und verzog vor Schmerzen das Gesicht. Die anderen Frauen kamen besorgt herbei. Nasira schaute bestürzt auf die Tante hinab. Sie war bei ihrer Mutter gewesen, als die kleine Schwester geboren wurde, und die Tante sah in diesem Moment genauso aus wie die Mutter damals kurz vor der Niederkunft. Es schien eine Ewigkeit zu vergehen, in der alle hilflos der Tante beistanden, ehe die Wehen nachließen und sie wieder aufstehen konnte. Von nun an stützte und führte sie der Onkel den gesamten Weg hinab.

Zum Mittag hatten sie endlich den Fluss erreicht, an dessen Ufer sie im Schatten eines Baumes Rast machten. Die Tante hatte die schlimmsten Krämpfe überwunden, aber sie brauchte eine Weile Ruhe, um wieder zu Kräften zu kommen. Da sie am Abend zuvor ihr Essen mit den Alten geteilt hatten, waren die Vorräte beinahe erschöpft. Sie waren erst den zweiten Tag unterwegs, aber schon machte sich Unmut unter den Flüchtlingen breit. So schnell vergessen die Menschen das Übel, vor dem sie davongelaufen sind, dachte Nasira, als sie den Gesprächen lauschte. Auch die anderen hatten Leid erfahren, aber keiner hatte wie sie Vater und Mutter verloren. Vielleicht wären die anderen entschlossener, wenn es nichts mehr gäbe, wohin sie zurückkehren konnten.

Mit frischen Kräften, aber gebrochenem Willen zog die kleine Karawane weiter, immer direkt am Fluss entlang, solange die Vegetation es zuließ. Manchmal mussten sie sumpfigen Auen ausweichen und mühsame Umwege über Steine und Felsen in Kauf nehmen. Immerhin waren sie bisher nicht einem Soldaten begegnet, was ihre größte Sorge gewesen war, und kein Hubschrauber war am Himmel zu sehen. Nach einigen Stunden erkannten sie die Umrisse eines Dorfes vor sich. Als sie sich vorsichtig näherten, kamen ein paar Kinder auf sie zugestürmt.

«Wer seid ihr?», wollten sie voller Neugier wissen. Die vertraute Sprache beruhigte die Flüchtlinge.

«Wir sind Kurden wie ihr, wir mussten unsere Heimat verlassen», sagte der Onkel. «Holt die Führer eures Dorfes.»

Die Kinder liefen zurück in den Ort. Nasira und ihre Leute folgten dem Onkel. Während sie durch die fremden Gassen schritten, sahen sie sogleich, dass es zwar ein kurdisches, aber ein moslemisches Dorf war. Immer mehr Bewohner kamen aus ihren Häusern und betrachteten die Ankömmlinge aufmerksam, eine Schar Kinder lief neben ihnen her, Hunde kläfften. Auf dem Dorfplatz wurden sie von einer großen Menge umringt, die sich bald öffnete, um den Dorfältesten vortreten zu lassen, einen hageren, gebeugten Mann mit grauen Haaren und grauem Bart.

«Wer seid ihr, Leute?», fragte er und musterte sie. «Was wollt ihr hier?»

Der Onkel zeigte auf den Pass, über den sie gekommen waren. «Ich komme aus einem Dorf jenseits dieser Berge, Bruder», antwortete er ruhig und deutete dann auf Nasira und seine Leute. «Und das hier sind die Seelen, die Gott mir anvertraut hat. Die Soldaten haben unser Dorf angegriffen und meine Schwester, die Mutter dieses armen Mädchens hier, getötet. Sie haben gedroht, wiederzukommen und uns alle auszulöschen. Um diesem Unheil zu entgehen, sind wir geflohen und haben einen beschwerlichen Weg hinter uns. Zudem ist meine gute Frau hier kurz vor der Niederkunft.» Er hielt inne, denn seine Kehle war ausgetrocknet.

Der Dorfälteste hatte ihm unruhig zugehört. «Was geschieht, geschieht mit Allahs Willen», sagte er.

«Wir sind Kurden wie ihr», fuhr der Onkel stockend fort. Seine neue Rolle als Wortführer wurde ihm zur Last. «Wir sind alle eine große Familie, wir dürfen nicht zugrunde gehen und müssen zusammenhalten.»

«Auch ich habe Seelen, für die ich die Verantwortung trage.»

«Alle Seelen der Welt sollten jedem Menschen am Herzen liegen», erwiderte der Onkel. «Mach keinen Unterschied zwischen den Menschen und nicht zwischen uns und euch.»

«Es sind Ungläubige», schrie eine Frau aus der Menge. «Sie bringen Unheil über uns.»

«Sei still!», herrschte der Dorfälteste die Frau an, und sofort kehrte Ruhe ein. Dann wandte er sich wieder an den Onkel. «Mein Freund, euer Leiden tut auch uns im Herzen weh. Du hast recht, wir sind alle Kurden, ganz gleich welchen Gott wir anbeten. Aber habt ihr nicht gehört, dass jedem, der in sein Dorf zurückkehrt, freies Geleit zugesichert wird? Niemandem wird Schaden zugefügt. Die Armee hat eine Amnestie ausgerufen, wisst ihr das nicht?»

Unter den Bewohnern aus Nasiras Dorf entstand bei diesen Worten Unruhe, manche begannen aufgeregt miteinander zu tuscheln. Der Onkel aber schüttelte nur den Kopf. «Nein», sagte er, «davon weiß ich nichts. Und ich glaube den Worten der Soldaten nicht. Wenn sie nur den Mund aufmachen, lügen sie. Ich habe gesehen, was sie anrichten. Erst gestern habe ich wieder gehört, wie sie morden und foltern.»

«Aber wir können es uns nicht erlauben, den Zorn der Armee auf uns zu ziehen, indem wir euch aufnehmen», entgegnete der Dorfälteste.

«Wir verlangen nichts», versuchte es der Onkel erneut. «Ich bitte nur um Unterkunft für eine Nacht und ein wenig Essen für meine Leute. Schau sie dir an, sie sind am Ende ihrer

Kräfte. Schon morgen vor Sonnenaufgang sind wir wieder fort.»

«Wir sind ein armes Dorf», sagte der Dorfälteste. «Willst du, dass auch wir von den Soldaten bedroht werden? Setzt eure Reise fort, Allah sei mit euch, aber verschont unser Dorf.»

Nasira sah, wie der Onkel zwischen Wut und Verzweiflung schwankte. Aber wie im Angesicht der Soldaten zog er es vor, eine Konfrontation zu vermeiden. Er wandte sich an seine Leute. «Ihr habt gehört, was er gesagt hat. Wir werden unseren Weg fortsetzen. Verliert nicht den Mut, meine Lieben. Sie wollen uns hier nicht. Doch die Erde ist groß, und Gott ist mit uns. Wir werden weitergehen.»

«Aber wenn es stimmt, was er sagt?», erwiderte eine Frau. «Vielleicht ist es besser, zurückzukehren.»

«Wir würden nur in unser Verderben laufen, Schwester», sagte der Onkel. «Wahrscheinlich warten schon die Soldaten auf uns.»

Doch nun hatte es dieser Dorfälteste geschafft, Zwietracht zwischen den Flüchtlingen zu säen. Diejenigen, die schon zuvor Zweifel gehegt hatten und der Strapazen schnell müde geworden waren, stellten sich gegen den Onkel. Nasira beobachtete die Erwachsenen, die sich vor den Augen des fremden Dorfes zu streiten begannen. Sie wünschte sich wieder den Vater herbei, der stolz und willensstark war und diese Situation bestimmt gemeistert hätte. Nach einer Weile fing erst der kleine Cousin an der Hand der Tante und dann die Schwester auf ihrem Rücken zu weinen an, aber niemand nahm Notiz von den Kindern. Schließlich hatte Nasira genug von dieser unwürdigen Szene und traf eine Entscheidung. Sie drehte ihre Schwester mit dem Tuch nach vorn vor die Brust, strich ihr besänftigend über den zarten Kopf und marschierte durch die Menge davon, weiter nach Norden. Während die kleine

Schwester sich beruhigte, entstand hinter ihr erst eine sprachlose Stille, dann hörte sie den Onkel auf den Dorfältesten einschimpfen.

«Seht euch dieses stolze und mutige Mädchen an!», rief er. «Wie aufrecht es vorangeht! Eines Tages werden die Soldaten auch zu euch kommen, dann werdet ihr es sein, die Hilfe suchen. Und bei dem allmächtigen Gott, ich wünsche euch nicht, dann auf Brüder wie euch zu treffen.»

Als Nasira an den letzten Häusern des Dorfes vorbeiging, hatte der Onkel sie eingeholt und lief neben ihr her. Sie schaute sich um und sah, dass auch die anderen ihr folgten. Und so zogen sie weiter am Fluss entlang zur Grenze, ins Ungewisse zwar, aber erhobenen Hauptes.

16

Celle, Dienstag, 3. Januar 2006

Arno schloss die Haustür, ging durch den Flur in die Küche und setzte sich an den langen Holztisch. Außer dem Summen des leeren Kühlschranks war es völlig still. Auch drang kaum Licht durch die niedrigen und kleinen Fenster des alten Fachwerkhauses. Es war dunkel und kalt.

Arno hatte einen großen Teil seiner Jugend in diesem Haus verbracht. In seiner Kindheit hatte die Familie noch auf dem Dorf gewohnt, wo es Arno so gut gefallen hatte, dass er sich später in diesem Haus am Stadtrand nie richtig wohl gefühlt hatte. Als er nach dem Tod seiner Eltern nach Celle zurückgekehrt war, wollte er eigentlich nur zum Übergang hier wohnen, das Haus sollte verkauft werden. Es war alt und sogar ein wenig baufällig, unter den Dielenbrettern direkt vor dem Herd hatten sich Mäuse eingenistet, deren Scharren und Fiepen ihn beinahe zur Verzweiflung getrieben hatten. Am Ende hatte er keine andere Möglichkeit mehr gesehen, als sie mit Giftködern auszurotten. In diesem Moment hätte er allerdings für jedes Leben, das ihn zu Hause empfing, für das kleinste Geräusch, eine Menge gegeben. Er musste so schnell wie möglich Basta von Hans und Jutta abholen, dachte er, um dieser Einsamkeit zu entfliehen.

Hinter dem Tisch sah er die Einzelteile des Telefons auf den

Dielen liegen. Als Aglaja zu ihm gezogen war, hatte er sich die Sache mit dem Hausverkauf anders überlegt und mit seinen Geschwistern eine Abmachung getroffen, um weiter hier wohnen bleiben zu können. Schließlich hatte ihm, der immer nur allein gelebt hatte, sogar der Gedanke gefallen, dass sein Sohn im ehemaligen Schlafzimmer seiner Eltern gezeugt worden war und dass der Junge in diesem Haus aufwachsen würde. Er sah Aglaja noch vor sich, wie sie am Herd stand, wenn er nach Hause kam, den Kleinen auf dem Arm, in der anderen Hand den Kochlöffel. Ein Bild, das ihn mit einer innigen Zufriedenheit erfüllt hatte. Andererseits ein Bild, das einem schrecklich konservativen Rollenklischee entsprach, wie ihm bewusst war. Arno hatte in seinem ganzen Leben nie nach der Erfüllung dieses Klischees gestrebt – ganz im Gegenteil, er war meistens davor geflohen, wie seine zahllosen gescheiterten Beziehungen zeigten. Aber Aglaja hatte ihm immer den Eindruck vermittelt, dass ihr diese Rolle gefiel, als Mutter, als Hüterin eines gemeinsamen Heims. Mit ihr schien es ihm plötzlich möglich zu sein, ein solches Leben zu führen, und wenn er ehrlich war, war es das, was er an ihr liebte. Doch offenbar hatte dieser Eindruck getrogen. Offenbar hatte ihr etwas Elementares gefehlt, etwas, das er weder bemerkt noch geahnt hatte. Am Ende hatte er sie, und das war eine furchtbare Erkenntnis, wohl nie richtig verstanden. Und das lag nicht nur an seiner Arbeit, die ihn ständig von zu Hause fernhielt. Diese Schuld musste er auf sich nehmen. Wie hatte eine frühere Freundin einmal zu ihm gesagt: Ein Flüchtling bleibt eben immer ein Flüchtling.

Er richtete sich auf, schleppte sich um den Tisch herum und bückte sich stöhnend nach den Einzelteilen des Telefons. Als er es aufhob, klingelte es, was ihn erschrocken zusammenfahren ließ. Doch das Klingeln kam nicht vom Telefon, es kam von der Haustür. Fluchend legte er die Batterie und die zerbrochenen Plastikteile auf den Tisch. *Was war jetzt schon wieder los?* Einen Augenblick überlegte er, das Klingeln zu ignorieren und sich einfach ins Bett zu legen. Dann aber setzten sich seine Neugier und sein Pflichtbewusstsein durch, das er oft genug verfluchte, und er ging zurück zur Tür.

«Ich komme ja schon», rief er verärgert, als es erneut klingelte. Er öffnete die Tür und schreckte verwirrt zurück. Neben seinem Volvo parkte ein zerbeulter alter Fiat Panda. Und vor ihm stand Ronahi Duman. Oder Jian.

Sie hatte ihre Hände tief in den Taschen eines beinahe knielangen Parkas vergraben, ihr schwarzes Haar war unter der Kapuze versteckt und schaute nur an den Seiten ihres schmalen Halses hervor. Der Ring in ihrer Nase funkelte in der Morgensonne. Im ersten Moment musterte sie ihn beinahe belustigt, was Arno dazu veranlasste, unsicher an sich hinabzuschauen. Er hatte noch immer seinen verdreckten Mantel und die Trainingsjacke von Pries an, und zusammen mit der fleckigen Jeans, dem geschwollenen Auge und dem Pflaster auf der Stirn musste er ein erbärmliches Bild abgeben. Dann wurde ihr Blick schnell wieder scheu und zurückhaltend. Sie biss auf die Unterlippe und sah ihn an. Arno kam es jetzt vor, als traute sie sich nicht, das zu sagen, was ihr auf der Zunge lag, weil es zu frech sein könnte. Oder zu intim.

«Was wollen *Sie* denn?», fragte Arno und merkte sofort, wie schroff er klang.

«Entschuldigen Sie, ich …» Sie senkte den Kopf und wandte sich ab.

«Nein, nein», sagte er schnell. «Tut mir leid. Ich bin nur … überrascht. Woher wissen Sie, wo ich wohne?»

«Ich wollte mich bedanken.»

«Wofür?»

«Dafür, dass Sie Dosto geholfen haben.»

Dosto. Arno hatte sich im Krankenhaus nach ihm erkundigen wollen, aber durch den Trubel in der Polizeiinspektion und seine Erschöpfung hatte er es völlig vergessen. Auch Ilhan hatte ihn nicht mehr daran erinnert. «Waren Sie bei ihm? Entschuldigen Sie, kommen Sie herein.» Er trat einen Schritt zurück.

Ronahi zögerte, dann ging sie an ihm vorbei in den Flur. Sie wartete, bis er die Tür geschlossen hatte, und folgte ihm dann in die Küche.

«Setzen Sie sich. Wollen Sie etwas trinken? Ich kann Ihnen leider nur einen Espresso anbieten.»

«Das ist doch nicht schlecht», entgegnete sie und blieb in der Tür stehen, ohne die Kapuze abzunehmen.

«Gut, ich könnte auch einen gebrauchen.» Arno suchte im Küchenschrank nach der Kaffeedose. Er war froh, sich ablenken zu können. «Waren Sie bei Dosto im Krankenhaus?»

«Ja.»

«Wie geht es ihm?»

«Er musste notoperiert werden. Die Milz ist gerissen und musste entfernt werden. Er hatte schwere innere Blutungen.»

«Oje, ich hätte nicht gedacht, dass es so schlimm ist.» Andererseits – so brutal wie die Angreifer auf den am Boden liegenden Jungen eingetreten hatten, war es eigentlich keine große Überraschung. Dosto war der Einzige, der ernsthaft verletzt worden war, dachte Arno. Warum? Nur weil er der Schwächste war? «Das tut mir leid. Aber man kann ohne Milz leben, oder?», fragte er und füllte Wasser in die Espressomaschine.

«Ja. Aber ohne Ihre Hilfe wäre er gestorben.»

Arno drehte sich zu ihr um. Sie stand noch immer neben der Tür, wandte ihren Blick von den zerbrochenen Teilen des Telefons auf dem Tisch ab und sah ihn an. «Sie haben auch ganz schön was abbekommen», sagte sie und kam näher. «Wer hat Sie verarztet? Das sieht ja furchtbar aus. Soll ich …»

«Nein, das geht schon», entgegnete er und wich automatisch einen Schritt zurück. «Woher wussten Sie, was geschehen ist?»

Sie zog ihre linke Hand aus der Tasche und hob ihr Handy hoch.

«Verstehe», sagte Arno. Er löffelte Kaffee in das Sieb und erinnerte sich daran, was Dosto gesagt hatte. «Sie müssen zusammenhalten, stimmt's?»

Als sie nichts sagte, wandte er sich wieder zu ihr um. «Setzen Sie sich doch, Sie machen mich ganz nervös. Oder haben Sie Angst, in der Küche eines Polizisten Platz zu nehmen?»

«Sollte ich?», erwiderte sie und zog einen Stuhl zurück. Sie nahm aber erst Platz, nachdem Arno die Espressomaschine auf die Herdplatte gestellt und sich hingesetzt hatte. Sie wählte den Stuhl, der am weitesten von ihm weg war, und nahm die Kapuze ab.

Arno betrachtete sie und holte, eher aus Verlegenheit, seinen Tabaksbeutel hervor und begann, sich eine Zigarette zu drehen. Er wurde nicht schlau aus ihr. Sie kam zu ihm, angeblich, um sich zu bedanken, manchmal hatte er sogar den Eindruck, sie flirtete mit ihm, dann wieder war sie abweisend und distanziert.

«Sie sind müde, oder?», fragte sie, zog eine Schachtel aus der Parkatasche und zündete sich eine Filterzigarette an.

«Ich bin schon fast wieder drüber weg.»

Sie blies den Rauch aus und beobachtete, wie er sich seine Zigarette drehte. «Leben Sie allein?»

«Ja.»

«Ein großes Haus für einen allein.»

Arno legte die fertiggedrehte Zigarette auf den Tisch. «Was wollen Sie eigentlich?»

Sie wich seinem Blick aus und betrachtete die Glut ihrer Zigarette. «Ich weiß auch nicht. Ich wollte Ihnen eigentlich nur danke sagen wegen Dosto. Sie müssen ihn besuchen, er sagte, Sie seien sein Schutzengel gewesen.»

«Ich war nicht der Einzige, der ihm geholfen hat», erwiderte Arno. Dann fiel ihm etwas ein, was Dosto ihm erzählt hatte. «Mir hat Dosto gesagt, Sie hätten auch einen Schutzengel.»

«Hat er das?»

«Ja, weil Sie anscheinend machen, was Sie wollen. Ohne dass jemand etwas dagegen tun kann. Nicht einmal Ihre Eltern.»

«Die haben nur Angst.»

«Wovor?»

«Vor allem und jedem.» Sie schnippte die Asche ihrer Zigarette ab. «Aber das ist kein Wunder. Sie mussten ihre Heimat verlassen und sind nie hier angekommen. Sie haben es nie leicht gehabt. Ich respektiere sie.»

«Aber trotzdem haben Sie Ihren Namen geändert.» Die Espressokanne zischte und pfiff. Arno stand auf, nahm sie vom Herd und schenkte den Kaffee in zwei Tassen. Als er eine vor ihr abstellte und dicht vor ihr stand, sah er, dass der Punkt über ihrer linken Augenbraue kein Pickel war, sondern ein Leberfleck.

«Brauchen Sie Zucker oder Milch?»

«Ich trinke ihn schwarz.»

«Gut», sagte Arno, «ich hätte auch nichts dagehabt.» Er setzte sich wieder hin und zündete sich seine Zigarette an. «Sie respektieren Ihre Eltern, aber Sie wollen den Namen nicht mehr, den sie Ihnen gegeben haben», nahm er nach einer Weile den Faden wieder auf.

«Er hat mir nicht mehr gepasst.»

«Was bedeutet denn Jian?»

Sie zog ein letztes Mal an ihrer Zigarette und drückte sie dann im Aschenbecher aus. «Leben.»

«Das ist doch ein sehr schöner Name.»

«Finden Sie? Mir war Leben nicht mehr genug.»

Was mache ich hier eigentlich?, dachte Arno, als er an seinem Espresso nippte. Dabei stimmte es, was er vorhin gesagt hatte. Er hatte die Müdigkeit längst überwunden und war zu aufgedreht, um zu schlafen. Außerdem musste er zugeben, dass ihn diese junge Frau nicht nur verwirrte, sondern auch immer mehr faszinierte. «Was hatten Sie eigentlich für ein Verhältnis zu Mehmed?», fragte er.

«Früher haben wir uns gut verstanden», begann sie, seufzte dann auf und lehnte sich mit der Espressotasse in der Hand zurück. «Früher waren wir eine eingeschworene Clique, könnte man sagen. Mehmed, Dosto, meine Freundin Layla und ich. Wir waren alle in einem Alter. Außer Mehmed gingen wir alle zur Realschule. Mehmed war schon damals anders. Im Grunde war er ein Spinner, aber ein liebenswerter. Jeder war in Layla verliebt, aber sie hat nur Augen für Mehmed gehabt. Obwohl er nur zur Hauptschule ging und nicht mal das auf die Reihe gekriegt hat. Jetzt hat er ja seinen Abschluss nachgemacht, aber es war zu spät. Er war immer etwas zu spät dran», sagte sie und nippte an dem Kaffee.

«Ein Spätzünder sozusagen?»

Sie musterte ihn über den Rand der Tasse. «Nicht in allen Dingen. Nicht so, wie Sie meinen.»

«Was meine ich denn?»

Sie ignorierte seine Frage. «In manchen Dingen war er sogar Vorreiter. Mit den Drogen zum Beispiel. Er hat damit angefangen.»

«Mehmed hat also nicht nur damit gedealt, sondern auch selbst konsumiert.»

Sie nickte. «Damals. Aber er hat eigentlich nur gekifft. Um runterzukommen.»

«Und Ilhan?»

«Ilhan?» Sie zog ihre schiefe Nase kraus. «Ilhan ist ein Wichtigtuer. Ein Großmaul. Der will nur große Autos fahren und angeben. Und dafür würde er alles tun.»

«Mehmed war anders?»

«Ja», sagte sie und stellte die Kaffeetasse ab. «Er hatte ein Herz, verstehen Sie? Er war ein emotionaler Mensch. Deswegen konnte er auch manchmal ausrasten. Wer immer ruhig und besonnen ist, ist innerlich tot. Aber mit den Drogen hat er es übertrieben. Okay, wir haben alle welche genommen. Außer Dosto, der hat sich da rausgehalten. Wir anderen dachten, er wäre feige und uncool. Dabei wusste er es wohl schon damals besser. Denn Coolsein ist was für Idioten wie Ilhan. Damals sind wir auch Idioten gewesen. Wir haben von nichts eine Ahnung gehabt. Wir gehörten nirgends dazu und wollten doch nur so sein wie alle anderen. Wir wussten nicht, wohin mit uns. Leider ist mir das erst klar geworden, als sich Layla umgebracht hat.»

«Mehmeds Freundin hat sich im Drogenrausch umgebracht?», fragte Arno überrascht und machte seine Zigarette aus.

«Nein», entgegnete sie. «Sie hat sich umgebracht, nachdem sie damit aufgehört hat.»

«Wann war das?»

«Vor anderthalb Jahren ungefähr. Sie war wie eine Schwester für mich», sagte sie und hielt nachdenklich inne.

«Das tut mir leid.»

«Sie können ja nichts dafür», entgegnete sie schnippisch. «Aber wir konnten etwas dafür. Wir waren irgendwie alle schuld daran. Wir hätten ihr helfen können. Aber für Layla war es zu spät. Ich bin erst aufgewacht, als sie tot war. Mehmed hat es sogar erst kapiert, als er verhaftet wurde. Der hat munter weitergemacht nach Laylas Tod. Vielleicht war das seine Art, damit umzugehen, wer weiß. Aber für mich war gleich klar, dass es so nicht weitergehen konnte. Ich habe es sofort gefühlt. Meine Freundin war tot, und ich habe gelebt. Was hat das Leben dann noch für eine Bedeutung? Mein Leben konnte jedenfalls so nicht weitergehen.»

«Und deswegen haben Sie sich einen neuen Namen gegeben?» Arno überlegte. «Ronahi heißt Sonnenaufgang, richtig? Das Kommen eines neuen Tages.»

Sie betrachtete ihn eindringlich, reagierte aber nicht.

«Und wie sehen Sie das Leben jetzt?», fragte Arno.

Sie nahm wieder die Kaffeetasse. «Ich weiß gar nicht, warum ich Ihnen das alles erzähle. Und wenn ich darüber rede, klingt es total bescheuert.»

«Nein», versicherte Arno ihr und drehte sich eine neue Zigarette. «Das tut es nicht.»

«Ronahi ist mein Kampfname», sagte sie und sah ihn provozierend an.

«Ihr Kampfname?» Arno schaute verwirrt auf. «Um welchen Kampf geht es Ihnen?»

«Ich bin nicht mehr die kleine Schwester, die beschützt werden muss. Das kleine Mädchen, das so werden will wie Madonna oder so. Ich will wissen, woher ich komme. Welche Geschichte ich habe.»

«Und das ist ein Kampf?»

«Wissen Sie etwas von der kurdischen Geschichte?»

«Nicht viel, wenn ich ehrlich sein soll.» Arno legte die fertiggedrehte Zigarette auf den Tisch. «Ich weiß zum Beispiel, dass es Kurden in der Türkei, im Irak und im Iran gibt und dass sie überall verfolgt werden. Ein seit Jahrhunderten unterdrücktes Volk ohne eigenes Land.»

«Natürlich haben wir ein eigenes Land», erwiderte Ronahi. «Die Kurden leben in einem fest umschlossenen Siedlungsgebiet. Es gibt ein Land Kurdistan. Nur wird es den Kurden nicht gelassen, es gibt keinen Staat. Die kurdische Geschichte ist ein ständiger Kampf, bis heute.» Sie zündete sich noch eine Zigarette an. Die Küche war bereits völlig verqualmt.

«Und dieser Krieg der Amerikaner im Irak macht die Sache bestimmt nicht einfacher», bemerkte Arno.

«Jeder hier hat etwas gegen die Amerikaner und Mitleid mit den armen Irakern», entgegnete sie scharf. «Dabei haben die Kurden es nur den Amerikanern zu verdanken, dass die Lage im Nordirak seit Anfang der neunziger Jahre einigermaßen stabil ist.»

«So habe ich das noch nicht gesehen», meinte Arno. Wenn er ehrlich war, hatte er sich noch nie Gedanken darüber gemacht.

«Natürlich nicht», sagte sie und schnippte die Asche von ihrer Zigarette. «Wahrscheinlich werden uns die Amerikaner am Ende auch wieder im Stich lassen. Das war immer so. Wissen Sie, wer Alexander den Großen, die Römer oder Napoleon davon abgehalten hat, den ganzen Vorderen Orient zu erobern?» Sie schaute Arno an, wartete aber nicht auf seine Reaktion. «Es waren jedes Mal kurdische Kämpfer. Und jedes Mal wurden sie danach verraten und wieder unterdrückt. Es gibt eine Legende über den Ursprung der Kurden, die jedes kurdische Kind erzählt bekommt: Früher herrschte ein furchtbarer Tyrann, aus dessen Schultern zwei blutgierige Schlangen wuchsen, die jeden Tag das Gehirn von zwei kleinen Kindern fraßen. Irgendwann brachten die Diener ihm nur das Hirn von einem Kind. Darunter hatten sie das Hirn von einem Lamm gemischt. Das zweite Kind konnte in die Berge fliehen und wurde so gerettet. Diese geretteten Kinder sind unsere Urahnen.» Ronahi spielte mit dem Ende ihrer Zigarette am Rand des Aschenbechers, als wollte sie die Glut anspitzen. «Wenn Sie das als Kind immer wieder gehört haben, werden Sie die Bilder in Ihrem Kopf nicht mehr los. Wir kämpfen seit Jahrhunderten Tag für Tag um die Freiheit. Aber erreicht haben wir sie bis heute nicht.»

«Aber hier leben Sie doch in Freiheit.»

«Wie man's nimmt. Sie haben ja gesehen, was heute Nacht geschehen ist.»

Arno kam eine Textzeile von Kris Kristofferson in den Sinn: *Freedom is just another word for nothing left to loose.* Und nur jemand, der nichts mehr zu verlieren hatte, dachte er dann, konnte zum Mörder werden.

«Was denken Sie?», fragte Ronahi.

«Nichts», entgegnete er schnell. «Glauben Sie, dass dieser Kampf etwas mit dem Mord an Mehmed zu tun hat?»

Sie schüttelte den Kopf. «Mehmed hat sich nicht dafür interessiert.»

«Oder hat der Tod von Layla etwas mit Mehmeds Ermordung zu tun?»

Sie musterte ihn abschätzig. «Sie sind durch und durch Polizist, oder?»

«Ich will wissen, wer Ihren Bruder ermordet hat», sagte Arno. «Sie nicht?»

«Doch», sagte sie und zog an ihrer Zigarette. «Sind Sie eigentlich bewaffnet?»

Arno stutzte. «Was soll das denn? Sollte ich in Ihrer Gegenwart bewaffnet sein?»

«Ich frage mich nur.»

«Normalerweise bin ich nicht bewaffnet. Zufrieden?»

Sie lächelte ihn an. Als dann ihr Handy klingelte, zuckte sie zusammen. Schnell drückte sie ihre Zigarette aus und holte das Telefon hervor. Sie sprach kurdisch und redete sehr hektisch, für Arno hörte es sich beinahe ängstlich an. Er wusste nicht, ob es an der fremden Sprache lag, aber er hatte den Eindruck, als würde sie sich entschuldigen. Für was auch immer.

«Wer war das?», fragte er, nachdem sie ihr Handy wieder in die Tasche gesteckt hatte.

Sie warf ihm einen stechenden Blick zu. «So gut kennen wir uns noch nicht», entgegnete sie. «Ich muss los.»

«Wohin?»

«Gott, Sie sind extrem neugierig.» Sie blieb sitzen und atmete tief ein. «Ich arbeite in den Ferien bei einem Schäfer.»

«Wie kommen Sie denn dazu?»

«Er beliefert die kurdische Gemeinde mit Lammfleisch. Irgendwie kann ich gut mit den Schafen.»

«Und wo lebt dieser Schäfer?»

«Kennen Sie bestimmt nicht. Ein superkleines Dorf, es heißt Lutterloh. Ein ganzes Stück weit draußen.»

Sie hatte recht. Den Namen hatte Arno zwar schon einmal gehört, aber wo dieses Dorf lag, wusste er nicht. «Und sonst gehen Sie zur Schule?»

«Ja, aber im Moment sind Ferien. Ich hatte eigentlich vor, Abitur zu machen.»

«Wo denn?»

«Am Technischen Gymnasium.»

«Das ist ungewöhnlich.»

«Sie meinen, für eine Frau?»

Arno wurde rot. «Stimmt, das war eine dämliche Bemerkung. Wie alt sind Sie eigentlich?»

«Achtzehn, Ende des Monats werde ich neunzehn.» Ronahi stand auf und warf sich die Kapuze über den Kopf. «Darf ich Sie auch mal was fragen?»

«Bitte.»

«Wie heißen Sie eigentlich mit Vornamen?»

«Arno.»

«Arno? Habe ich noch nie gehört. Und was bedeutet das?»

«Es ist eine Kurzform von Arnold, und das bedeutet in etwa ‹der wie ein Adler herrscht›.»

«Der wie ein Adler herrscht?», wiederholte sie und lachte auf.

Arno sah sie zum ersten Mal lachen. Es machte sie nur noch attraktiver. «Ja, komisch, oder?», sagte er und spürte, wie sein Gesicht zu glühen begann. «Aber das hat keine Bedeutung. Ein großer Schriftsteller, der hier in der Nähe gelebt hat, hieß Arno. Arno Schmidt. Meine Mutter hat mich nach ihm benannt.»

«Arno Schmidt? Nie gehört.» Dann drehte sie sich abrupt um. «Danke für den Kaffee», sagte sie und marschierte durch den Flur zur Haustür.

Arno folgte ihr, machte die Tür auf und reichte ihr die Hand. Langsam, als gäbe es in ihr eine Kraft, die sie zurückhielt, gab sie ihm ihre. Sie war warm und weich und bebte ein bisschen. Und Arno roch wieder ihren Veilchenduft. «Danke für den Besuch», sagte er. *«Cha hafiz.»*

«Sie sind irgendwie unheimlich.»

«Unheimlich?»

«Sie verwirren mich.»

«Sie mich auch», sagte Arno.

Ronahi senkte den Blick, zog ihre Hand aus seiner und lief los, als wollte sie vor ihm fliehen. Doch vor dem alten Panda hielt sie inne und schaute noch einmal zu ihm zurück.

«Hey, Adler», rief sie, «denken Sie daran, Dosto zu besuchen.» Dann stieg sie lächelnd in den Wagen. Arno lächelte auch, sah sie davonfahren und spürte, wie sein Gesicht in der Kälte spannte, als wäre ihm sein Lächeln eingefroren.

17

Nach Ronahis Besuch blieb Arno verwirrt, aber auch merkwürdig berauscht zurück, ein Gefühl, das er sofort versuchte zu verdrängen. Aus reiner Vernunft ging er ins Bett, konnte aber wie befürchtet nicht einschlafen. Abgesehen von dem Durcheinander in seinem Kopf begann seine Seite wieder zu schmerzen, kaum dass er lag. Deshalb stand er auf, duschte erst lange heiß und versuchte danach, seine Lebensgeister mit einer kalten Brause zu wecken. Als er aus der Dusche stieg, war ihm kurzzeitig warm, doch dann fror er schnell wieder. Er wollte frische Sachen anziehen, aber sein Kleiderschrank war fast leer. Der Wintermantel musste in die Reinigung, und nach der Reise über die Feiertage waren beinahe alle Sachen in der Wäsche. Die Trainingsjacke von Pries wollte er auch nicht wieder anziehen. So musste er mit einem bereits benutzten T-Shirt, einer ausgeblichenen Kapuzenjacke, die er eigentlich nur noch zum Laufen verwendete, und einer alten Armyjacke vorliebnehmen. Als er in den Spiegel schaute, sah er einen lädierten einundvierzigjährigen Mann, der vergeblich versuchte, jugendlich zu wirken. Schließlich begann sein Magen zu knurren, und er fuhr in die Stadt, um etwas zu essen.

Sein Wagen hatte ihm kurz nach dem Kauf vor drei Jahren ständig Probleme bereitet, seit einiger Zeit aber war er ein zuverlässiges Gefährt, selbst bei dieser Witterung. Trotzdem verspürte Arno an diesem Vormittag einen ähnlichen Widerwillen gegen den Volvo wie damals, und obwohl ihm natürlich bewusst war, dass der Wagen nicht schuld an seiner persönlichen Misere war, nahm er sich vor, ihn loszuwerden und sich einen neuen zu kaufen, sobald er Zeit dazu hatte.

Der Schnee, der in der Nacht gefallen war, begann schon wieder zu schmelzen und auf den Straßen schmutzig grau zu werden. Nur schlingernd kam der Volvo auf dem rutschigen Untergrund an der Ampel vor der Allerbrücke zum Stehen. Der gestaute Fluss war an den Ufern zugefroren, in dem schmalen Rinnsal in der Mitte schwammen ein paar Enten und tauchten die Köpfe ins eiskalte Wasser. Als Arno weiterfuhr, sah er, dass wesentlich mehr Leute in der Stadt unterwegs waren als an den Tagen zuvor. Wahrscheinlich hatte der zwar kalte, aber erste klare Wintertag des neuen Jahres sie wieder aus dem Haus gelockt. Andererseits hatte er dieses Phänomen – unabhängig vom Wetter – regelmäßig nach den Feiertagen beobachtet. Geschenke wurden umgetauscht, Gutscheine eingelöst, Geldpräsente ausgegeben. Die Konsumgier, die ein paar Tage notgedrungen hatte hungern müssen, wollte wieder genährt werden. Kauft mehr ein, hatte die Regierung der Bevölkerung noch im Sommer zugerufen, kauft ein und rettet die Konjunktur, und die Leute, selbst jene, die sonst nur jammerten, gehorchten blind. Hör auf, sagte Arno sich, wenn du den Tag schon so zynisch anfängst, endet er bestimmt nicht gut.

Eigentlich hatte er vorgehabt, bei Hans und Jutta zu essen, doch als er in die Innenstadt kam, erinnerte er sich an die angespannte Stimmung vom vergangenen Abend. Deshalb fuhr er weiter, und als er am Schloss vorbeikam, hatte er eine Idee. Nach kurzer Zeit bog er an der Feuerwache in die Bergstraße ein und hielt vor dem Imbiss. Die *Märkische Botschaft* auf der anderen Straßenseite war dunkel und geschlossen, durch die Fenster des Imbisses sah er jedoch Tahsin. Arno stieg aus und ging hinein.

«Schon wieder bei der Arbeit?», begrüßte er Tahsin.

«Muss ja.» Tahsin war allein im Imbiss. «Sie auch?», fragte er und wirkte ein wenig verunsichert. Ohne seine Freunde schien er sich in der Gegenwart eines Polizisten nicht wohl zu fühlen.

«Eigentlich wollte ich nur etwas essen», sagte Arno. Die provisorisch wirkende Einrichtung und der Geruch nach fremden Gewürzen in dem kleinen Laden erinnerten ihn an Berlin. «Ich habe lange keinen Döner mehr gehabt.»

«Ich gebe Ihnen einen aus», bot Tahsin an und schärfte bereits ein langes Messer. Er schien Arno nicht in die Augen sehen zu können.

«Das müssen Sie nicht.»

«Ist das Bestechung?»

«Nein, das nicht», entgegnete Arno lächelnd. «Haben Sie schon von Dosto gehört?»

«Nee», brummte Tahsin und drehte sich zu dem rotierenden Fleischspieß um.

«Den hat es ziemlich erwischt, er musste operiert werden.»

Tahsin reagierte nicht und schnitt Fleischstreifen vom Spieß.

«Seine Milz war gerissen und musste entfernt werden», fuhr Arno fort.

Tahsin legte eine Fladenbrottasche auf den Grill. «Mit Soße und allem?»

«Komplett», sagte Arno. «Wennschon, dennschon.»

«Verstehe.»

«Sie sind nicht so gut befreundet mit Dosto, oder?»

Tahsin war völlig mit der Zubereitung des Döners beschäftigt. «Er ist Mehmeds Jenseitsbruder, ich respektiere das», sagte er, ohne aufzusehen. «Aber ansonsten … die Leute da vom Kulturverein sind mir ein bisschen zu …» Tahsin zuckte mit den Achseln.

«Zu arrogant?»

«Ich weiß auch nicht, ich mag die nicht so. Mit Kultur und Politik habe ich nicht viel am Hut. Die halten sich auf jeden Fall für ganz wichtig. Und irgendwie haben sie auch zu viel Macht.»

«Inwiefern?»

«Sagen wir mal so: Sie können dir helfen, sie können dir aber auch das Leben schwermachen. Wenn du nicht das tust, was sie wollen.» Tahsin reichte Arno den fertigen Döner. «Bitte.»

«Danke», sagte Arno. «Was wollen die denn?»

Tahsin wischte konzentriert den Tresen ab. «Ach, ist nicht so wichtig. Schmeckt's?»

«Sehr gut», sagte Arno. «Meinen letzten Döner habe ich in Berlin gegessen. Das ist drei Jahre her.» Er aß und beobachtete den jungen Kurden. «Hat Ihnen Dosto Probleme gemacht?»

Tahsin hielt mit seiner Putzerei inne und schaute Arno zum ersten Mal direkt an. «Der? Wie soll der mir Probleme machen?», schnaubte er.

«Dann verstehe ich Ihre Abneigung nicht.»

Tahsin verdrehte die Augen. «Den Leuten vom Kulturverein geht es ständig um die Freiheit Kurdistans und so. Aber, ich meine, was soll das? Ich lebe hier, oder?» Er schaute an Arno vorbei durchs Fenster. «Wir haben hier unsere Probleme, nicht in Kurdistan.»

Arno folgte kauend seinem Blick. «Haben Sie heute schon jemanden drüben gesehen?»

«Nee. Noch nicht.»

«Wenn da wieder was los ist, sagen Sie bitte gleich uns Bescheid, okay?»

«Wenn ich dran denke», entgegnete Tahsin finster.

«Versuchen Sie's. Sie können mich jederzeit anrufen.» Arno

wischte sich die Hände an einer Serviette ab und legte eine Visitenkarte auf den Tresen. «Haben Sie einen Zahnstocher?»

Tahsin zeigte nur zu einem Glas am Rande des Tresens. Arno bediente sich und wollte zahlen.

«Wollen Sie mich beleidigen?», fragte Tahsin. Er merkte offenbar, dass seine Worte ernster klangen, als er sie gemeint hatte. «Geht aufs Haus, ehrlich», fügte er weicher hinzu.

Arno bedankte sich noch einmal und verabschiedete sich dann. Als er in seinen Wagen stieg, nahm er sich vor, einmal diesem Kurdischen Kulturverein einen Besuch abzustatten. Kurz darauf, es war bereits Mittag, traf er in der Polizeiinspektion ein. Keine halbe Stunde später saß er gemeinsam mit seinen übermüdeten Kollegen im Büro des Polizeidirektors und versuchte noch immer, seine Zähne von den Dönerresten zu befreien und die anderen nicht mit seinem Knoblauchatem zu vertreiben.

Zu Beginn der Sitzung zog Jan-Peter Sörensen, der auch nicht mehr so frisch wirkte wie nach seiner Rückkehr aus dem Urlaub, eine Bilanz der nächtlichen Ausschreitungen, die nur durch die Hilfe der zufällig anwesenden Bundespolizisten nicht völlig eskaliert waren. Auf dem Großen Plan waren zwei Stände des Weihnachtsmarktes und die Schaufensterscheibe einer Bankfiliale zu Bruch gegangen. Dosto war der Einzige, der im Krankenhaus bleiben musste, die beiden verletzten Beamten konnten mit Krankschreibungen am Morgen wieder nach Hause gehen, und drei der Angreifer waren ambulant behandelt worden.

Ingesamt hatten 26 Personen die Kurden angegriffen, die zum Schluss zu zwölft gewesen waren. Es hatte sich um Männer im Alter von 23 bis 30 Jahren gehandelt, die alle aus dem Celler Raum stammten. Von jedem waren die Personalien aufgenommen und Blutproben entnommen, und gegen alle waren Platzverweise für den gesamten Innenstadtbereich ausgesprochen worden. Außerdem hatte die Staatsanwaltschaft Ermittlungsverfahren wegen Bedrohung, Landfriedensbruch und Widerstand gegen Vollstreckungsbeamte eingeleitet. Sechs von ihnen waren so stark alkoholisiert gewesen, unter ihnen die Angreifer von Dosto, dass man diese Männer in Polizeigewahrsam genommen hatte, zudem war gegen sie Anklage wegen gemeinschaftlicher Körperverletzung erhoben worden.

«Der niedersächsische Verfassungsschutz sieht Celle nicht als Schwerpunktregion des Rechtsextremismus», erklärte Jan-Peter Sörensen. Nach den Erlebnissen der Nacht konnten sich manche der Kollegen ein sarkastisches Lachen nicht verkneifen.

«Dennoch haben wir es eindeutig mit einer fremdenfeindlichen Tat aus dem rechtsextremen Spektrum zu tun», fuhr der Polizeidirektor unbeirrt fort. «Einige der Männer haben in den ersten Vernehmungen selbst angegeben, zur sogenannten Kameradschaft 18 zu gehören. Diese Kameradschaft war vor einigen Jahren bereits auffällig, seit längerer Zeit aber inaktiv. Mittlerweile haben die führenden Köpfe des Kameradschaftsspektrums erkannt, dass es einfacher ist, Jugendliche zu rekrutieren, indem man sich nach außen offen, modern und ungefährlich gibt. Das dumpfe, martialische Auftreten von Nazi-Glatzen verschreckt zu viele potenzielle Anhänger. Um akzeptiert zu werden, muss man schon lange nicht mehr Skinhead sein und Rechtsrock hören. Ganz bewusst bedient sich die Szene seit kurzem einiger als links geltender Symbole wie zum Beispiel das Palästinensertuch. Andererseits bringt man damit auch zum Ausdruck, dass man den Kampf gegen die Juden unterstützt. Und welche Gesinnung diese Leute haben, zeigt sich trotz des Umdenkens in den Äußerlichkeiten bereits an der kaum verklausulierten Ziffer 18, die den ersten und achten Buchstaben des Alphabets darstellen soll: A und H, die Initialen Adolf Hitlers.»

«Oder Arno Hennings'», bemerkte Heiner Pries, setzte seine Kaffeetasse ab, beugte sich zu Arno und gab ihm einen Klaps auf die Schulter. Aber niemand hatte Lust, die Freude über die Spitzfindigkeit des Ersten Hauptkommissars zu teilen, vor allem Arno nicht.

«Sehr geistreich.»

Pries wich angeekelt von Arno ab. «Hast du Knoblauch gegessen?»

Arno nickte nur müde.

«Zum harten Kern der Kameradschaft 18 gehören etwa 15 zum Teil gewaltbereite Rechtsextreme», las Sörensen aus einer der Akten vor, die auf seinem Schreibtisch verteilt waren. «Bei einer Kameradschaft ist die Hemmschwelle offenbar geringer, als wenn man gleich in eine Partei eintritt. Aber die NPD baut zunehmend auf diese freien Kameradschaften und benutzt sie zum Beispiel als Ordner bei Demonstrationen und anderen Veranstaltungen.» Er hielt inne und blätterte die Seite um. «Wie gesagt, sie verhielten sich lange Zeit unauffällig. Für den 8. April des letzten Jahres wurde von einem Jürgen Hellmann eine Demonstration angekündigt, die aber aufgrund juristischer Formfehler bei der Anmeldung nicht genehmigt worden ist. Seine Frau Claudia ist übrigens die Pächterin der *Märkischen Botschaft*. Dieser Hellmann scheint der Kopf der Kameradschaft 18 zu sein und war auch gestern Nacht dabei. Kurz vor Weihnachten haben sich einige Mitglieder in der Nähe von Hermannsburg zur Sonnenwendfeier getroffen. Es gab eine kleine Gegendemonstration, aber es ist zu keiner Konfrontation gekommen. Interessant erscheint mir vor allem, dass einige Rechtsradikale laut LKA in letzter Zeit versuchen, in Schützenvereine zu gehen, um legal Waffenscheine zu erwerben.»

«Das ist doch endlich mal eine Spur», rief Heiner Pries und schaute Arno an. «Oder?»

«Auf jeden Fall», stimmte Arno ihm zu. «Wir müssen von jedem, der gestern Nacht an der Attacke beteiligt war, das Alibi für den Tatabend überprüfen.»

«Und bei den Schützenvereinen im Kreis nachfragen, ob einer von denen dort Mitglied geworden ist», fügte Pries hinzu.

Karsten Müller streckte sich und gähnte. «Aber welche Verbindung gibt es zwischen Mehmed Duman und den Rechten?», warf er ein.

«Das ist die Frage», sagte Pries. «Wenn sie tatsächlich ihre Taktik geändert haben, warum gehen sie dann plötzlich wie die Wilden auf die Kurden los?»

«Bei unseren Befragungen behaupteten die Männer, sie hätten gefeiert und sich von den Kurden provoziert gefühlt», antwortete Ulf Mertens.

«Aber wodurch sie sich provoziert gefühlt haben, konnten sie nicht sagen», meinte Müller.

«Möglicherweise hat es früher schon Konflikte gegeben», entgegnete Arno. «Wie wir durch den Fall mit dem britischen Soldaten wissen, konnte Mehmed ziemlich streitsüchtig sein. Vielleicht hat er sich auch bei den Rechten Feinde gemacht.»

Pries lehnte sich kopfschüttelnd zurück und gähnte genüsslich. «Aber sind die so blöde, erst jemanden zu erschießen und am nächsten Tag eine Prügelei mit den Freunden und Verwandten des Opfers zu beginnen?»

Arno rieb seine Augen und überlegte. «Hast du vom Drogendezernat aus Hannover Namen bekommen?», fragte er Pries.

Der Erste Hauptkommissar nickte und schob Arno ein Blatt Papier zu. «Das Fax kam vorhin an.»

«Es gibt nämlich noch eine andere Spur», sagte Arno und berichtete den Kollegen von dem Streit der Kurden mit den Drogendealern Silvesternacht in der Disco. «Gestern nach der Schlägerei hat mir Ilhan Duman widerwillig zwei Namen genannt. Angeblich kannte er die anderen nicht.» Er schlug sein Notizbuch auf und verglich die Namen mit denen auf der Liste. Insgesamt hatte das Drogendezernat zwölf Personen angegeben, die meisten mit Adresse. «Ja», sagte er nach einem Moment, «die Namen, die er mir genannt hat, finden sich auch auf dieser Liste. Beide haben allerdings einen Wohnsitz in Hannover. Auf der Liste sehe ich nur drei Personen, die aus Celle kommen.»

Müller beugte sich vor und überflog die Namen. «Das hat er doch extra gemacht», sagte er genervt. «Ich kann mir nicht vorstellen, dass er gerade die Leute aus Celle nicht kennt, oder?»

Die Sitzung schien an ihrem Endpunkt angelangt zu sein. Jedem fiel es schwer, sich zu konzentrieren und die Informationen einzuordnen.

«Na schön», sagte Sörensen und schaute in die Runde. «Ich weiß, dass Sie alle kaum Schlaf bekommen haben. Aber es ist wichtig, dass wir uns alle noch einmal konzentrieren. Wir haben es nun anscheinend mit zwei Ermittlungssträngen zu tun. Der eine führt uns in die rechte Szene, der andere in die Drogenszene von Hannover und Celle. Immerhin wurde im Wagen des Opfers ein Drogenpaket gefunden, das noch immer nicht zugeordnet werden konnte. Lassen wir die Personen aus Hannover von den dortigen Kollegen befragen», schlug der Polizeidirektor vor. «Wir kümmern uns um diejenigen aus Celle.»

Arno nickte und wandte sich noch einmal an Pries. «Hast du auch etwas über Mehmeds Verhaftung erfahren?»

«Ja», sagte der Erste Hauptkommissar, hielt eine Hand vor die Nase und rückte noch weiter von Arno ab. «Nimm's nicht persönlich, aber ...» Statt den Satz zu Ende zu bringen, zog er seine Papiere zu Rate. «Also, offenbar stand er schon länger unter Beobachtung. Der Zugriff erfolgte, als er auf dem Parkplatz einer Disco in der Nähe des Bahnhofs von Hannover eine größere Menge Drogen in Empfang nahm, die zum Weiterverkauf in Celle bestimmt war. Bei der Verhaftung leistete er erheblichen Widerstand. Im Gefängnis hat er sich dann aber gut geführt.» Er blätterte die Seite um. «Eine Sache erscheint mir noch interessant. Über Ilhan Duman habe ich keine weiteren Informationen bekommen. Gestern wurde mir noch gesagt, er stehe unter Beobachtung, heute gibt es plötzlich nichts mehr über ihn. Komisch, oder?»

«Seltsam», stimmte Arno ihm zu.

«Ja, besonders weil er uns mit anscheinend unwichtigen Namen abspeisen will. Und wir dürfen nicht vergessen, dass Mehmed mit dem Wagen seines Bruders unterwegs war, als er erschossen wurde.»

«Was denkst du, hat das was zu bedeuten?»

Pries trommelte mit dem Zeigefinger auf seine Papiere. «Mir kommt es so vor, als wenn irgendjemand die Hand über Ilhan Dumans Akte hält. Aus welchem Grund, müssen wir herausfinden.»

18

Die letzte Adresse auf ihrer Liste führte Arno und Müller an den Stadtrand zu dem hintersten Haus einer kurzen Sackgasse, die dort endete, wo die Fuhse in die Aller mündete. In grauer Vorzeit floss die Fuhse einmal direkt durch die Innenstadt, was häufig zu Hochwasser geführt hatte, sodass der Lauf schon vor Jahrhunderten südwestlich an der Stadt vorbei und in den ehemaligen Fluss Tätze umgeleitet worden war. Auf diesen verlorenen Fluss sollte angeblich auch der für diesen Ort seltsame Name der Straße zurückgehen: Texas.

Als Kind hatte sich Arno gemeinsam mit seinem Bruder oft vorgestellt, wie es wäre, die Heimat zu verlassen und auf einem selbstgebauten Floß die Aller hinabzutreiben, die, wie sie wussten, in die Weser überging, welche irgendwann in die Nordsee mündete, von der es nicht weit war bis zum Atlantik, an dessen anderem Ende Amerika lag. Es blieb bei der Vorstellung, getan hatten sie es nie – es bestand ja keine Notwendigkeit zur Flucht, und vielleicht waren sie auch zu feige für solch ein Abenteuer. Aber Amerika war seit jener Zeit eine Art Sehnsuchtsland für sie, erst durch die Filme über Cowboys und Indianer, dann durch die Geschichten über die endlosen Weiten, schließlich durch die Musik. Heute machte Arnos Bruder nicht nur Musik, er hatte es auch nach Amerika geschafft, wo er sich, wie seine häufigen Besuche zeigten, nicht selten nach der Heimat sehnte. Arno dagegen war bisher nicht sehr weit gekommen. Zweihundertfünfzig Kilometer Luftlinie bis nach Berlin, wo er fast zwanzig Jahre verbracht hatte, nur um wieder zurückzukehren an den Ausgangspunkt. Da hatte es sein kleiner Sohn in seinem kurzen Leben schon wesentlich weitergebracht, bis an den Rand eines anderen Meeres, wenn auch nicht aus eigenem Antrieb. Und nun sah es so aus, als würde er so schnell nicht wieder zurückkehren. Wenn überhaupt jemals.

Nach der Sitzung in der Polizeiinspektion hatten sich die Beamten des Fachkommissariats I aufgeteilt. Während Heiner Pries mit Hilfe Ulf Mertens' die Aussagen der Mitglieder der Kameradschaft 18 durchgehen und deren Alibis für den Tatabend überprüfen sollten, suchten Arno und Müller die mutmaßlichen Dealer aus der Disco auf; zumindest jene drei, die in Celle wohnhaft waren. Um die Überprüfung der anderen, in Hannover gemeldeten Männer hatten sie die dortigen Kollegen gebeten. Mit deren Ergebnissen konnten sie am nächsten Morgen rechnen. Alle hofften, dass Polizeidirektor Sörensen bis dahin auch herausgefunden hatte, was mit Ilhan Duman war.

Arno hatte sich vor allem deshalb dafür entschieden, persönlich die Spur in die Drogenszene zu verfolgen, weil ihm die Information von Heiner Pries Kopfzerbrechen bereitete. Wenn in Hannover tatsächlich jemand die Hand über Ilhan Dumans Akte hielt, wie sich der Erste Hauptkommissar ausgedrückt hatte, konnte es bedeuten, dass Mehmeds Bruder in irgendeiner Weise mit höheren Kreisen der Polizei zusammenarbeitete und vielleicht als Verbindungsperson zur Drogenszene geführt war. In dem Fall wäre es nicht auszuschließen, dass der tödliche Anschlag am Abend des ersten Januar ein Racheakt aus diesem Milieu gewesen war, der tatsächlich ihm gegolten hatte, und dass Mehmed nur zum Opfer geworden war, weil er in dem Wagen seines Bruders gesessen hatte.

Mit Einbruch der Dämmerung hatten Arno und Müller

bereits die ersten beiden Adressen aufgesucht, allerdings ohne neue Erkenntnisse gewonnen zu haben. Bei beiden hatte es sich um Deutsche kurdischen Ursprungs gehandelt, die in der Neustadt wohnten. Beide konnten weder während der Silvesternacht in der Disco gewesen sein noch am Tatabend auf dem Schützenplatz. Der Erste saß seit drei Monaten im Gefängnis, der Zweite war nachweislich im Urlaub, und zwar bei Verwandten in der Türkei.

Der Dritte hieß Rüdiger Gerling, ein vierunddreißig Jahre alter Deutscher, der anscheinend noch nie aus Celle herausgekommen war, es sei denn für die mit der Zeit immer länger werdenden Gefängnisaufenthalte. Seit frühester Jugend war Gerling mit dem Gesetz in Konflikt geraten, meistens wegen Diebstahl und Einbruch, von Anfang an hatte er aber auch mit Drogen zu tun gehabt.

Texas war die letzte Wohnstraße am Rande der Stadt und nur durch die Fuhse von der Neustadt getrennt. Im Westen grenzte sie direkt an ein Busdepot sowie an die Zentrale eines Taxiunternehmens. Dahinter befanden sich die Stadien und Trainingsplätze verschiedener Celler Sportvereine, dann begann das weitläufige Waldgebiet Neustädter Holz. Und im Norden bildete die Aller eine natürliche Grenze.

Als Arno aus dem Wagen stieg, sah er, dass der Fluss selbst an der Einmündung der schmaleren Fuhse zugefroren war, obwohl dort normalerweise eine stärkere Strömung herrschte. Von den Allerwiesen wehte ein eisiger Wind herüber, der auch wieder dunkle Wolken vor sich hertrieb. Kein Mensch war auf der Straße, nur von weitem hörte man das Rauschen des Verkehrs. Arno setzte seine Kapuze auf und schaute zu Müller herüber. Wenn es nicht unbedingt nötig gewesen war, hatten sie im Verlauf des Nachmittags kaum miteinander gesprochen, und Arno konnte es kaum erwarten, hier fertig zu sein und ins Bett gehen zu können.

Wie die meisten Häuser in der Neustadt war auch Gerlings Haus ein zweigeschossiger Ziegelbau, der allerdings mit ockerfarbenen Klinkerimitaten verschandelt war, die in den siebziger Jahren in Mode gewesen waren. Aus der gleichen Zeit stammte auch der klobige, große Opel, der aufgebockt und ohne Räder zwischen der verfallenen Garage und einem nagelneuen Mercedes in der Einfahrt stand. Der Anblick des alten Wagens schien Müller für einen Moment seine schlechte Laune vergessen zu lassen.

«Das waren noch Autos», schwärmte er und drückte auf die Klingel.

«Was verbraucht so eine Karre?», wollte Arno wissen.

Müller verdrehte die Augen. «Sie sehen auch alles negativ, oder?»

«Was?»

«Sie sehen immer irgendwo einen Haken. Egal, was ich sage, Sie machen es madig.»

«Quatsch.» Arno schüttelte verdutzt den Kopf. «Ich war nur neugierig.»

«Zwanzig Liter, was weiß ich. Na und?» Müller zuckte mit den Achseln und drückte erneut auf die Klingel. «Komm schon, du Arschloch.» Er sah auf seine Uhr und schaute sich um. «Es brennt Licht, also muss jemand da sein. Wenn er nicht gleich kommt, dann …»

«Moment mal.» Arno hob eine Hand und sah seinen Kollegen an. «Haben Sie das auch gehört?»

«Ich rieche nur was», meinte Müller und hielt sich die Nase zu. Dann legte er ein Ohr an die Tür und horchte. «Der Fernseher läuft.»

«Das meine ich nicht», entgegnete Arno leise. «Da war ein Klappern, als wenn …»

Ehe er aussprechen konnte, lief Müller an den Autos vorbei und um das Haus herum. Arno blieb an der Tür stehen. Als er wenige Augenblicke später einen lauten Knall, gefolgt von einem Schrei, hörte, lief er hinter seinem Kollegen her.

Müller lag auf dem Boden vor der geöffneten Hintertür und rieb sein Gesicht.

«Alles in Ordnung?», fragte Arno besorgt.

«Nein», brummte Müller, rappelte sich aber schon wieder auf.

«Wo ist er?»

«Woher soll ich das wissen? Ich habe nur Holz gesehen.»

Arno schaute an der Tür vorbei. Im Garten lagen überall alte Autoteile und rostige Maschinen herum. Vor dem Zaun war eine dichte Hecke, durch die sich eine dunkle Gestalt zwängte.

«Stehenbleiben!», rief Arno und lief los.

Der Mann verschwand über den Zaun. Als Arno sich durch die Hecke kämpfte, schlugen ihm die trockenen Zweige ins Gesicht. Er stieg über den morschen Lattenzaun und schaute sich um. Es war schon sehr dunkel, doch vom Hof des Busdepots schien das Licht einer starken Laterne bis auf die Wiese hinter dem Grundstück. Keine hundert Meter weiter floss die Aller, von der Nebel aufstieg, als würde es wärmer werden. Der Mann lief direkt auf den Fluss zu und hielt dann inne. Von rechts, dort wo die Straße Texas endete, kam Müller herangestürmt. Links machte ein Maschendrahtzaun das Weiterkommen unmöglich. Ohne lange zu überlegen, lief der Mann weiter und rutschte die Böschung hinunter. Arno folgte ihm über das verschneite Gras und blieb am Ufer stehen. Mit ausgebreiteten Armen schlitterte der Mann wackelig über das brüchige Eis.

«Bleiben Sie stehen!», rief Arno noch einmal.

Der Mann reagierte nicht. Doch schon nach wenigen Metern trug ihn die dünne Eisschicht nicht mehr. Seine Arme ruderten hilflos in der Luft, als er den Halt unter den Füßen verlor und dann laut schreiend einbrach. Bis zur Hüfte stand er nun im Wasser. Wie ein verärgertes Kind schlug er auf das Eis und drehte sich fluchend um.

Müller tauchte neben Arno auf und lachte schadenfroh, als er den Mann im Wasser sah. Auf der Stirn des Oberkommissars begann sich bereits eine Beule zu bilden.

Trotz seiner misslichen Situation hatte der Mann ein jungenhaftes Grinsen aufgesetzt. Sein dünnes strohblondes Haar flatterte im Wind, die Wangen seines schmalen Gesichtes waren dunkelrot. Arno betrachtete ihn und fragte sich, was ihn dazu veranlasst hatte, zu fliehen und auf das Eis zu laufen. Hatte er wirklich geglaubt, er würde über den Fluss davonkommen? Oder war er einfach dumm? «Rüdiger Gerling?», rief er.

«Was wollen Sie von mir? Wer sind Sie überhaupt?»

«Ich dachte, das wüssten Sie», sagte Arno. «Wir sind von der Polizei. Warum sind Sie weggelaufen?»

«Was wollen Sie?», fragte Gerling wieder, ohne Anstalten zu machen, aus dem Wasser zu kommen.

«Wir wollten Sie eigentlich nur fragen, was Sie am Abend des 1. Januar getan haben», sagte Arno.

«Am 1. Januar? Keine Ahnung.»

«Das ist erst zwei Tage her.»

«Wahrscheinlich war ich zu Hause.» Gerling zitterte. Er hatte eine dicke Jacke an, die sich langsam mit dem eisigen Wasser vollsaugte. «Wieso?»

«Kennen Sie einen Mehmed Duman?»

«Ein Türke?»

«Nein», entgegnete Müller, «ein Kurde.»

«Was ist mit ihm?»

«Sie kennen ihn also?», fragte Arno.

«Kann sein.»

«Er wurde am Abend des 1. Januar ermordet.»

Gerling sah die beiden skeptisch an. «Mehmed ermordet? Damit habe ich nichts zu tun.»

Arno meinte, eine merkwürdige Erleichterung in Gerlings Gesicht wahrgenommen zu haben, die sich aber schnell wieder verflüchtigt hatte. «Aber Sie wissen davon?»

«Nee. Kam das im Fernsehen?»

«Es stand in der Zeitung.»

«Ich lese das Käseblatt nicht.» Gerling machte ein paar unbeholfene Schritte auf das Ufer zu und brach eine Rinne in das Eis. «Helfen Sie mir hier raus, verflucht.»

«Warum sind Sie abgehauen?»

«Ich sage gar nichts mehr.» Er stand nun direkt unterhalb von Arno am Ufer und streckte seine Hand aus.

Doch Arno wandte sich zunächst an Müller. «Rufen Sie einen Streifenwagen», bat er den Kollegen. «Und wir brauchen schnell einen Durchsuchungsbefehl.»

Müller nickte, zog sein Telefon hervor und entfernte sich ein paar Schritte.

«Hey, wollen Sie mich hier erfrieren lassen?», rief Gerling mit brüchiger Stimme. «Das ist unterlassene Hilfeleistung.»

«Niemand hat Sie gebeten, ins Wasser zu springen», erwiderte Arno ungerührt, ergriff dann aber die Hand des Mannes. Gerling war schwerer, als er gedacht hatte, er musste viel Kraft anwenden, um ihn herauszuziehen. Vielleicht lag es auch daran, dass Gerling durch die Eiseskälte schon völlig steif war. Als er endlich keuchend im frostigen Wind am Ufer stand, zitterte er am ganzen Leib. Im Gegensatz zu seinem schmalen Gesicht hatte er einen gedrungenen Körper mit kurzen, stämmigen Armen und Beinen.

«Kommen Sie», sagte Arno, packte Gerling am Arm und führte ihn zurück zum Haus. Dieses Mal benutzte er aber den Weg über die Straße, die kurz vor dem Fluss endete.

Müller hatte sein Handy weggesteckt und ergriff den

anderen Arm von Gerling. «Die Kollegen kommen gleich», sagte er.

«Hey, ich kann auch allein gehen», schrie Gerling mit bebender Stimme.

«Schnauze!», schrie Müller zurück.

«Was haben Sie vor?», wollte Gerling wissen und schaute von einem zum anderen, vom Pflaster auf Arnos Stirn zu Müllers Beule.

«Sie werden sich etwas Trockenes anziehen, dann nehmen wir Sie mit auf die Polizeiinspektion», sagte Arno.

«Bin ich verhaftet?»

«Noch nicht.»

«Was wollen Sie dann?»

Allmählich platzte auch Arno der Kragen. «Spielen Sie hier den Idioten, oder was?», entgegnete er verärgert. «Wir kommen hier vorbei, um mit Ihnen zu reden, und Sie hauen ab und springen in die Aller. Es besteht dringender Tatverdacht gegen Sie.»

«Wegen Mehmed? Sie spinnen doch. Ich habe nichts gegen Kurden.»

Weder Arno noch Müller hatten Lust, darauf zu reagieren. Als sie zum Haus kamen, verschlug es ihnen jedoch vollends die Sprache.

Der Mercedes, der vor dem aufgebockten alten Opel gestanden hatte, war weg.

«Scheiße», entfuhr es Müller und sah erst Arno und dann Gerling an. Der zitterte zwar immer stärker, machte aber eine unschuldige Miene.

Arno konnte es nicht glauben. Wie die Anfänger waren sie einem plumpen Ablenkungsmanöver aufgesessen. Bis zu diesem Moment hatte er geglaubt, sie hätten es bei Gerling nur mit einem unterbelichteten Kleinkriminellen zu tun. Eigentlich hatten sie nur sein Alibi für den Tatabend überprüfen wollen. Doch mittlerweile war alles möglich. Wer weiß, was sie in dem Haus gefunden hätten. Eines stand jedoch fest: Was auch immer es war, jetzt war es mit Sicherheit weg. «Wem gehört der Mercedes, der eben noch hier stand?», wollte er wissen.

«Welcher Mercedes?»

«Hör auf, uns zu verarschen», blaffte Müller.

«Ist noch jemand im Haus?», fragte Arno.

«Nein.» Gerlings Zähne klapperten.

Sie gingen um das Haus herum und durch die noch immer geöffnete Hintertür hinein. Sie befanden sich in einer Küche, die eher wie eine Werkstatt aussah. Im Hintergrund hörte man den Fernseher laufen. Während Arno mit Gerling an der Tür wartete, schaute sich Müller schnell im Haus um. Nach einer Weile kam er zurück und schüttelte den Kopf. Dann zog er wieder sein Handy hervor und ging hinaus, um den Mercedes zur Fahndung auszuschreiben. Auf das Kennzeichen hatten sie leider nicht geachtet, aber Müller konnte den Wagen umfassend beschreiben.

Arno stieß Gerling nach vorn. «Wo haben Sie Ihre Klamotten?»

«Oben, im Schlafzimmer.»

«Dann los.»

Arno folgte Gerling durch einen Flur und die schmale Treppe hinauf. Jeder Raum des Hauses war vollgestellt und verqualmt. Arno beobachtete, wie Gerling seine nassen Sachen auszog und achtlos auf das ungemachte Bett warf.

«Herr Gerling, soviel ich weiß, hatten Sie schon häufig Ärger mit den Behörden», begann Arno einen letzten Versuch, den Mann zur Vernunft zu bringen. «Aber diese Sache hat eine andere Dimension. Dieses Mal geht es um Mord.»

«Ich habe nichts damit zu tun. Und Sie können mir nichts anhängen», entgegnete Gerling trotzig.

«Wer ist mit dem Mercedes weggefahren?»

«Keine Ahnung.»

«Warum ist derjenige, der weggefahren ist, vor uns geflohen?»

«Kann ich kurz duschen?» Gerling stand nur in Unterhose vor ihm und schaute ihn an.

«Nein, ziehen Sie sich einfach etwas Trockenes an.»

Als Gerling einen Schrank öffnete, schob Arno ihn zur Seite und überprüfte den Inhalt.

«Haben Sie einen Durchsuchungsbefehl?», wollte Gerling wissen.

«Noch nicht», entgegnete Arno und trat vom Schrank zurück. Er hatte nichts Auffälliges entdeckt.

«Was suchen Sie eigentlich?», fragte Gerling, als er sich neue Sachen anzog.

«Besitzen Sie eine Waffe?»

«Eine Waffe? Spinnen Sie? Ich habe nichts getan.»

«Und warum haben Sie uns dann mit Ihrer dämlichen Flucht abgelenkt?»

«Wenn ich ins Wasser springen will, kann mir das keiner verbieten.»

«Kann nur sein, dass Sie beim nächsten Mal niemand mehr rausholt», sagte Arno und lotste den fertig umgezogenen Gerling wieder nach unten. Obwohl er trockene Sachen angezogen hatte, zitterte der kleine, kräftige Mann noch immer, als sie im Flur standen. In dem Moment kam auch schon der Streifenwagen. Müller öffnete die Vordertür und winkte die uniformierten Kollegen herein.

«Ich habe auch gleich Stockmann hergebeten», sagte Müller, nachdem die Beamten Gerling abgeführt hatten.

Arno nickte. Während sie warteten, schauten sich Arno und Müller im Erdgeschoss um. Neben der Küche befand sich das Wohnzimmer, in dem ein riesiger Breitwandfernseher lief.

Auf dem Sofa lagen Stapel von Autozeitungen und -magazinen, auf dem Tisch standen zwischen Werkzeug, Elektronikteilen und Fernbedienungen ein überquellender Aschenbecher und zwei Kaffeetassen. Müller wollte gerade den Fernseher ausschalten, als der Kommentar Arnos Aufmerksamkeit erregte.

«Warten Sie mal», bat er und schaute auf den Bildschirm.

Es war ein Bericht über den Krieg im Irak. Wieder hatte es dort einen Selbstmordanschlag gegeben, dem über zwanzig Menschen zum Opfer gefallen sein sollten. Dieses Mal handelte es sich dabei aber nicht um amerikanische Soldaten, die Bombe war mitten auf einem Platz in einer kleinen nordirakischen Stadt explodiert. Vor allem yezidische Kurden seien bei dem Anschlag zu Tode gekommen, sagte der Sprecher, während Bilder der Zerstörung zu sehen waren. Ausgebrannte Fahrzeuge, die wie Skelette aussahen, vereinzelte dunkle Flecken auf dem Boden, verstreut herumliegende, verkohlte und zerrissene Kleidungsstücke. Dann davonjagende Ambulanzwagen und herumschreiende Soldaten und ein Auflauf laut klagender Menschen. Der Anblick der trauernden Menschen erinnerte Arno an die Situation auf dem Schützenplatz. Er musste an die Geschichte des Soldaten Peel denken. Und an Ronahi und an das, was sie erzählt hatte. Vor allem daran. Irgendwie hatte er den Eindruck, dass die Welt, die er bisher nur aus dem Fernseher gekannt hatte, in die sonst so verschlafene Ruhe seiner Heimatstadt und seines Lebens gespült worden war. Wie alles andere war wohl auch diese Ruhe schon immer nichts anderes als trügerisch gewesen. Die Frage war nur, wie er damit umgehen sollte. Kaum war der Bericht vorüber, drückte Müller auf einen Knopf der Fernbedienung und legte sie wieder auf den Tisch. Während sich der Oberkommissar in der plötzlich gespenstischen Stille weiter im Zimmer umsah, stand Arno wie versteinert da.

Kurz darauf traf das Team der Spurensicherung ein. Die behördliche Anordnung zur Durchsuchung musste zwar noch von der Staatsanwaltschaft ausgestellt werden, aufgrund der Situation konnte sie aber sofort durchgeführt werden.

«Toller Wagen da draußen», sagte Stockmann, als er seine Koffer abstellte.

«Ist mir auch gleich aufgefallen», meinte Müller strahlend. «Ein Diplomat, oder?»

«Nee, das ist ein Admiral», entgegnete der Leiter der Spurensicherung, während er sich in einen weißen Papieroverall zwängte. «Wonach suchen wir?»

Müller schaute sich nach Arno um, aber der hatte das Zimmer verlassen. «Nach allem», sagte er. «Waffen, Drogen, was weiß ich. Wenn es etwas Belastendes gab, ist es bestimmt weggeschafft worden.»

«Na, klasse.» Stockmann zog den Reißverschluss des Overalls zu.

«Fang hier mit den Kaffeetassen und dem Aschenbecher an», schlug Müller vor und zeigte auf den Tisch. «Vielleicht finden wir verwertbare Fingerabdrücke. Wir müssen wissen, wer noch im Haus gewesen ist.»

«Und die oberen Räume?»

Müller kratzte sich am Kopf. «Ja, die müssen auch durchsucht werden, denke ich.»

Der Leiter der Spurensicherung schaute sich um. «Wo steckt denn Hauptkommissar Hennings?»

«Der ist eben abgehauen», sagte einer seiner Mitarbeiter.

«Abgehauen?» Stockmann sah ihn verwundert an. «Das sieht ihm gar nicht ähnlich.»

19

Arno fuhr durch die Neustadt Richtung Innenstadt. Er hatte die Kassette eingelegt, um sich abzulenken. *We've come a long way from nowhere,* hauchte Gladys Knight, dann kam wie aus dem Nichts das Summen der Backgroundsänger, die Geigen schwirrten, und das Schlagzeug trieb den Song zum Refrain: *Love Finds Its Own Way.* Welch ein Arrangement! Darin konnte man sich fallenlassen, dachte Arno und wünschte wieder einmal, in keiner anderen Welt zu leben als in der Welt der Musik.

Schon an der Ampel vor dem Bahnhof wurde er aus seiner Schwelgerei gerissen. Der Castortransport ließ offenbar weiter auf sich warten, denn vor dem Bahnhof standen noch immer die Reihen der grünen Mannschaftswagen, obwohl weit und breit keine Demonstranten zu sehen waren. Bei dem Kampf zwischen Rechten und Kurden war er dankbar für die Hilfe der Beamten gewesen, nun konnte er sich jedoch des Eindruckes nicht erwehren, dass ihre Gegenwart etwas von einer Belagerung an sich hatte. Vielleicht hatten sie das Eingreifen in der vergangenen Nacht sogar als willkommene Abwechslung gesehen. Arno wusste aus der Zeit seiner Ausbildung noch, wie zermürbend die Warterei auf einen Einsatz sein konnte. Wie man sich auf engsten Raum, eingepfercht mit den Kollegen, zu Tode langweilte und sich gleichzeitig immer mehr vor dem fürchtete, was auf einen zukommen konnte. Und er wusste nicht zuletzt durch seine Erfahrungen bei den berüchtigten Berliner Maikrawallen, wie gefährlich diese Mischung war, die sich bei einigen Kollegen entlud, wenn sie endlich losgelassen wurden.

Ähnlich wird es den Soldaten im Irak gehen, dachte Arno. Die Ampel war auf Grün gesprungen, und während er der Bahnhofstraße folgte, sah er wieder Thomas Peel vor sich. Natürlich waren die Ausmaße ihrer Situation wesentlich bedrohlicher. Als Fremde in einem fremden Land hielten sie auf Gedeih und Verderb zusammen und schlugen, wie man immer wieder hörte, lieber prophylaktisch zu, ehe sie selbst in Gefahr geraten konnten. Und wie Peels Schicksal gezeigt hatte, konnte man ihnen das nicht einmal verdenken. Als Reaktion darauf verbündeten sich jedoch die Einheimischen und wehrten sich immer heftiger gegen die Soldaten, die ihnen wie ungewollte Eindringlinge und Besatzer erscheinen mussten, was Arno ebenfalls verstehen konnte.

Mittlerweile hatte er den Thaerplatz erreicht, der eine Zeitlang den Namen Adolf Hitlers getragen hatte, und fuhr weiter in die Innenstadt. Er wusste, dass sich die Bevölkerungszahl Celles nach dem Zweiten Weltkrieg vor allem durch Flüchtlinge aus den ehemaligen Ostgebieten fast verdoppelt hatte. Fast die Hälfte der heutigen Einwohner stammte also ursprünglich nicht von hier. Kaum aber kam die nächste Welle von Fremden, schienen die Menschen ihr eigenes Schicksal völlig vergessen zu haben. Die Erinnerung daran, selbst einmal heimatlos und bedürftig gewesen zu sein und die Anfeindungen der Alteingesessenen erlitten zu haben, schien ausgelöscht zu sein. Statt Mitgefühl zu zeigen, kämpfte man für seinen Platz in der neuen Heimat, als hätte man sie mit eigenen Händen erschaffen. Als wenn sich aus Zeit und Dauerhaftigkeit ein Anrecht ableiten ließe.

Arno parkte den Wagen vor der Stadtkirche und stieg aus.

Er hatte das Gefühl, als wäre es etwas wärmer geworden. Die Straßen leerten sich bereits, die noch immer weihnachtlich geschmückten Geschäfte machten Feierabend. Hinter der Glastür einer Boutique sah er eine junge Frau in einem kurzen Rock am Boden knien und das absurd niedrig angebrachte Schloss verriegeln. Als sie sich aufrichtete und streckte, um den Schlüssel in das obere Schloss zu stecken, trafen sich für einen Augenblick ihre Blicke. Erst schaute sie empört weg, dann zog sie ihren Rock nach unten. Während er weiterging und sein Spiegelbild in einem Schaufenster erblickte, fiel Arno der Ausspruch, Celle sei keine Hochburg des Rechtsextremismus, ein. Wenn er sich umschaute, sah er auch keine Nazis. Alles, was er sah, waren ordentlich gepflasterte Straßen, niedliche, verschneite Fachwerkhäuser, kleine Geschäfte, arbeitsmüde Verkäuferinnen und dick gekleidete Menschen mit gesenkten Köpfen und vollen Einkaufstüten, die in der Eiseskälte nach Hause eilten. Wenn er sich umschaute, sah er nur die herausgeputzten Fassaden einer Stadt, mehr nicht.

Vielleicht hatte auch Aglaja hier Anfeindungen gespürt, ging Arno plötzlich durch den Kopf, unterschwellige Demütigungen, die er gar nicht wahrgenommen hatte. Vielleicht hatte sie in dieser Stadt ständig das Gefühl gehabt, fremd zu sein, ein Gefühl, das Arno ihr nicht hatte nehmen können. Ein Gefühl, das er jetzt genauso hatte. Und vielleicht war es deshalb kein Wunder, dass sie nach Danzig zurückgekehrt war und es nun genoss, sich wieder heimisch zu fühlen. Er wusste ja, wie sehr sie sich danach sehnte, ein Zuhause zu haben, irgendwo anzukommen, und da er ihr diese Sehnsucht anscheinend nicht hatte erfüllen können, mussten es nun das Heimatland und ein alter Freund tun. Arno war, das wurde ihm erst jetzt bewusst, wohl doch ein fundamental anderer Mensch als sie: Ein Teil von ihm sehnte sich zwar nach Geborgenheit, der andere aber war trotz seines Alters erfüllt von großer Unruhe und trieb ihn dazu, ewig weiterzuziehen. Und sei es nur in Gedanken oder von einem Fall zum nächsten, von einer Spur zur anderen.

Deshalb hatte Arno auch Gerlings Haus verlassen müssen, er wollte allein sein, um nachdenken zu können. Das Gerede, ja die bloße Anwesenheit seiner Kollegen hatte ihn zunehmend genervt und eingeengt. Er hatte buchstäblich Luft holen müssen. Einerseits war das nach mittlerweile beinahe sechsunddreißig Stunden ohne Schlaf kein Wunder, andererseits gab es auch einen alarmierenden Grund dafür.

In jeder Ermittlung kam man an den Punkt, an dem sich das Gefühl einstellte, in eine Sackgasse oder völlig auf den falschen Weg geraten zu sein. Ein Eindruck, den er in diesem Fall von Anfang an gehabt hatte. Zu viele Dinge hatten ihn abgelenkt, zu viel hatte ihn nur verwirrt. Außerdem war seine Stimmung seit seiner Ankunft am Abend des 1. Januar miserabel, und schlechte Laune, gepaart mit Erschöpfung, war schon immer das größte Hindernis einer konzentrierten Arbeit gewesen.

Sie waren alle übernächtigt, wahrscheinlich wären er und Müller unter anderen Umständen nicht auf Gerlings plumpes Ablenkungsmanöver hereingefallen. Je mehr Arno nachdachte, desto weniger glaubte er daran, dass Rüdiger Gerling direkt etwas mit Mehmeds Tod zu tun hatte. Solche Typen wie Gerling schlugen vielleicht mal jemanden zusammen, wenn er ihnen in die Quere kam, aber sie richteten ihn nicht mit einem Gewehr hin. Wenn überhaupt, war er ein Helfershelfer, und wesentlich interessanter war der mysteriöse Unbekannte, der mit dem nagelneuen Mercedes davongefahren war. Im Drogengeschäft ging es um eine Menge Geld, und für einen Mord gab es neben der Liebe kaum ein besseres Motiv. Nun musste Arno darauf warten, dass der Wagen irgendwo angehalten oder gefunden wurde, um zu erfahren, was und wer sich darin versteckte. Er benötigte Geduld, eine Eigenschaft, die ihm gerade jetzt fehlte. Aber vielleicht hatten sie endlich eine Spur. Warum floh jemand vor der Polizei, wenn er nicht etwas zu verbergen hatte?

Als ihm eine Gruppe junger, viel zu leicht bekleideter kurdischer Frauen entgegenkam, hatte er den Eindruck, abschätzig gemustert zu werden. Er fühlte sich unwohl und musste an Ronahi denken. Sie ging ihm einfach nicht aus dem Kopf. Lag es an ihr, dass er sich nicht richtig auf die Ermittlung konzentrieren konnte? Warum hatte sie ihn am Morgen aufgesucht? Wirklich nur, um sich zu bedanken? Oder darauf hinzuweisen, Dosto zu besuchen? Im Weitergehen nahm sich Arno vor, morgen bei ihm im Krankenhaus vorbeizuschauen. Außerdem musste er unbedingt noch einmal mit Ronahi sprechen, um mehr über den Tod von Mehmeds Freundin zu erfahren. Ohne es gewollt zu haben, befand Arno sich plötzlich wieder auf dem Großen Plan. Die kaputte Scheibe der Bankfiliale war bereits ausgetauscht worden, auch hatte man damit begonnen, die Stände des Weihnachtsmarktes abzubauen. Nichts deutete mehr auf den Angriff der Nacht hin.

Arno zog sein Handy hervor und schaute auf die Uhr. Viertel vor acht. Bevor er das Telefon wieder einsteckte, schaltete er es aus. Ohne lange nachzudenken, wandte er sich dann nach links und ging in die Bergstraße, die genauso eben war wie die gesamte Innenstadt. Es dauerte nicht lange, und er hatte die *Märkische Botschaft* erreicht. Sowohl das Brauereischild als auch die Fenster waren beleuchtet. Ein kurzer Blick hinüber auf die andere Straßenseite zeigte ihm, dass Tahsin im Imbiss von Kemal abgelöst worden war. Ehe der auf ihn aufmerksam werden konnte, ging Arno schnell die Stufen hoch und zog die Tür auf.

Er wusste nicht, was er erwartet hatte, doch das beinahe leere Lokal verstörte ihn derart, dass er einen Augenblick stehenblieb, während die Tür hinter ihm ins Schloss fiel. Kein Tisch war besetzt, nur an der Theke am anderen Ende saß eine blonde Frau mit Pferdeschwanz, vielleicht die Bedienung. Sie drehte sich nicht zu ihm um. Aus einem Radio ertönte ein Werbejingle. In der angenehmen Wärme beschlug Arnos Brille, und er nahm sie ab, bevor er weiterging und sich ein paar Plätze von der Frau entfernt an die Theke setzte.

«'n Abend», sagte er, öffnete den Reißverschluss seiner Kapuzenjacke und putzte an ihr die Gläser seiner Brille.

«'n Abend», erwiderte eine schleppende, männliche Stimme.

Arno setzte die Brille auf. Durch einen Vorhang neben der Theke war ein gebeugter alter Mann gekommen. Er zog das linke Bein nach, als er näher trat, und blieb dann vor Arno stehen.

Die beiden erkannten sich im gleichen Moment. Obwohl der einst korpulente, beinahe schwabbelige Mann aussah wie um Jahre gealtert. Er war völlig abgemagert, das Gesicht faltig, die Wangen waren eingefallen, und unter den trüben Augen hingen große, dunkle Tränensäcke. Das Haar war weniger geworden, dafür trug er es nun etwas länger, sodass es strähnig von seinem ausgemergelten Kopf fiel. Nur die sinnlichen, geschwungenen Lippen hatten sich nicht verändert, und wie damals passten sie überhaupt nicht zur restlichen Erscheinung. Er wirkte erschöpft und gesundheitlich angeschlagen. Auch wenn Arno den Mann regelrecht verabscheut hatte, bekam er nun bei seinem Anblick ein schlechtes Gewissen. Ihm war, als hätte er zumindest Mitschuld an seinem Verfall.

«Eckart Köhler.»

«Hauptkommissar Hennings.» Köhler betrachtete das Pflaster auf Arnos Stirn. «Oder sind Sie inzwischen befördert worden?»

«Nein.»

Fast hätte Arno ihm die Hand gereicht, doch dann war er froh, es nicht getan zu haben. Denn Eckart Köhler war nicht nur ein rechtes Mitglied des Kreistages gewesen, den er bei seinem ersten Fall in Celle unter anderem wegen Bildung einer kriminellen Vereinigung und Waffenschmuggel hinter Gitter gebracht hatte, er war auch der ursprüngliche Besitzer von Arnos schwarzer Schäferhündin Basta, die damals noch Asta hieß und fast an dem Rattengift gestorben wäre, das Köhler ihr verabreichte, weil sie ihm den Gehorsam verweigert hatte.

«Ich hatte Sie zwar im Gefängnis vermutet», sagte Arno, «aber irgendwie wundert es mich trotzdem nicht, Sie hier zu sehen.»

«Ich bin nur eingesprungen, weil die Chefin etwas zu erledigen hat. Aber mich wundert es auch nicht, Sie zu sehen.»

Claudia Hellmann hieß die Chefin, erinnerte sich Arno. Wenn sie ihren Mann sehen wollte, würde sie ihn woanders treffen müssen, denn der Platzverweis für die Innenstadt galt noch immer. Auch mit ihr sollte er bald sprechen.

«Keine Angst», sagte Köhler, «ich bin nicht nachtragend.»

«Das erleichtert mich. Seit wann sind Sie raus?»

«Seit Anfang Dezember.» Er zuckte mit den schlaffen Schultern. «Gute Führung.»

Arno nickte. Genau so wie Mehmed, fiel ihm ein. «Wo wohnen Sie jetzt?», fragte er.

«In Hermannsburg.»

So klein ist die Welt, dachte Arno. In Hermannsburg lebte auch der ehemalige Soldat Peel. Und der Ortsname rief noch etwas wach in ihm. «Waren Sie auch bei der Sonnenwendfeier?», fragte Arno.

«Ist das ein Verbrechen?»

«Es zeigt jedenfalls, wo Sie stehen.»

Köhler lächelte ihn an, aber sein Gesicht wirkte dabei nur wie ein zerknittertes Hemd. Wahrscheinlich hatte man ihn entlassen, weil er haftunfähig war. Arno holte seinen Tabak hervor und schaute sich um. Das Lokal sah aus wie jede x-beliebige Kneipe, genauso trostlos und nichtssagend wie tausend andere, die täglich überall im Land geöffnet oder geschlossen wurden. An einer Wand gab es eine Dartscheibe. Nirgends hingen verdächtige Embleme oder Zeichen herum. Im Radio war kein Rechtsrock zu hören, es begannen gerade die Acht-Uhr-Nachrichten. Die Frau am Ende der Theke starrte in ihr Bierglas und beachtete sie nicht. Am Scheitel schimmerte das dunkle Echthaar hervor, und über dem Gürtel zeigten sich Tangastring und Hüftspeck. Mit Brille sah Arno jetzt auch, dass sie noch sehr jung war und offensichtlich geweint hatte.

«Wollen Sie was trinken?», fragte Köhler und wedelte mit einer Hand vor seiner Nase herum. «Gegessen haben Sie ja anscheinend schon. Ich kann Knoblauch nicht ausstehen.»

«Sie erfüllen wirklich jedes Klischee, Köhler.»

«Sie auch, Hennings. Damals haben Sie im Dienst nicht getrunken. Immer der korrekte Polizist.»

«Heute habe ich Feierabend», entgegnete Arno und drehte in aller Seelenruhe die Zigarette fertig. «Ich nehme ein Bier.»

«Groß, klein?»

«Groß.» Arno steckte den Tabak weg und zündete die Zigarette an. «Nicht viel los hier.»

Köhler zapfte das Bier. «Um diese Zeit nicht, es geht erst später los.»

«So wie gestern?»

«Ich war gestern nicht hier.»

«Aber Sie wissen, was hier los war?»

Köhler deutete mit dem Daumen hinter sich zur Minianlage. Gerade berichtete der Nachrichtensprecher von dem Selbstmordanschlag im Nordirak. Die Zahl der Opfer wurde jetzt mit achtundzwanzig angegeben. Offenbar war es ein gezielter Angriff schiitischer Extremisten auf die für sie ungläubigen yezidischen Kurden gewesen. «Da, schlagen sich alle gegenseitig die Köppe ein», sagte Köhler. Er zog den Zapfhahn ein letztes Mal auf und produzierte eine schöne Blume. «Machen wir uns doch nichts vor, die haben hier im Grunde nichts zu suchen.» Er nahm einen Bierdeckel, schob ihn vor Arno und stellte das Glas darauf. «Wohlsein.»

«Stimmt», sagte Arno und nahm das Glas. «Sollen hingehen, wo sie herkommen, diese nach Knoblauch stinkenden Kanaken. Oder gleich vergast werden. Prost.» Er hob das Glas und trank einen Schluck.

Köhler stützte sich mit einer Hand an der Theke ab und lächelte. «Sie können mich nicht provozieren. Ich will niemandem etwas Böses, aber meiner Meinung nach sollten die Kurden und Türken und was weiß ich tatsächlich dorthin zurück, wo sie hingehören.»

Köhler war nach der Wende aus Strausberg hergezogen. Er war Berufssoldat bei der NVA gewesen, am Ende aber unehrenhaft entlassen worden. «Die meisten sind länger hier als Sie», bemerkte Arno. «Oder sogar hier geboren.»

«Das ist ja das Problem», entgegnete Köhler. Langsam bekamen seine Augen wieder ein wenig Glanz. «Stellen Sie sich vor, Sie hätten Kinder. Sie haben doch keine, oder?»

Arno antwortete nicht. Die Frau am Ende der Theke schluchzte. Arno schaute hinüber.

«Liebeskummer», sagte Köhler.

«Liebeskummer?»

«Ja, haben wir doch alle mal, oder? Achten Sie gar nicht auf das Mädel.» Köhler verschnaufte kurz. «Wollen Sie, dass Ihr Kind auf eine Schule geht, wo achtzig Prozent der Mitschüler Ausländer sind?»

So wie es im Moment aussieht, werden, wenn mein Sohn zur Schule kommt, hundert Prozent seiner Mitschüler Ausländer sein, dachte Arno. Nein, falsch, mein Sohn wird der einzige Halbausländer sein. Doch die Fragestellung war ihm nicht neu. In seiner Berliner Zeit hatte Arno einige Leute gekannt, die es schick fanden, in heruntergekommenen Problemkiezen zu wohnen, und gerne von «ihrem Araber» an der Ecke schwärmten, aber sofort in bessere und vor allem ausländerfreie Viertel umzogen, wenn sie Kinder bekamen. Und das waren keine Menschen wie Köhler, manche davon waren sogar Freunde.

«Interessant, dass Sie sich Gedanken über Kinder machen», bemerkte Arno, dem wieder eingefallen war, dass Köhler schwul war. Diese Neigung wird ihm das Leben im Gefängnis nicht leichter gemacht haben, dachte er.

«Sie können ruhig zynisch werden.»

«Ich sage Ihnen was», fuhr Arno fort, trank noch einen Schluck Bier und stellte das Glas ab. «Dass die Welt nicht nur aus Deutschen besteht, ist eine Tatsache, und wenn ich an so einige Deutsche denke, die ich kenne, macht sie mich unglaublich froh. Und je früher deutsche Kinder lernen, dass sie nicht allein auf der Welt sind, desto besser.»

«Ich sage immer: Auf der Welt ist Platz für jeden, aber jeder sollte dort bleiben, wo er hingehört.» Köhler nahm einen Lappen und wischte die Theke.

«Das haben Sie damals schon gesagt. Wovor haben Sie eigentlich Angst?»

Köhler schüttelte den Kopf und wischte weiter. «Ich habe keine Angst. Ich weiß mich zu wehren.»

«Und wie? Mit Waffengewalt?»

«Unsinn. Das habe ich nicht nötig, ich bin …»

«Seit wann?», unterbrach Arno ihn.

Köhler ging darüber hinweg. «Ich bin ein kultivierter Mensch. Aber jede Kultur ist anders, und die der Kurden passt nicht hierher. Moscheen und so etwas haben hier nichts zu suchen. Viele Leute hier sind mit mir einer Meinung.»

«Eine Dummheit wird nicht dadurch richtiger, dass sie viele Idioten nachplappern.»

«Ich habe nichts gegen diese Leute, aber warum bleiben sie nicht einfach zu Hause?»

«Warum sind die Menschen aus der DDR geflohen?»

Köhler hielt mit dem Wischen inne und sah ihn an. «Gutes Thema. Weil sie sich von den Versprechungen des Kapitalismus einfangen ließen. Sie wollten Luxus, mehr nicht. Genauso wie die Kurden. Sie wollen es sich hier gutgehen lassen auf unsere Kosten.»

Arno zog an seiner Zigarette. «Selbst wenn das der einzige Grund wäre», sagte er, «was ist daran auszusetzen, dass jemand anständig und menschenwürdig leben will?»

«Aber warum hier bei uns?» Köhler musste erneut kurz innehalten und verschnaufen. Dann deutete er mit dem Kopf Richtung Radio, aus dem schon wieder Werbung plärrte. «Was würde wohl passieren, wenn ich zu denen gehe und meine Kirche auf ihrem Basar da baue?»

Das Bier machte Arno müde, und das Gespräch begann ihn zu langweilen. «Versuchen Sie es doch mal», schlug er vor.

«Nee, ich muss da nicht hin.»

«Sehen Sie? Sie müssen da nicht hin. Sie können in Ruhe und Frieden hier im Warmen sitzen und mir Ihre Scheißansichten erzählen.»

Köhler hob drohend seinen Zeigefinger. «Vergessen Sie nicht, dass ich im Gefängnis war. Aber ich mache mir wenigstens noch Sorgen um die Zukunft dieses Landes.»

«Genauso wie die Jungs, die hier herumhängen und die auf friedliche Leute losgehen, wenn sie sich genug Mut angesoffen haben? Oder was steckte dahinter?»

«Wie gesagt, ich war gestern nicht hier.» Köhler atmete tief ein und senkte die Hand. «Ich war im Gefängnis, ich heiße solche Gewaltausbrüche nicht gut, aber ich denke, die Jungs werden ihren Grund gehabt haben.»

«Welchen Grund? Helfen Sie mir weiter! Ich will es verstehen.» Arno sah Köhler an. Das Gespräch hatte den Mann offenbar Kraft gekostet, er schien immer mehr in sich zusammenzusacken. Fast konnte er einem leidtun. Fast.

«Es ist ein Kampf», sagte die Frau in die Stille.

Arno blickte sich zu ihr um. Sie starrte noch immer in ihr Glas. Am Hals hatte sie eine Tätowierung, sah er jetzt.

«Ich sag ja, sie hat Liebeskummer», sagte Köhler.

«Haben Sie Kampf oder Krampf gesagt?», wollte Arno wissen.

«Es geht um den Kampf für sein Land», wiederholte sie mechanisch.

«Sei ruhig, Mädel», forderte Köhler sie auf.

«Man muss bereit sein, für sein Land zu kämpfen.»

«Und man muss sich zusammenreißen können», schnarrte Köhler.

«Fick dich, Ecki.»

Nach Arnos Auffassung war das ihre erste vernünftige Äußerung. Er stand auf und ging zu ihr. Aus der Nähe betrachtet sah es aus, als hätte sie die Buchstaben S und D auf ihren Hals tätowiert. Vielleicht waren es die Initialen der verflossenen Liebe. Einen Ring hätte man wenigstens wegschmeißen können, dachte Arno. «Was wollen Sie uns mitteilen?», fragte er sie.

«Man muss für sein Land kämpfen.»

«Das habe ich mittlerweile kapiert. Welchen Kampf meinen Sie? So wie ein Soldat?»

Sie starrte nur reglos in ihr Glas.

«In dieser Stadt ist ein junger Mann mit einem Armeegewehr erschossen worden», fuhr Arno zunehmend wütender fort. «Und neulich habe ich einen englischen Soldaten kennengelernt, der für sein Land gekämpft hat. Jetzt sitzt er zu Hause und starrt die Wand an. Dabei hat er noch Glück gehabt. Denn seine Kameraden sind von der Bombe in tausend Stücke gerissen worden. Meinen Sie so einen Kampf?»

Sie drehte ruckartig ihren Kopf und sah ihn überrascht an. Ihr Gesicht war völlig verheult, nun liefen frische Tränen hinab. Dann sprang sie von ihrem Barhocker und rannte hinaus.

Durch die geöffnete Tür konnte Arno sehen, dass draußen Regen eingesetzt hatte, ein Regen, der ihn an etwas erinnerte, auch wenn er in diesem Moment nicht wusste, an was.

20

Celle, Mittwoch, 4. Januar 2006

In der Nacht musste er sich durch ein pulsierendes und moderndes Dickicht kämpfen. Der Weg, den er sich gerade noch mit verzweifelten Hieben frei geschlagen hatte, war schon im nächsten Moment wieder zugewachsen. Er war gefangen in einem wabernden, stinkenden Dschungel. Armeen von schwarzen, weißen und roten Ameisen krabbelten unter seinen wunden Sohlen entlang, wurmartige Tausendfüßler kletterten über die Büsche und Sträucher, die ihm den Weg versperrten, am Unterholz hingen die Nester von gelbköpfigen Wespen mit riesigen Stacheln, ungeheure Käfer von der Größe ausgewachsener Mäuse wälzten Misthaufen über den aufgeweichten Boden. Seine Haut war aufgerissen von den scharfen Kanten schwertförmiger Blätter, und sein Blut vermischte sich mit dem unaufhörlichen, zähen Regen. Erschöpft und elend gelangte er nach einer Ewigkeit an eine weiße Tür, die sich von allein vor ihm öffnete. Er trat in einen hellen, völlig überstrahlten Raum, wo ihm ein kleines Bündel in die blutenden Arme gelegt wurde. Verunsichert schaute er auf ein verletzliches Netz blauer Adern unter einer roten, zarten Haut, auf winzige Finger und winzige Lippen und winzige Augen, die ihn anstarrten mit einer entsetzlichen Verlorenheit.

Da wachte Arno schweißgebadet auf. Im ersten Moment

war ihm so heiß, dass er alle Decken von sich stieß. Seine Seite hatte wieder zu pochen begonnen. Er drehte sich auf den Rücken und lauschte. Das beständige Rauschen des Regens hatte aufgehört, und durch das Fenster sah er, dass die Wolken abgezogen waren. Kristallklare Sterne schienen vom pechschwarzen Himmel, so hell, dass ihr Licht ihn blendete. Dann wurde ihm schlagartig kalt, und er erinnerte sich an den Tag, an dem sein Sohn geboren worden war.

Es war ein Sonntag im Mai, seit dem Morgen hatte es strömend geregnet. Bis dahin war alles normal verlaufen, doch plötzlich musste Andrzej nach einer Routineuntersuchung in der siebenunddreißigsten Woche per Kaiserschnitt geholt werden. Arno hatte Dienst gehabt und konnte erst ins Krankenhaus kommen, als der Junge schon auf der Welt war. Nie würde Arno vergessen, wie er dennoch eine Ewigkeit auf dem Flur hatte warten müssen, bis er endlich in das Krankenzimmer gerufen wurde. Aglaja lag erschöpft da und schien ihn kaum zu beachten. Eine Auswirkung der Narkose, sagte ihm die Schwester später, Arno aber spürte darin ihre Anklage und Enttäuschung. Als er seinen Sohn dann das erste Mal sah, erkannte er in seinem winzigen Gesicht weder Aglaja noch sich. Er hätte nicht einmal sagen können, ob es ein Junge oder ein Mädchen war. Ihm war nur durch den Kopf geschossen, dass sie behutsam mit diesem kleinen Menschen umgehen mussten, und im gleichen Moment hatte er Angst gehabt, dieser Anforderung nie im Leben gerecht zu werden.

Das Gefühl der Leere kroch in ihm herauf wie ein körperlicher Schmerz. Ihm war zumute, als wäre er aus einem Fieberdelirium erwacht. Am liebsten hätte er sofort in Danzig angerufen, doch um diese Zeit hätte er damit nur für Unruhe gesorgt. Außerdem lag sein Telefon immer noch kaputt auf dem Küchentisch. Als er das Handy einschaltete, sah er, dass sein Kollege Müller am Abend zweimal versucht hatte, ihn zu erreichen. Zum Schluss hatte er ihm eine SMS geschrieben: *Was soll der Scheiß?* So wichtig konnte es also nicht gewesen sein. Anscheinend war der Mercedes noch nicht gefunden worden.

Die Erfahrung hatte Arno gelehrt, dass eine Ermittlung sich endlos dehnen konnte, wenn sich in den ersten achtundvierzig Stunden nach der Tat keine eindeutige Spur ergeben hatte. Bei diesem Fall waren er und seine Kollegen einer Menge Irrwege gefolgt, außer dem mysteriösen Mercedesfahrer hatten sie aber nicht den Ansatz einer verwertbaren Spur entdeckt. Statt Fakten zu sammeln, hatten sie nur Stimmungen eingefangen. Im Grunde, dachte er, mussten sie zurück bis zum Ausgangspunkt und ganz von vorn beginnen. Und das bedeutete, dass sie mehr über das Opfer wissen mussten. Bisher hatten sie kaum Zeit dafür gefunden, sich umfassend mit Mehmed Duman auseinanderzusetzen. Arno hatte nur ein vages Bild von diesem jungen Mann, der am Neujahrsabend mit einem Gewehr erschossen worden war, ihm war eigentlich nicht klar, mit wem er es zu tun hatte. Und solange er kein Bild des Opfers hatte, wie sollte er da eines des Mörders finden?

Es war noch viel zu früh, um etwas zu unternehmen, aber Arno konnte nicht mehr einschlafen. Seit der vergangenen Nacht auf dem Großen Plan schien er mit dem Jetlag zu kämpfen. Vielleicht hatte dieser Zustand schon mit seiner Rückkehr aus Polen begonnen. Oder an dem Tag, als Aglaja und Andrzej weggegangen waren. Oder noch früher. Irgendwann schien er den Anschluss verpasst zu haben und in eine andere Zeitzone geraten zu sein. In eine, in der es nur ihn gab.

Er stand auf und duschte heiß und kalt im Wechsel. Dann putzte er sich lange und ausgiebig die Zähne. Wahrscheinlich hatte Tahsin eine Extraportion Knoblauch in seinen Döner getan, denn er wurde den Geschmack nicht los. Danach riss er das Pflaster von der Stirn und begutachtete seine Wunde. Die

Schwellung des Auges war bereits zurückgegangen, möglicherweise dank der kalten Witterung. Dabei fiel ihm ein, dass er die Zeit nutzen konnte, um seine Wäsche zu waschen. Nachdem er die Maschine angestellt hatte, machte er sich einen Espresso und setzte sich in der Trainingsjacke von Heiner Pries und mit seinem Notizbuch an den Küchentisch. Aber während es draußen allmählich hell wurde, hatte er Mühe, sich zu konzentrieren und einen klaren Gedanken zu fassen. Wie sollte man Stimmungen ordnen und strukturieren? Wie sollte man daraus einen Plan entwickeln?

Bald wurde ihm kalt, und von dem starken Kaffee bekam er Magenschmerzen. Er ging ins Wohnzimmer, blieb vor seinem Plattenregal stehen und überlegte, welcher Song jetzt eine Erlösung sein könnte. Doch als er dastand und durch die zahllosen bunten Hüllen blätterte, konnte er sich nicht entscheiden. Zudem fühlte er sich an den Vorfall bei Thomas Peel erinnert und musste wieder an die schreckliche Geschichte des Soldaten denken. Frierend und frustriert kehrte er in die Küche zurück. Nachdem die Waschmaschine verstummt war, hängte er die Sachen zum Trocknen auf und zog wieder dasselbe wie am vergangenen Tag an. Dann ging er nach draußen. Frühmorgendliche Stille und eiskalte Luft empfingen ihn. Der Abzug der Wolken musste einen rapiden Temperatursturz herbeigeführt haben, wodurch der aufgeweichte und matschige Schnee innerhalb kürzester Zeit wieder hart gefroren war. Die Straße funkelte, und die Scheiben des Wagens waren vereist. Auch das Türschloss war zugefroren.

Kurz entschlossen packte Arno seine Sachen zusammen und ging zu Fuß los. Das Haus der Dumans, Müllers ehemalige Baustelle, war nicht weit entfernt. Trotzdem benötigte er über eine halbe Stunde für den Weg. Die Straße war so glatt, dass er vorsichtig einen Fuß vor den anderen setzen musste und trotzdem bei jedem kleinen Schritt wegrutschte. Eine

Weile versuchte er, wie ein Kind über das Eis zu schlittern, geriet dabei aber auf den vereinzelten freien Flächen auf dem Asphalt zu leicht ins Stolpern. In vielen Vorgärten der nach und nach erwachenden Siedlung waren Tannen mit weihnachtlichen Lichterketten geschmückt. Obwohl die meisten Leute noch Urlaub hatten, machten sich die Ersten schon daran, die Scheiben ihrer Wagen frei zu kratzen. Als Arno in die Straße einbog, in der die Dumans wohnten, sah er einen gebeugten Mann, der mühsam das Eis auf dem Gehweg aufhackte. Beim Näherkommen erkannte er Mehmeds Vater und nahm zum ersten Mal wahr, dass der Mann wie Eckart Köhler ein Bein nachzog, allerdings war es bei ihm das rechte. Nachdem Arno ihn gegrüßt hatte, sah er zudem, dass Herr Duman ähnlich ausgemergelt und krank wirkte wie der unverbesserliche Exsoldat. Mehmeds Vater stützte sich auf seinen Spaten und musterte ihn. Er atmete schwer und schien nicht zu wissen, mit wem er es zu tun hatte.

Arno stellte sich mit seinem Namen vor und ließ den Dienstgrad weg, um Duman nicht gleich zu erschrecken. Doch der kleine Mann mit dem buschigen grauen Schnauzbart schien ihn nicht zu verstehen. «Wir haben uns bereits kennengelernt, erinnern Sie sich?», sagte Arno.

«Ja, ja», entgegnete Duman hastig. Als eine dichte Atemwolke aus seinen Lippen strömte, schienen seine Wangen noch mehr einzufallen. «Ist keiner zu Hause.»

«Ich wollte auch mit Ihnen sprechen. Wir hatten noch gar keine Gelegenheit dazu.»

Duman nickte und begann wieder, das Eis aufzuhacken. «Aber ich muss erst fertig machen», sagte er schnaufend. «Sonst es gibt immer Ärger mit den Nachbarn.»

Arno kannte das. Trotzdem vergaß er diese lästige Bürgerpflicht gerne. «Ich dachte, Sie sprechen nicht so gut Deutsch», bemerkte er.

«Nicht gut, aber natürlich ich spreche», entgegnete Duman. «An dem Abend, als Mehmed … das war anders.»

«Verstehe. Wie lange wohnen Sie schon hier?»

«In Deutschland?»

«In diesem Haus, meinte ich.»

«Seit ein Jahr.»

Arno betrachtete das Haus. Die Dumans waren in einem Jahr weiter gekommen als sein Kollege Müller in all der Zeit davor. «Ihr Sohn und Ihre Tochter sind also nicht zu Hause?», fragte er.

«Beide bei Arbeit. Immer weg. Dabei ist Mittwoch unser Ruhetag.»

«Tatsächlich?»

Duman nickte ernst.

«Wo arbeiten Sie sonst?», fragte Arno.

«Ich habe Rente.» Duman ließ seinen Spaten sinken. «Ich weiß, was Sie denken», fügte er sofort hinzu. «Meine Rente ist klein, aber wir haben gespart und alle zusammengelegt.»

«Nein, nein», entgegnete Arno schnell. «Daran habe ich nicht gedacht.»

«Alle denken so», fuhr Duman fort. «Aber es ist für uns leichter, ein Haus zu kaufen, weil Vermieter uns nicht haben wollen. Das Haus war nicht teuer. Es war nicht fertig, wir mussten noch viel arbeiten. Aber kein Problem.»

«Ja, das sehe ich», sagte Arno. Er war froh, dass Müller nicht dabei war. «Sie haben gute Arbeit geleistet. Aber hören Sie, ich wollte Sie nicht über Ihre finanzielle Situation ausfragen. Mich interessiert einzig und allein, was mit Ihrem Sohn Mehmed geschehen ist.»

«Ja, Mehmed», sagte er bedrückt. «Hat schon immer Probleme gemacht. Schon bei Geburt.»

«Ach, ja? Inwiefern?»

«Andere Geschichte», sagte Duman.

«Und Ilhan?»

«Ilhan ist anders. Er hat Arbeit.» Duman lehnte den Spaten gegen den Zaun und nahm eine Schaufel, um das aufgehackte Eis vom Gehweg zu schieben.

Arno wurde kalt. Er schaute sich um. Auf dem Grundstück gegenüber kratzte schon seit geraumer Zeit ein Mann die Scheiben seines Wagens, obwohl sie längst frei waren, und beobachtete sie beide. Als sich ihre Blicke trafen, schaute der Mann weg.

«Kommen Sie», forderte Duman schließlich Arno auf, nahm Schaufel und Spaten und hinkte über die freigelegte Rinne auf dem Gehweg zur Gartenpforte.

Arno folgte ihm am Haus vorbei zur Garage, in der Duman seine Arbeitsgeräte abstellte. In einer Ecke lag ein Fußball, gegen den Arno kickte. Es war kaum noch Luft in dem Ball. «Gehörte der Mehmed?», fragte er.

Duman schaute traurig hinab auf den Ball. «Ja», sagte er, «ja, Mehmed war ein guter Spieler. Ein guter Junge.» Er fasste sich an die Brust. «Im Herzen ein guter Junge.»

Arno nickte. Das war die einzige Information über Mehmed, die er immer wieder gehört hatte. «Aber er hatte Probleme, oder?»

«Ja, viele Probleme.»

«Wann fing das an, dass Mehmed Probleme bekam?»

«Früh. Auch durch die Schule. Ein Kind ist eine Stunde zu Hause und sonst mit Deutschen zusammen den ganzen Tag. Die eine Stunde erzählst du, wir sind so und so, es hört aber bestimmt nicht zu. Sie vergessen alles Eigene. Das ist der Umgang.»

«Mehmed hat schlechten Umgang gehabt, meinen Sie?»

«Schlechten Umgang, ja.» Duman nickte heftig. «Also, vernünftige Deutsche, die wollen mit uns auch nichts zu tun haben.»

Diese Aussage erschreckte Arno. Er musste sofort an Rüdiger Gerling denken. «Tatsächlich?»

Duman zuckte mit den Achseln. «So ist das.»

«Und Sie glauben, dass der schlechte Umgang, den Mehmed gehabt hatte, vor allem Deutsche gewesen sind?»

«Ich sage nicht, dass alles Deutsche waren», begann Duman und schaute an Arno vorbei zur Straße, wo gerade ein Wagen entlangfuhr. «Schwarze Schafe sind überall. Wenn man in einem fremden Land lebt und will, dass die eigenen Sitten akzeptiert werden, dann muss man auch die fremden Sitten akzeptieren. Ich sage niemals, die Sitten der Deutschen sind schlecht, aber ich sage, sie sind nicht gut für uns.»

«Welche Sitten meinen Sie?»

Duman steckte sich eine Zigarette an. «Wenn meine Frau einen Fremden küsst, kann ich das nicht hinnehmen», erklärte er und atmete hustend den Rauch aus. «Bei den Deutschen ist das normal. In unserer Kultur geht so was nicht. In unserer Kultur darf meine Frau nicht bei einem anderen Mann schlafen. Bei den Deutschen ist der Mann zu Hause und die Frau draußen. Nach unserer Kultur ist das verwerflich.»

Arno hatte Ronahi nicht gefragt, ob Mehmeds Freundin eine Deutsche war oder auch eine Kurdin. «Kannten Sie Mehmeds Freundin?»

«Nein.»

«Aber Sie wussten, dass er Freundinnen hatte, oder?»

«Er ist in Disco gegangen und war nie zu Hause. Mein Sohn hat die deutschen Sitten übernommen, und das hat Probleme in der Familie gemacht.»

«Sie wären dagegen gewesen, wenn Ihr Sohn ein Verhältnis zu einer Deutschen gehabt hätte?»

«Es wäre nicht gut.»

«Und Ihre Tochter?»

Duman sah Arno irritiert an. «Was ist mit Tochter?»

«Was wäre, wenn sie einen deutschen Freund hätte?»

«Das geht nicht», sagte Ronahis Vater und schaute hinab auf seine Zigarette. «Ein Yezide darf nur Yeziden heiraten. Ein Deutscher würde sich nicht um sie kümmern. Nicht mal Deutsche und Deutsche kümmern sich. Sie wird allein sein. Sie wird wie Putzlappen behandelt und in die Ecke geschmissen.» Duman schüttelte wieder heftig seinen schmalen Kopf. Er hatte sich in Rage geredet. «Das geht nicht», wiederholte er etwas ruhiger.

«Und in Ihrer Kultur wird sie beschützt?»

«Ja. Wir schützen. Bei uns niemand bleibt allein.»

«Solange man sich an die Regeln hält.»

«Regeln sind gut. Aber das Leben hier nimmt uns unsere Tradition. Und unsere Kinder.»

Arno musste daran denken, dass sich Ronahi immer mehr von ihrem Elternhaus entfernte. Er betrachtete den gebeugten, hageren Mann, der sich an der Wand abgestützt hatte, als könnte er nicht mehr allein stehen. Ihm war nicht nur die Kontrolle über seine Kinder entglitten, wahrscheinlich hatte er auch den Kontakt zu ihnen verloren. «Sie fühlen sich nicht besonders wohl hier, oder?»

Duman seufzte. «Ich bin jetzt hier achtzehn Jahre», sagte er kraftlos. «Die Unterdrückung in der Heimat gibt es nicht mehr. In der Heimat wäre ich jetzt vielleicht tot. Wir leben jetzt hier.» Er zeigte mit der Zigarette hinaus auf die Schneehaufen neben der ordentlich geräumten Einfahrt vor seiner Garage. «Aber es ist, als baut man ein Haus auf einen Berg aus Schnee. Irgendwann der Schnee schmilzt weg», sagte er und schnippte die Kippe nach einem letzten Zug in den weißen Haufen. Für einen Moment wurde er von einem heftigen Hustenanfall geschüttelt.

Arno sah hinaus. «War das von Anfang an so?»

«Früher das war anders», erwiderte Duman krächzend, als würde er nur schwer Luft bekommen. «Früher es gab mehr Gastfreundlichkeit in Deutschland. Wir sollten kommen und arbeiten. Das ist nicht mehr so. Die Deutschen wollen uns nicht.»

«Das gilt nur für eine Minderheit. Die meisten denken anders.»

«Nein, nicht alle vielleicht. Manche denken vielleicht anders. Und auch Ausländer haben Schuld. Viele haben schlechte Sachen gemacht. Junge Yeziden sitzen im Gefängnis. Alle wegen Diebereien und andere Sachen. Wie Mehmed.»

Arno hatte erneut den Eindruck, dass er in diesem Fall nur ständig gesellschaftliche Probleme diskutierte, ohne der Lösung einen Schritt näher zu kommen. «Herr Duman, was glauben Sie, warum Ihr Sohn ermordet worden ist?», fragte er.

Der kleine Mann hob seine schmalen, knochigen Schultern. «Ich weiß nicht.»

«Sie wissen aber, warum Mehmed im Gefängnis gesessen hat, oder?»

Duman nickte betreten.

«Er hat mit Drogen gehandelt», sagte Arno. «Eine Freundin von ihm soll sich deswegen umgebracht haben.»

«Es ist der Umgang. Ich sage nicht, dass nur die deutsche Seite Schuld hat. Beide sind schuld. Aber keiner hat was unternommen.»

Richtig, dachte Arno, keiner hat etwas unternommen, und jetzt war es zu spät. Auf jeden Fall für Mehmed. Er wollte noch etwas fragen, aber da klingelte sein Handy. Arno entschuldigte sich und ging ein paar Schritte davon. Auf dem Display sah er, dass es halb neun war.

«Schön, dass ich Sie auch mal erreiche», begann Karsten Müller sarkastisch. «Wo sind Sie?»

«In Ihrer ehemaligen Garage», antwortete Arno und bereute es sofort. «Bei den Dumans. Was ist los?»

Für einen Augenblick hörte Arno nur Müllers Schnaufen. «Der Benz ist gefunden worden», sagte der Oberkommissar dann.

«Wo?»

«In Altenhagen. Kennen Sie das Gewerbegebiet dort?»

«Ja.»

«Der Wagen steht unter einer Plane versteckt auf dem Hof eines Schrotthändlers. Der Halter ist auch der Besitzer des Grundstückes. Und wissen Sie, wer es ist?»

«Keine Ahnung.»

«Gerlings Bruder. Er ist Mitglied in einem Schützenverein und hat einen Waffenschein.»

Arno spürte, wie vor Aufregung sein Nacken kribbelte. «Ist er dort?»

«Ja.»

«Und wo sind Sie?»

«Vor Ort. Bereit zum Zugriff.»

«Ich komme.»

«Wir können auch …»

«Warten Sie», verlangte Arno und steckte sein Handy ein. Vielleicht war das der entscheidende Durchbruch, und er wollte nicht, dass etwas schiefging. Ehe er sich verabschiedete, fiel ihm die Frage wieder ein, die er noch hatte stellen wollen. Er ging zurück zu Mehmeds Vater, der noch immer an die Wand gestützt in der Garage stand. «Herr Duman, glauben Sie, dass ein Deutscher Ihren Sohn ermordet hat?»

«Wer sonst? Wir gehören doch alle zur selben Sippe. Wir wollen doch nur unsere Ruhe.» Duman hielt inne und fuhr mit einer Hand über seinen Bart. «Ein Yezide tötet nicht andere Yeziden», fügte er dann hinzu. Aber er sah nicht so aus, als würde er dafür seine Hände ins Feuer legen.

21

Der mysteriöse Flüchtige im Mercedes war nicht nur Rüdiger Gerlings Bruder, die beiden waren Zwillinge, wie sich bald herausstellte. Und Holger Gerling glich seinem Bruder nicht nur äußerlich wie ein Ei dem anderen, er war auch ebenso wortkarg wie jener. Arno war daher, als er ihm am frühen Nachmittag in einem Verhörzimmer der Polizeiinspektion gegenübersaß, immer noch versucht zu glauben, er hätte diesen Mann am Vortag aus der Aller gezogen.

Nach Müllers Anruf war Arno so schnell wie möglich nach Hause zurückgekehrt, hatte eine Weile mit dem vereisten Türschloss seines Wagens gekämpft und war dann über die spiegelglatten Straßen stadtauswärts nach Altenhagen gefahren. Die Strecke hatte er in seiner Jugend oft nachts mit dem Fahrrad zurückgelegt, denn in dem kleinen Dorf vor den Toren der Stadt hatte sich damals die beliebteste Disco im Umkreis befunden. Der Laden war eine Kifferhöhle gewesen, was allgemein bekannt und bestimmt einer der Gründe war, dass er irgendwann geschlossen wurde. Auch seine Eltern hatten ihn immer vor dem schlechten Umgang dort gewarnt. Doch er hatte in der Jugend keinen Reiz im Kiffen gesehen. Wenn er mal an einem Joint gezogen hatte, war er nur schläfrig geworden, eine Wirkung, die ihm sinnlos erschienen war. Vor anderen Drogen hatte ihn seine Angst bewahrt, die hauptsächlich darin bestand, dass ihm die Wirkung besser gefallen könnte. Haschisch hatte man damals, in den achtziger Jahren, eigentlich für ein Relikt vergangener Zeiten gehalten und angenommen, dass es bald keine Rolle mehr spielen würde. Mittlerweile schien es aber wieder in Mode gekommen zu sein und mehr denn je konsumiert zu werden. Allerdings brachte man sich deswegen nicht gegenseitig um, dachte Arno.

Eine halbe Stunde später hielt er hinter einem Streifenwagen, der an einer Tankstelle an der Lüneburger Heerstraße wartete. Müller lag auf der Rückbank des Wagens und las die aktuelle Ausgabe der Regionalpresse. Als Arno an die Scheibe klopfte, richtete sich der Oberkommissar langsam auf und reichte ihm wortlos die Zeitung. NAZITRUPP ATTACKIERT CELLER BÜRGER – POLIZEI SETZT SCHLAGSTÖCKE EIN lautete die Überschrift auf der Titelseite. Ein Foto von den Ausschreitungen gab es nicht, worüber Arno besonders aufgrund des zweiten Teils der Schlagzeile froh war. Dass sich die Redaktion allerdings mit der Formulierung ‹Celler Bürger› eindeutig auf die Seite der Kurden stellte und die Attacke damit quasi zu einem Angriff auf die Mehrheit der Bevölkerung erklärte, überraschte ihn und machte ihm wieder deutlich, dass er seine schlechte Meinung über das Blatt tatsächlich überdenken sollte.

Nachdem Arno den kurzen Artikel gelesen hatte, gab er Müller die Zeitung zurück. «Und was ist mit Gerlings Bruder?», wollte er wissen.

«Der ist noch in seiner Lagerhalle», antwortete Müller.

«Woher wissen Sie das?»

«Ulf Mertens ist dort», sagte Müller und hob ein Funkgerät hoch. «Mit dem SEK.»

«Sie haben ein Sondereinsatzkommando gerufen?»

«Ich dachte, wir überlassen die Arbeit dieses Mal den Kollegen», meinte Müller und gähnte. «Eine Beule reicht mir.»

«Dann bringen wir's hinter uns», sagte Arno und stieg in seinen Wagen. Wenig später folgte er dem Streifenwagen in das Gewerbegebiet. Hinter der Tankstelle bogen sie nach rechts und überquerten die Bahngleise für den Güterverkehr. Am Ende führte eine Straße nach links, an der Abzweigung stand ein VW Golf, in dem Mertens saß und an dessen Heck ein großer «Stoppt Castor»-Aufkleber prangte. Wahrscheinlich gehörte der Wagen Mertens' Freundin, der in jeder Hinsicht engagierten Studienrätin Maja Miele, dachte Arno. Erst dann sah er ein paar Meter weiter die Straße hinab die beiden dunklen Limousinen mit den Kennzeichen der Landeshauptstadt. Müller sprach kurz mit Mertens und gab den Kollegen vom SEK ein Zeichen. Arno wartete darauf, dass man ihm mitteilte, wie sie vorgehen wollten. Doch dann ging plötzlich alles so schnell, dass er nur an der Tür seines Wagens gelehnt zuschauen konnte und sich fragte, warum er die Arbeit nicht immer den anderen überließ.

Während Müller sich wieder in den Streifenwagen begab, setzten sich die Fahrzeuge des SEK in Bewegung. Ein Beamter mit kugelsicherer Weste und Helm näherte sich dem Gittertor, zog einen Seitenschneider hervor, durchtrennte die Eisenkette und stieß das Gatter auf. Als die beiden Wagen auf den Hof jagten und vor der Wellblechhalle stehenblieben, begannen ein paar Hunde zu kläffen. Sie schienen aber entweder auf einem anderen Grundstück oder angebunden zu sein, denn die Beamten konnten ungehindert aus den Wagen springen, ihre Waffen zücken und in das Gebäude stürmen. Als sie schon nach wenigen Minuten mit dem strohblonden, gedrungenen Mann zurückkehrten, den Arno bereits zu kennen glaubte, wich sein Erstaunen für einen Moment dem unbehaglichen Gefühl, dass hier irgendetwas nicht stimmte und sie zum zweiten Mal überrumpelt worden waren.

Er fuhr die paar Meter auf den Hof des Schrotthändlers

und blieb neben den Limousinen stehen. Das Kläffen der Hunde wurde wilder. Während der Mann bereits von den vermummten Beamten des SEK auf den Rücksitz des einen Wagens verfrachtet wurde, stand plötzlich Müller neben ihm. Als der Oberkommissar Arnos Gesicht sah, begann er zu lachen.

«Die beiden sind Zwillingsbrüder», erklärte er.

«Wussten Sie das vorher?»

«Sagen wir mal so», meinte Müller verschmitzt, «als ich die Personalien von der Kfz-Behörde bekommen habe und dasselbe Geburtsdatum sah, das beide haben, bin ich stutzig geworden.»

Arno wiederum ließ diese Bemerkung seines sichtlich stolzen Kollegen aufhorchen. Dasselbe Geburtsdatum. Es stieß irgendetwas in seinem Gedächtnis an, der Lärm der Hunde lenkte ihn aber so sehr ab, dass er es in diesem Moment nicht zu fassen bekam. Er schaute sich auf dem vollgestellten Hof um und sah zwischen den Schrottteilen ein paar ramponierte Zwinger, in denen mehrere große, zottelige Hunde tobten und sich die Seele aus dem Leib bellten, als hätten sie seit Tagen nichts mehr zu fressen bekommen. Während er die armen Kreaturen betrachtete, musste er auch wieder an seine Hündin Basta denken. Wann würde er endlich dazu kommen, sie von Hans und Jutta abzuholen?

In diesem Moment kamen Ulf Mertens und der Leiter des Einsatzkommandos zu ihm und rissen ihn aus seinen Gedanken.

«Brauchen Sie uns hier noch?», fragte der Beamte, der noch immer Helm und Maske trug.

«Nein», entgegnete Arno. «Gute Arbeit.»

«Dann bringen wir ihn in die Inspektion.»

«Und wie machen wir weiter?», wollte Mertens von Arno wissen, nachdem der SEK-Beamte gegangen war. Die beiden hatten sich seit der Sitzung am vergangenen Morgen nicht gesehen, und Arno fiel ein, dass der Kommissar gemeinsam mit Pries die Alibis der Mitglieder der Kameradschaft 18 überprüfen sollte.

«Hat die Überprüfung der Alibis eigentlich schon etwas ergeben?», fragte Arno.

«Wir sind noch nicht ganz durch», antwortete Mertens. «Aber die meisten geben sich gegenseitig ein Alibi. Wie wir herausfinden sollen, was wahr und was falsch ist, ist mir schleierhaft. Auf jeden Fall wird es eine Ewigkeit dauern.»

«Was ist mit den Dealern in Hannover? Gibt es da schon eine Rückmeldung?»

Mertens nickte. «Die Aussagen liegen bei Pries auf dem Tisch. Es scheint aber nichts dabei herausgekommen zu sein.»

«Gut, dann fahren Sie doch auch schon in die Inspektion», schlug Arno vor. «Bereiten Sie Gerling für das Verhör vor.»

Mertens richtete den Kragen seiner Jacke auf. «Okay», sagte er und ging zurück zu seinem Wagen. Er schien froh zu sein, wieder ins Warme zu kommen.

Arno wandte sich an Müller. «Wir beide können uns schon mal hier umsehen.»

«Stockmann müsste auch gleich eintrudeln», sagte Müller.

«Gut. Haben Sie eigentlich gestern in dem Haus etwas gefunden?»

«Nein, nichts, was uns weiterbringt. Ein bisschen Gras, aber das interessiert uns ja nicht, oder?»

«Nein, dass Gerling etwas mit Drogen zu tun hat, wissen wir ja bereits. Mich interessiert viel mehr, warum er uns weggelockt hat, damit sein Bruder abhauen kann. Wer hat ihn eigentlich gefunden?»

Müller zuckte mit den Achseln. «Wie gesagt, eine Streife hat den Mercedes gesichtet. Die Überprüfung des Kennzeichens ergab, dass er hier auch wohnt. So einfach.»

Manchmal lief es tatsächlich so einfach, dachte Arno. Aber wenn die Hunde frei auf dem Gelände herumgelaufen wären, hätten selbst die Kollegen des SEK wesentlich mehr Probleme gehabt, Gerling abzuführen. Warum hatte der Schrotthändler sie eingesperrt? Arno neigte dazu, misstrauisch zu werden, wenn etwas zu einfach lief. Hin und wieder belehrte ihn das Leben zwar eines Besseren, aber meistens täuschte ihn sein Instinkt nicht. Irgendetwas stimmte hier nicht.

Während Mertens und die Limousinen des SEK mit Holger Gerling davonfuhren, gingen Arno und Müller in die Lagerhalle, in der es fast kälter war als draußen. Angesichts der unzähligen Autoteile, die sich dort stapelten, bekam der Oberkommissar große Augen. Aber hier etwas zu finden glich der berühmten Suche nach der Nadel im Heuhaufen. Als Versteck für eine Waffe war diese Ansammlung von Metallteilen ideal, erst recht, wenn man sie in die Einzelteile zerlegt hatte. Andererseits bestand natürlich die Möglichkeit, dass das G3 längst fortgeschafft und irgendwo vergraben oder versenkt worden war.

«Gucken Sie mal hier», rief Müller und unterbrach Arnos Gedanken. Er hatte einen Metallspind geöffnet und winkte. Als Arno zu ihm kam, hielt er ihm eine volle Packung Silvesterböller entgegen. In dem Schrank lagen noch mehr davon.

«Sieh mal an», sagte Arno. «Aber die werden uns nicht weiterbringen, oder? Stockmann hat gesagt, er konnte nicht mehr erkennen, was für eine Sorte Böller auf dem Schützenplatz abgefeuert worden ist.»

«Trotzdem ein komischer Zufall.»

«Vielleicht. Aber ich möchte nicht wissen, in wie vielen Schränken Silvesterfeuerwerk gebunkert wird.»

Müller machte eine beleidigte Miene.

«Wir werden die Dinger auf jeden Fall mitnehmen und untersuchen lassen», fuhr Arno schnell fort. In den letzten Tagen war die Stimmung zwischen ihm und Müller sehr angespannt gewesen, und auch wenn Müller ihm auf die Nerven gegangen war, gefiel Arno dieser Zustand nicht. Er schlug Müller kameradschaftlich auf die Schulter und setzte seinen Streifzug durch die zugige Wellblechhalle fort, wobei ihm immer unbehaglicher wurde. Nicht nur im Winter ließ ihn eine größere Ansammlung des kalten Metalls frösteln.

Nach einer Weile hörten sie draußen einen Wagen, die Spurensicherung war eingetroffen. Und der Leiter des Teams hatte keine gute Laune. Kaum erblickte Gerd Stockmann die Schrottteile in der Halle, verzog er das Gesicht.

«Ach, du Scheiße», stöhnte er.

«Na dann, viel Spaß, Gerd», sagte Müller und klopfte ihm auf die Schulter.

«Das dauert doch eine Ewigkeit, bis wir hier durch sind.»

Obwohl Arno Stockmanns Unmut verstand, konnte er ihm die Arbeit nicht abnehmen. «Wir verhören jetzt den Besitzer», versuchte er ihn zu beruhigen. «Vielleicht kriegen wir etwas aus ihm heraus. Ich melde mich dann sofort.» Er gab Müller ein Zeichen. «Kommen Sie, es wird Zeit.»

Als Arno auf dem Weg zum Wagen noch einmal einen Blick zu den Zwingern warf und die kläffenden Köter sah, schoss ihm das Wort ‹Wachhunde› durch den Kopf. Aber was sollten sie bewachen, wenn sie hinter Gittern steckten? «Herr Stockmann», rief er und lief zurück in die Halle.

«Was ist denn jetzt noch?»

«Ich hatte gerade eine Idee. Schauen Sie bitte auch in den Hundezwingern nach, ja?»

Stockmann schluckte. «In den Zwingern da draußen?»

«Ja, ich habe so ein Gefühl, dass man dort etwas finden könnte.»

Der Leiter der Spurensicherung schaute ihn argwöhnisch

an. «Sie haben so ein Gefühl, ja? Und wie sollen wir da reinkommen, ohne uns zerfleischen zu lassen?»

Arno zuckte mit den Achseln. «Lassen Sie sich etwas einfallen.»

«Sie sind doch der Hundemann.»

«Warten Sie.» Arno hatte noch einen Beutel Hundekekse für Basta im Wagen. So ausgehungert wie die Tiere wirkten, konnte man sie vielleicht damit zähmen oder zumindest weglocken. Er holte den Beutel und brachte ihn Stockmann. «Versuchen Sie es damit.»

«Aber nicht alle selbst essen, Gerd», rief Müller, der schon am Volvo wartete.

Und während der Leiter der Spurensicherung sich noch am Toupet kratzte und skeptisch die Hundekekse betrachtete, fuhr Arno mit Müller unter einem trüben Winterhimmel zurück in die Stadt. Eine halbe Stunde später saßen die beiden in der Polizeiinspektion Holger Gerling gegenüber, der jetzt, nachdem er sich von den bewaffneten Beamten noch widerstandslos hatte abführen lassen, nicht mehr wissen wollte, warum er dort war.

«Was wollen Sie von mir?», fragte er. Im Licht der Neonröhre glänzte sein strohblondes Haar wie seine speckige, geschnürte Lederhose, die das Einzige war, was ihn von seinem Bruder unterschied. «Bin ich angeklagt?»

«Noch nicht», erklärte Arno und schlug sein Notizbuch auf. Gleichzeitig zeichneten sie die Vernehmung auf Band auf. «Vorerst wollen wir nur mit Ihnen reden.»

«Und deswegen machen Sie so einen Aufstand?»

Arno ignorierte die Bemerkung. «Mich würde zum Beispiel interessieren, warum Ihr Bruder uns gestern von seinem Haus weggelockt hat, damit Sie abhauen können.»

«Ich kann hinfahren, wo ich will, oder?»

Und sein Zwillingsbruder kann in die Aller springen, wann

er will, dachte Arno und räusperte sich. «Herr Gerling, fangen wir noch einmal von vorne an. Kennen Sie Mehmed Duman?»

«Ich will meinen Anwalt.»

«Ach, Sie haben einen Anwalt?»

«Äh, im Moment nicht. Aber ich habe doch Anrecht auf einen Anwalt, oder?»

«Haben Sie etwas zu verbergen?»

«Nee.» Gerling verschränkte die Arme und kratzte mit der linken Hand seine rechte Wange.

«Wenn Sie nichts zu verbergen haben, können Sie doch auch meine Fragen beantworten, oder? Aber wenn Sie darauf bestehen, rufen wir natürlich einen Anwalt Ihrer Wahl.»

Gerling schwieg und schien nachzudenken.

«Im Moment wird Ihre Lagerhalle durchsucht», schaltete sich Müller ein. «Wir werden sowieso alles finden. Allerdings würde es besser aussehen, wenn Sie uns ein wenig helfen.»

Gerling sah kurz Müller an und schaute dann aus dem Fenster. «Was wollen Sie denn da finden? Da ist nichts.»

«Na also», meinte Müller so freundlich, wie er sich geben konnte. «Dann können Sie uns doch auch in aller Ruhe unsere Fragen beantworten.»

«Fangen wir mit etwas Leichtem an», begann Arno noch einmal. «Waren Sie Silvester in der Disco in Westercelle?»

«Ja», sagte Gerling und zuckte mit den Achseln. «Na und? Es war Silvester.»

«Mit Ihrem Bruder?»

Gerling nickte «Der war dabei, ja.»

«Und dort haben Sie Mehmed Duman gesehen.»

«Habe ich?»

«Dafür gibt es Zeugen», bluffte Arno. Aber er war davon überzeugt, dass eine Gegenüberstellung mit Kemal oder Tahsin seine Annahme bestätigen würde.

«Zeugen?», entgegnete Gerling. «Da waren tausend Leute.»

«Eben.»

«Ich war nicht lange dort. Ich bin nicht so der Disco-Typ. Kann sein, dass ich ihn kurz gesehen habe.»

«Und da haben Sie mit ihm gestritten?»

Gerling schüttelte eine Weile seinen strohblonden Schopf. «So würde ich das nicht nennen», sagte er dann.

«Wie würden Sie es nennen?»

«Wir haben miteinander gesprochen. Ganz normal. Er war ja gerade aus dem Knast raus.»

«Sie wissen, warum er im Gefängnis war, richtig?»

«Nicht genau.»

Müller beugte sich vor. «Dann sag ich es Ihnen genau. Wegen Drogenhandels. Und Sie wollten ihn wieder in Ihre Geschäfte hineinziehen.»

«Quatsch», erwiderte Gerling. Sein Gesicht wurde langsam fleckig. «Sie spinnen ja. Damit habe ich nichts zu tun.»

Gerlings Drogengeschäfte waren bekannt. Aber Arno wollte das Gespräch in eine andere Richtung lenken. «Womit haben Sie dann etwas zu tun?», fragte er.

Gerling starrte ihn an. «Wie?»

«Was machen Sie sonst?»

«Sonst? Haben Sie doch gesehen. Schrott, Autoteile und so weiter.»

«Wie ich höre, schießen Sie auch gerne.»

«Und? Ich bin im Schützenverein. Ist das verboten?»

«Besitzen Sie eine Waffe?», fragte Müller.

Gerling schaute von einem zum anderen. «Wenn man im Schützenverein ist, hat man auch eine Waffe, ist doch logisch. Aber das ist ein Kleinkalibergewehr, nur für den Schießsport. Das ist ein Sport, das Schießen, auch wenn es manche nicht glauben wollen.»

«Und Sie können gut schießen?», wollte Arno wissen.

«Ziemlich gut.» Gerling grinste und hob einen dicken Zeigefinger. «Aber auf Zielscheiben. Nur auf Zielscheiben.»

Arno lehnte sich zurück. «Wie lange kannten Sie Mehmed schon?»

«Kennen ist zu viel gesagt. Keine Ahnung. Eine Weile. Celle ist ein kleines Kaff, da läuft man sich halt über den Weg.»

«Haben Sie viele kurdische Freunde?»

«Wie gesagt, der war nicht mein Freund.»

«Sondern?»

«Ey», rief Gerling und knallte eine Hand auf den Tisch. «Sie wollen mir ständig das Wort im Munde umdrehen. Ist das verboten, mit denen zu reden, oder was? Hat die Polizei was gegen Ausländer, oder wie?»

Arno lächelte. «Nein, reden ist nicht verboten. Wo waren Sie am Abend des 1. Januar?»

«Am 1. Januar?» Gerling kratzte sich wieder an der Wange. «Bei meinem Bruder. Kann er Ihnen bestätigen.»

«Das glaube ich gern. Aber ein Alibi von Ihrem Bruder hilft Ihnen nicht viel.»

An der Tür klopfte es, dann steckte Heiner Pries, ohne auf Antwort zu warten, seinen erhitzten Kopf herein. «Arno», sagte er, «ich muss mit dir sprechen.»

«Wir sind gleich fertig.»

«Sofort.» Der Erste Hauptkommissar klang ungewöhnlich bestimmt, aber auch ein wenig nervös. Sein Kopf verschwand, die Tür blieb offen.

Arno seufzte und erhob sich. «Okay. Ich komme.» Er wandte sich an Müller. «Machen Sie hier bitte weiter.»

Pries wartete mit verschränkten Armen auf dem Flur, bis Arno die Tür geschlossen hatte. Neben ihm stand Ulf Mertens. «Wir haben Besuch vom Verfassungsschutz», sagte Pries dann leise, offenbar sollte ihn niemand hören. «Es geht um Ilhan Duman.»

«Was ist mit ihm?»

«Seine Akte, erinnerst du dich? Er war tatsächlich eine Art V-Mann. Jedenfalls hat er sich angeboten.»

Arno verstand nicht. «Was hat der Verfassungsschutz damit zu tun, wenn Ilhan Duman V-Mann in der Drogenszene war?», fragte er verwirrt.

Pries trommelte mit den Fingern auf seine muskulösen Oberarme und schüttelte den Kopf, als könnte er auch nicht mehr folgen.

Ulf Mertens straffte seine Schultern. «Das ist der springende Punkt», sagte der Kommissar. «Er hat sich als V-Mann angeboten, aber nicht für die Drogenszene. Sondern im Bereich Ausländerextremismus.»

Pries starrte Arno mit großen Augen an. «Verstehst du? PKK und so.»

22

«Wir sprechen heute nicht mehr von der PKK, sondern vom Volkskongress Kurdistans, kurz KONGRA GEL, der nach einer zweifachen Umbenennung aus der Arbeiterpartei Kurdistans hervorgegangen ist. Allerdings muss man diese Umbenennung als reine Verschleierungstaktik bezeichnen.»

Das Niedersächsische Landesamt für Verfassungsschutz war in Person von Dr. Susanne Wilbert in der Celler Polizeiinspektion erschienen, eine streng wirkende Frau mit einem leicht süddeutschen Akzent, bei der man sich nicht entscheiden konnte, ob sie Mitte dreißig und vorzeitig gealtert war oder Mitte fünfzig war und sich gut gehalten hatte. Die ranghohe Mitarbeiterin des Dezernats 22 für Ausländerextremismus und -terrorismus saß neben der zuständigen Staatsanwältin Astrid Klein an der Stirnseite des langen Tisches im Konferenzzimmer und hatte die Angewohnheit, beim Sprechen knapp über den Scheitel ihrer Zuhörer zu schauen, was entweder Ausdruck von Überheblichkeit oder Unsicherheit war, vielleicht aber auch nur an ihrer beachtlichen Körpergröße lag.

«Wie Sie wissen werden», fuhr sie in freier Rede fort, «ist die PKK 1978 von Abdullah Öcalan in der Türkei gegründet worden. Apo, Onkel, wie ihn seine Anhänger verniedlichend nennen, war verantwortlich für unzählige gewaltsame Anschläge und Übergriffe, deren Ziel ein freies, eigenständiges Kurdistan war und denen Tausende von Menschen nicht nur in der Region, sondern auch in Touristenzentren zum Opfer gefallen sind.

Nachdem Öcalan 1999 in Nairobi festgenommen und zu einer lebenslangen Freiheitsstrafe wegen Hochverrats verurteilt worden ist, die er in einem eigens für ihn unterhaltenen Hochsicherheitsgefängnis auf der Insel Imrali im Marmara-Meer verbüßt, ist es in der PKK zu einem Strategiewechsel gekommen, in dessen Verlauf auch die Partei umbenannt worden ist.

2002 wurde die Auflösung der PKK und die Gründung des KADEK bekannt gegeben, des Freiheits- und Demokratiekongresses Kurdistans. Ein Jahr später wiederum wurde der KADEK aufgelöst und der KONGRA GEL gegründet. Das sollte als kurze Zusammenfassung genügen. Es ist also viel Bewegung in dieser Szene, wie Sie sehen.»

«Und der KONGRA GEL ist auch in Deutschland aktiv?», fragte Polizeidirektor Sörensen.

«Ja, genauso wie vorher die PKK», antwortete Dr. Wilbert. «Im Bundesgebiet hat der KONGRA GEL zurzeit etwa 11500 Mitglieder, allein in Niedersachsen sind es 1500. Er gibt eine Tageszeitung heraus, die *Özgür Politika*, Freie Politik, die allerdings nach einem zeitweiligen Verbot nun als *Yeni Özgür Politika*, Neue Freie Politik, erscheint. Freilich mit den zentralen Themen wie zuvor: die Situation der Kurden, die als demütigend empfundenen Haftbedingungen Öcalans sowie die Aktivitäten des KONGRA GEL. Daneben kursieren zahlreiche andere agitative Publikationen wie *Roja Kurdistane*, Sonne Kurdistans, oder *Ronahi*, was so viel wie Licht heißt. Der direkte Kontakt des KONGRA GEL zur kurdischen Bevölkerung erfolgt über den Zusammenschluss der Kurdischen Vereine in Deutschland, YEK-KOM, der überall Ortsvereine unterhält.»

Bei der Erwähnung von Ronahis Namen musste Arno schlucken. Anfänglich hatte er noch Probleme gehabt, sich nach der Vernehmung von Holger Gerling auf die doch sehr theoretischen Ausführungen der Frau vom Verfassungsschutz zu konzentrieren. Nun aber war ihm, als schleiche sich eine unüberschaubare Dimension in seinen Fall ein. Gerade war er noch der Spur eines Kleinkriminellen gefolgt, jetzt kam die Politik ins Spiel. Er erinnerte sich daran, wie Ronahi in seiner Küche gesessen hatte und von ihrem Kampfnamen gesprochen hatte. Und er musste daran denken, dass Dosto, den er immer noch nicht im Krankenhaus besucht hatte, beim Kurdischen Kulturverein arbeitete. «Sie hatten einen Strategiewechsel erwähnt», sagte er schnell, um sich seine Verwirrung nicht anmerken zu lassen.

Dr. Wilbert nickte. «Zeitgleich mit der Auflösung der alten PKK kündigte man an, die militärischen Auseinandersetzungen mit der Türkei zu beenden und fortan einen rein politischen Kampf zu führen. Nach heutiger Lage betrachtet, war dieser Strategiewechsel wohl nur eine Absichtserklärung. Denn schon Mitte 2004 haben die Volksverteidigungseinheiten, der militärische Arm des KONGRA GEL, den seit 1998 anhaltenden einseitigen Waffenstillstand mit der Türkei wieder aufgehoben.»

«Es gibt also wieder Anschläge?», wollte Arno wissen.

«Noch nicht», entgegnete sie. «Man muss die aktuelle Lage im Irak bedenken. 2005 entstand eine eigenständige Verwaltung für einen Teil des kurdischen Siedlungsgebietes im Nordirak, und zwar ohne Beteiligung des KONGRA GEL. Das über die Jahre angestrebte Ziel, ein eigenständiges ‹Kurdistan› zu schaffen, kann also nicht mehr verwirklicht werden. Stattdessen wolle man sich, so lautet die offizielle Sprachregelung, für tiefgreifende Reformen innerhalb der betroffenen Staaten einsetzen.» Sie hielt inne und schaute in die Runde.

«Was bedeutet das?», fragte Sörensen.

«Das bedeutet, dass der KONGRA GEL befürchtet, an

den Rand gedrängt zu werden. Für die Organisation steht der kurdische Nationalismus auf dem Spiel. So hält ein harter Kern der kurdischen Guerilla am alten Ziel fest und versucht es weiterhin mit gewaltsamen Mitteln zu erreichen. Das Rückzugsgebiet dieser *Peshmerga* sind die Berge im Nordirak an der Grenze zur Türkei. Man befürchtet, dass es in dieser Region zum Krieg kommen könnte, in den die Türkei, der Irak und die USA verwickelt werden: Die Türken sind schon früher auf irakisches Staatsgebiet vorgedrungen, um die Peshmerga zu bekämpfen. Die neue irakische Führung wird das jedoch nicht hinnehmen. Und die Amerikaner engagieren sich im Irak und schützen die Kurden. Problematisch ist allerdings, dass die Türkei ein wichtiges NATO-Mitglied ist.»

«Was hat das nun alles mit uns zu tun?», fragte Heiner Pries. «Ich meine, wir sind weit weg von der Türkei oder dem Irak, oder?»

Dr. Wilbert starrte ungerührt auf den schütteren Scheitel des Ersten Hauptkommissars, dessen Gesicht daraufhin noch röter wurde. «In Deutschland lebt die größte kurdische Gemeinde außerhalb ihres eigentlichen Siedlungsgebietes», sagte sie. «Die PKK hatte in unserem Land schon immer einen starken Zulauf. 1993 wurde ihr vom Bundesministerium des Inneren untersagt, sich im Bund zu betätigen. Dieses Verbot gilt auch für den KONGRA GEL. In letzter Zeit haben wir bemerkt, dass wieder verstärkt Funktionäre und Guerilla nach Deutschland kommen, um Spenden für den Kampf einzutreiben und Freiwillige zu rekrutieren. Oft mit Druck, Drohungen und Repressalien. Und hier kommt Ilhan Duman ins Spiel.» Sie hielt inne und zog zum ersten Mal die dicke Akte zu Rate, die vor ihr lag. «Im letzten Herbst hat die Polizei in Hannover Ilhan Duman erneut wegen Drogenhandels aufgegriffen. Er hatte keine große Menge bei sich, aber dieses Mal hätte er wie sein Bruder ins Gefängnis kommen können.»

«Und da hat er sich als V-Mann angeboten?»

«Wir sprechen in diesem Stadium noch nicht von Vertrauenspersonen. Aber er hätte ein Informant sein können. Informanten dürfen, wie Sie wohl wissen, nur in Anspruch genommen werden, wenn die Aufklärung sonst aussichtslos oder wesentlich erschwert wäre. Im Bereich Ausländerextremismus ist es sehr schwer, Informationen zu erhalten. Besonders in der kurdischen Gemeinde, die extrem abgeschottet lebt und undurchlässig ist. Wir haben so gut wie keine Möglichkeit, in sie einzudringen und Informationen zu gewinnen.»

Müller beugte sich über den Tisch und sah die Frau vom Verfassungsschutz herausfordernd an. «Und deshalb ist er wegen der Drogensache straffrei ausgegangen?»

Sie zuckte mit den Achseln. «Ich sagte ja, die Menge war nicht allzu groß. Er ist sozusagen auf Bewährung und steht unter Beobachtung.»

«Hat er Ihnen denn Informationen geliefert?», fragte Arno. «Ich meine, Sie müssen ja irgendeinen Grund gehabt haben, auf sein Angebot einzugehen.»

«Sie werden verstehen, dass ich Ihnen darüber keine Einzelheiten verraten darf», entgegnete sie kühl. «Sagen wir, Ilhan Duman hat uns von bestimmten Praktiken berichtet, deren sich der KONGRA GEL bedient. Aber allein einen Informanten in der abgeschlossenen kurdisch-yezidischen Gemeinde zu haben, ganz gleich in welcher Position, ist eine erhebliche Hilfe für unsere Arbeit.»

«Hat er Namen genannt?», wollte Sörensen wissen.

«Nein. Wir sind auch noch nicht in der Phase, in der wir einschätzen können, ob und inwieweit er uns von Nutzen sein kann. Möglich, dass er sich übernommen hat. Aber wie gesagt, wir haben in dieser Szene keine andere Wahl, als jedes Angebot zumindest zu überprüfen.»

«Entschuldigen Sie, aber warum erfahren wir das erst

jetzt?», fragte Arno, was die Staatsanwältin Klein zum ersten Mal dazu brachte, ein Lebenszeichen von sich zu geben. Sie räusperte sich, wobei nicht ganz ersichtlich war, ob es vorwurfsvoll oder entschuldigend gemeint war.

«Zwei Gründe», sagte Dr. Wilbert. Wieder war keine emotionale Regung in ihrem Gesicht zu erkennen. «Erstens sind wir unterbesetzt und die Amtswege lang, zweitens war ich bis gestern in Urlaub.»

Es entstand eine kurze Stille. Jeder schien das zu verarbeiten, was er gerade erfahren hatte. «Was hat das nun mit dem Mord an seinem Bruder zu tun?», fragte Pries nach einer Weile.

Arno sah ihn an und fragte sich, ob er vergessen hatte, dass er selbst noch am Vortag diese Frage aufgeworfen und letztlich beantwortet hatte.

Dr. Wilbert faltete ihre Hände auf dem Tisch und schaute über die Köpfe hinweg. «Der Bruder ist mit Ilhan Dumans Wagen unterwegs gewesen, und er ist erschossen, ja, sagen wir ruhig hingerichtet worden. Es ist möglich, dass jemand von Ilhan Dumans Offerte erfahren hat. Aus diesem Grund ist nicht auszuschließen, dass er das eigentliche Ziel des Anschlages gewesen und der Bruder nur zufällig zum Opfer geworden ist. Und das heißt, dass der oder die Täter aus einer gefährlichen, extremistischen Gruppierung kommen können.» Sie blätterte lustlos durch die Akte. «Wie ich sehe, haben Ihre Ermittlungen noch zu keinem anderen gesicherten Ergebnis geführt.»

Wie aufs Stichwort klingelte Arnos Handy. Dieses Mal warf ihm Astrid Klein einen eindeutig vorwurfsvollen Blick zu. Auf dem Display sah er, dass es Gerd Stockmann war. Wer weiß, vielleicht versorgte ihn der Leiter der Spurensicherung endlich mit ‹gesicherten Ergebnissen›. Arno entschuldigte sich, verließ eilig den Raum und ging in sein Büro.

«Was gibt's?»

«Das mit den Hundekeksen hat nur halb geklappt», sagte Stockmann, und man hörte ihm an, dass er außer Atem war.

«Halb? Wie meinen Sie das?»

«Wir haben die Köter mit den Keksen zwar aus den Zwingern locken können, aber dann ist einer auf einen Kollegen losgegangen. War nicht mehr zu bremsen, das Vieh.»

«Und dann?»

«Wir hatten keine andere Wahl.» Der Leiter der Spurensicherung seufzte auf. «Wir haben sie erschossen.»

Arno schluckte. «Erschossen?»

«Was sollten wir tun?», entgegnete Stockmann aufgebracht.

«Schon gut. Wie viele waren es?»

«Drei», antwortete Stockmann etwas ruhiger. «Wie gesagt, wir hatten keine andere Wahl. Die hätten uns zerfleischt. Aber immerhin hatten Sie recht mit dem Zwinger.»

«Haben Sie etwas gefunden?», fragte Arno, aber die Freude darüber, dass sein Instinkt ihn offenbar nicht betrogen hatte, war gedämpft.

«Ja, haben wir», sagte Stockmann. «Aber nicht das, was Sie denken, nehme ich an.»

Arno stöhnte auf. «Herr Stockmann, ich …»

«Okay, okay», sagte der Leiter der Spurensicherung schnell. «Statt eines Gewehrs oder einer anderen Waffe haben wir in den Hundehütten fünf fein säuberlich verpackte Navigationsgeräte gefunden. Genau solche, wie Silvesternacht in der Stadt geklaut worden sind.»

Arno starrte aus dem Fenster. Auf dem Paradeplatz des Landgestütes drehte eine Kutsche ihre Runde. Der Atem der Pferde hing wie ein Wattebausch vor den Nüstern. «Wir waren also auf der falschen Spur», murmelte er.

«Enttäuscht?», fragte Stockmann. «Damit haben Sie immerhin einen anderen Fall geklärt. Die zuständigen Kollegen werden sich freuen.»

«Danke, dass Sie sich gleich gemeldet haben», sagte Arno, drehte sich vom Fenster weg und beendete das Gespräch.

Als er nachdenklich zur Versammlung zurückkehrte, sah er, dass Dr. Wilbert bereits aufbrach. Gemeinsam mit der Staatsanwältin marschierte sie auf dem Flur an ihm vorbei zum Fahrstuhl. Beide hielten es anscheinend nicht für nötig, sich von ihm zu verabschieden. Im Konferenzzimmer stand Arno vor den betretenen Gesichtern seiner Kollegen, die auf ihren Stühlen hingen wie eine Gruppe Schüler, denen gerade die Nichtversetzung mitgeteilt worden war.

«Was ist los?», fragte er.

Heiner Pries winkte ab. «Du hast ja gehört, was die Dame gesagt hat», meinte er.

«Und was bedeutet das nun für uns?»

«Abzug von den Ermittlungen», entgegnete der Erste Hauptkommissar. «Das LKA übernimmt den Fall. Oder hat ihn wahrscheinlich schon übernommen.»

«So einfach?»

«Nicht ganz.» Müller kippelte mit seinem Stuhl zurück und verschränkte die Hände hinter seinem langen Nackenhaar. «Frau Doktor ließ noch durchblicken, dass wir ja auch mit den Ausschreitungen vor zwei Tagen nicht allein klargekommen wären. Wenn ich das vorher gewusst hätte, hätte ich heute Morgen kein SEK aus Hannover angefordert. Dann hätte ich diesen Gerling eigenhändig aus seiner Baracke geprügelt.»

Selbst das Diebesgut der Silvesternacht haben wir nur zufällig gefunden, dachte Arno, noch dazu mussten dafür drei Hunde erschossen werden. Aber er hatte keine Lust, jetzt davon zu berichten. Er sah Sörensen an, als könnte der etwas an der Entscheidung ändern. Obwohl der Polizeidirektor den

Kopf gesenkt hatte und die Augen hinter seiner Brille rieb, schien er den erwartungsvollen Blick zu spüren.

«Mir sind die Hände gebunden», sagte er und schaute müde auf. «Nehmen Sie es nicht persönlich und machen Sie das Beste draus. Es hat auch seine positive Seite. Gönnen Sie sich ein wenig Ruhe. Ich glaube, die kann nach den letzten Tagen jeder von Ihnen gebrauchen.»

Doch Arno gefiel es überhaupt nicht, in voller Fahrt ausgebremst zu werden. Er hasste es, wenn er eine Sache nicht zu Ende führen konnte. Selbst in jungen Jahren, als er für seine Vorgesetzten lediglich einzelne Spuren ausermitteln musste, statt eine Ermittlung zu leiten, war es unerträglich und beinahe schmerzhaft für ihn gewesen, einen Fall nicht bis zur Auflösung verfolgen zu können. Dieses Mal kam erschwerend hinzu, dass er das Gefühl hatte, auf ganzer Linie versagt zu haben. Obwohl er ausgelaugt und erschöpft war und sein Körper Ruhe brauchen konnte, würde das, was sich seit dem 1. Januar in seinem Kopf angesammelt und eingenistet hatte, nicht von einem Tag auf den anderen verschwinden. Die Ruhe würde nur eine äußerliche sein.

Dass es zudem eine trügerische war, die keine vierundzwanzig Stunden halten sollte, konnte er in dem Moment nicht wissen. Aber wenn er in die Zukunft hätte blicken können, hätte es ihn nicht froher gestimmt.

Die Endgültigkeit

23

Provinz Dohuk, Irak, März 1987

In der letzten Nacht, die Nasira gemeinsam mit ihren Angehörigen verbrachte, lag sie unter freiem Himmel am Ufer des Großen Zab und bekam kaum ein Auge zu. Obwohl es bitter kalt war, wagte der Onkel es nicht, ein Feuer zu machen. Hinter dem steten Plätschern des Flusses schien jederzeit eine Bedrohung zu lauern, und auch der Wind, der durch das Geäst über ihrem Kopf rauschte, löste beängstigende Ahnungen aus. Zudem wurde die Tante ein ums andere Mal von heftigen Wehen und Krämpfen geplagt, die aber Gott sei Dank immer wieder abklangen, als hätte das Kind in ihrem Bauch die Hoffnung nicht verloren, das Licht der Welt erst in Sicherheit zu erblicken.

Als langsam der Morgen anbrach, war es eine Erlösung. Die Gruppe war kleiner geworden, denn die Zweifler hatten sich, ungeachtet der Gefahren, die auf sie warten könnten, am Vortag schließlich doch entschlossen, umzudrehen und in ihr Heimatdorf zurückzukehren. Sosehr der Onkel diesen Schritt bedauerte und davon überzeugt war, dass die früheren Nachbarn in ihr Verderben liefen, war er doch sichtlich froh, von einem Teil seiner Verantwortung befreit zu sein. Seine Annahme, dass sie nun zügiger vorankommen würden, bestätigte sich allerdings nicht. Nasira war nicht die Einzige, die Blasen an den Füßen hatte und bei jedem Schritt hätte aufschreien können. Auch hatten sie kaum noch etwas zu essen, und sie wagten es nicht, ein Feuer zu machen, um das Fleisch der Ziege zu braten. Bald wollte Ilhan, der kleine Cousin, an der Hand der schwangeren Tante nicht mehr aufhören zu weinen.

Noch dazu wurde das Tal immer enger und karger, je weiter sie nach Norden und an die Grenze kamen. Sie konnten nicht mehr am Ufer entlanggehen, sondern mussten sich einen Weg am steilen Hang suchen. Einmal, gegen Mittag, hörten sie Maschinenlärm und duckten sich verängstigt hinter einen Felsen. Doch am Himmel war außer ein paar Wolken, die träge dahinzogen, nichts zu sehen. Nach einer längeren Rast, in der sie sich nur mit dem Wasser des Flusses und ein paar Früchten erfrischen konnten, versprach der Onkel ihnen, dass es bis zur Grenze nicht mehr weit wäre. Sosehr sich die Flüchtlinge darüber freuten, jeder wusste auch von den Gefahren, die dort lauerten. Auf beiden Seiten würden Soldaten stehen, und sie mussten eine gute Stelle und Gelegenheit finden, um die unsichtbare Linie zu überschreiten.

Als die Abenddämmerung hereinbrach, sahen sie schon von weitem die schroffe Schlucht, durch die sich der Fluss schlängelte und an deren Hang eine Siedlung lag. Während sie vorsichtig darauf zugingen, hörten sie Fahrzeuge, die sich näherten, die sie aber nicht sehen konnten. Im Dorf vor ihnen aber entstand erkennbar Unruhe. Die Menschen schauten sich verängstigt um, rafften ihre Sachen zusammen und liefen davon. Türen wurden zugeknallt, nur noch ein paar Hunde streunten kläffend zwischen den Häusern herum. Dann bogen ein Jeep und zwei Lastwagen des Militärs um die Ecke und hielten auf dem Dorfplatz an.

Nasira und ihre Leute flohen hastig den Hang hinauf, liefen geduckt in einen Garten, durch dessen Bäume lautlos Fledermäuse segelten. Schließlich versteckten sie sich erschöpft hinter einer Steinmauer. Von dort sahen sie im Dämmerlicht, dass Soldaten von den Lastwagen sprangen und im Dorf ausschwärmten. Mit den Kolben ihrer Gewehre hämmerten sie gegen Türen und Fensterläden. Nach einer Weile wurden ein paar Männer auf den Platz gezerrt.

Zitternd vor Angst beobachtete Nasira, wie den Männern die Hände auf dem Rücken gefesselt wurden und sie sich vor einem halbrunden Erdwall auf die Knie niederlassen mussten. Ein Soldat schritt die Reihe der Gefesselten ab und steckte jedem eine kleine Schachtel in die Tasche ihrer Hemden, als würde er Zigaretten verteilen. Nachdem er damit fertig war, ging er zurück zu seinen Kameraden, die sich etwas abseits von dem Erdwall versammelt hatten. Nasira hielt den Atem an, so bedrohlich nah schienen ihr die Soldaten zu sein. Einer von ihnen hatte ein seltsames Gerät vor dem Bauch hängen, an dem er beinahe andächtig herumhantierte.

Die kleine Schwester begann zu weinen. Erschrocken legte Nasira ihr eine Hand auf den Mund. In dem Moment dröhnte ein lauter Knall durch die Schlucht, in dem ein gellender Schrei erstarb. Als Nasira wieder hinunter ins Dorf schaute, sah sie einen der Gefesselten verrenkt in seinem Blut liegen. Selbst von ihrem Versteck aus konnte sie das große Loch in seiner Brust erkennen. Während die Soldaten lachten, starrten die anderen Männer wie gelähmt auf den Toten. Plötzlich ertönte erneut ein Schrei, gefolgt von einem Schuss. Nasira wusste nicht mehr, woher der Lärm kam. Weiter oben, über ihren Köpfen, flackerten orangefarbene Lichter auf, lange Schatten zuckten am Abhang. Die Soldaten auf dem Dorfplatz hatten sich umgedreht und feuerten den Berg hinauf. Der Lärm hallte zwischen den Wänden der Schlucht umher, Schüsse peitschten von einer Seite zur anderen, und mitten in diesem Tosen steckten Nasira und ihre Leute fest.

Dort durften sie nicht bleiben. Unschlüssig schaute sich der

Onkel um und zeigte dann zum Fluss hinüber. Gebückt liefen sie durch die Bäume und Felsen den Abhang hinab, stolperten durch die Uferböschung und wateten in das reißende Wasser. Hinter ihnen war ein hitziges Gefecht ausgebrochen. Nasira versuchte, ihre kleine Schwester über den Fluten zu halten. Mitten im Fluss rutschte sie auf einem Stein aus und schrie panisch auf. Beide, Nasira und die Schwester, tauchten unter. Nasira konnte nicht schwimmen. Verzweifelt hielt sie mit einem Arm die Schwester fest und wirbelte mit dem anderen umher, um sich an der Oberfläche zu halten. Aber es war zwecklos, sie schluckte nur Wasser und wusste bald nicht mehr, wo oben und unten war.

Dann wurde sie mit einem Mal hochgerissen. Der Onkel! Er hatte die Tante bereits sicher ans andere Ufer geführt und war zurückgeeilt. Nasira schnappte nach Luft, der Onkel nahm ihr die Kleine ab und humpelte wieder zum Ufer. Gerade als er Nasira holen wollte, peitschten Schüsse am Ufersaum entlang. Während der Onkel hinter einem Baum in Deckung gehen musste, wurde Nasira erneut von einer Welle unter Wasser gedrückt. Prustend tauchte sie auf und paddelte mit den Armen wie ein Hund. Doch gegen die starke Strömung kam sie nicht an. Erschöpft ließ sie sich ein Stück treiben und sah über sich den dunklen Himmel vorbeiziehen. Nach einer Ewigkeit wurde sie vom Rückstrom einer Biegung ans Ufer gespült. Dort streckte sie die tauben Beine aus und taumelte platschend an Land. Frierend kauerte sie sich hinter ein Gebüsch, rang nach Atem und hob langsam den Kopf.

In der Ferne sah sie helle Lichter und hörte Schüsse durch die Schlucht peitschen. Sie war ein ganzes Stück vom Dorf und von der Grenze weggetrieben worden. Ihre Leute konnte sie nirgendwo sehen. Unsicher stolperte Nasira in Ufernähe durchs dichte Unterholz stromaufwärts. Dornen zerkratzten ihr das Gesicht. Auf Händen und Knien kroch sie zwischen

Wurzeln hindurch und über Gräben hinweg. Als sie kurz vor dem umkämpften Dorf war, gab der Boden plötzlich nach, und sie stürzte ins Dunkel hinab. Nasira fuchtelte wild mit den Armen umher und bekam einen Busch zu fassen. Starr vor Angst klammerte sie sich daran fest. Die Hände brannten, Blut lief ihr die Arme hinab. Ihr Herz hämmerte so stark, dass sie nichts anderes mehr hörte. Sie schaute nach unten, konnte in der Finsternis aber nicht erkennen, wie tief der Spalt war. Was, wenn er bis zum Mittelpunkt der Welt reichte? Was, wenn sich die Erde für immer über ihr schloss? Nach einer Weile konnte sie sich nicht mehr halten. Vorsichtig tastete sie mit einem Fuß nach unten und sank langsam tiefer. Als sie nichts unter sich spüren konnte, ließ sie den Busch los und rutschte hinab, bis sie auf den Boden der Spalte traf. Über ihr sah sie nur die undurchdringliche Nacht. Nasira atmete ein und aus, ihre Kehle war völlig ausgetrocknet. Doch allmählich beruhigte sie sich. Bis sie Stimmen hörte und trampelnde Schritte die Erde erzittern ließen.

Der Busch raschelte, in der Ferne kläffte ein Hund, dann war wieder eine Stimme zu hören, aber sie konnte sie nicht erkennen. War es der Onkel? Oder die Soldaten? Sie wusste nicht, was sie tun sollte. Wenn es der Onkel war, musste sie sich bemerkbar machen, sonst würde er sie niemals finden. Wenn es aber Soldaten waren, durfte sie keinen Laut von sich geben. Nasira kämpfte mit den Tränen. Aber dann erinnerte sie sich daran, dass sie stark sein wollte. Sie durfte jetzt nicht aufgeben. Ganz langsam kletterte sie an dem schroffen Stein Stück für Stück nach oben. Mit letzter Kraft packte sie den Busch und zog sich daran hoch. Nun konnte sie über den Rand der Felsspalte schielen. Alles war dunkel und plötzlich so still, als wäre sie ganz allein auf der Welt. Hatte sie sich getäuscht?

Doch als Nasira schließlich nach oben schaute, blickte sie direkt in die kalte Mündung eines Gewehrs.

24

Celle, Donnerstag, 5. Januar 2006

Mit dieser ausgelassenen Wiedersehensfreude hatte Arno nicht gerechnet. Fast zwei Wochen lang hatte er sie alleingelassen, doch als seine Hündin ihn wiedersah, kam sie sofort mit wild wedelnder Rute herangestürmt und sprang so ungestüm an ihm hoch, dass sie ihn beinahe zu Boden gerissen hätte. Sie schleckte ihm das kalte Gesicht ab, ließ sich das schwarze, dichte Winterfell kraulen und tänzelte aufgeregt um seine Beine, als wollte sie ihn mit aller Macht davon abhalten, wieder in den Wagen zu steigen und allein davonzufahren. Arno war überrumpelt und so gerührt, dass ihm die Tränen in die Augen stiegen. Vielleicht hatte die auch nur der eisige Wind verschuldet, doch in diesem Moment hatte er tatsächlich zum ersten Mal das Gefühl, wieder nach Hause zurückgekehrt zu sein.

Dabei versetzte ihn auch ohne dieses euphorische Wiedersehen jeder Besuch in dem Dorf, in dem Hans und Jutta lebten, in eine seltsam melancholische Stimmung. Allein, wenn er über die Landstraße durch den dichten Wald kam, die Bäume plötzlich aufhörten und der Ort hinter den Feldern vor ihm lag, war ihm oft ein Schauer über den Rücken gelaufen. Hier, am Ende der Welt, eingeschlossen vom größten Truppenübungsplatz Europas und einem riesigen Naturschutzgebiet, war Arno groß geworden, bevor seine Eltern in die Stadt gezogen waren. Seit ihn jedoch sein erster Fall in Celle in das Dorf geführt und ihm unliebsame Eindrücke hinter der scheinbaren Idylle eröffnet hatte, war dieses Gefühl ein wenig abgeflaut, und er hatte sich lieber ferngehalten.

Im Grunde beobachtete er diese Distanznahme nach jeder Ermittlung, selbst bei jenen, die ihn weder in seine Vergangenheit zurückführten noch direkt seinen Lebensbereich betrafen. Für eine bestimmte Zeit erhielt er durch die Arbeit einen intensiven Einblick in eine zumeist abgeschlossene Welt, die danach, wenn alles Verborgene, Verlogene und Verbotene aufgedeckt war, zu einer verbrannten Erde für ihn wurde. Er spürte, wie er den Menschen unangenehm wurde, weil er zu viel von ihnen erfahren hatte, und aus dem gleichen Grund wurden sie ihm unangenehm. Es war wohl das Kreuz, das ein Kriminalbeamter zu tragen hatte. Wenn man in einer Kleinstadt arbeitete, konnten deshalb die Orte, an denen man sich noch gerne aufhielt, schnell rar werden. Ehe man sichs versah, stand man im Abseits, in der Einsamkeit. Aber er war nicht hergekommen, um in Trübsal zu verfallen oder an die Arbeit zu denken. Ganz im Gegenteil.

Für diesen Tag hatte er sich freigenommen, vorausgesetzt, es gab keinen Notruf und das LKA verzichtete auf seine Unterstützung, wovon er nach seiner Erfahrung mit Beamten der Landeskriminalämter ausging. Und da sich mit Holger und Rüdiger Gerling nun die Kollegen des zuständigen Fachkommissariats für Eigentumsdelikte beschäftigen durften, war er bereits am vergangenen Nachmittag nicht mehr lange in der Polizeiinspektion geblieben. Um der Dienstordnung zu genügen und sich nicht unkooperativ zu zeigen, hatte er sich gemeinsam mit Müller und Mertens dazu aufgerafft, einen Bericht über die bisherigen Ermittlungen zum Fall Mehmed Duman zu verfassen. Am Ende war eine recht fragmentarische

Darstellung herausgekommen, deren dürftiger Umfang Arnos Gefühl verstärkte, versagt zu haben. Andererseits wusste er nicht, was sie sich vorwerfen konnten und wie sie unter den gegebenen Umständen zu umfangreicheren oder gesicherteren Ergebnissen hätten kommen können. Aber diese Erkenntnis hatte seine Laune nicht aufgeheitert.

Während ihm das Opfer im Grunde ein Rätsel geblieben war, hatte er in den wenigen Tagen eine Reihe Menschen kennengelernt, von denen einige, so glaubte er, gerade begonnen hatten, sich ihm zu öffnen. Er hätte gerne weiterermittelt, um zu erfahren, welche Rolle sie in dieser Geschichte spielten. Als Müller und Mertens ihn nach getaner Arbeit dazu überreden wollten, gemeinsam ein Feierabendbier zu trinken, hatte er nach kurzer Überlegung abgelehnt. Sie hätten nur düster wie der bedeckte Abendhimmel dagesessen und sich den Kopf über Dinge zerbrochen, die sie nun nichts mehr angehen sollten.

Letztlich hatte er zu Hause das Gleiche getan, nur eben allein. Ob das besser oder schlechter war, war eine andere Frage. Er hatte Hans und Jutta angerufen und sich bei den beiden für den nächsten Vormittag zum Frühstück angekündigt, nachdem ihm Jutta gesagt hatte, dass sie ihr Restaurant erst zum Abend öffnen wollten. Offenbar lohnte es sich in dieser Zeit nicht, mittags auf Gäste zu warten. Einen Augenblick hatte er überlegt, Aglaja anzurufen, hatte sich dann aber dagegen entschieden. Zwar vermisste er sie und Andrzej, aber ihm war auch klar geworden, dass nach allem, was vorgefallen war, nun er es war, der Abstand brauchte. Er hätte gar nicht gewusst, was er ihr sagen sollte, ohne wütend zu werden. So hatte er stattdessen gebadet und dabei zwei Flaschen Bier getrunken, die er sich zuvor an der Tankstelle gekauft hatte. Im Einklang mit dem heißen Bad hatten sie ausgereicht, um ihn schließlich in einen dämmerigen, aber traumlosen Schlaf zu schicken.

Am Donnerstagmorgen zeigte das Außenthermometer am Küchenfenster an, dass es noch kälter geworden war. Die Quecksilbersäule war nur noch bis minus acht Grad geklettert, dafür strahlte der Himmel zum ersten Mal seit Tagen klar und blau. Endlich hatte er wieder frische Sachen anziehen können, danach war er aufgebrochen, um durch die verschneite Landschaft zu fahren, die an diesem Tag und besonders je weiter er die Stadt hinter sich ließ, in all ihrer rauen Eintönigkeit auch beruhigend wirkte.

Nachdem Basta sich gezügelt und Arno ins Haus gelassen hatte, hatte er bei Hans und Jutta ein seltenes, ausgiebiges Frühstück genossen. Die Stimmung zwischen den beiden war besser als noch vor wenigen Tagen, Arno hatte den Eindruck, dass sie sich um Eintracht bemühten, vor allem Hans, der seine empfindliche Frau schnell mit seiner Sturheit und seinem Sarkasmus auf die Palme bringen konnte. Während Hans nach dem Frühstück die freie Zeit nutzen wollte, um die Unterlagen für seine Umsatzsteuer-Voranmeldung des letzten Monats zu bearbeiten, machten sich Jutta und Arno mit Basta zu einem ausgedehnten Spaziergang auf.

Am Rande des Dorfes, bevor die Sperrzone des Truppenübungsplatzes begann, befand sich ein weitläufiges Gebiet aus Fischteichen, die vor langer Zeit dort angelegt worden waren und heute ein Naturreservat bildeten. Eine Vielzahl seltener Vögel war dort heimisch, und in der Brutzeit hätte man einen Hund nicht frei herumlaufen lassen dürfen. Aus manchen Teichen stakten abgestorbene, nackte Bäume, dazwischen gab es ein verzweigtes Netz aus grasbewachsenen und mit Schilf gesäumten Wegen, auf denen man sich, wenn man sich nicht an die Sperrungen und Ausschilderungen hielt, leicht verlaufen konnte. Zu dieser Jahreszeit war es gespenstisch still in der wie erstarrt wirkenden Landschaft, sodass Arno schnell das Gefühl hatte, sie drei wären völlig aus Raum und Zeit katapultiert worden und in einer fremden oder zumindest am Ende der ihm bekannten Welt angelangt. In einer Welt, in der er sich, obschon sie rau und eisig kalt war, gerne länger aufgehalten hätte, um all dem zu entfliehen, was ihm in den letzten Tagen zu schaffen gemacht hatte.

Zudem genoss er es, nicht allein zu sein und trotzdem nicht reden zu müssen. Jutta hakte sich bei Arno ein, als sie dort gegen den steifen Wind gestemmt entlangmarschierten, während die schwarze, sich deutlich von dem weißen Mantel der Umgebung abhebende Schäferhündin ständig auf und ab lief, als wären die beiden ihre kleine Herde. Mal trottete sie einige Meter hinter ihnen her, wie um sie anzutreiben, mal eilte sie voraus, wie um den Weg zu weisen. Erst als sie an das andere Ende des Teichgebietes und an die Grenze der Sperrzone gelangt und zur Umkehr gezwungen waren, begann Jutta zu reden, und bald beschlich Arno das Gefühl, als hätte sie nur auf den richtigen Moment gewartet. Nämlich auf den, wenn sie so weit wie möglich von zu Hause entfernt sein würde.

«Wie geht es dir eigentlich damit, plötzlich allein zu sein?», fragte sie scheinbar unvermittelt.

«Ich hatte die ganze Zeit genug um die Ohren», entgegnete er.

«Ja, Arbeit», sagte Jutta. «Aber sonst?»

Arno zuckte mit den Achseln. «Ich weiß auch nicht. Ich meine, ich habe früher immer allein gelebt. Aber wenn man es erst einmal anders gewohnt ist, ist es nicht leicht.»

«Kann ich mir vorstellen. Glaubst du, dass Aglaja wieder zurückkommt?»

«Ehrlich gesagt, nicht.» Er erzählte ihr von Aglajas Anruf.

«Oje», sagte Jutta. «Das tut mir leid.»

«Wahrscheinlich habe ich selbst Schuld. Ich bin wohl im Grunde ein Einzelgänger. Auch wenn ich oft darunter leide.»

«Bist du dir sicher, dass du Basta wieder mitnehmen willst?»

Arno blieb stehen und schaute sich zu der Hündin um, die noch immer hinter ihnen am Schlagbaum des Übungsplatzes schnüffelte. «Tja», sagte er, «vielleicht ist sie hier tatsächlich besser aufgehoben und …»

Jutta gab ihm einen Klaps auf den Unterarm. «War nur Spaß», unterbrach sie ihn. «Ich habe sie gerne hier gehabt, aber sie gehört zu dir. Wirklich.»

Arno beobachtete Basta, die sich nicht von dem Schlagbaum losreißen konnte, als hätte sie dort eine Fährte aufgenommen oder als wollte sie weiter durch das gesperrte Gebiet ziehen. Während seine Füße eiskalt waren, machte ihr die Kälte offenbar nichts aus, sie schien hier draußen bei diesen Temperaturen erst richtig aufzuleben.

«Ich habe es dir nie gesagt», fuhr Jutta fort, «aber ich dachte von Anfang an, dass Aglaja nicht die Richtige für dich ist. Versteh mich nicht falsch, ich mochte sie, aber irgendwie habt ihr nicht zueinander gepasst.»

Arno drehte sich um. «Wirklich?»

«Aglaja hat sich hier nicht wohl gefühlt», sagte Jutta.

«Hat sie dir das erzählt?»

«Nein, aber ich habe es gemerkt. Sie ist hier eine Fremde geblieben, und wenn du mich fragst, hat sie auch nicht daran gearbeitet. Sie hätte mehr Aufmerksamkeit gebraucht, als du ihr geben konntest. Das meine ich nicht böse. Wahrscheinlich hätte das niemand gekonnt. Sie war nicht so eigenständig, hatte ich den Eindruck, und hat alles von dir abhängig gemacht. Vielleicht war sie einfach zu jung.»

«Oder zu weit weg von zu Hause», entgegnete Arno. Er rief nach Basta, die sofort aufschaute, herangeprescht kam und vorauslief. Die beiden folgten ihr.

«Vielleicht», meinte Jutta. «Auf jeden Fall kam sie mir ziemlich labil vor, während du mit beiden Beinen im Leben stehst.»

«Tue ich das?»

«Natürlich. Du weißt, wo du hingehörst, und hast einen Beruf, der dich ausfüllt.»

Darüber war sich Arno im Moment nicht so sicher, er hatte aber keine Lust, darüber zu reden. Seit geraumer Zeit hatte er das Gefühl, sich über nichts mehr im Klaren zu sein, und das Gespräch verschlimmerte es nur. Eine Weile gingen sie schweigend nebeneinanderher.

«Du hast wahrscheinlich gemerkt, dass es zwischen mir und Hans auch nicht gerade gut läuft», sagte Jutta dann.

«Das ist doch kein Wunder, wenn ihr mal eine Krise habt», meinte Arno, froh, dass sie nicht mehr von ihm sprach. «Ihr lebt zusammen, ihr arbeitet zusammen. Und das über eine so lange Zeit.»

«Fast dreißig Jahre, so früh haben wir angefangen», erzählte Jutta. «Ich war einundzwanzig, als wir uns selbständig gemacht haben, Hans vierundzwanzig. Von da an hieß es nur noch Arbeit. In dem Alter gehen die Leute heute in die Disco und machen sich ein schönes Leben.»

«Siehst du. Und in all der Zeit seid ihr zusammen gewesen und habt auch noch gemeinsam etwas auf die Beine gestellt.»

«Vielleicht waren wir nur so lange zusammen, weil wir das Restaurant hatten. Und jetzt läuft auch das nicht mehr richtig. Da stellt man sich schon die Frage, wofür man eigentlich das ganze Leben lang kämpft.»

Wofür man sein Leben lang kämpft, wiederholte Arno im Geiste. Das Wort Kampf hatte er in den letzten Tagen häufig gehört. Von dem Soldaten Peel, von Ronahi, von der Blonden in der *Märkischen Botschaft*, die an Liebeskummer litt. Das ganze Leben ein Kampf. «Das wird schon wieder», sagte er matt. «Ihr schafft das, meinst du nicht?»

«Ich weiß nicht», erwiderte Jutta. «Das Restaurant hat uns verbunden und abgelenkt. Abgelenkt vom Eigentlichen. Also von uns. Wir hatten immer etwas Geschäftliches zu besprechen. Aber wann haben wir mal über uns gesprochen?»

«Ich habe es immer bewundert, wie ihr das zusammen hinkriegt», sagte Arno. «Ehrlich.»

«Du weißt, dass ich gerne ein Kind gehabt hätte. Aber das haben wir nicht hingekriegt. Wir konnten zusammen ein Restaurant führen, aber zu mehr hat es nicht gereicht.»

«Letztlich kann man nichts dagegen machen, oder? Ich wollte nie ein Kind, und jetzt habe ich einen Jungen.»

«Könnte man schon.» Jutta seufzte. «Aber du kennst ja Hans. Ein Sturkopf, wie er im Buche steht.»

«Genau wie ich. Scheint in der Familie zu liegen.»

«Ich kannte dich schon, da warst du zwölf Jahre alt, Arno. Damals waren zehn Jahre Altersunterschied eine Menge. Aber schon damals konnte ich mit dir besser reden als mit Hans.»

Komisch, dachte Arno, manchmal fühlte er sich Jutta gegenüber noch immer wie der zwölfjährige Junge. «Das erzähl mal Aglaja», sagte er.

Sie ging nicht darauf ein. «Was ich wollte oder was in mir vorging, war Hans im Grunde schon immer egal», fuhr sie fort. «Nur wenn er Angst bekommen hat, allein dazustehen, ist er mal auf mich eingegangen. Aber immer nur für eine Weile. Dann ging der Trott von vorne los.»

«Gab es schon mal eine Situation, in der du dich trennen wolltest?»

«Eine?» Sie vergrub lachend ihr Kinn in ihren dicken Schal, als wollte sie die Aussage abschwächen, doch das Lachen erreichte ihre Augen nicht. «Aber es war nie ernst. Mein Verantwortungsgefühl hat mich immer davon abgehalten. Ich dachte bisher immer, ich könnte nicht so einfach gehen. Es hing so viel damit zusammen. Das Haus, das Restaurant.»

Sie redet schon in der Vergangenheit, fiel Arno auf. «Siehst du das jetzt anders?», fragte er.

Jutta blieb stehen und sah ihn an. «Kennst du die Legende der Zwölf Nächte?»

«Die Zeit zwischen Weihnachten und dem Dreikönigstag?»

«Genau», sagte sie nickend. «Früher hat man zum Dreikönigstag auch Zwölfte Nacht gesagt. Man kennt ja heute nur noch das Bild von den Heiligen Drei Königen aus dem Morgenland, die bei der Geburt von Jesus dem Stern bis zum Stall in Bethlehem folgten und Geschenke brachten. Aber früher, also ganz früher, endete mit der Zwölften Nacht die Zeit zwischen den Jahren, und das war eine Zeit der Spukgeister und der sogenannten Lostage.»

«Wo hast du das denn her?»

Sie machte ein etwas beleidigtes Gesicht. «Das hat mir früher schon meine Mutter erzählt.»

«Erzähl weiter», ermunterte Arno sie. Er war gespannt, worauf sie hinauswollte. «Was sind Lostage?»

«Nach altem Volksglauben hat man in diesen zwölf Tagen zwischen den Jahren das Wetter für die zwölf Monate des neuen Jahres vorausgesagt. Es war eine Zeit der Vorbestimmung. Auch die Träume in der Zeit galten als Vorhersehung.» Jutta hielt inne und ließ ihren Blick in die Ferne schweifen. Allmählich begann Arno zu ahnen, was sie sagen wollte.

«Was man in dieser Zeit träumt», fuhr sie fort, «wird wahr, dachte man damals.» Sie schaute ihn mit ernstem Blick an. «Und ich habe gestern geträumt, ich wäre allein. Ich habe mich zum ersten Mal allein gesehen, verstehst du? Nicht als verheiratete Frau, sondern als Frau, die ganz allein und ohne Bindung durch die Welt geht. Und das Schlimme daran ist: Es hat mir gefallen, der Traum hatte ein gutes Gefühl ausgelöst.»

Arno betrachtete sie skeptisch. «Ich kann mir vorstellen, dass es dich verwirrt, aber glaubst du wirklich daran?», fragte er, doch die Antwort blieb Jutta ihm schuldig. Denn in diesem

Moment durchbrach das Klingeln seines Handys die Stille und Ruhe in dieser verlassenen Gegend und schreckte selbst Basta auf. Und während er mit klammen Fingern das Telefon aus seiner Manteltasche angelte, fragte er sich verärgert, warum es nicht einmal mehr in der Einöde ein Funkloch gab.

«Wir haben ein Problem», sagte Oberkommissar Müller.

«Was für eins?»

«Können Sie sich noch an diesen Dr. El Tahir vom Krankenhaus erinnern? Wir hatten mal mit ihm zu tun.»

Mit dem Arzt war Arno erst vor wenigen Tagen im Krankenhaus beinahe zusammengestoßen. «Was ist mit ihm?»

«Tja, er ist verschwunden.»

«Verschwunden? Seit wann?»

«Er ist heute Morgen nicht zur Arbeit erschienen. Obwohl er für den ganzen Vormittag einen vollen Operationsplan hatte.»

Arno schaute auf das Display seines Handys. Es war erst kurz nach ein Uhr Mittag. «Und? Er ist ein erwachsener Mensch. Wenn er blaumachen will, können wir nichts dagegen unternehmen, oder?»

«Meine Worte. Aber mal abgesehen davon, dass der Doktor als äußerst zuverlässig gilt und bisher anscheinend noch keinen Tag bei der Arbeit gefehlt hat, ist seine Frau völlig aus dem Häuschen.»

«Was heißt ‹aus dem Häuschen›?»

Müller stöhnte auf. «Mein Gott, was heißt ‹aus dem Häuschen›. Die Frau dreht durch. Sie meint, sie hätte das schon mal durchgemacht.»

Arno wandte sich zu Jutta um, die Basta streichelte und über die spiegelglatte Oberfläche eines zugefrorenen Teiches starrte. «Sie hat das schon mal durchgemacht?», fragte er verwirrt. «Also ist er doch schon mal abgehauen?»

«Nein, nicht er», entgegnete Müller. «Die Tochter, soweit ich verstanden habe. Und das ist wohl nicht gut ausgegangen.»

25

Die Frau, die ihnen öffnete und durch den schmalen Türspalt in die Kälte blinzelte, kam Arno so winzig vor, dass er das Gefühl hatte, auf ein Kind hinabzuschauen. Sie legte den Kopf in den Nacken, und als er in ihre Augen blickte, sah er ihre Angst.

«Frau El Tahir?», fragte er.

Sie nickte.

«Ich bin Hauptkommissar Hennings, das ist mein Kollege Oberkommissar Müller.»

«Haben Sie Ausweis?»

Arno wandte sich zu Müller um, dann zogen beide ihre Ausweise hervor und hielten sie der Frau hin. Sie betrachtete die Plastikkarten eine Weile, entfernte zitternd die Kette aus der Verriegelung und machte die Tür weiter auf.

Es war später Nachmittag geworden, als Arno mit Müller Dr. El Tahirs schmuckloses, aber luxuriöses Flachdachhaus in Boye betrat. Das kleine Dorf grenzte im Westen direkt an Klein Hehlen, wo seit kurzer Zeit die Dumans wohnten, und wenn man die dortigen Bewohner gerne für feine Leute hielt, so musste man die Boyer wohl als Snobs bezeichnen. Arnos Rückweg nach Celle hatte ihn zwar direkt durch diesen Stadtteil geführt, doch vorerst hatte er andere Dinge erledigen müssen, und die Wege waren weit in dieser Gegend.

Nach dem Anruf war er mit Jutta eilig zwischen den Teichen

zurückgelaufen. Sie hatte nur kurz gefragt, was los sei, und danach weder weitere Fragen gestellt noch ihr Gespräch wiederaufgenommen. Als sie bei seinem Cousin angekommen waren, hatte Arno es insgeheim Basta überlassen, ob er sie dort ließ oder mitnahm. Wenn die Schäferhündin Jutta gefolgt wäre, hätte er ihren Aufenthalt auf dem Land verlängert. Da sie aber, kaum auf dem Grundstück angelangt, nicht von seiner Seite gewichen war, hatte er nach einer schnellen Verabschiedung die Heckklappe des Volvos geöffnet und mit einer Mischung aus Rührung und Bedauern beobachtet, wie sie ohne Zögern schwanzwedelnd in den Wagen gesprungen war.

Sein Bedauern wuchs sich in Celle zu einem schlechten Gewissen aus, denn bei der Aufgabe, die ihm bevorstand, würde er sich nicht um Basta kümmern können. Ihm blieb nichts anderes übrig, als sie nach Hause zu bringen, ihre Näpfe hervorzuholen und mit Wasser und Fressen zu füllen, dann musste sie allein auf ihn warten. Wer weiß, dachte Arno, vielleicht hatte die Schäferhündin in der Zeit ihrer Abwesenheit vergessen, dass Aglaja nicht mehr da war, und eigentlich nicht ihn vermisst, sondern eben Aglaja, die fast genau zwei Jahre jeden Tag für sie da gewesen war. Diese zermürbenden Gedanken beiseiteschiebend, war er schließlich in die Polizeiinspektion gefahren, um Müller abzuholen und mehr Einzelheiten zu erfahren.

Warum verschwand ein Mensch? Arno hatte schon lange nichts mehr mit einer Vermisstenmeldung zu tun gehabt, wenn er mit Verschwundenen konfrontiert gewesen war, dann mit Verdächtigen im Rahmen einer Mordermittlung. In größeren Städten bestanden spezielle Dezernate für die Suche nach Vermissten. Dennoch wusste er, dass es auf diese Frage im Prinzip nur vier mögliche Antworten gab: Der fragliche Mensch wollte sich umbringen, er war Opfer einer Straftat geworden, er war in einen Unglücksfall verwickelt oder irrte hilflos umher, was vor allem auf ältere Menschen zutraf. Andere

Gründe existierten für die Behörden nicht. Ein Erwachsener konnte selbst über sein Leben bestimmen, daher musste schon eine konkrete Gefahr für Leib und Leben bestehen, um eine Suche in Gang zu setzen. Sonst war die Trauer der Angehörigen, so brutal das auch klang, vergeblich.

Arno kannte Dr. El Tahir im Grunde nicht, er hatte lediglich vor einigen Jahren im Verlauf einer Ermittlung ein paarmal mit ihm gesprochen. Die Stadt war zwar klein, das hieß aber noch lange nicht, dass man sich dort nicht aus den Augen verlieren konnte. Dem Namen und dem Äußeren nach war er Ausländer, Araber wahrscheinlich, aber mehr wusste Arno nicht. Von den vier Gründen, warum jemand verschwand, konnte er spontan eigentlich nur den des Umherirrens ausschließen. El Tahir war noch zu jung, den Akten nach fünfundvierzig Jahre alt, außerdem war er Mediziner.

Natürlich hätte man die Reaktion der Ehefrau als hysterisch und übertrieben abtun können, wenn da nicht der Hinweis auf die Tochter gewesen wäre. Denn obwohl El Tahir mit dem besagten Fall in der Vergangenheit nur insofern zu tun gehabt hatte, dass er einen Verdächtigen behandelt hatte, war Arno von dieser Begegnung vor allem in Erinnerung geblieben, dass sich der Arzt sehr um seine Tochter gesorgt hatte, die, wenn Arno nicht irrte, in den Drogensumpf abzurutschen drohte. Und nun hatte Müller angedeutet, dass das Verschwinden dieser Tochter, vorausgesetzt, es gab nur eine Tochter, keinen guten Ausgang genommen hatte. Was auch immer diese Information im Detail bedeuten mochte, sie hatte eine vage Assoziation in Arno ausgelöst und seine Neugier in einem solchen Maße geweckt, dass er mehr wissen wollte.

In der Polizeiinspektion berichtete ihm Oberkommissar Müller, dass Dr. Rashid El Tahir, so sein voller Name, wie jeden Morgen mit seinem Wagen ins Allgemeine Krankenhaus gefahren, dort aber nie angekommen war. Sein Mobiltelefon war ausgeschaltet. Außerdem hatte der Kollege bereits herausgefunden, dass der metallic silberne BMW weder in Celle noch in den angrenzenden Landkreisen in einen Unfall verwickelt gewesen war und der Arzt auch mit keinem anderen Unglücksfall in Beziehung gebracht werden konnte. Noch war keine Fahndung nach ihm ausgeschrieben worden. Dass seine Ehefrau beunruhigt war, war verständlich, bedeutete aber noch lange nicht, dass El Tahir Opfer einer Straftat geworden war. Schwierig war nur, ihr das klarzumachen.

Die kleine Frau zitterte am ganzen Leib, als sie die beiden Polizisten ins Haus führte. Wenn Arno angesichts der Herkunft des Arztes mit einem orientalischen Flair gerechnet hatte, so wurde er enttäuscht. Das gesamte Haus strahlte eine undefinierbare Sachlichkeit und dadurch eine äußerst kühle Atmosphäre aus. Durch eine geräumige Diele, die Arno an Ladenlokale von Telekommunikationsfirmen erinnerte und in der jeder Schritt hallte, gelangten sie in das riesige, helle Wohnzimmer. Hinter den breiten Fenstern konnte man über eine quadratische, mit Schnee bedeckte Rasenfläche direkt auf den Bruchbach schauen, der das Dorf Boye durchschnitt. Bestimmt gab es in solchen Gebäuden eine Bodenheizung, doch auf dem gefliesten und nicht mit Teppich ausgelegten Boden wollten Arnos frierende Füße kaum auftauen. Die Designersessel, auf denen er und Müller Platz nahmen, waren mit Sicherheit sehr teuer, aber genauso ungemütlich. Schon nach wenigen Minuten tat Arno der Hintern weh, während er sich in dem Zimmer umsah, das ihm so steril wie ein Operationssaal vorkam. In den Stahlregalen standen zwar Bücher, aber er hatte den Eindruck, dass sie sich als Attrappen wie im Möbelgeschäft erweisen würden, wenn er eines herausziehen sollte. Selbst der Breitwandfernseher wirkte wie eine hohle Kiste.

«Mein Mann ist weg», sagte Frau El Tahir. «Sie müssen helfen.»

Die Gattin des Arztes ließ sich auf der Kante der Sofainstallation nieder und knetete ihre knochigen, kleinen Hände. Das dunkle Haar mit dem leichten Rotstich umrahmte ihr schmales Gesicht wie ein Helm. Die Lippen waren knallrot angemalt, wodurch ihr Mund im Gegensatz zu Nase und Augen geradezu grotesk groß wirkte. Im Zusammenspiel mit Frisur und Make-up unterstrich das sandfarbene, gut geschnittene Wollkleid nicht nur ihre Blässe, es ließ sie auch wie eine gealterte Fernsehansagerin aussehen.

«Frau El Tahir», entgegnete Arno, «es tut mir leid, aber nach so kurzer Zeit wissen wir nicht, ob Ihr Mann wirklich vermisst wird. Es ist noch kein Tag vergangen.»

Sie nahm ein Medikamentendöschen vom Glastisch, der zwischen ihnen stand, und schüttelte zitternd eine leuchtend blaue Tablette in ihre Hand. Dem Klang nach zu urteilen, war es die letzte, was sie mit schmerzverzerrter Miene registrierte, ehe sie die Tablette ohne Flüssigkeit herunterschluckte. Als sie das Döschen zurück auf den Tisch neben eine Zigarettenschachtel und einen großen leeren Aschenbecher stellte, las Arno auf dem Etikett den Namen Tavor. Das Medikament war ihm unbekannt.

«Kopfschmerzen», sagte Frau El Tahir, zündete sich hastig eine Zigarette an und lehnte sich im Sofa zurück. Obwohl es nur aus ein paar Fetzen Leder und einem Stahlrahmen bestand, versank sie beinahe darin.

Arno nickte und zog sein Notizbuch aus der Tasche des Mantels, den er lieber anließ. «Wir müssen Ihnen ein paar Fragen stellen», sagte er und klappte das Buch auf. «Ist das in Ordnung?»

Sie sog den Rauch ihrer Zigarette ein, wobei sich die Innenseiten ihrer Wangen fast zu berühren schienen, und nickte. Ihre Frisur rührte sich nicht.

«Ihr Mann ist heute Morgen also wie immer zur Arbeit gefahren?», begann Arno und versuchte, im Geiste eine Struktur der relevanten Fragen zu erstellen.

«Ja.»

«Wann war das genau?»

«Um sechs dreißig», antwortete sie, als würde sie die Anzeige einer Digitaluhr ablesen.

«Hatte er eine Tasche oder einen Koffer dabei?»

«Nur Aktentasche.»

«Hat er irgendetwas gesagt? Ich meine, etwas anderes als sonst?»

«Nichts gesagt.»

Arno musste an Müllers Formulierung, die Frau sei aus dem Häuschen, denken. Ihm kam sie eher seltsam mechanisch vor.

«Und wann hat das Krankenhaus angerufen?»

«Sieben fünfzehn. Und später um zehn. Nochmal um elf.» Sie steckte sich die Zigarette zwischen die Lippen, und man konnte sehen, dass sie nur fahrig paffte. «Er war nicht da. Dann habe ich Polizei gerufen.»

«Verstehe», sagte Arno. «Hat Ihr Mann Geld vom Bankkonto abgehoben?»

«Ich weiß nicht.»

«Können Sie das überprüfen?»

Sie hob ihre schmalen Schultern. «Ich glaube nicht.»

«Sie glauben nicht, dass er Geld abgehoben hat, oder Sie können es nicht überprüfen?»

«Kann nicht prüfen.»

«Haben Sie getrennte Konten?»

«Mein Mann gibt Geld, wenn ich brauche.»

Arno machte sich eine Notiz. Bankauskunft. Offenbar war El Tahir der Einzige, der Zugang zu den Konten hatte, und wenn die geräumt sein sollten, konnte einem seine Frau zwar wirklich leidtun, aber die Suche brauchte gar nicht erst ausgelöst zu werden. Seine Ehefrau an der kurzen Leine zu halten, dann sein Geld zu nehmen und abzuhauen war zwar menschlich gesehen eine Schweinerei, aber keine Straftat.

«Ist er in der letzten Zeit anders oder ungewöhnlich gewesen?»

«Nein.»

«Gibt es einen Ort, einen Platz, wo sich Ihr Mann gerne aufhält?»

Sie starrte ihn an, drückte die mit Lippenstift verschmierte Kippe im Aschenbecher aus und griff sofort wieder zu der Zigarettenschachtel. Sie schien nicht zu verstehen.

«Wo er sich gerne zurückzieht», erklärte Arno, dem die Sache langsam zu mühsam wurde. Er hörte lieber zu, als eine Frage nach der anderen zu stellen. «An der Aller, in der Stadt oder so?»

Sie zündete die Zigarette an, legte sie aber sofort auf den Rand des Aschenbechers. «Er ist hier oder bei Arbeit.»

«Ist er krank gewesen in letzter Zeit?»

«Nein.»

«Frau El Tahir, hat Ihr Mann jemals Selbstmordabsichten geäußert?»

«Nein, nein, er ist weg», rief sie nun fast. Sie griff nach dem Medikamentdöschen, erinnerte sich dann anscheinend, dass es leer war, und zog ihre Hand wieder zurück. «Was tun Sie?»

«Wir werden unser Möglichstes tun, Frau El Tahir», erwiderte Arno. Er war mit seinem Latein am Ende. Natürlich gab es noch eine Menge Fragen, aber die Antworten der Frau brachten ihn nicht weiter. Wenn er sich nicht irrte, sprach Dr. El Tahir perfekt Deutsch, seine Frau dagegen verstand ihn kaum und konnte sich nur sehr schlecht ausdrücken. Während El Tahir als angesehener Arzt in der Fremde Karriere gemacht hatte, hatte sich seine Frau allem Anschein nach in diesem kalten Haus vollkommen zurückgezogen. Vielleicht hatte es ihr Mann auch so gewollt, wer weiß. Arno versprach ihr jedenfalls, die Vermisstenmeldung in das Programm des Bundeskriminalamtes einzugeben. Das hörte sich beruhigend und offiziell an, obwohl damit keine konkrete Suche ausgelöst wurde. Diese Routine diente allein dazu, dass bundesweit sämtliche unbekannten Toten mit dem vermissten El Tahir verglichen werden konnten. Aber das sagte er ihr nicht. Er schaute Müller an, der bisher noch keinen Ton von sich gegeben hatte. Vielleicht hatte er mehr Erfolg.

Der Oberkommissar verstand den Wink und wandte sich an Frau El Tahir. «Wo kommen Sie eigentlich her?», fragte er scheinbar beiläufig.

Sie schaute ihn an, als würde sie ihn zum ersten Mal sehen. «Libanon», sagte sie. «Wir haben deutschen Pass.»

«Seit wann leben Sie in Deutschland?», fuhr Müller fort.

Sie nahm ihre Zigarette und überlegte. «Seit fünfzehn Jahre», antwortete sie.

«Seit 1991 also. Und warum sind Sie nach Deutschland gekommen?»

«Zu Hause war viel Krieg. Es war gefährlich.»

«Verstehe. Wie ist Ihr Kontakt zur Heimat? Reisen Sie häufiger in den Libanon?»

«Nein, nie.»

«Aber Krieg ist dort nicht mehr, oder?»

«Doch, doch, ist immer noch sehr gefährlich. Wir können nicht zurück.»

«Haben Sie Freunde oder Verwandte dort?»

Sie schüttelte den Kopf.

«Was ist mit Ihrer Tochter, Frau El Tahir?», fragte Arno.

Die kleine Frau sah ihn an und schien noch mehr in sich zusammenzusacken. Sie begann zu zittern, dann liefen ihr Tränen die ausgehöhlten Wangen hinab. Die Zigarette glitt ihr aus der Hand und fiel Funken sprühend auf die Fliesen. Müller machte sofort einen Satz nach vorn, hob sie auf und drückte sie im Aschenbecher aus.

«Alles in Ordnung, Frau El Tahir?», fragte er und blieb neben ihr stehen.

Sie schaute ihn mit großen, feuchten Augen an und versuchte zu nicken, konnte sich aber offenbar nicht rühren. Ihre Hand wanderte wieder zum Medikamentendöschen.

«Das ist leer», sagte Müller. «Haben Sie noch irgendwo welche?»

Ihre Hand zuckte zurück, sie schüttelte den Kopf, was ihren ganzen Körper erschütterte. Müller drehte sich mit fragendem Blick zu Arno um.

«Frau El Tahir», sagte Arno ruhig. «Was ist mit Ihrer Tochter?»

«Tot.» Das Wort platzte regelrecht aus ihr heraus. «Meine Tochter ist tot.»

«Seit wann?»

«Und jetzt mein Mann.»

Arno wollte sie fragen, ob sie wirklich glaubte, dass ihr Mann tot sei, aber es hatte keinen Sinn mehr. Frau El Tahir wedelte mit der Hand, als wollte sie sich Luft zufächern. Ihr Schluchzen wurde heftiger und machte ihr das Atmen schwerer. Ein Hustenanfall ließ sie erzittern. Müller lief los und kam nach kurzer Zeit mit einem Glas Wasser zurück. Mittlerweile war auch Arno aufgestanden.

«Wir können Sie nicht allein hierlassen», sagte er, während Müller der Frau beim Trinken half. «Wir müssen sowieso ins Krankenhaus, um mit seinen Kollegen zu sprechen, da nehmen wir Sie gleich mit.»

«Und wenn El Tahir zurückkommt?», fragte Müller. «Oder sich telefonisch hier meldet?»

Müller hatte recht, dachte Arno. Nach Lage der Dinge

konnte selbst eine Entführung nicht ausgeschlossen werden. Es musste also jemand im Haus bleiben. Er ging in die Diele, rief Ulf Mertens an und erklärte ihm die Situation.

«Kann das nicht Karsten Müller übernehmen?», entgegnete der Kommissar. «Ich wollte gerade Feierabend machen.»

«Nein, der ist hier schon beschäftigt.»

«Ich habe heute Abend eigentlich was vor.»

«Ist es so wichtig, dass Sie es nicht verschieben können?»

Mertens druckste herum. «Na ja, es ist schon wichtig, sonst würde ich es nicht sagen. Der Castortransport soll jetzt tatsächlich kommen, und heute Abend findet deswegen eine Demo statt.»

Arno traute seinen Ohren nicht. «Sie können nicht kommen, weil Sie demonstrieren wollen? Das kann ja wohl nicht wahr sein.»

«Entschuldigen Sie, Herr Hennings. Aber erstens bin ich sonst immer bereit zu Überstunden. Und zweitens hat man ja auch seine Bürgerpflichten.»

Bisher hatte Arno Ulf Mertens als einen zwar manchmal phlegmatischen, aber immer sehr engagierten Kollegen kennengelernt. Er hatte noch nie einen Einsatz abgelehnt. «Wie bitte?»

«Ich weiß nicht, ob es Ihnen egal ist, dass Atommüll durch das ganze Land und direkt durch unsere Stadt transportiert wird», fuhr Mertens mit bebender Stimme fort, «um dann in einem unsicheren Stollen gelagert zu werden, der in einigen Jahren geschlossen werden soll, während das Zeug noch für Jahrzehnte, wenn nicht Jahrhunderte weiterstrahlt und …»

«Hören Sie zu», unterbrach Arno ihn barsch, «irgendjemand muss hier sein. Wenn Sie etwas Wichtigeres zu tun haben, dann kümmern Sie sich bitte darum, dass ein Kollege herkommt. Entscheiden Sie sich, ob Sie die Welt retten oder Polizist sein wollen, aber …»

«Warum sollte das nicht beides möglich sein?»

Arno konnte es nicht fassen. Offenbar hatte Maja Miele bei Mertens eine Sinnkrise ausgelöst. «In einer Viertelstunde will ich hier jemanden sehen, haben Sie mich verstanden?»

26

«Die Frau ist unterernährt, und ihr Kreislauf ist völlig zusammengebrochen», sagte der junge Arzt, der Frau El Tahir untersucht und versorgt hatte. «Außerdem leidet sie an leichten Bewusstseinsstörungen. Sie ist vollgepumpt mit Medikamenten, vor allem mit Sedativa.»

Während sie in El Tahirs Haus in Boye auf einen Kollegen gewartet hatten, hatte sich der Zustand der Frau zusehends verschlechtert. Ihr Zittern war unkontrolliert geworden, sie hatte sich kaum noch verständigen können. Müller hatte Frau El Tahir auf das Sofa gelegt, mit einem Mantel von der Garderobe zugedeckt und noch ein Glas Wasser geholt, das sie aber aufgrund ihres Zitterns kaum hatte trinken können. In diesen zähen Momenten der Hilflosigkeit war Arno kurz davor gewesen, einen Notarzt zu rufen. Doch dann war noch vor Ablauf der fünfzehn Minuten Ulf Mertens eingetroffen, mürrisch und trotzig wie ein zum Nachsitzen verurteilter Schüler. Arno war nicht mehr auf die Diskussion am Telefon eingegangen und hatte ihm nur knapp erklärt, was er von ihm erwartete. Schließlich hatte er das leere Medikamentendöschen eingepackt und gemeinsam mit Müller Frau El Tahir in die Notaufnahme des Allgemeinen Krankenhauses gebracht. Dr. Bannerjee, der sie in Empfang nahm, war ein großer, korpulenter Mann mit einem jungenhaft wirkenden dunklen Gesicht.

«Arbeiten hier eigentlich nur noch Ausländer?», fragte Müller mit beinahe kindlichem Erstaunen, nachdem der Doktor mit seiner Patientin verschwunden war. «Verdammen Sie mich nicht gleich wieder als Rassisten», fügte er mit einem unsicheren Seitenblick auf Arno schnell hinzu.

«Ich sag doch gar nichts.»

«Aber es ist komisch, oder?»

Arno zuckte mit den Achseln. Doch wenn er ehrlich war, hatte er im ersten Moment das Gleiche gedacht. Dr. Bannerjee war vermutlich Inder. «Unsere Mediziner gehen nach England oder Irland, weil sie dort mittlerweile mehr Geld verdienen», entgegnete er.

«Ach, übrigens», fiel Müller dabei ein, «das hätte ich fast vergessen. Sergeant Fuller hat heute Vormittag versucht, Sie zu erreichen.»

«Was wollte sie?»

«Hat sie nicht gesagt. Ich habe ihr Ihre Handynummer gegeben. Ich hoffe, das war okay.»

Arno nickte und fragte sich, ob Emma zu der Einsicht gelangt war, dass sie nach dem Besuch bei Peel überreagiert hatte. Es sah ihr ähnlich, dass sie dafür ein paar Tage benötigte, andererseits hatte er sie nicht als Menschen kennengelernt, der sich für solche Dinge entschuldigte. Und während er über den Grund ihres Anrufes nachgrübelte und allmählich genervt war von der hektischen Betriebsamkeit auf dem Flur, war Dr. Bannerjee schon zu ihnen zurückgekehrt und hatte seine erste Diagnose abgegeben.

«Beruhigungsmittel?», fragte Arno.

«Ja», sagte der Arzt und hielt Frau El Tahirs Medikamentendöschen hoch. «Tavor.»

«Was ist das für ein Zeug?»

«Diese Pillen enthalten den Wirkstoff Lorazepam, er gehört zur Substanzgruppe der sogenannten Benzodiazepine, ein besonders starkes Beruhigungsmittel», erklärte Dr. Bannerjee. «Tavor ist neben Diazepam eines der am häufigsten verordneten. Sie kennen es vielleicht unter dem Namen Valium.»

«Das sagt mir was», meinte Müller.

«Es macht jedenfalls extrem schnell abhängig», fuhr Dr. Bannerjee fort. «Schon nach kurzer Zeit können Entzugssymptome auftreten, was bei der Frau schon fast der Fall ist. Sinnestäuschungen, Entfremdungserlebnisse, Wahnideen. Das kann im Extremfall bis zu Suizidimpulsen gehen. Selbst unter professioneller Anleitung ist es schwer, davon loszukommen.»

«Und in welchen Fällen wird es verordnet?», fragte Arno und wich zwei Pflegern aus, die ein leeres Krankenbett vorbeischoben.

«Warum es in diesem Fall verordnet wurde, kann ich nur mutmaßen», erwiderte Dr. Bannerjee und schaute dem Bett hinterher. «Aber die Pillen helfen bei Angst vor Operationen, bei Prüfungs- oder Flugangst, bei Stress, Depressionen oder Migräne. Es sind im Grunde Allroundprodukte. Manchmal werden sie auch von Orthopäden verschrieben, um Verspannungen zu lindern.»

«Aber dass sie süchtig machen, erzählt den Patienten keiner, oder?»

Dr. Bannerjee musterte Arno kritisch. «Ein guter Arzt würde darauf hinweisen», sagte er. «Früher setzte man Benzodiazepine als reine Notfallmedikation ein. Sie sind verschreibungspflichtig. Aber heute kann man sie wesentlich leichter beziehen. Über den Internethandel oder als Verschreibung auf Privatrezept.»

«Oder wenn der Ehemann Arzt ist», warf Müller ein.

«Was wollen Sie damit andeuten?»

«Er will gar nichts andeuten», verteidigte Arno seinen Kollegen, überrascht von Müllers Geistesblitz. «Er ermittelt.»

Der junge Arzt begann sich unwohl zu fühlen. «Sie ist kein Einzelfall», fuhr er fort und nestelte nervös am Revers seines weißen Kittels. «Gut zwei Millionen Deutsche sind medikamentenabhängig. Rund achtzig Prozent von Benzodiazepinen. Vor allem ältere Menschen.»

«Warum gerade ältere?»

Dr. Bannerjee zuckte mit den Achseln. «Es gibt auch junge Menschen, die von Medikamenten abhängig sind. Aber viele ältere Menschen sind einsam. Sie haben Angst vor Armut und dem Älterwerden und ein starkes Bedürfnis nach Trost und Vergessen.»

«Sie sprachen vorhin von Suizidgefahr», wandte Arno ein. «Könnte es sein, dass Dr. El Tahir auch dieses Zeug geschluckt hat?»

Der Arzt trat einen Schritt zurück und verschränkte die Arme vor der Brust. «Wie kommen Sie denn darauf?»

Die Pfleger kamen mit dem Krankenbett zurück. Nun lag ein Mann darin, der am Kopf verbunden war. Arno ließ sie vorbei. «Dr. El Tahir ist verschwunden», sagte er. «Da müssen wir jeder Spur nachgehen.»

«Der Suizidimpuls tritt erst bei einem Entzug auf», stellte Bannerjee fest. «Außerdem weiß ich nichts von Dr. El Tahir, und selbst wenn, würde ich Ihnen keine Auskünfte über einen Kollegen geben.»

«Sie sollen ihn ja nicht schlechtmachen. Aber jeder Hinweis könnte uns helfen. Wir haben keinen Anhaltspunkt, warum er verschwunden ist.»

Dr. Bannerjee schaute sich auf dem Flur um. «Ein Arzt weiß, wie abhängig diese Mittel machen», erklärte er dann. «Andererseits sollte ein Arzt eigentlich keine Nachschubprobleme haben, oder?»

«Verstehe», meinte Arno nickend. «Welches Verhältnis haben Sie zu Dr. El Tahir?»

«Verhältnis?» Der Arzt reagierte beinahe empört. «Ich kenne ihn kaum. Wir arbeiten auf verschiedenen Stationen. Und er ist schon viel länger hier als ich.»

«Wer kennt ihn denn besser?»

«Wahrscheinlich die Kollegen auf seiner Station. Aber richtig gut kennt ihn niemand, glaube ich.»

«Wissen Sie, was mit seiner Tochter geschehen ist?»

Dr. Bannerjee schüttelte den Kopf und wirkte sichtlich genervt. «Wie gesagt, ich weiß nichts von ihm. Sein Privatleben geht mich nichts an. Und jetzt muss ich mich wieder um meine Patienten kümmern.»

«Was geschieht mit Frau El Tahir?»

«Wir behalten sie zur Beobachtung hier und versuchen, ihren Kreislauf zu stabilisieren. Mehr können wir im Moment nicht tun. Was dann wird, kann ich jetzt noch nicht sagen. Sie wird auf jeden Fall psychologische Betreuung brauchen.»

«Können wir mit ihr sprechen?»

«Heute nicht mehr.»

«Na gut, vielen Dank.» Arno und Müller verabschiedeten sich von Dr. Bannerjee und verließen die Notaufnahme. Als sie mit dem Fahrstuhl in El Tahirs Station, die Chirurgie, fuhren, schaute Müller unruhig auf seine Uhr.

«Was ist?», fragte Arno.

«Nichts», entgegnete Müller. «Ich muss nur bald los.»

«Wollen Sie auch demonstrieren und Ihren Bürgerpflichten nachkommen?» Arno lächelte den Kollegen an.

«Sehr witzig. Ich muss meinen Vaterpflichten nachkommen und auf die Kinder aufpassen. Meine Frau hat heute ihren Kegelabend.»

«Dann gehen Sie.»

«Ein bisschen Zeit habe ich noch.»

Der Fahrstuhl hielt an, die Tür öffnete sich. «Übrigens können wir Mertens nicht die ganze Nacht draußen in Boye lassen», sagte Arno, als sie im Flur der Chirurgie standen. Der Klinikgeruch hatte sich bereits in seiner Nase festgesetzt und löste nun einen Niesanfall aus.

«Gesundheit», wünschte ihm Müller.

«Danke», sagte Arno und wischte sich die Nase am Mantelärmel ab. «Wir müssen uns darum kümmern, dass er abgelöst wird. Irgendjemand muss dort Nachtwache halten.»

Müller nickte und zog sein Handy hervor. «Ich rufe Witte an», sagte er. «Der soll eine Streife vorbeischicken.»

Während Müller in der Polizeiinspektion anrief, suchte Arno das Arztzimmer auf. Die Tür stand offen, am Schreibtisch saß ein junger Mann in einem weißen Kittel und telefonierte mit leiser Stimme. Soviel Arno verstehen konnte, wurde dort gerade eine amouröse Abendverabredung verschoben. Vor der anderen Wand des schmalen Raumes stand ein Schrank mit Glastüren, der mit einem Schloss gesichert und von oben bis unten mit Medikamenten gefüllt war. Als Arno anklopfte, legte der Mann eine Hand auf den Hörer und wandte sich mit genervtem Blick um. An seinem rechten Ringfinger funkelte ein protziger Siegelring.

«Hauptkommissar Hennings», stellte sich Arno vor. «Ich komme wegen Dr. El Tahir.»

Der Arzt nahm die Hand von der Sprechmuschel. «Ich ruf dich zurück», sagte er und legte auf. Dann erhob er sich, steckte die Hände in die Taschen und kam zu Arno hinübergeschlendert. Der junge Mann mit dem halblangen blonden Schopf machte den Eindruck, sich in einem offenen Cabrio wohler zu fühlen als in seinem beengten Arztzimmer. «Dr. Keller-Saaten. Ich bin der Assistenzarzt. Haben Sie ihn gefunden?»

«Nein», entgegnete Arno. «Haben Sie eine Ahnung, wo ich ihn finden könnte?»

Dr. Keller-Saaten sah ihn verwirrt an. «Nein. Ich meinte

nur … wir haben hier alle keine Ahnung, was los ist, und machen uns große Sorgen.»

«Verstehe», meinte Arno. «Aber er ist noch nicht einmal einen Tag weg.»

«Trotzdem.» Dr. Keller-Saaten warf mit einer affektierten Kopfbewegung eine blonde Strähne zurück, lehnte sich lässig an den Türrahmen und verschränkte seine Arme. «Soweit ich weiß, hat Dr. El Tahir noch nie gefehlt. Solange ich hier bin, ist er jeden Tag pünktlich zum Dienst erschienen. Meistens ist er sogar früher gekommen und länger geblieben.»

«Er ist also ein sehr pflichtbewusster Mensch.»

«Absolut. Und ein erstklassiger Chirurg. Für heute waren einige schwierige Operationen angesetzt, die meisten mussten verschoben werden. Dr. El Tahir kann man nicht so einfach ersetzen.» Der junge Arzt drehte den Siegelring um seinen Finger und lächelte. «Eine echte Koryphäe, der Mann.»

«Was ist denn sein Fachgebiet?», fragte Arno neugierig.

«In den letzten Jahren ist es die plastische Unfallchirurgie geworden», sagte der Assistenzarzt.

«Aha. Wie lange ist er schon hier tätig?»

«Das kann ich Ihnen nicht genau sagen. Seit ich hier bin, ist er jedenfalls Chefarzt.»

«Komisch, dass so eine Koryphäe an einem Krankenhaus in einer Kleinstadt arbeitet.»

Dr. Keller-Saaten zuckte mit den Achseln. «Manchen Menschen gefällt es in der Provinz», meinte er. Es klang so, als wäre er keiner von diesen Menschen.

Als schwere Schritte durch den Flur hallten, schaute Keller-Saaten um die Tür herum. Arno folgte seinem Blick. Eine pummelige, pausbäckige Schwester mit einer dunklen Kurzhaarfrisur kam resolut auf sie zu.

«Das ist übrigens Schwester Ingeborg», stellte der Assistenzarzt sie vor. «Sie ist die Oberschwester auf der Station und kennt den Doktor hier am besten.»

Arno begrüßte die Frau und stellte sich vor.

«Wie lange ist Dr. El Tahir schon hier?», fragte Dr. Keller-Saaten sie.

Schwester Ingeborg musste nicht lange überlegen. «Seit zwölf Jahren», antwortete sie. «Ich weiß es so genau, weil ich ein Jahr vorher angefangen habe.»

«Und in all der Zeit haben Sie es noch nie erlebt, dass Dr. El Tahir nicht zum Dienst erschienen ist?», fragte Arno.

Sie schüttelte vehement den Kopf. «Noch nie. Er ist immer pünktlich. Und er hat auch wenig Verständnis dafür, wenn seine Mitarbeiter mal fehlen.»

«Was ist er für ein Mensch?»

«Höflich und zuvorkommend», sagte sie sofort. «Ein Mann mit guten Manieren, zurückhaltend und kein bisschen aufdringlich.» Sie lächelte scheu. «Manchmal ist er vielleicht fast ein bisschen zu introvertiert. Man kommt ihm nicht besonders nahe. Wenn er mal eine persönliche Bemerkung macht oder einen lobt, kann man sich schon freuen. Verstehen Sie mich nicht falsch, er ist ein sehr guter Chef und immer korrekt, aber er kommt eben nicht so aus sich heraus, verstehen Sie?»

«Hat er Feinde?»

«Feinde?» Schwester Ingeborg machte große Augen und verzog ihren Mund. «Um Gottes willen, nein. Er wird allseits geschätzt.»

«Und es gab in der Vergangenheit auch keine Probleme, mit Kollegen oder Patienten zum Beispiel?»

«Weshalb denn?»

«Vielleicht war mal jemand unzufrieden, vielleicht fühlte sich mal jemand falsch behandelt.»

Sie schaute Arno strafend an. «Meinen Sie, der Doktor hätte einen Fehler gemacht?»

«Nein, so weit muss man nicht gehen», entgegnete er lächelnd. «Aber manche Patienten können ja schnell empfindlich werden.»

«Das können Sie laut sagen. Aber da war nichts, glauben Sie mir.»

«Na schön. Wie war er denn in letzter Zeit? Haben Sie irgendeine Veränderung an ihm bemerkt?»

«Nein», antwortete sie. «Er war völlig normal. Wie immer. Wenn überhaupt, dann würde ich sagen, dass er in letzter Zeit eher gut drauf war.»

Arno meinte, eine gewisse Skepsis in Dr. Keller-Saatens Gesicht zu lesen. «Sehen Sie das anders?»

«Also, ich finde, er war etwas durcheinander in letzter Zeit.»

Schwester Ingeborg starrte den jungen Arzt an. «Durcheinander? Dr. El Tahir? Wie kommen Sie denn darauf?»

Dr. Keller-Saaten ließ die Arme sinken und wich einen Schritt zurück, als wäre ihm die Oberschwester nicht ganz geheuer. «Ich weiß nicht, ich hatte so das Gefühl.»

«Ach, Sie hatten so ein Gefühl?», entgegnete sie giftig. Ihre vollen Wangen röteten sich. «Mit Ihren Gefühlen sollten Sie besser ein bisschen vorsichtig umgehen, oder?»

«Was wollen Sie denn damit andeuten?»

«Ich denke, das wissen Sie genau, Dr. Keller-Saaten.»

Der junge Arzt schüttelte verärgert den Kopf und schien etwas erwidern zu wollen, doch dann ging er zurück an seinen Schreibtisch und setzte sich.

«Hat das was mit Dr. El Tahir zu tun?», wollte Arno wissen und schaute von einem zum anderen.

«Nein», erwiderte Schwester Ingeborg, ohne Keller-Saaten aus den Augen zu lassen. «Das sind interne Stationsangelegenheiten.»

Es war merkwürdig, dass beide El Tahirs Verhalten so unterschiedlich beurteilten, doch diese offenbar persönlich motivierten Streitigkeiten, die dadurch ausgelöst worden waren, brachten Arno nicht weiter. Bevor die Sache eskalierte, wechselte er das Thema. «Wissen Sie, was mit Dr. El Tahirs Tochter geschehen ist?»

Schwester Ingeborg wandte sich von Dr. Keller-Saaten ab und sah Arno an. Mit erstaunlicher Geschwindigkeit wurden ihre Wangen plötzlich blass und schienen einzufallen. «Ja, o Gott», sagte sie bestürzt. «Was für ein Unglück. Das haben wir natürlich mitgekriegt.»

«Was ist denn mit ihr passiert?»

«Ach, Sie wissen es gar nicht? Seine Tochter hat sich umgebracht. Eine schreckliche Geschichte. Sie ist in Hannover vor die U-Bahn gesprungen.»

«Wann war das?»

«Das muss so anderthalb Jahre her sein. Nicht ganz vielleicht. Die Layla war ja sein Ein und Alles.»

«Layla?», wiederholte Arno überrascht.

«Ja, so hieß das arme Mädchen. War noch nicht mal achtzehn damals.»

Layla war auch der Name von Mehmed Dumans Freundin, die sich, wie Arno von Ronahi erfahren hatte, umgebracht hatte, kurz bevor Mehmed ins Gefängnis gekommen war. Auch das Alter stimmte überein. Konnte das ein Zufall sein? Arnos Nacken begann zu kribbeln, ihm wurde mit einem Mal heiß. «Wissen Sie, wie es dazu gekommen ist?», fragte er weiter.

Schwester Ingeborg schüttelte bekümmert den Kopf. «Darüber hat der Doktor nicht gesprochen. Er hat still gelitten. Seine geliebte Tochter muss sehr verzweifelt gewesen sein, denke ich.»

«Ich habe Dr. El Tahir vor circa zweieinhalb Jahren kennengelernt», sagte Arno, «und damals hat er mir erzählt, dass seine

Tochter mit Drogen in Kontakt gekommen ist. Er hat sich große Sorgen um sie gemacht.»

«Jetzt erinnere ich mich an Sie», sagte Schwester Ingeborg und zeigte mit dem Finger auf ihn. «Sie waren doch damals hier, als dieser Junge nachts aus seinem Krankenzimmer abgehauen ist.»

«Richtig.»

Sie senkte ihren Finger wieder. «Aber von dieser Sache mit den Drogen weiß ich nichts. Wie gesagt, Dr. El Tahir ist eher zurückhaltend, wenn es um private Dinge geht.»

«Er hat übrigens auch noch einen älteren Sohn.»

Arno schaute überrascht ins Arztzimmer. Es war Dr. Keller-Saaten, der sich kleinlaut wieder zu Wort gemeldet hatte. «Das wusste ich nicht», sagte Arno. «Lebt er in Celle?»

«Nein», entgegnete der Assistenzarzt. «Er studiert in München.»

«In München? Sie haben nicht zufällig seine Adresse oder Telefonnummer?»

«Tut mir leid.»

«Den Vornamen vielleicht?»

Dr. Keller-Saaten erhob sich wieder und kam zaghaft näher. «Ich glaube, er heißt Salem oder Halef», sagte er und drehte an seinem Siegelring. «Aber ich bin mir nicht sicher. Diese Namen kann man sich schlecht merken.»

«Wissen Sie, was er studiert?»

«Er studiert an der Filmhochschule. Das hat mir Dr. El Tahir mal erzählt.» Keller-Saaten grinste schief. «Es scheint ihm nicht besonders zu gefallen.»

Schwester Ingeborg betrachtete Dr. Keller-Saaten schon wieder finster, so als würde es ihr nicht gefallen, dass der junge Assistenzarzt mehr über ihren Chef wusste als sie.

«Gut, ich danke Ihnen beiden», sagte Arno schnell. «Sie haben mir sehr geholfen.» Damit ließ er die beiden Streithähne allein und eilte ins Treppenhaus, wo Müller auf der Fensterbank saß und rauchend durch die Scheibe ins Dunkle schaute. Der Tag war schon wieder vorüber, dachte Arno. Und er fragte sich, warum der Kollege nach seinem Telefonat nicht zurückgekommen war.

«Haben Sie alles geklärt?», wollte er wissen.

Müller nickte und erstickte seine Kippe im Sand des großen Metallaschenbechers. «Witte schickt jemand vorbei, der Mertens ablöst. Haben Sie etwas herausbekommen?»

«Ja», sagte Arno und berichtete ihm knapp, was er erfahren hatte. «Rufen Sie Witte noch einmal an, bevor Sie nach Hause gehen. Ich weiß nicht, ob der Vorname stimmt, aber er soll die Adresse und Telefonnummer von El Tahirs Sohn rauskriegen.»

«Am besten fährt die Münchener Polizei gleich mal bei ihm vorbei, oder?», schlug Müller vor.

«Wenn sich das einrichten lässt, wäre es natürlich hilfreich.»

Während sich Müller verabschiedete und die Stufen hinunterlief, blieb Arno nachdenklich im zugigen Treppenhaus stehen. Er musste wieder niesen und hoffte, dass es wirklich nur an dem chemischen Klinikgeruch lag und er sich keine Erkältung eingefangen hatte. Obwohl auch er gerne das Krankenhaus verlassen hätte, gab es da noch jemanden, den Arno schon länger besuchen wollte. Welchen Fall dieser Besuch betraf, war ihm mittlerweile nicht mehr ganz klar. Aber nach den neuesten Informationen, die er erhalten hatte, erschien er ihm wichtiger denn je.

27

Dosto Yavsan schaute gespannt zur Tür, als würde er jemanden erwarten. Nachdem er seinen Besucher erkannt hatte, sank er seufzend ins Kissen zurück, eine Reaktion, die Arno im Unklaren darüber ließ, ob der junge Kurde enttäuscht oder erleichtert war.

«Ach, Sie», sagte Dosto matt und richtete seinen Blick auf den an der gegenüberliegenden Wand hängenden Fernseher, wo eine Vorabendserie lief. Er war nicht dazu gekommen, sich zu rasieren, und hatte bereits einen ziemlich dichten Bart, was ihn für Arno fremd erscheinen ließ. Da unter seinen Augen dunkle Schatten lagen, wirkte sein Gesicht im flackernden Licht des Bildschirms hohl und noch schmaler als zuvor und vor allem älter.

«Haben Sie jemand anders erwartet?», fragte Arno und trat an das Krankenbett.

Dosto schaute an ihm vorbei zum Fernseher. «Es waren heute schon genug Polizisten hier.»

Wahrscheinlich hatte Dosto deshalb ein Einzelzimmer bekommen, dachte Arno. Die Beamten des LKA wollten in Ruhe ihre Vernehmungen führen. «Was haben sie gewollt?»

«Wissen Sie das nicht?» Dosto musterte ihn erstaunt. «Arbeiten Sie nicht zusammen?»

«Ich bin von dem Fall abgezogen worden.»

«Haben Sie Fehler gemacht?»

Arno musste lächeln. «Ich habe den Mörder von Mehmed noch nicht gefunden», sagte er ausweichend. «Und der Fall hat eine andere Dimension angenommen. Deshalb hat ihn das Bundeskriminalamt übernommen.»

«Welche Dimension?», wollte Dosto wissen, neigte den Kopf zur Seite und zog argwöhnisch die Augenbrauen hoch.

«Das kann ich Ihnen nicht sagen.»

«Und was wollen Sie dann?»

«Zum einen wollte ich schauen, wie es Ihnen geht.»

Dosto wich wieder seinem Blick aus und starrte auf den Fernseher. «Beschissen.»

«Wegen Ihrer Operation?»

«Das auch.»

«Haben Sie Schmerzen?»

«Geht so. Danke übrigens, dass Sie mir geholfen haben.»

«Keine Ursache.» Arno drehte sich zum Fernseher um und schaltete ihn aus. Schlagartig wurde es in dem Zimmer still und dunkel. Nur auf dem Nachtschrank brannte noch eine Lampe. Arno zog einen Stuhl heran und setzte sich neben das Bett. «Dosto, haben Sie eine Ahnung, warum gerade Sie so schwer verletzt wurden? Die anderen sind glimpflicher davongekommen.»

Der junge Kurde starrte weiter auf den jetzt dunklen Bildschirm, in dem sich das Licht der Lampe spiegelte. «Denen gefällt es eben, Schwächere zu verprügeln», brummte er. «Ich sollte vielleicht auch mehr Gewichte stemmen.»

«Haben diese Rechten persönlich etwas gegen Sie?»

«Was heißt persönlich?», entgegnete Dosto. «Ich bin kein Arier, das reicht denen doch schon.»

«Glauben Sie, dieser Angriff hatte etwas mit dem Mord an Mehmed zu tun?»

«Ich weiß es nicht. Aber solche Attacken finden ja immer wieder statt.»

Auf dem Flur hörte man Schritte. Dosto schaute nervös zur Tür. Arno folgte seinem Blick. «Erwarten Sie noch jemanden?», fragte er.

«Nein.»

«Können Sie sich vorstellen, warum die Beamten des LKA bei Ihnen waren?»

Dosto stöhnte auf. «Die wollten mich halt ausquetschen. Schließlich bin ich Mehmeds Jenseitsbruder. Und weil ich im Kulturverein arbeite. So was finden die anscheinend gleich verdächtig.»

Arno unterließ es lieber, ihm etwas von Ilhans möglicher Verwicklung in den Fall zu sagen. Er wusste nicht, welche Strategie die Beamten des LKA gewählt hatten, und konnte es nicht riskieren, diese zu unterlaufen. Aber er war neugierig. «Haben sie gesagt, warum sie das verdächtig finden?», fragte er.

Dosto richtete sich mit schmerzverzerrtem Gesicht etwas weiter auf und sah Arno dann genervt an. «Was fragen Sie die ganze Zeit? Ich habe keine Ahnung. Die haben mir auch nichts gesagt. Nur dämliche Fragen gestellt.»

«Was machen Sie denn dort beim Kulturverein?»

Dosto stöhnte auf und fuhr vorsichtig über die Infusionsnadel in seinem Handrücken. «Soll ich Ihnen das jetzt auch nochmal alles erzählen?»

Arno sah ihn schweigend an.

«Wir kümmern uns um die Menschen», sagte Dosto nach einer Weile. «Wir sind eine Anlaufstelle für die yezidischen Kurden in der Stadt. Besonders für die Älteren. Ich weiß nicht, welches Problem die Polizei damit hat.»

«In welcher Form kümmern Sie sich um die Menschen?»

«Die meisten haben in der Heimat in der Landwirtschaft gearbeitet», erklärte Dosto. «Hier gibt es keine Landwirtschaft, und die meisten Fabriken, in denen sie gearbeitet haben, wurden dichtgemacht. Weil sie nur wenige Jahre in die

Rentenkasse eingezahlt haben, kriegen sie auch nur ein bisschen Rente. Sie haben nicht die Ausbildung und die Sprachkenntnisse für andere Jobs. Sie sind sozusagen vom hintersten Dorf im Nahen Osten in eine moderne deutsche Stadt gekommen. In ihren Dörfern hatten sie Kontakt zu ihren Verwandten, hier können sie ihre Kontakte nur schwer aufrechterhalten. Das ist eine Folge des Asylgesetzes. Deutschland nimmt die Yeziden zwar als Asylbewerber auf, aber dann werden sie gleichmäßig über ganz Deutschland verteilt. Wir kümmern uns darum, dass sie nicht vereinsamen.»

Arno hatte ihm beeindruckt zugehört. Für sein Alter wies der junge Mann ein erstaunliches Engagement auf, was nach Arnos Erfahrungen mit der heutigen Jugend eine Ausnahme war. Vielleicht sollte er einmal seine diesbezüglichen Vorurteile überdenken. «Verstehe», sagte Arno. «Und wie machen Sie das im Einzelnen?»

«Bei uns werden Konzerte und Theateraufführungen veranstaltet», fuhr Dosto fort. «Oder Vorträge über unsere Kultur und Herkunft. Es finden Familienfeiern statt, Hochzeiten, Trauerfeiern und so weiter. Außerdem geben wir Religionsunterricht für Kinder. Unsere Religion wurde in allen Ländern, in denen Yeziden wohnen, unterdrückt. Dadurch ist bei vielen Yeziden das Wissen um die göttliche Kraft verloren gegangen, sie können es nicht mehr an ihre Kinder weitergeben. Wir wollen unsere Religion vermitteln und damit auch zur Integration beitragen. Denn es ist eine sehr tolerante Religion.» Er faltete seine Hände vor der Brust und sah Arno herausfordernd an. «Sie sollten sich mal damit beschäftigen.»

«Wollen Sie, dass ich konvertiere?»

«Das können Sie nicht», sagte Dosto, und es klang ein wenig überheblich. «Yezide wird man nur durch Geburt.»

«Ach, sieh mal an», erwiderte Arno lächelnd. «Hatte Ihre Reise in den Irak etwas mit Ihrer Arbeit zu tun?»

«Auch. Ich habe das religiöse Zentrum der Yeziden besucht. Das war eine Pilgerfahrt. Ich habe nach der Reise auch einen Vortrag darüber im Kulturverein gehalten.»

«Wie werden Sie finanziert?»

«Hauptsächlich durch Spenden.»

«Und was ist mit der Politik?»

«Sie sind genau so wie die anderen Polizisten», sagte Dosto enttäuscht.

Arno sah ihn an und musste an einen Satz denken, der, so glaubte er jedenfalls, von Alexander Humboldt stammte: Ich habe zwar keine besondere Begabung, aber ich bin leidenschaftlich neugierig. «Das bringt der Beruf so mit sich», sagte er. «Diese Neugierde. Und Sie sprechen immer nur von Kultur und Religion.»

«Darum geht es ja auch», sagte Dosto und legte den Kopf zur Seite. Er konnte sich offenbar nicht entscheiden, ob ihn die Fragerei tatsächlich nervte oder ob er es genießen sollte, dass sich jemand für ihn interessierte. Selbst in diesem Zustand konnte man sich den jungen Mann gut am Rednerpult vorstellen. «Aber wer aus der Region stammt, ist geprägt vom Kurdenkonflikt», fuhr er fort. «Da kann man noch so unpolitisch sein. Ich habe mein ganzes Leben Geschichten von Unterdrückung und Mord und Folter und Flucht gehört. Meine Familie stammt von dort. Die Moslems aus den Nachbardörfern haben den Lebensraum der Yeziden eingeschränkt und sie in unfruchtbare Gegenden verdrängt und dazu gezwungen, ihre Religion und Kultur nur noch im Geheimen zu praktizieren. Deswegen weiß auch kaum noch jemand darüber Bescheid. Dabei ist es die älteste Religion der Welt. Früher waren alle Kurden Yeziden, doch sie wurden mit brutaler Gewalt zum Islam bekehrt.»

Arno betrachtete den jungen Mann, der sich immer mehr ereiferte. «Sind Sie hier politisch aktiv?»

«Wäre das ein Verbrechen?», entgegnete Dosto und schaute wieder zur Tür. «Mir sind die politischen Parteien egal, ehrlich. Hauptsache, sie tun etwas für die yezidischen Belange.»

«Tut zum Beispiel die PKK etwas für die yezidischen Belange?»

Dosto verdrehte die Augen. «Die Deutschen kommen immer mit der PKK.»

«Ist das ein Wunder? Wenn man etwas von den Kurden hört, hört man sofort grausame Geschichten von der PKK. Die Partei ist für Anschläge verantwortlich und darf sich aus guten Gründen in Deutschland nicht betätigen.»

Dosto winkte ab. «Scheißmedien. Wie gesagt, die einzelnen Parteien sind mir egal. Aber die PKK interessiert sich wenigstens nicht dafür, ob man Yezide oder Moslem ist. Die Partei behandelt alle Kurden gleich.»

«Wirklich?», sagte Arno skeptisch. «Und was ist mit denen, die keine Lust haben, Abgaben an die PKK zu zahlen?»

«Davon weiß ich nichts.»

«Wirklich nicht?»

«Die Yeziden sind jedenfalls friedlich und betrachten die kurdischen Parteien nicht als Gegner.»

«Was ist mit Mehmed?»

«Was soll mit ihm sein?»

«Er scheint sich für all das nicht interessiert zu haben. Kultur und Politik und so weiter.»

«Er war noch nicht so weit», meinte Dosto leise.

«Wie meinen Sie das?»

«Ich habe Ihnen doch erzählt, dass es in unserer Religion die Wiedergeburt gibt, oder?» Dostos Blick schweifte zum Fenster ab. «Wir glauben an Seelenwanderung.»

«Die gibt es auch in anderen Religionen», bemerkte Arno.

«Vielleicht, aber wie gesagt, unsere ist die älteste der Welt.

Unsere Mythologie beginnt nicht mit der Erschaffung der Welt und dann der des Menschen, wie in der Bibel. Bei uns erschafft Gott lange vorher die Seelen und die Wesen. In einer Legende aus der Entstehungsgeschichte heißt es, dass sich nicht jedes Wesen bei seiner ersten Versenkung in den Menschen vergeistigen kann. Nach dem Tod des Körpers wird zwischen den Vollendeten und den Unvollendeten unterschieden. Dies geschieht auf der Brücke *Tchinwat*, die das Reich der Dämmerung mit dem des Lichtes verbindet. *Sharrosha*, der begleitende Tod, entscheidet auf dieser Brücke, welche Wesen Vollendete sind, die dann zu den Geistern gehören, und welche Unvollendete sind. Die Unvollendeten werden in das Reich der Dämmerung zurückgesandt, zu unserer Erde.»

«Und Sie glauben, dass Mehmed zu den Unvollendeten gehört hat?», fragte Arno.

Dosto nickte ernsthaft und schaute in die Dunkelheit hinter dem Fenster.

«Musste er deshalb sterben? Um vollendet zu werden?»

«Vielleicht.»

«Wer hat das entschieden?»

«Gott.»

«Hat Gott auch geschossen?»

Dosto wandte sich vom Fenster ab. «Sie machen sich lustig über mich.»

«Nein. Aber wer war es dann?»

«Ich weiß es nicht.»

«Die Partei?»

«Quatsch.» Dosto winkte ab, eine Bewegung, die ihm Schmerzen zuzufügen schien. Er schloss die Augen.

«Haben Sie das auch alles den Beamten vom LKA erzählt?», fragte Arno.

«So ungefähr.» Dosto sah ihn an. «Wollten Sie nur Ihren Kollegen hinterherspionieren?»

«Nein», sagte Arno. Obwohl er gerne gewusst hätte, wie das LKA nach diesen Informationen weiter ermitteln würde. «Deswegen bin ich eigentlich nicht vorbeigekommen. Aber ich muss zugeben, dass es mich interessiert hat.»

«Weshalb dann? Nur um zu schauen, wie es mir geht?»

«Dr. El Tahir ist verschwunden.»

Dosto schaute hinab auf die Infusionsnadel.

«Den Namen kennen Sie, nicht wahr?»

Dosto begann seinen Handrücken zu kratzen.

«Sie kannten doch Layla, seine Tochter?», fragte Arno weiter.

«Ich kannte eine Layla, ja.»

«Mehmeds Freundin. Es war Layla El Tahir, richtig?»

Dosto nickte, ohne ihn anzusehen. «Wir waren alle mit ihr befreundet.»

Diese Bestätigung überraschte Arno nicht mehr, aber sie bereitete ihm Kopfzerbrechen. Es gab also eine denkbare Verbindung zwischen dem Mordfall und dem Verschwinden des Arztes. Vor anderthalb Jahren hatte sich eine junge Frau umgebracht, die einerseits die Freundin des Mordopfers und andererseits die Tochter des Verschwundenen war. Konnte das ein Zufall sein? Oder hatten die beiden so unterschiedlichen Fälle etwas miteinander zu tun? Das Problem dieser Überlegungen war nur, dass Arno keinen weiteren Zusammenhang erkennen konnte. «Aber mit Mehmed war sie zusammen», sagte Arno nach einer Weile. «Und er hat ihr Drogen gegeben.»

Dosto schloss wieder die Augen und schwieg.

«Layla ist vor eine U-Bahn gesprungen», fuhr Arno fort. «Wie ist es dazu gekommen?»

«Ich weiß es nicht.»

«War Mehmed damals dabei?»

Dosto schüttelte den Kopf. «Niemand war dabei. Sie war ganz allein.»

«Hat sie im Drogenrausch Selbstmord begangen?»

«Nein. Sie hatte vorher aufgehört.»

Das hatte auch Ronahi gesagt, erinnerte sich Arno. «Warum hat sie es dann getan?», fragte er. «Sie waren doch alle befreundet.»

«Ich will nicht darüber reden. Das ist Vergangenheit.» Dosto schaute auf und sah Arno beinahe flehentlich an. «Lassen Sie mich jetzt bitte in Ruhe, ja?»

«Nur noch ein paar Fragen, Dosto», bat Arno. «Wie war Ihr Verhältnis zu Layla?»

«Wie gesagt, wir waren alle mit ihr befreundet.»

«Haben Sie sie auch geliebt?»

«Quatsch», entgegnete Dosto. Er sah aber eher bedrückt als verärgert aus.

«Layla stammte aus dem Libanon», machte Arno weiter. «Ich nehme mal an, sie war Moslemin. Wie kamen Sie miteinander zurecht?»

Dosto schnaubte. «Wollen Sie jetzt andeuten, ich hätte etwas mit ihrem Tod zu tun?»

«Nein, ich will gar nichts andeuten. Aber nach dem, was ich bisher gelernt habe, auch durch Ihre Erzählungen, gibt es gewisse Konflikte zwischen den Yeziden und den Moslems. Und zwischen Kurden und Arabern. Oder habe ich das falsch verstanden?»

«Ich persönlich habe nichts gegen Moslems», erwiderte Dosto. «Ich bin ein friedliebender Mensch. Und meine Religion ist für Toleranz gegenüber allen Menschen. Ich will mit niemandem Ärger.»

«Aber was haben Laylas Eltern dazu gesagt, dass ihre Tochter Umgang mit Ungläubigen hatte?»

«Ich weiß es nicht. Interessiert mich auch nicht.»

«Haben Sie ihren Vater mal kennengelernt?»

«Kann sein, dass ich ihn mal gesehen habe.»

«Gab es mal Streit? Vielleicht mit Mehmed? Der konnte doch schnell aufbrausend sein.»

«Nicht dass ich wüsste.»

«Kommt es Ihnen nicht auch seltsam vor, dass Laylas Vater gerade jetzt verschwunden ist?»

Dosto rutschte an die andere Bettseite. «Sie müssen ihn finden?»

Arno merkte erst jetzt, wie weit er sich bei seinen letzten Fragen über das Bett gebeugt hatte. «Ja», sagte er und lehnte sich zurück.

«Was meinen Sie mit ‹gerade jetzt›?»

Arno seufzte auf. «Erst bringt sich Layla um, anderthalb Jahre später wird Mehmed erschossen, und nur wenige Tage darauf verschwindet ihr Vater.»

«Wie lange ist er denn schon weg?», wollte Dosto wissen.

«Seit heute Morgen.»

«Ein Erwachsener kann doch machen, was er will, oder? Wenn er noch nicht einmal einen Tag weg ist, muss das doch noch nichts bedeuten.»

Natürlich hatte der junge Mann recht, dachte Arno. Aber Dosto könnte ihm mehr sagen, davon war er überzeugt. «Trotzdem ein komischer Zufall, oder?»

«Es gibt keine Zufälle», entgegnete Dosto altklug. «Es ist alles eine Kette der Folgen. Niemand kann ihr entgehen.»

«Also denken Sie, dass die Fälle zusammenhängen? Oder was wollten Sie damit sagen?»

«Nichts weiter», wehrte Dosto ab und schaute wieder zum Fenster hinaus. «Aber das gehört zu unserer Mythologie. Die Kette der Folgen entstand am ersten Tag des Seins aus der Unerbittlichkeit des Kreises. Denn alles Sein ist rund wie eine Kugel, und in jeder Kugel verbergen sich unendlich viele Kreise. Der Kreis umschlingt alles, ohne Anfang, ohne Ende.

Und dort, wo der Mensch heute steht, stand vorgestern schon sein Schatten.»

Arno musterte ihn irritiert. «Sie wollen also sagen, man kann seinem Schicksal nicht entfliehen?»

Dosto zuckte mit den Achseln. «Vielleicht.»

«Oder war das nur der Rausschmeißer? Das Wort zum Sonntag?»

«Denken Sie mal drüber nach.»

Die beiden schauten sich in die Augen. Eine Weile schien Dosto Arnos Irritation zu genießen, bald wurde er aber unsicher und wich dem direkten Blickkontakt aus.

«Wenn Sie irgendetwas wissen, Dosto», sagte Arno schließlich, «dann sollten Sie es mir lieber erzählen.» Er stand auf und legte eine Visitenkarte auf den Nachttisch neben das Telefon. «Ist der Apparat angeschlossen?»

Dosto nickte. «Dafür haben Ihre Kollegen gesorgt», sagte er. «Aber ich habe ja auch mein Handy.»

«Sie können mich jederzeit anrufen, okay?»

«Okay.»

«Ruhen Sie sich aus. Und gute Besserung.» Arno stellte den Stuhl wieder unter den Tisch und verließ das Krankenzimmer. Wenig später trat er hinaus in die Kälte, die er nach dem langen Aufenthalt in der Klinik im ersten Moment als eine willkommene Erfrischung empfand. Eine Weile blieb er stehen und schaute nachdenklich in den dunklen, sternenklaren Nachthimmel. Dostos letzter Satz ging ihm nicht aus dem Kopf: Dort, wo der Mensch heute steht, stand vorgestern schon sein Schatten. Dann kroch die Kälte mit einer Unerbittlichkeit unter seinen Mantel, dass Beklemmung in ihm aufkam. Die frostige Luft erschien ihm nun wie ein Feind, dem man unmöglich entkommen konnte, und plötzlich erschreckte ihn die Vorstellung, es könnte für immer so bleiben und niemals wieder wärmer werden.

Schnell eilte Arno zu seinem Wagen, stieg ein und fuhr vom Parkplatz des Krankenhauses. Nach wenigen Metern kam er zur Kreuzung am Landessozialgericht, und als er dort den alten Panda mit geöffneter Motorhaube unter einer Straßenlaterne stehen sah, fragte er sich, wie viele Zufälle es an einem Tag geben konnte. Aber laut Dosto gab es ja keine Zufälle, es war alles eine Kette der Folgen. Was auch immer das zu bedeuten hatte.

28

«Brauchen Sie Hilfe?»

Als Ronahi Duman sich aufrichtete, knallte sie mit dem Kopf gegen die Kante der aufgeklappten Motorhaube.

«Tut mir leid», sagte Arno, «ich wollte Sie nicht erschrecken.»

Ronahi wich einen Schritt zurück und rieb ihren Kopf. «Das ist Ihnen ja gut gelungen.» Mit der Hand im pechschwarzen Haar musterte sie ihn von oben bis unten, als würde sie ihn das erste Mal sehen.

«Was ist denn das Problem?», fragte Arno. Bei ihrem Blick stieg trotz der Kälte sofort eine Wärme in ihm auf.

«Kennen Sie sich mit Autos aus?»

Arno lächelte. «Leider nicht.»

Sie schaute auf den Motor. «Hier kann man im Moment sowieso nichts machen», sagte sie. «Der Kühler ist eingefroren.»

«Und das passiert einer Technikerin?»

«Sie verstehen es, einer Frau zu schmeicheln, was?»

«Oh», sagte Arno, «im Schmeicheln bin ich eigentlich gut, aber das wollte ich Ihnen noch ersparen.»

Sie sah ihn an, als wäre sie sich nicht sicher, ob er es ironisch meinte oder mit ihr flirtete. Arno wusste es selbst nicht.

«Wo müssen Sie hin?», fragte er schnell. «Nach Hause?»

«Nein.» Sie schaute die Straße hinunter und schien zu überlegen. «Raus nach Lutterloh», sagte sie nach einer Weile.

«Soll ich Sie fahren?»

«Danke, nicht nötig», entgegnete sie sofort und steckte die Hände in die Taschen ihres dunklen Parkas. «Ich finde schon jemanden, der mir hilft.»

«Ich wollte sowieso zu Ihnen.»

«Weshalb?» Ihr Blick war eher unruhig als überrascht.

Arno schaute hinüber zu seinem Wagen. «Können wir das im Warmen besprechen?»

«Es ist aber ein ziemlich langer Weg.»

«Umso besser.»

Sie wandte sich ab, und man konnte ihr ansehen, wie sie mit einer Entscheidung rang, als könnte ihr Leben davon abhängen. Dann schlug sie mit einem Mal die Motorhaube zu, ging um den Wagen herum, beugte sich hinein, zog ihren Führerschein hinter der Sonnenblende hervor und knallte die Tür zu. «Meinetwegen», sagte sie, als würde nicht er ihr, sondern sie ihm einen Gefallen tun, und ging zu dem Volvo.

«Wollen Sie den Wagen nicht abschließen?», meinte Arno, hingerissen davon, wie ihre Bewegungen umso geschmeidiger zu werden schienen, je trotziger sie war.

«Den klaut sowieso keiner.»

Arno folgte ihr und öffnete die Beifahrertür. «Wo geht es lang?», fragte er, nachdem beide eingestiegen waren.

Sie zeigte mit ihrem Führerschein durch die Windschutzscheibe die Lüneburger Straße hinab. «Wir müssen hier raus nach Eschede und dann weiter nach Unterlüß. Von dort ist es nicht mehr weit.»

«Okay», sagte Arno, schaute in die Seitenspiegel und fädelte sich in den Verkehr ein. Der Weg führte sie stadtauswärts nach Altenhagen, wo am Vortag der Zwilling Holger Gerling festgenommen worden war. «Wollten Sie zu Dosto?», fragte er.

«Wie kommen Sie da drauf?»

«Ich war gerade bei ihm. Mit kam es so vor, als hätte er auf jemanden gewartet.»

«Er kennt ja auch noch andere Leute», meinte sie. «Ich muss zur Arbeit.»

Im Augenwinkel sah Arno, dass sie die ganze Zeit auf die Kassette starrte, die ihm Schlitz des Radios steckte, und dabei ihren Führerschein wie eine Münze durch die Finger gleiten ließ. Mit seinem hätte man das nicht tun können; er hatte noch den alten grauen Lappen. «Sie arbeiten nachts?», fragte er.

«Manchmal. Bald ist Lämmerzeit. Da muss immer jemand da sein.»

«Die Lämmer kommen im Winter?»

«Ja, von Januar bis März.» Sie drehte sich mit einem Mal um und schaute durch die Vordersitze nach hinten. «Kann es sein, dass es hier nach Hund riecht?»

«Finden Sie es unangenehm?»

«Nein. Ich hätte nur nicht gedacht, dass Sie einen Hund haben. Als ich neulich bei Ihnen war, habe ich keinen gesehen.»

Arno erzählte ihr, dass er über die Feiertage und den Jahreswechsel verreist war und Basta deshalb bei seinem Cousin untergebracht hatte.

«Dann leben Sie ja doch nicht allein», sagte sie und schaute wieder nach vorn.

Arno war überrascht, dass sie sich das gemerkt hatte. Fast hätte er ihr von Aglaja und Andrzej erzählt und wie wenig es ihm gefiel, allein zu sein, doch dann riss er sich zusammen. «War die Polizei heute auch bei Ihnen?», fragte er, um das Thema zu wechseln.

«Allerdings. Sind das Ihre Kollegen?»

«Das sind Beamte vom Landeskriminalamt. Die haben den Fall übernommen.»

«Weshalb? Haben Sie Mist gebaut?»

«Das nicht», entgegnete Arno und versuchte, sich auf das Fahren zu konzentrieren. Sie hatten Altenhagen bereits passiert und kamen nach Garßen, dem letzten zum Stadtbereich gehörenden Dorf. Was sollte er ihr sagen? «Das Landeskriminalamt hat bessere Möglichkeiten», erklärte er schließlich.

«Tatsächlich? Die wollten alles nochmal von vorne wissen. Alles, was wir Ihnen schon gesagt haben. Haben die gar nicht mit Ihnen gesprochen?»

«Nicht direkt. Sie haben aber meinen Bericht erhalten. Natürlich müssen sie sich jetzt neu einarbeiten in den Fall und wollen alle Fakten kennen. Es könnte ja sein, dass meine Kollegen und ich etwas übersehen haben.»

«Und wir sind die Leidtragenden», erwiderte sie. «Dabei haben wir einen Toten zu beklagen. Die Beerdigung muss vorbereitet werden. Wir wissen immer noch nicht, wann wir die Leiche zurückbekommen. Statt angemessen trauern zu können, sind meine Eltern jetzt völlig verängstigt. Mit einem Mal ist das Haus ständig voller Polizei. Alles wird durchsucht. Meine Eltern sagen es nicht, doch ich merke, wie das bei ihnen schlimme Erinnerungen heraufbeschwört.»

«Was für Erinnerungen?»

«An die ständigen Repressalien und Demütigungen in der Heimat. Was glauben Sie, wie oft da die Polizei oder das Militär vorbeigekommen ist? Sie haben Verwandte oder Nachbarn verschleppt oder gefoltert oder einfach umgebracht.»

«Es tut mir leid, wirklich», sagte Arno. «Aber ich kann nichts daran ändern. Es ist doch wichtig, dass der Mörder gefunden wird, finden Sie nicht?»

Ronahi antwortete nicht, sondern spielte weiter mit ihrem Führerschein. Links neben ihnen rauschte ein ICE Richtung Norden vorbei. Hinter Garßen verlief die Bahntrasse fast parallel zur Bundesstraße, ehe sie in den Wald abzweigte. Im

Auto hatte man plötzlich das Gefühl zu stehen. Vor einigen Jahren war so ein Hochgeschwindigkeitszug wenige Kilometer weiter in Eschede gegen einen Brückenpfeiler gekracht, ein Unfall, ausgelöst durch einen kleinen technischen Fehler, der über hundert Todesopfer gefordert hatte. Daran musste Arno denken, als er den weißen Strich in der schwarzen Landschaft beobachtete, der bald zu einem Punkt wurde und dann verschwand. Wie sehr sich die Zeiten seitdem verändert hatten. Heutzutage würde man bei einer solchen Katastrophe wohl als Erstes an einen Terroranschlag denken.

«Was ist mit Ilhan?», fragte er.

«Ilhan? Den haben sie mitgenommen. Angeblich, um mit ihm in Ruhe zu reden. Verstehen Sie jetzt, warum meine Eltern plötzlich das Gefühl haben, es ist wieder wie im Irak? Können Sie mir sagen, was das zu bedeuten hat?»

«Das darf ich leider nicht.»

«Was wollten Sie dann von mir?»

Der Verkehr wurde spärlicher und die Umgebung trotz des klaren Himmels und der Schneedecke finsterer. Links und rechts war nur noch Wald und kaum eine Ortschaft. Nicht weit entfernt begann die Heide. «Kennen Sie Dr. El Tahir?», fragte Arno und sah kurz zu ihr hinüber.

«Ja», sagte sie, den Blick nach vorn gerichtet. «Wieso?»

«Er ist der Vater Ihrer verstorbenen Freundin Layla, richtig?»

«Was ist mit ihm?»

«Er ist verschwunden», sagte Arno und betrachtete ihr Profil. Der Nasenring war weg, fiel ihm jetzt auf.

«Verschwunden?», wiederholte Ronahi.

«Er ist heute Morgen zur Arbeit ins Krankenhaus gefahren, aber nie dort angekommen.»

«Also ist er noch nicht einmal einen Tag weg.»

Arno nickte und konzentrierte sich wieder auf die Straße.

«Richtig. Aber er hatte heute einen vollen OP-Plan und hat noch nie bei der Arbeit gefehlt. Er gilt als äußerst zuverlässig und korrekt. Fast schon ein Workaholic, könnte man sagen.» Arno merkte, wie er sich bemühen musste, im Präsens von El Tahir zu reden. Es lag wohl daran, dass er sonst immer nur mit Mordfällen zu tun hatte.

Ronahi hatte ihre Zigaretten hervorgeholt und hielt die Schachtel hoch. «Darf ich rauchen?»

Obwohl Arno selbst Raucher war, hatte er es eigentlich nicht gern, wenn sein Wagen verqualmt war. Doch er zog den leeren Aschenbecher auf und sagte: «Bitte.»

Sie legte ihren Führerschein auf die Ablage und zündete sich eine Zigarette an. «Suchen Sie ihn?», fragte sie, nachdem sie den ersten Zug genommen hatte.

«Ihr Einwand vorhin war nicht falsch», antwortete er. «Dr. El Tahir ist ein erwachsener Mensch. Für ihn gilt das Selbstbestimmungsrecht. Deshalb haben wir noch keine offizielle Suchmeldung herausgegeben. Aber wir gehen der Sache natürlich nach.»

«Was ist Ihrer Meinung nach mit ihm geschehen?», fragte Ronahi nachdenklich.

«Das wollte ich Sie fragen.»

«Mich?» Sie sah ihn argwöhnisch von der Seite an und blies den Zigarettenrauch in seine Richtung. «Woher soll ich das wissen?»

Mittlerweile hatten sie Eschede erreicht. Abgesehen von dem hell erleuchteten und vollen Parkplatz eines Supermarktes lag das alte Heidedorf wie ausgestorben da. Beide verfielen in Schweigen und schauten aus dem Fenster. Jenseits des Ortes führte die Straße wieder durch dichten Wald, und Arno hatte das Gefühl, als würde es, je weiter sie sich von der Stadt entfernten, immer finsterer und unheimlicher werden. Zudem war es kälter hier draußen und die Straße glatter.

«Hatten Sie eigentlich keine Konflikte mit Layla, weil sie eine Moslemin war?», durchbrach Arno nach einer Weile das Schweigen.

«Das hat zwischen uns keine Rolle gespielt», erwiderte Ronahi. «Sie hat sich nicht dafür interessiert. Oder besser gesagt, sie wollte nichts damit zu tun haben. Wie bei denen mit Frauen umgegangen wird, hat sie angekotzt. Aber wir sind eben beide Ausländer.»

So viel zum Thema Integration, dachte Arno. «Wie gut kennen Sie Laylas Eltern?», fragte er.

«Ich habe sie so gut wie nie gesehen.»

«Aber sie war Ihre beste Freundin.»

«Sie war damals mehr bei uns als zu Hause.»

«Hatte sie Probleme zu Hause?»

«Kann man wohl sagen.»

«Welche denn?»

Ronahi zog an ihrer Zigarette und seufzte auf. «Ihr Vater hat sie geschlagen.»

Arno warf ihr einen überraschten Blick zu. «Layla ist von ihrem Vater geschlagen worden?»

«Er war eigentlich selten zu Hause», begann sie zu erzählen. «Ihre Mutter kam nicht mehr mit ihr klar. Sie hat ständig gemeckert und rumgekeift. Darüber, wie sich Layla angezogen hat, was sie für eine Frisur hatte, über ihre Freunde, die Musik oder weil sie geraucht hat. Über alles halt. Aber die Mutter kam gegen Layla nicht an. Wenn dann der Vater nach Hause kam, hat die Mutter sich bei ihm ausgeheult.» Sie hielt inne, drückte ihre Zigarette aus und klappte den Aschenbecher zu.

«Und dann?» Arno sah den kleinen Doktor mit der großen Brille und der breiten Krawatte vor sich.

«Was haben Sie vorhin gesagt?», fragte Ronahi und schaute düster nach vorn. «Dr. El Tahir ist zuverlässig und korrekt? O ja, das ist er. Er ist in ihr Zimmer gegangen, hat den Gürtel aus seiner Hose gezogen und sie korrekt und zuverlässig verprügelt. Manchmal hat er auch einen Bügel oder einen Stock genommen. Einmal hatte sie richtig blutige Striemen auf dem Rücken, sie hat es mir gezeigt. Layla hat mir auch erzählt, dass sie dabei jedes Mal pinkeln musste. Und nachdem ihre Mutter sie gewaschen und ins Bett gebracht hat, kam ihr Vater noch einmal zu ihr und hat gesagt, dass sie selbst schuld wäre und er keine andere Wahl gehabt hätte.»

«Sind Laylas Eltern sehr religiös?», fragte Arno und sah sie an.

«Ich glaube nicht, dass das was mit Religion zu tun hat», sagte Ronahi. Dann stemmte sie plötzlich die Hände gegen das Armaturenbrett und rief: «Vorsicht!»

Als Arno nach vorn schaute, sah er im Licht der Scheinwerfer ein Reh auf der Straße stehen. Erschrocken trat er auf die Bremse, wodurch der Wagen sofort ins Schleudern geriet. Während das Reh sie anstarrte und sich nicht rührte, versuchte Arno, den Volvo auf der Straße zu halten und ihn durch Pumpbewegungen auf das Bremspedal zum Stillstand zu bringen. Eine Weile rutschten sie dennoch unkontrolliert über den glatten Asphalt. Arno war nicht schnell gefahren, aber nun schienen sie kaum langsamer zu werden. Ein Blick in den Rückspiegel zeigte ihm, dass kein Auto hinter ihnen war. Kurz entschlossen schaltete er die Scheinwerfer aus und drückte auf die Hupe. Einen Augenblick sah er nur zwei leuchtende Punkte vor sich, dann war es stockdunkel. Er machte das Licht wieder an, und fast im selben Moment blieb der Volvo stehen. Die Straße vor ihnen war leer, als hätte nie ein Lebewesen einen Fuß auf diesen Teil der Welt gesetzt. Arno atmete durch und schaute Ronahi an, die sich noch immer abstützte.

«Alles in Ordnung?», fragte er und legte eine Hand auf ihren Arm.

Sie nickte, entspannte sich langsam und lehnte sich zurück. «Das war knapp», sagte sie.

Im Rückspiegel blitzte ein Licht auf, ein Wagen kam näher. Arno zog seine Hand zurück, legte einen Gang ein und fuhr vorsichtig weiter. Ronahi atmete schwer ein und aus, griff nach ihrer Zigarettenschachtel, steckte sie aber gleich wieder weg. Dann wandte sie sich ab und legte den Kopf an das Seitenfenster.

«Woran denken Sie?», fragte Arno nach einigen Metern.

«An Layla», sagte sie leise.

Arno nickte. «Wie lange ging das mit den Schlägen?»

«Solange ich Layla kannte. Später war sie dann ja kaum noch zu Hause.»

«Haben Sie Laylas Vater in letzter Zeit mal gesehen?»

«Warum sollte ich?», entgegnete sie barsch.

«Ich frage nur. Sie hätten ihm ja zufällig begegnen können. In der Stadt oder im Krankenhaus, als Sie Dosto besucht haben.»

«Habe ich aber nicht», sagte sie.

«Layla hatte einen Bruder. Kennen Sie ihn?»

«Nicht wirklich, ich bin ihm höchstens einmal begegnet.» Ronahi lehnte sich an die Kopfstütze und schloss die Augen. «Er studiert in München. Film oder so was.»

«Wissen Sie, wie er heißt?»

«Saif. Das Schwert. So heißt übrigens auch Gaddafis Sohn.»

«Das ist arabisch, oder?»

Sie nickte nur.

«Wie alt ist Saif?»

«So fünf oder sechs Jahre älter als Layla.»

«Wusste er davon, dass sein Vater Layla schlägt?»

«Ihm ist es wohl nicht anders ergangen», antwortete Ronahi. «Zumindest als er klein war. Später, als er größer wurde, hat sich der Vater nicht mehr getraut. Typisch. Aber was glauben Sie, warum Saif so weit weg ist? Wer zieht schon freiwillig nach Bayern?» Sie zeigte nach vorn. «Da müssen Sie abbiegen.»

Mitten im Wald standen ein paar Häuser an einer einsamen Kreuzung. Arno betätigte den Blinker, fuhr auf die Linksabbiegerspur und bog auf die Landstraße nach Unterlüß ab. Die neuen Informationen verwirrten Arno. Gewalt in der Familie war keine Seltenheit, als Polizist wurde man immer wieder damit konfrontiert. Selbst in einem Land wie Deutschland war erst Ende des Jahres 2000 das Recht auf gewaltfreie Erziehung festgeschrieben worden. Leider sah die Realität jedoch anders aus, vor allem in Migrantenfamilien. Aus Erfahrung wusste Arno, dass besonders Jugendliche mit diesem Hintergrund zu Gewalttaten neigten. Allerdings waren die meisten schlagenden Väter keine Akademiker wie Dr. El Tahir. Aber dass Schläge nicht nur Hass und wiederum Gewalt erzeugen, sondern auch für Süchte und Rachegefühle anfällig machen, hatte Arno häufig erlebt.

«Hatte Layla deswegen zu den Drogen gegriffen?», fragte er.

«Bestimmt hat es eine Rolle gespielt.»

«Und Sie?»

«Ich? Warum nimmt man Drogen? Um sich die Seligkeit des Vergessens schon auf Erden zu verschaffen.»

Arno betrachtete sie erstaunt. «Was wollten Sie vergessen?»

Ronahi zuckte nur mit den Achseln.

«Wurden Sie auch geschlagen?»

Sie schüttelte den Kopf. «Nein, nicht so», sagte sie. «Eine Ohrfeige war bei uns zu Hause normal, aber ich habe im Grunde nicht viel abgekriegt. Mehmed schon mehr. Er hat auch immer Probleme gemacht.»

«Was ist mit Ilhan?»

«Ilhan ist der Älteste und war immer der Liebling der Eltern. Es gab Zeiten, da hat er gedacht, er müsste sich als mein Vater aufspielen.»

«Hat Ilhan Sie geschlagen?»

Sie nickte. «Aber heute werde ich mit ihm fertig.»

«Sie haben mir neulich erzählt, Layla hätte kurz vor ihrem Tod damit aufgehört, Drogen zu nehmen, und sich zurückgezogen», fuhr Arno nachdenklich fort. «Wo war sie in der Zeit?»

«Zu Hause. Ihr Handy war immer aus. Wenn ich sie zu Hause angerufen habe, hat mir ihre Mutter gesagt, dass Layla nicht mit mir sprechen will, und mich abgewimmelt. Dann ist Layla plötzlich abgehauen, ohne jemandem etwas zu sagen.»

«Hatte ihr Tod etwas mit ihrem Vater zu tun?»

Ronahi rieb ihr Gesicht. «Ich weiß es nicht», entgegnete sie, und es klang beinahe verzweifelt.

Arno wusste auch nicht mehr weiter und grübelte darüber nach, was er gerade erfahren hatte. Nach wenigen Kilometern lag bereits Unterlüß vor ihnen, ein junger, völlig von Wald umschlossener Ort, dem jegliche Landwirtschaft fehlte. Er war im neunzehnten Jahrhundert im Zuge des Baus der Eisenbahnlinie von Hannover nach Hamburg als Bahn- und Waldarbeitersiedlung gegründet worden. Seit einigen Jahrzehnten wurde er allerdings von einem Waffenerprobungszentrum der Firma Rheinmetall geprägt, für das im Norden des Dorfes eine gut zehn Kilometer lange und einen Kilometer breite Schneise in den Wald geschlagen worden war.

«Sie müssen hier links Richtung Hermannsburg abbiegen», sagte Ronahi, kaum dass sie den Ort erreicht hatten. «Wir sind gleich da.»

Sie überquerten die Bahnlinie, rechts konnte man die Lichter des kleinen Bahnhofs erkennen. Kurz hinter der Eisenbahnbrücke bog Arno nach links ab.

«Ich habe das vorhin schon Dosto gefragt», begann er noch einmal. Er hatte nun, kurz vor dem Ziel, das merkwürdige Gefühl, ihm würde die Zeit davonlaufen. «Kommt es Ihnen nicht auch wie ein komischer Zufall vor, dass nur wenige Tage nach dem Mord an Mehmed Dr. El Tahir verschwindet, der Vater von Mehmeds früherer Freundin?»

Sie schien einen Augenblick zu überlegen. «Und was hat Dosto geantwortet?», fragte sie dann.

«Er meinte, es würde keine Zufälle geben, nur die Kette der Folgen.»

«Das hat er tatsächlich gesagt?»

«Ja. Angeblich stammt das aus der yezidischen Mythologie oder Religion.»

«Nicht nur angeblich.»

«Okay, Entschuldigung. Es hört sich aber fast so an, als wollte er sagen, es wäre El Tahirs Schicksal zu verschwinden, finden Sie nicht? Oder als hätte sein Verschwinden etwas mit dem Mord an Mehmed zu tun.»

Sie reagierte nicht.

«Was ist?», fragte Arno.

«Dosto denkt zu viel an Religion», sagte sie und setzte die Kapuze ihres Parkas auf.

«Er sollte sich lieber mit Politik auseinandersetzen, meinen Sie?»

«Hier können Sie mich rauslassen», sagte sie, statt zu antworten.

Vor ihnen breitete sich eine kleine Lichtung im Wald aus, in der Dunkelheit zeichneten sich ein paar verstreute Lichter ab. Lutterloh bestand offenbar nur aus einer Handvoll Höfe.

«Wo ist es denn?»

«Dahinten», sagte sie und zeigte unbestimmt nach vorn zu den Lichtern. «Halten Sie einfach hier.»

Nachdem Arno in der Einfahrt eines Feldweges stehengeblieben war, sahen sich die beiden ein Augenblick schweigend an. Während Arno nach Worten suchte, um noch etwas zu sagen oder zu fragen, zog sich der Moment in die Länge. Dann beendete ihn Ronahi, indem sie abrupt die Tür aufstieß und hinaussprang. Eine Sekunde später beugte sie sich noch einmal ins Innere des Wagens. «Danke», sagte sie mit einem schüchternen Lächeln, schlug die Tür zu und eilte mit den Händen in den Taschen davon.

Arno blieb wie angewurzelt sitzen und sah sie in der Dunkelheit verschwinden. Erst nach einer Weile kam wieder Leben in ihn. Er drehte die Heizung herunter und schob die Kassette in den Schlitz des Radios. Statt zu wenden, fuhr er dann geradeaus weiter. Die Straße führte nach Hermannsburg, und von dort gelangte er genauso gut nach Celle zurück. Wenn es sich vermeiden ließ, nahm er für den Rückweg nicht gern dieselbe Strecke.

Aus den Lautsprechern erklang die tiefe Stimme von Millie Jackson, die gleich im majestätischen Intro den Titel des Liedes sang: *If loving you is wrong, I don't want to be right.* War es ein Zufall, dass nun gerade dieses Stück auf dem Band folgte? Oder hatte er, als er irgendwann im Herbst die Songs auf der Kassette aufnahm, bereits instinktiv einen Soundtrack für die Ereignisse des Winters zusammengestellt?

Kurz darauf kam er durch Hermannsburg und musste wieder daran denken, dass in diesem Heidedorf nicht nur der ehemalige Soldat Peel, sondern auch Eckart Köhler wohnte, der auch einmal Soldat gewesen war. Die vielen Lebensgeschichten, mit denen er in den letzten Tagen konfrontiert worden war, ergaben ein dichtes Knäuel aus Leid und Kampf und Tod, aber leider keinerlei erkennbaren Zusammenhang. Nun reihte sich auch der verschwundene Dr. El Tahir darin ein, der offenbar zu Hause im Verborgenen ein brutales Regiment geführt hatte. Je länger Arno jedoch durch die einsame Landschaft fuhr, desto mehr lösten sich seine wirren Gedanken in der Musik auf und wurden von der Müdigkeit verschluckt. Er würde am nächsten Tag mit klarem Kopf weitermachen müssen.

Als Arno eine halbe Stunde später vor seinem Haus anhielt und die Straßenlaterne ihr gelbes Licht ins Innere des Wagens warf, sah er Ronahis Führerschein auf der Fußmatte des Beifahrersitzes liegen. Das kreditkartengroße Dokument musste heruntergefallen sein, wahrscheinlich bei dem Bremsmanöver, ohne dass es einer von beiden bemerkt hatte. Arno beugte sich hinab und hob es auf. Im ersten Moment war er verärgert, den Führerschein nicht rechtzeitig gesehen zu haben. Doch als er dann das Foto betrachtete, dachte er, dass es ein guter Grund war, sie bald wiederzusehen.

29

Celle, Freitag, 6. Januar 2006

«Suizid ist also auszuschließen?», fragte Heiner Pries.

«Nein», sagte Arno, obwohl er gerade berichtet hatte, dass nichts darauf hindeutete. Nach allem, was er über Dr. El Tahir wusste, glaubte er auch nicht daran, dass er Selbstmord begangen hatte. Der geschätzte Arzt schien eher ein Mensch zu sein, dessen Aggression sich gegen andere, vor allem Schwächere, richtete. Aber ausschließen konnte man diese Möglichkeit nie, nicht einmal bei Menschen, die man besser kannte.

Arno lehnte in der Tür von Pries' Büro und schlang den letzten Rest des schwammigen Brötchens herunter, das er an der Tankstelle gekauft hatte. Als er am frühen Morgen fröstelnd und schlaftrunken in die Küche gestolpert war, hatte Basta schon vor ihren Näpfen auf ihn gewartet. Während er die fast aufgebrauchte Packung mit Trockenfutter hervorgeholt und ihr die kläglichen Reste gegeben hatte, hatte er sich vorgenommen, an diesem Morgen endlich einzukaufen, denn auch sein Kühlschrank war immer noch leer. Doch dann war ihm eingefallen, dass heute der Dreikönigstag war und alle Geschäfte geschlossen hatten. Deswegen hatte er nur schnell geduscht, sich rasiert und angezogen und selbst auf einen Kaffee verzichtet. Nachdem er seine Sachen zusammengepackt hatte, war Basta ihm erwartungsvoll zur Tür gefolgt. Und als er zu ihr hinabgeschaut und ihren traurigen, flehentlichen Blick gesehen hatte, war ihm ein Stich ins Herz gefahren. «Tut mir leid», hatte er gesagt und sich neben sie gekniet und ihr schwarzes Fell gekrault. «Du kannst nicht mitkommen. Aber morgen habe ich bestimmt Zeit für dich, und dann machen wir einen langen Spaziergang. Okay?»

Mit schlechtem Gewissen hatte er sie wieder allein gelassen, aber sie wäre auch nicht glücklicher gewesen, wenn sie den ganzen Tag in seinem Büro oder im Wagen hätte liegen müssen. Als er hinausgegangen war, hatte er sofort gespürt, dass es wärmer geworden war. Die Temperaturen pendelten sich um den Gefrierpunkt ein, und der Schnee schmolz. Doch es war stürmisch, und von Norden zogen bedrohliche, dunkle Wolken heran. Zwanzig Minuten später war er nach einem kurzen Halt an der Tankstelle auf den Parkplatz der Polizeiinspektion gebogen. Auf dem Flur des Fachkommissariats I hatte bereits Müller auf ihn gewartet, gemeinsam waren sie dann zum Ersten Hauptkommissar gegangen, um Bericht über das mysteriöse Verschwinden des Dr. El Tahir zu erstatten.

«Nein», wiederholte Arno, nachdem er ausgekaut hatte, «ausschließen kann man das nicht. Und du weißt genauso gut wie ich, dass man jemanden, der sich umbringen will, kaum davon abhalten kann.» Er wischte die Krümel vom Hemd und rieb seine Hände.

Pries schaute erst auf den Teppich seines Büros und warf dann Arno einen strafenden Blick zu. «Na gut», sagte er und nahm einen Zettel von seinem Schreibtisch. «Wir haben die Nummer und Adresse von Dr. El Tahirs Sohn herausgekriegt. Zum Glück gibt es keinen anderen El Tahir in München. Sein Vorname ist nämlich Saif und nicht Salem oder so.»

«Das weiß ich mittlerweile auch», sagte Arno.

«Allerdings haben wir ihn gestern Abend nicht telefonisch

erreicht», fuhr der Erste Hauptkommissar fort. «Die Kollegen in München waren so nett und sind vorbeigefahren, haben ihn aber auch nicht angetroffen. Er wohnt in einer WG, von seinen Mitbewohnern wusste keiner, wo er steckt.» Pries reichte Arno den Zettel. «Sollen wir ihn suchen lassen?»

«Den Sohn?»

Pries zuckte mit den Achseln. «Nach deinen neuen Informationen könnte es doch sein, dass er sich an seinem Vater rächen wollte, oder?»

Arno schüttelte den Kopf. «Warten wir noch. Ich versuche gleich noch einmal, ihn zu erreichen. Es ist auch möglich, dass El Tahir bei ihm ist, und dann ist die ganze Aufregung umsonst.» Er wandte sich an Müller. «In der Zwischenzeit können Sie herausfinden, bei welcher Bank El Tahir sein Konto hat. Heute ist zwar Feiertag, aber vielleicht kriegen wir den zuständigen Filialleiter dazu, dass wir uns die Kontobewegungen anschauen können. Sagen Sie, dass es dringend ist und um Leben und Tod geht.»

«Okay», sagte Müller.

«Außerdem sollten wir den Weg, den er für gewöhnlich zur Arbeit nimmt, ermitteln und mit Leuten entlang der Strecke reden», fuhr Arno fort. «Vielleicht hat ihn jemand gesehen, vielleicht ist unterwegs irgendetwas passiert. Wo ist eigentlich Mertens?»

«Der hat heute freigenommen», sagte Pries.

Da konnte der Kollege ja endlich seiner Bürgerpflicht nachkommen und demonstrieren gehen, dachte Arno.

«Und ich habe am Wochenende frei», erklärte Müller, als wollte er gleich sicherstellen, nicht mit zu viel Arbeit eingedeckt zu werden.

«Ich schicke ein paar Beamte los», bot Pries an. «Viele Möglichkeiten, um von Boye zum Krankenhaus zu kommen, gibt es ja nicht.»

«Dann schauen wir, wie weit wir heute kommen», sagte Arno. «Was macht übrigens das LKA?»

«Hier ist keiner von denen aufgetaucht», entgegnete Pries. «Aber soviel ich gehört habe, nehmen sie sich jetzt diesen Fußballklub und den Kulturladen vor. Da wird wohl kein Stein mehr auf dem anderen bleiben.»

«Den Fußballklub?», wiederholte Müller erstaunt. «Was hat der mit der Politik zu tun?»

«Angeblich soll der auch von der PKK unterwandert sein», antwortete Pries.

Arno musste an sein Gespräch mit Dosto am vergangenen Tag denken. Irgendetwas hielt der junge Mann zurück, und Arno war neugierig, ob es etwas mit dem Fall zu tun hatte. Allerdings konnte er sich nicht vorstellen, dass Dosto persönlich darin verstrickt war. Wie einen möglichen Selbstmord El Tahirs konnte man es aber auch nicht ausschließen. Dazu wusste er zu wenig von den Leuten.

«Ich bin nur froh, dass uns diese Ermittlungen erspart geblieben sind», meinte Müller.

Arno sah ihn an. «Sie können dann schon mal loslegen», forderte er den Oberkommissar auf.

«Ich gehe ja schon», entgegnete Müller beleidigt und verschwand.

Arno ging derweil in sein Büro, schloss die Tür, setzte sich an den Schreibtisch und zog das Telefon heran. Bevor er die Nummer wählte, die Pries ihm gegeben hatte, drehte er sich eine Zigarette. Im Gegensatz zum Ersten Hauptkommissar glaubte er nicht daran, dass der Sohn nach über einem Jahr plötzlich zum Rachefeldzug gegen den Vater ausgezogen war. Wenn überhaupt, dann hätte er gleich nach dem Tod der Schwester etwas unternommen. Nein, dachte er, Saif El Tahir war am Abend vor dem Feiertag bestimmt nur aus gewesen. Arno schaute auf die Uhr. Es war erst halb neun, wahrscheinlich nicht die beste Zeit, um einen Studenten anzurufen. Andererseits gab es vielleicht keine bessere Gelegenheit, ihn zu Hause anzutreffen, selbst wenn es bedeutete, ihn verkatert aus dem Bett zu klingeln.

Arno zündete sich die Zigarette an, tippte die Ziffern in die Tastatur und lehnte sich zurück. Nachdem es lange geklingelt hatte, nahm endlich jemand ab. Es war ein verschlafener Mitbewohner von Saif El Tahir, der nicht erfreut war, zu dieser frühen Stunde gestört zu werden. Aber Arno hatte Glück. Widerwillig kam der Mitbewohner der Bitte nach, Saif ans Telefon zu holen.

Die Stimme, die sich dann meldete, klang tief und fest und weder müde noch verkatert. Als Arno sich mit seinem Dienstgrad vorstellte, schien der junge Mann nicht überrascht zu sein.

«Ihr Vater ist verschwunden», sagte Arno deshalb sofort.

«Ich weiß.»

Arno atmete den Rauch seiner Zigarette aus und beugte sich vor. «Woher wissen Sie das?»

«Meine Mutter hat mich gestern angerufen.»

«Ach so.»

«Ja, ich war auch überrascht. Sonst meldet sie sich nie.»

«Es ist ja auch eine besondere Situation», sagte Arno. «Haben Sie etwas von Ihrem Vater gehört?»

«Nein. Schon lange nicht mehr.»

«Haben Sie eine Ahnung, wo er sein könnte?»

«Ich habe keinen Schimmer.»

«Bei Ihnen ist er also nicht?»

«Bei mir? Bestimmt nicht.»

Die Frage hatte ihn fast empört, dachte Arno. «Sie scheinen sich keine Sorgen zu machen.»

«Nicht besonders.»

«Wann waren Sie das letzte Mal in Celle?»

Bei dieser Frage zögerte der junge Mann. «Bei der Beerdigung meiner Schwester», sagte er dann etwas leiser als zuvor.

«Das ist auch lange her.»

Saif El Tahir atmete hörbar ein. «Sagen wir mal so», fuhr er nach einer kurzen Pause fort, «ich bin nicht gerade traurig darüber, weit weg zu sein. Außerdem habe ich hier eine Menge zu tun.»

«Ist Ihr Vater der Grund, warum Sie nach München gegangen sind?», fragte Arno vorsichtig.

«Wie gesagt, der Abstand zu meinen Eltern treibt mir nicht gerade die Tränen in die Augen», erwiderte Saif. «Aber mein Vater hat mit meinen Entscheidungen zum Glück nichts mehr zu tun. Mein Studium kann man nicht überall machen. Es gibt dafür nur ein paar Hochschulen in Deutschland.»

«Sie studieren an der Filmhochschule, nicht wahr?»

«Ja.»

«Das ist bestimmt sehr interessant», meinte Arno, um das Eis ein wenig zu brechen. «Was studieren Sie da genau? Kamera oder so etwas?»

«Nein», entgegnete Saif ungeduldig. «Hier wird man zum Filmemacher ausgebildet. Ich studiere in der Dokumentarfilmklasse. Und ich finanziere mich allein, falls es Sie interessiert. Deswegen muss ich auch gleich los.»

«Ich habe gehört, es ist nicht leicht, dort angenommen zu werden», fuhr Arno ungerührt fort.

«Das stimmt. Mich haben sie wahrscheinlich nur genommen, weil ich einen Exotenbonus habe.»

«Das wollte ich damit nicht sagen.»

«Ich weiß», antwortete Saif. «Es ist aber so. Wenn ich mir meine Kommilitonen angucke, sehe ich nur Idioten oder Ausländer. Und von denen sind viele auch Idioten.»

Arno lachte, aber er war sich nicht sicher, ob der junge Mann nur unzufrieden mit seiner Hochschule war oder überheblich. «Was für Filme machen Sie?», fragte er und nahm einen Zug von der Zigarette.

«Vor allem will ich ethnografische Filme drehen», erklärte Saif. «Filme über Menschen und fremde Kulturen. Das interessiert mich.»

«Auch über Ihre Herkunft?»

«Ja.»

«Saif, hat Ihr Vater noch Kontakte in die Heimat, gibt es im Libanon Verwandte, zu denen er gereist sein könnte?»

Jetzt lachte El Tahirs Sohn. «Nein.»

«Warum lachen Sie?»

Saif verstummte, und Arno konnte wieder seinen Atem hören. «Ich habe den Zirkus lange genug mitgemacht», sagte er dann.

«Welchen Zirkus?», wollte Arno wissen.

«Kommt es Ihnen nicht komisch vor, dass es in Deutschland so viele Ausländer gibt, die angeblich aus dem Libanon stammen?»

«Ich glaube, ich kann Ihnen nicht ganz folgen.»

«Das Land nimmt seine Staatsbürger nicht wieder auf», erklärte Saif. «Das ist zwar völkerrechtswidrig, aber man kann anscheinend nichts dagegen tun. Wenn man also nach Deutschland kommt und sagt, man stammt aus dem Libanon und hat zufällig seine Papiere verloren, dann kann man nicht abgeschoben und zurückgeschickt werden. Verstehen Sie?»

Dieser Trick war Arno nicht unbekannt. In Berlin, wo es eine große Migrantengemeinde gibt, war deshalb vor einigen Jahren beim Landeskriminalamt eine eigene Sonderkommission gegründet worden. Diese Soko «Ident» sollte die wahre Herkunft der angeblichen Libanesen ermitteln. Doch es waren vor allem Straftäter, die sich des Tricks bedienten, um einer Abschiebung in ihr Heimatland zu entgehen, wobei es sich in den meisten Fällen um die Türkei handelte. «Wollen

Sie damit sagen, dass Ihre Familie nicht aus dem Libanon stammt?»

«Araber leben in vielen Ländern», erwiderte Saif rätselhaft.

«Warum sollte sich Ihre Familie illegal in Deutschland Asyl verschafft haben?», hakte Arno nach.

«Denken Sie mal darüber nach.»

Das hatte Dosto ihm gestern bereits geraten, dachte Arno. Aber mit so vielen Unbekannten in der Rechnung kam er zu keinem Ergebnis. «Wollen Sie mir nicht weiterhelfen?»

«Hören Sie», entgegnete El Tahirs Sohn scharf, «ich habe zwar ein beschissenes Verhältnis zu meinem Vater, aber er ist eben mein Vater. Sie müssen Ihre Recherchen schon allein machen. Genau wie ich.»

«Hat das alles etwas mit dem Verschwinden Ihres Vaters zu tun?»

«Wie gesagt, finden Sie es heraus. Ich muss jetzt los.»

«Moment», sagte Arno schnell. «Eine Sache noch. Sie haben vorhin gesagt, Ihre Mutter habe Sie gestern benachrichtigt. Mittlerweile ist sie im Krankenhaus. Es geht ihr nicht gut.»

«Das kann ich mir vorstellen», entgegnete Saif kühl.

«Wussten Sie, dass sie medikamentenabhängig ist?»

«Anders hat sie es nicht ausgehalten.»

«Mit Ihrem Vater?»

«Wie gesagt, ich muss jetzt los.»

«Es ist Ihre Mutter», sagte Arno. «Sie könnte Sie jetzt brauchen.»

«Ich habe keine Zeit», antwortete Saif. «Sie konnte uns nicht helfen, jetzt kann ich nichts mehr für sie tun. Auf Wiederhören.»

Das Gespräch war beendet, nur noch das Tuten drang in Arnos Ohr. Als er den Hörer auflegte, schrie er vor Schmerz auf. Im Laufe des Gespräches hatte er die Zigarette vergessen, die er in der Hand hielt. Nun war sie verglimmt und hatte seine Finger angesengt. Fluchend sprang er auf und warf die Kippe in den Aschenbecher. Die Hand schüttelnd, ging er zum Fenster, öffnete es einen Spalt und schaute hinab auf den Paradeplatz des Landgestütes. Das Oval der Arena war mit einer dichten Schneeschicht bedeckt, auf der Hufe und Wagenräder die Form einer Acht gebildet hatten, eine geschwungene Spur ohne Anfang und ohne Ende. Durch das Fenster strömte eine derart kalte Luft, dass ihm schnell kalt wurde und sogar seine Brille beschlug. Er schloss es wieder und setzte sich verwirrt und nachdenklich an den Schreibtisch.

Der Fall wurde immer undurchsichtiger, und Dr. El Tahir ein immer größeres Rätsel. Erst entpuppte sich der allseits geschätzte Arzt als Schläger, dann hatte er angeblich auch seine Herkunft verschleiert. Die Ermittlung seiner wahren Identität wäre äußerst aufwändig, weil in den betreffenden Ländern in den Registern der Standesämter ermittelt werden musste. Man benötigte also wenigstens einen Anhaltspunkt über die tatsächliche Herkunft. Welche Gründe konnte es für El Tahir gegeben haben? Arno drehte sich eine neue Zigarette und grübelte weiter. Neben einer kriminellen Tat konnte es auch sein, dass man einer Nationalität angehörte, der in Deutschland kein Asyl gewährt wurde, und man deshalb keine andere Chance gesehen hatte, als mit einer falschen Identität einzureisen.

Aber wie passte El Tahir in diese Überlegungen? Jemand, der seit zwölf Jahren als respektierter Chefarzt in einer Klinik arbeitet, wird kaum über die ganzen Jahre nebenbei unbemerkt in Straftaten verwickelt gewesen sein, dachte Arno, während er sich die Zigarette anzündete. Der Doktor schien ganz im Gegenteil ein überaus korrekter Mensch zu sein, der nur für seine Arbeit lebte. Dass er in seiner Familie mit autoritärer Härte durchgriff, war keine Straftat, für die man seine

Papiere fälschen oder verlieren musste. Nein, Arno konnte sich beim besten Willen nicht vorstellen, dass El Tahir Angst vor einer Abschiebung hatte oder eine solche befürchten musste. Er sei denn, er stammte ursprünglich tatsächlich aus einem Land, dessen Bürgern in Deutschland kein Asyl gewährt wird. Welches könnte das sein? Er war Araber, immerhin das hatte sein Sohn bestätigt. Aber er hatte auch gesagt, dass Araber in vielen Ländern leben, es machte die Sache also nicht leichter.

Arno sprang auf und durchstöberte das Regal. Wie er vermutet hatte, fand er eine schon leicht zerfledderte Ausgabe des Grundgesetzes. Er hätte auch im Internet nachschauen können, aber er war altmodisch und blätterte lieber in einem Buch, wenn er noch die Möglichkeit dazu hatte.

Asylrecht. Artikel 16a. Arno überflog den fünfteiligen Gesetzestext und konnte sich des Eindrucks nicht erwehren, dass er zu keiner klaren Aussage kam und äußerst schwammig formuliert war. *Politisch Verfolgte genießen Asylrecht,* heißt es zwar im ersten Absatz. Doch im dritten steht dann: *Durch Gesetz können Staaten bestimmt werden, bei denen auf Grund der Rechtslage, der Rechtsanwendung und der allgemeinen politischen Verhältnisse gewährleistet erscheint, dass dort weder politische Verfolgung noch unmenschliche oder erniedrigende Bestrafung oder Behandlung stattfindet. Es wird vermutet, dass ein Ausländer aus einem solchen Staat nicht verfolgt wird* und so weiter. Können, scheinen, vermuten. Das Asylrecht war im Grunde reine Auslegungssache, und welche Kriterien dafür angelegt wurden, war nicht ersichtlich. Als Polizist hatte man zwar häufig mit Migranten zu tun, die gesetzlichen Grundlagen ihrer Anwesenheit blieben einem allerdings meistens verborgen. Die Ausgabe des Grundgesetzes war zehn Jahre alt, fiel ihm auf. Möglicherweise hatte es mittlerweile Veränderungen gegeben. Aber da die Welt seitdem kaum übersichtlicher geworden war, bezweifelte er, dass das Gesetz an Klarheit gewonnen hatte.

Arno las erneut den Passus über die unmenschliche und erniedrigende Bestrafung und musste an Ronahis detaillierte Erzählung von El Tahirs häuslichen Züchtigungen denken. Ihm fehlten Informationen, um den Arzt zu finden, doch er wusste mittlerweile genug von ihm, um schon fast die Motivation für seine Aufgabe zu verlieren. Arno verscheuchte diesen Gedanken schnell, stellte den Computer an, wählte sich ins Internet und gab in der Suchmaschine den Begriff Arabische Liga ein. Gerade als er las, dass sie einundzwanzig Staaten sowie die PLO umfasste, klopfte es an seiner Tür. Eine Sekunde später stand Heiner Pries vor ihm, der wieder nicht gewartet hatte, bis er hereingebeten wurde.

«Hast du etwas herausbekommen?», fragte er.

Arno wandte sich vom Computer ab und berichtete ihm von dem Telefonat mit Saif El Tahir.

«Und du hast nicht aus ihm herausbekommen, wo die Familie herkommt?», wollte der Erste Hauptkommissar wissen.

«Ich konnte ihm über das Telefon schlecht Daumenschrauben anlegen», entgegnete Arno.

«Stimmt», gab Pries zu, dem die Ironie offensichtlich entgangen war. «Ob das was mit dem Verschwinden des Doktors zu tun hat?»

«Sollte er sich abgesetzt haben, könnte es ganz hilfreich sein, wenn wir wissen, woher er tatsächlich stammt.» Arno schaute auf den Computerbildschirm. «Allerdings wird es schwierig werden, das herauszufinden. Ich muss nochmal mit seiner Frau reden. Vielleicht kriege ich heute mehr aus ihr heraus.»

Pries kratzte sich am Kopf. «Suchmeldung?»

«Ich möchte mir erst noch sein Konto anschauen», erwiderte Arno. «Wenn er es nicht geräumt hat oder eine größere Summe abgehoben hat, sollten wir ihn ausschreiben.»

Pries nickte. «Okay», sagte er und ging zur Tür. Mit der Klinke in der Hand drehte er sich dann noch einmal um. «Ach, übrigens, wo du gerade von großen Summen sprichst. In der Lagerhalle und auf dem Schrottplatz von Holger Gerling wurde weiteres Diebesgut gefunden. Der Hundezwinger war wohl sein Spezialversteck. Dadurch sind einige Einbrüche und Diebstähle der letzten Zeit geklärt. Die Zwillinge waren ein guter Fang von dir.»

«Danke», sagte Arno ohne Begeisterung und wandte sich wieder dem Computer zu. Doch dann hielt er inne. Die Zwillinge. Das Geburtsdatum hat mich stutzig gemacht, hatte Müller bei der Festnahme des Schrotthändlers gesagt. Schon damals hatte dieser Satz eine unbestimmte Assoziation bei Arno ausgelöst, die er nicht hatte benennen können, und später hatte er die Sache vergessen. Jetzt wusste er, was es war. Er stand auf und tastete seinen Mantel ab, der neben der Tür hing. Neugierig zog er Ronahi Dumans Führerschein hervor.

30

Während Arno dieses Mal das Foto von Ronahi Duman betrachtete, stieg ein unangenehmes Gefühl in ihm auf. Schon als er die junge Frau das erste Mal gesehen hatte, war er fasziniert gewesen und hatte weiche Knie bekommen. Bei jeder weiteren Begegnung war es ihm nicht anders ergangen. Er hatte sogar von ihr geträumt, dachte er nun beschämt. Anscheinend war ihm seine professionelle Distanz gegenüber Angehörigen in einem Ermittlungsfall abhandengekommen; vielleicht machte er sich in dieser Hinsicht aber auch nur etwas vor und war in Wirklichkeit nie dazu in der Lage gewesen, Distanz zu bewahren. Möglicherweise hatte diese Unfähigkeit sogar zu dem einen oder anderen Erfolg in seiner Karriere beigetragen. Doch in diesem Fall hatte er mit einem Mal das Gefühl, eine Grenze überschritten zu haben. Zudem hatte er offenbar die ganze Zeit völlig verdrängt, dass Ronahi dreiundzwanzig Jahre jünger war als er und seine Tochter hätte sein können.

Das Geburtsdatum auf dem Führerschein lautete 12. November 1986. Als Geburtsort war Dohuk, Irak, angegeben. Arno suchte die Akte über Mehmed Duman hervor und überprüfte die persönlichen Daten des Ermordeten. Geboren am 31. März 1987 in Hakkari, Türkei, stand dort. Nur viereinhalb Monate nach Ronahi. Das war es, was die ganze Zeit in einem schwer zugänglichen Bereich seines Gedächtnisses gelauert hatte. Nach diesen Angaben konnten die beiden keine Geschwister sein.

Arno setzte sich wieder an seinen Schreibtisch. Vor einiger Zeit war die Computertechnik der Polizeiinspektion modernisiert worden, sodass er nun nicht nur über eine schnellere Internetverbindung, sondern auch über Programme wie Google Earth verfügte. Nachdem Arno dort Ronahis Geburtsort eingegeben hatte, drehte sich die Erdkugel nach Westen und wurde größer. Der virtuelle Flug endete in Sekundenschnelle im Nahen Osten im Grenzgebiet zwischen dem Irak und der Türkei. Dohuk war eine Kleinstadt, gleichzeitig der Name einer Provinz. Wenn Arno sich richtig erinnerte, hatte ihm Dosto erzählt, dass die Dumans aus einem kleinen Dorf stammten. Da sie Yeziden waren, hatten sie kaum in einer moslemischen Ortschaft gelebt, sondern höchstwahrscheinlich in einem Dorf in der Umgebung, das zu klein war, um auf der Karte angezeigt zu werden. Wenn es überhaupt noch existierte. Die Familie hatte ja aus ihrer Heimat fliehen müssen. Mit einem Klick auf den Cursor versuchte er, die Karte zu vergrößern. Sofort wurde die Auflösung der Satellitenbilder so schlecht, dass man kaum noch etwas erkennen konnte. Wenn Arno sich nicht täuschte, wurden die Aufnahmen von der NASA zur Verfügung gestellt, und bei der Gegend handelte es sich um ein Krisengebiet, von dem die Amerikaner niemals detailliertes Kartenmaterial ins Netz stellen würden. Stattdessen verlagerte Arno den Kartenausschnitt nach Norden. Ungefähr zwanzig Kilometer entfernt, stromabwärts des Großen Zab, befand sich die Grenze. Wiederum dreißig Kilometer weiter lag unweit des Flusses die türkische Kleinstadt Hakkari, in der Mehmed geboren worden war. Auch diese Stadt teilte ihren Namen mit einer ganzen Region. Während Arno die Karte betrachtete und versuchte, sich den Weg der Flüchtlinge durch diese für ihn fremde Welt vorzustellen, klopfte es erneut an der Tür.

«Herein», rief er geistesabwesend.

Karsten Müller kam ins Büro und schielte auf den Computer. «Was ist los?», wollte der Oberkommissar wissen.

Arno erzählte, was er gerade entdeckt hatte. Die Information schien seinen Kollegen nicht besonders zu beeindrucken.

«Sie wissen, dass viele Ausländer ungenaue oder falsche Geburtsdaten haben?», meinte Müller.

«Weshalb?»

«Dafür gibt es tausend Gründe.» Müller zählte sie an der Hand ab. «Um früher Rente zu kriegen, um länger Kindergeld zu bekommen, um das Sozialamt oder irgendeine andere Behörde zu bescheißen, um die wahre Identität zu verschleiern und was weiß ich.»

Arno betrachtete wieder den Bildschirm des Computers. Müller trat hinter ihn und schaute ihm über die Schulter.

«Außerdem stammen die meisten Kurden aus der hinterletzten Pampa», fuhr der Oberkommissar fort. «Glauben Sie, da gibt es in jedem kleinen Pisskaff ein Standesamt oder so?»

Müller hatte wahrscheinlich recht, dachte Arno. «Die Angaben der Geburtsorte sind tatsächlich vage», gab er zu. «Die Namen bezeichnen sowohl Städte als auch ganze Regionen. Aber die Geburtsdaten der beiden sind ziemlich genau.»

«Vielleicht hat sich nur irgendwer im Geburtsjahr vertan», hielt Müller dagegen. «Bis die hier eingebürgert wurden, sind die Daten über tausend Schreibtische gegangen.» Er richtete sich auf. «Und überhaupt», fuhr er fort, «selbst wenn die Daten stimmen, dann sind sie eben keine Geschwister. Und? Was soll uns das sagen?»

Arno wandte sich vom Bildschirm ab und sah ihn an. «Das weiß ich auch noch nicht. Aber bisher hat uns das niemand gesagt. Es ist ein weiterer merkwürdiger Punkt in diesem Fall.»

«Der nicht mehr unser Fall ist. Damit kann sich das LKA rumschlagen.»

«Mensch, Müller, Sie nerven», sagte Arno und trennte verärgert die Internetverbindung. Doch am meisten ärgerte er sich über sich selbst. «Aber Sie haben ausnahmsweise recht. Haben Sie wenigstens etwas erreicht?»

«Dr. El Tahir hat sein Konto bei der Sparkassenfiliale in Klein Hehlen», berichtete Müller. «Der Filialleiter hat heute sowieso im Büro zu tun und ist noch gut zwei Stunden dort. Pries hat schon bei der Staatsanwältin angerufen. Wir können uns die Durchsuchungsbescheide dort abholen und direkt zur Bank fahren.»

Arno musterte seinen Kollegen erstaunt. «Das ging ja schnell.»

«Dann fahren wir», sagte Müller. «Ich habe Weihnachten schon was vor.»

Kurz darauf fuhren sie in die Innenstadt. Arno hielt vor der Staatsanwaltschaft gegenüber dem Schloss an und wartete im Wagen, während Müller hineinlief, um die nötigen Papiere zu holen. In der Stadt war nicht viel los an diesem Feiertag, nur im Schlosspark spazierten ein paar Leute herum, die sich zwischen den kahlen Bäumen gegen den stärker gewordenen Wind stemmen mussten. Das weißgetünchte Schloss, Mittelpunkt und Stolz der alten Residenzstadt, sah bei diesem Wetter genauso schmuddelig und trüb aus wie der schmelzende Schnee. Nach wenigen Minuten kehrte Müller zurück, und Arno fuhr weiter.

«Und Sie sind der kleinen Duman gestern tatsächlich zufällig über den Weg gelaufen?», fragte Müller, als sie die Allerbrücke überquerten.

«Ja», sagte Arno. «Wieso fragen Sie?»

«Nur so.»

«Als ich aus dem Krankenhaus kam, stand sie da an der Kreuzung mit einer Autopanne», erklärte Arno. «Nachdem ich erfahren hatte, dass sie die Freundin von El Tahirs Tochter war, hätte ich sowieso mit ihr sprechen müssen.»

Müller nickte nur und starrte aus dem Seitenfenster.

Warum rechtfertige ich mich eigentlich?, dachte Arno. Aber er spürte wieder die gleiche Scham in sich aufsteigen wie bei der Betrachtung von Ronahis Foto zuvor. Schweigend fuhr Arno weiter. Als er die Brücke über die Bahntrasse passierte, schaute er die Gleise Richtung Bahnhof hinunter. Er musste an den Castortransport und die Demonstrationen denken, aber soweit er sehen konnte, schien alles ruhig zu sein. Jenseits der Bahnlinie gelangten sie nach Klein Hehlen und schließlich zur Filiale der Sparkasse. Nachdem Arno den Wagen vor dem kleinen Flachdachgebäude geparkt hatte, stiegen die beiden aus und klopften an der Eingangstür. Drinnen war alles dunkel, niemand kam, um ihnen zu öffnen.

«Ich denke, der Filialleiter ist hier», meinte Arno.

Müller zuckte mit den Achseln. «Hat er mir jedenfalls gesagt.» Er klopfte erneut an die Scheibe.

Endlich tauchte drinnen ein Mann auf und bedeutete ihnen, links um das Gebäude herumzugehen. Als sie um die Ecke bogen, hielt er ihnen bereits eine Tür auf. Er war ein übergewichtiger Mann mit schütterem, dünnem Haar und einer randlosen Brille, der selbst an diesem freien Tag einen grauen Anzug mit Weste und Krawatte trug. Seine gesetzte, beinahe ältliche Aufmachung stand in starkem Kontrast zu seinen weichen, knabenhaften Gesichtszügen.

«Das hier ist der Mitarbeitereingang», sagte er zur Begrüßung und streckte seine Hand aus. «Rainer Hempel. Sie sind die Herren von der Polizei?»

Arno und Müller drückten nacheinander seine schwammige Hand, zeigten ihre Dienstausweise vor und reichten ihm den Durchsuchungsbescheid. Hempel führte sie durch die Schalterhalle in sein Büro.

«Gerne mache ich das nicht», sagte er, während er die Papiere der Staatsanwaltschaft studierte. «Also, wenn jemand verstorben ist, dann ist das eine andere Sache, aber so …»

«Wir versuchen, ihn lebend zu finden», entgegnete Arno. «Ist er in der letzten Zeit hier gewesen?»

Hempel setzte sich an seinen Schreibtisch und tippte etwas in die Tastatur seines Computers ein. «Dr. El Tahir», murmelte er abwesend. «Bei mir ist er nicht gewesen. Da müssten Sie die Angestellten am Schalter fragen.»

«Uns interessiert, ob er in der letzten Zeit eine größere Summe abgehoben hat», erklärte Müller, stellte sich hinter Hempel und schaute auf den Bildschirm.

Hempel schielte über seine Brille auf die Zahlenkolonnen. «Nein», sagte er, «keine Unregelmäßigkeiten. Es wurden in den letzten Wochen keine größeren Summen abgehoben. Es fand nur der normale Kontoverkehr statt.»

Arno und Müller sahen sich an. Offensichtlich hatte sich El Tahir nicht abgesetzt. Hempel drehte sich zu ihnen um. «Ist das gut oder schlecht?», wollte er wissen.

«Wie man's nimmt», entgegnete Arno. «Wie sieht denn sein normaler Kontoverkehr aus?»

Hempel schaute wieder auf den Bildschirm. «Das Übliche eben. Gehaltszahlungen, Abzahlungen für das Haus, für das Auto, regelmäßige Überweisungen …»

«An wen gehen die im Einzelnen?», wollte Arno wissen.

«Ist das wirklich notwendig?», fragte Hempel.

«Sonst wären wir nicht hier», erwiderte Müller. «Und wir haben nicht ewig Zeit.»

«Monatliche Beiträge für den Tennisclub oder so interessieren uns nicht», setzte Arno hinzu.

«Na schön», sagte Hempel, schob seine Brille auf die Stirn und beugte sich näher an den Bildschirm. «Mal sehen. Aha. Da wäre was. Monatlich gehen achthundert Euro an ein Konto einer Bank in Beirut. Da kommt er wohl her.»

«Nach Beirut?», wiederholte Arno. Saif El Tahir hatte angedeutet, dass seine Familie in Wirklichkeit nicht aus dem Libanon stammte. Sollte der junge Mann sich getäuscht haben? Oder hatte er ihn auf eine falsche Fährte locken wollen? «Wer ist der Empfänger?»

«Ein Hussein Al Massud. Ein Verwendungszweck ist nicht angegeben.»

Arno notierte den Namen. El Tahir hatte also doch eine Verbindung in den Libanon. Wenn möglich, mussten sie den Empfänger der monatlichen Überweisungen ermitteln. «Und sonst?», fragte er.

«Tausendfünfhundert Euro gehen monatlich an eine Viola Wilke, auch ohne Verwendungszweck.»

«An welche Bank?»

«Sparkasse Celle», sagte Hempel. «Die Filiale in der Innenstadt am Großen Plan.»

Arno und Müller tauschten wieder einen Blick aus. Wie viele Gründe gab es dafür, dass ein verheirateter Mann einer Frau monatlich einen nicht unerheblichen Geldbetrag überwies? Die beiden hatten offenbar den gleichen Gedanken, denn Müller zückte bereits sein Handy und verließ das Büro.

«Wie lange besteht dieser Überweisungsauftrag schon?», fragte Arno.

«Moment. Seit ziemlich genau einem Jahr. Seit Februar 2005.»

«Gibt es sonst noch etwas Auffälliges?»

«Das ist alles», schloss Hempel und drehte sich zu Arno um.

«Ich danke Ihnen», sagte Arno und legte eine Visitenkarte auf den Schreibtisch. «Sollte in der nächsten Zeit von diesem Konto etwas abgehoben werden, dann sagen Sie uns bitte sofort Bescheid, ja?»

Hempel ließ seine Brille auf die Nase rutschen und nickte. «Kein Problem.»

Arno verabschiedete sich und eilte hinaus, so schnell, dass Hempel ihm kaum folgen konnte. Als der Filialleiter die Tür des Mitarbeitereingangs wieder abschloss, war Arno schon draußen am Wagen, an dem Müller mit dem Telefon am Ohr lehnte. Der Oberkommissar hob eine Hand, um Arno zur Geduld aufzufordern, und nickte nach einem Augenblick. «Alles klar», sagte er dann, steckte das Telefon ein und sah Arno an. «Sie wohnt im Südwall.»

In einer Viertelstunde waren sie zurück in der Innenstadt und fuhren erneut am Schloss vorbei. Die Straße Südwall folgt dem Verlauf der einstigen südlichen Stadtmauer, parallel dazu floss der auch einmal zur Befestigungsanlage gehörende Stadtgraben entlang und trennte die Altstadt vom Französischen Garten, eine im siebzehnten Jahrhundert erschaffene Grünanlage. Normalerweise fand man im Südwall nie einen Parkplatz, doch an diesem Feiertag konnte Arno direkt vor einer der kleinen Villen halten, die hier statt der für die Altstadt typischen Fachwerkhäuser standen.

«Hübsch», sagte Müller, nachdem sie ausgestiegen waren und vor der Haustür standen. Im Erdgeschoss befand sich eine Arztpraxis, ansonsten gab es vier Mietparteien. Viola Wilke schien in der oberen Etage zu wohnen.

«Ja, bitte», ertönte eine sanfte Frauenstimme in der Gegensprechanlage.

«Viola Wilke?», fragte Arno.

«Ja. Was wollen Sie?»

Arno stellte sich vor, dann summte es an der Tür, und sie konnten eintreten. Viola Wilke empfing sie bereits im Treppenhaus. Sie war eine hochgewachsene Frau mit blondem Haar, das sie zum Pferdeschwanz gebunden hatte, und einer niedlichen Stupsnase. Auch wenn sie nicht mehr ganz jung zu sein schien, war sie in ihrem dunkelblauen Hosenanzug eine attraktive und vor allem sehr weibliche Erscheinung. Ein größerer Kontrast zwischen Frau El Tahir und Viola Wilke war kaum vorstellbar. Und irgendwie kam sie Arno bekannt vor.

«Polizei?», fragte sie.

«Dürfen wir reinkommen?», entgegnete Arno und zeigte ihr seinen Dienstausweis.

Verwirrt und mit verschränkten Armen führte sie die beiden in ein kleines Wohnzimmer, das mit glänzend polierten Schränken, einer Sitzgarnitur sowie einem Sekretär eingerichtet war. Die alten Möbel erinnerten Arno an den britischen Empirestil. Der Raum strahlte eine gemütliche, warme Atmosphäre aus, die auffallend anders war als jene im Haus von El Tahir. Durch das Fenster sah Arno die kahlen Bäume des Französischen Gartens und einen bedrohlichen dunklen Himmel, jedenfalls so lange, bis seine Brille beschlug und er sie abnehmen und am Hemdzipfel putzen musste.

«Worum geht es denn?», wollte Viola Wilke wissen. Sie stand immer noch mit verschränkten Armen vor ihnen und musterte Arno.

«Entschuldigen Sie, aber kennen wir uns?», fragte er und setzte die Brille wieder auf.

Sie hob eine dunkle Augenbraue. «Wir? Ich hatte noch nie etwas mit der Polizei zu tun.»

«Entschuldigen Sie», sagte Arno erneut. «Mir war nur so.»

«Sind Sie deswegen hier?»

«Nein. Kennen Sie einen Dr. El Tahir?»

Ihr Blick wurde noch skeptischer. «Ja. Wieso?»

«In welcher Beziehung stehen Sie zu ihm?»

«Ich glaube, das geht Sie nichts an.»

Das war Antwort genug, dachte Arno. «Haben Sie seit gestern etwas von ihm gehört?»

«Nein. Wieso? Ist etwas passiert?»

«Er ist verschwunden.»

«Verschwunden?» Nun war sie sichtlich verwirrt.

«So ist es.»

«Aber das ist … das ist unmöglich.»

«Weshalb?»

Sie schien zu überlegen. «Weil … weil wir für heute Abend verabredet sind.»

«Um was zu tun?», wollte Müller wissen.

«Auch das geht Sie nichts an», entgegnete sie, aber es klang nicht mehr so scharf wie zuvor.

«Frau Wilke», sagte Arno, so ruhig er konnte. «Dr. El Tahir ist verschwunden. Wir sind nicht die Wächter der Moral, unsere Aufgabe ist es, ihn zu finden. Oder zumindest herauszufinden, wo er ist. Könnte es sein, dass er verreist ist?»

«Das kann ich mir nicht vorstellen.»

«Er hätte Ihnen Bescheid gesagt, meinen Sie?»

Viola Wilke senkte ihre Arme und setzte sich in einen Sessel. «Ich denke schon.» Sie sah Arno besorgt an. «Und Sie sind sich sicher, dass er keinen Unfall gehabt hat?»

«Uns liegen keine diesbezüglichen Meldungen vor. Er ist gestern zur Arbeit gefahren, dort aber nie angekommen. Seitdem ist er wie vom Erdboden verschluckt.»

Sie nickte eine Weile, als wollte sie sich diese Information einprägen, und Arno war zunehmend überrascht, vor der zweiten Frau zu stehen, die verzweifelt reagierte, weil ein Mann weg war, dem er nicht einmal eine zugetraut hatte. Ein Mann, der zudem seine Kinder geschlagen hatte. Der Arzt war offenbar eines dieser sprichwörtlich stillen Wasser. «Woher kennen Sie Dr. El Tahir?», fragte er.

«Ich … ich …», begann sie stockend, dann huschte kurz ein verschämtes Lächeln über ihr Gesicht. «Ich hatte einen schlimmen Autounfall. Er war mein Arzt und hat mich operiert.»

«Wie lange kennen Sie ihn schon?»

«Die Operation ist jetzt gut zwei Jahre her.»

«Und daraus ist eine Bekanntschaft geworden?»

«Ja.»

«Seit einem Jahr überweist Ihnen Dr. El Tahir monatlich Geld», stellte Arno fest, dem langsam warm wurde in seinem Mantel. Die Wohnung war überheizt, selbst Müller in seiner dünnen Jeansjacke hatte ein rotes Gesicht bekommen.

Viola Wilke sah Arno wieder an. Ihr war erkennbar unbehaglich zumute. «Mir ist bewusst, wie das auf Sie wirken muss», antwortete sie. «Aber es ist nicht so, wie Sie denken. Ich bin letztes Jahr arbeitslos geworden, da hat Rashid … da hat mir Dr. El Tahir Hilfe angeboten. Nur als Darlehen, bis ich wieder eine Stelle gefunden habe. Aber in der heutigen Zeit ist das nicht so leicht. Erst recht nicht in meinem Alter.»

Nach Arnos Schätzung war sie in seinem Alter, höchstens ein paar Jahre älter. «Wo haben Sie denn gearbeitet?»

«In der Buchhaltung eines Autohauses.»

Arno warf Müller einen Blick zu, aber der zuckte nur mit den Achseln, als würde ihm auch nichts mehr einfallen. Arno wandte sich wieder an Viola Wilke. «Haben Sie sich immer hier getroffen?»

Sie nickte nur und senkte ihren Blick.

«Wissen Sie, aus welchem Land Dr. El Tahir stammt?»

Viola Wilke hob ihren Kopf. «Aus dem Libanon, oder?»

«Vermuten Sie etwas anderes?»

«Ich … ich …» Sie rieb ihr Gesicht. «Nein, aber er hat nicht gern darüber gesprochen.»

«Wissen Sie warum?»

«Nein, ich dachte nur … also, ich kenne mich damit nicht aus, aber man hört doch immer so viel Schlimmes von dort, und ich dachte, er hat vielleicht Schreckliches erlebt und wollte nicht mehr darüber reden.»

«Hat er Andeutungen in dieser Richtung gemacht?»

Sie schüttelte den Kopf. «Nein, wie gesagt, es war nur mein Eindruck. Er wollte nicht darüber reden.»

«Können Sie uns sonst etwas sagen, was uns weiterhelfen könnte?»

«Nein, ich wüsste nicht was, tut mir leid.»

«Sie haben keine Ahnung, wo er sein könnte?», fuhr Arno fort.

Sie schüttelte wieder den Kopf.

«Na schön, Frau Wilke, entschuldigen Sie bitte die Störung», sagte Arno und legte eine Visitenkarte auf den polierten Sekretär. «Wenn Sie etwas von ihm hören, dann melden Sie sich bitte umgehend bei uns, ja?»

«Ja, selbstverständlich.»

Arno und Müller verabschiedeten sich von ihr und verließen die Wohnung. Draußen wurden die beiden von der feuchtkalten Luft und dem stürmischen Wind empfangen. Arno drehte sich zu seinem Kollegen um. «Ich denke, jetzt sollten wir eine offizielle Suchmeldung herausgeben», sagte er.

Während Müller sein Telefon hervorzog und in der Polizeiinspektion anrief, schaute Arno an dem Haus empor und überlegte wieder, weshalb ihm Viola Wilke bekannt vorkam. Aber ihm fiel nicht ein, wo oder wann er sie schon einmal gesehen haben könnte. Er war in der letzten Zeit zu vielen neuen Gesichtern begegnet, von denen sich ihm nur eines wirklich eingeprägt hatte. Und unabhängig davon, was Müller in seinem Büro gesagt hatte – Arno hatte das Gefühl, unbedingt noch einmal mit Ronahi sprechen zu müssen.

«Und jetzt?», fragte Müller, nachdem er den Anruf beendet hatte.

«Ich weiß nicht, wie es bei Ihnen aussieht», sagte Arno und rieb seine klammen Hände. «Ich muss jedenfalls erst mal was essen.»

«Endlich mal eine gute Idee. Und wo?»

31

«Aber bitte dieses Mal ohne Knoblauch», bat Arno Tahsin Bilmez.

Müller war nicht begeistert von Arnos Vorschlag gewesen, aber er hatte sich gefügt und war ihm gefolgt. Parallel zum Südwall verlief die Bergstraße, und von dem Haus, in dem Viola Wilke wohnte, war es bis zum Imbiss nur ein Katzensprung.

«Und Sie?», fragte Tahsin Müller.

«Auch ohne.»

«Tomaten, Salat?»

«Außer Knoblauch alles», erwiderte Arno und trank einen heißen Schluck Tee aus frischer Pfefferminze, eine bei diesem Wetter wohltuende Empfehlung von Tahsin, die Müller abgelehnt hatte, weil ihm die grünen Blätter nicht ganz geheuer waren.

Die beiden lehnten an einem Stehtisch gegenüber dem Tresen und schauten zu, wie Tahsin mit einem langen Messer die Fleischstreifen von dem sich drehenden Spieß schnitt und dann das Fladenbrot aus dem Ofen nahm. Im Hintergrund spielte das Radio ein Lied einer dieser jungen deutschen Bands mit unscheinbarer Sängerin, die gelangweilt leierte, dass irgendwie und irgendwo doch alles ganz egal sei.

«Sind wir privat oder beruflich hier?», wollte Müller wissen.

«Das Berufliche ist auch privat, Müller», entgegnete Arno

lächelnd, doch der Miene seines Kollegen nach zu urteilen, wusste der nicht, worauf er anspielte. Vielleicht ein Generationsproblem, dachte Arno. «Wir verbinden einfach das Praktische mit dem Nützlichen», versuchte er es anders.

«Okay, okay, ich habe verstanden», meinte Müller und beobachtete Tahsin argwöhnisch. «Gibt es bei denen eigentlich nichts anderes als Döner?», raunte er.

Arno richtete sich auf. «Tahsin, mein Kollege hier fragt gerade, ob es bei den Kurden nichts anderes zu essen gibt als Döner Kebab», rief er durch den Laden.

Tahsin wandte sich um und lachte. «Doch, klar gibt es andere Gerichte. Eine Menge sogar. Die brauchen aber viel Zeit. Bei uns gibt es viel Lammfleisch, das muss lange eingelegt werden und garen, das dauert. Müssen Sie mal probieren.»

«Würde ich gerne. Aber wo denn?», wollte Arno wissen.

Tahsin zuckte mit den Achseln. «Na ja, stimmt, es gibt eigentlich kein richtiges kurdisches Restaurant hier. Die Kurden machen entweder einen Imbiss oder ein italienisches Restaurant auf. Pizza und Pasta und so. Das ist leicht und kann jeder.»

Sein alter Freund Patrizio, der in Berlin ein italienisches Restaurant führte, wäre Tahsin für diese Aussage an den Kragen gegangen, dachte Arno. Er schaute Müller an, der während Arnos laut geäußerter Frage in sich zusammengesunken war und nun die Augen verdrehte. «Zufrieden?», fragte Arno.

«Den Skandal mit dem Gammelfleisch haben Sie mitgekriegt, oder?», brummte Müller.

«Jetzt verderben Sie uns nicht den Appetit», sagte Arno. «Außerdem werden solche Imbissbuden vom Ordnungs- und Gesundheitsamt wahrscheinlich gründlicher unter die Lupe genommen als so manches Restaurant. In Berlin habe ich teilweise nichts anderes zu mir genommen, und wie Sie sehen, lebe ich noch.»

«Ja, noch.»

Tahsin hatte die beiden Döner fertig und legte sie in Alufolie eingepackt und mit Servietten umwickelt auf den Tresen. «Guten Appetit», wünschte er und wischte seine Hände an dem Handtuch ab, das er am Gürtel befestigt hatte.

Arno bedankte sich, trug die Döner zu ihrem Stehtisch und reichte einen davon Müller. Während Tahsin den Tresen putzte, begannen die beiden schweigend zu essen. Im Radio hatten die Nachrichten begonnen, in denen auch vom Castortransport berichtet wurde, der heute durch Celle führte. Die Demonstrationen hatten sich offenbar in Grenzen gehalten, was auch am Wetter liegen konnte. In den kommenden Tagen wurde wieder Schnee erwartet, und es sollte noch stürmischer werden.

«Und?», erkundigte sich Arno nach einer Weile.

«Gar nicht so übel», sagte Müller mit vollem Mund. Er hielt den Döner fest in beiden Händen und hatte sich weit nach vorn gebeugt. «Aber man braucht ein Lätzchen für das Zeug.»

Arno lachte, denn Müllers Jacke hatte bereits die ersten Saucenspritzer abbekommen. Nachdem er aufgegessen hatte, wischte er seine Hände an der Serviette ab und bat Tahsin um einen Zahnstocher. Als auch Müller fertig war, drehte Arno sich eine Zigarette.

«Tahsin, haben Sie Ilhan in der letzten Zeit gesehen?», fragte Arno.

Tahsin lehnte an der Anrichte hinter dem Tresen und hatte sich eine Zigarette angezündet. «Nee, schon länger nicht. Die Bullen lassen ihn nicht mehr in Ruhe.» Erst mit einiger Verzögerung ging ihm auf, dass auch Arno und Müller Polizisten waren. «Sorry, aber ich ...»

«Schon gut», sagte Arno und fragte sich, ob Tahsin wusste, warum Ilhan jetzt im Fokus der Ermittlungen stand. «Waren die auch bei Ihnen?»

«Nee.»

Entweder hielt Ilhan seine Freunde aus der Sache heraus, dachte Arno, oder das LKA konzentrierte sich tatsächlich nur auf den Kulturverein und die politische Ebene, mit der Tahsin ja nichts am Hut hatte. «Kennen Sie eigentlich Dr. El Tahir?», fragte er und reichte Müller, der schon seine Hand aufgehalten hatte, den Tabaksbeutel.

«El Tahir?», Tahsin runzelte die Stirn. «Ein Araber?»

«Ja», sagte Arno und steckte sich die Zigarette an. «Kommt angeblich aus dem Libanon.»

«Libanon? Nee. Nie gehört.»

«Er ist der Vater von Mehmeds Freundin Layla. Die kannten Sie doch, oder?»

«Ja», sagte Tahsin. «Ich kannte sie. Aber nicht gut.»

«Und ihren Vater kennen Sie nicht?»

Tahsin schüttelte den Kopf. «Nein, sag ich doch. Woher auch? Ich war nie bei denen eingeladen oder so.»

Arno zog an seiner Zigarette und schaute Müller an. Der Kollege drehte noch seine Zigarette und deutete mit dem Kopf zur Tür.

«Aber übrigens», fiel Tahsin ein, «von wegen Freundin. Wir haben Ihnen doch von der Frau erzählt, mit der Mehmed in der Disco gelabert hat, oder?»

«Ja. Was ist mit ihr?»

«Die hab ich zufällig wieder gesehen.»

«Und wo?»

«Da war ich platt», sagte Tahsin und zeigte durch das Fenster zur anderen Straßenseite. «Die ist da reingegangen.»

Arno folgte seinem Blick. «In die *Märkische Botschaft*? Sind Sie sicher?»

«Ja, hundert Pro.»

«Wann war das?»

«Gestern Abend.»

«Beschreiben Sie die Frau noch einmal.»

«Ziemlich groß, blonde lange Haare, enge Jeans, süßer Arsch.» Er zuckte mit den Achseln. «Also, ich verstehe nicht, was so eine von den Typen da drüben will.»

Arno beugte sich vor und deutete auf seinen Hals. «Hat sie eine Tätowierung hier am Hals? Zwei Buchstaben. S und D.»

«Keine Ahnung, hab ich nicht gesehen, sie war zu weit weg. Aber sie hatte hinten auf ihrer Jacke was drauf. So in Nazischrift, eckige Buchstaben, ziemlich groß, wissen Sie. Das könnten S und D gewesen sein.»

Tahsins Beschreibung war nicht besonders genau, dachte Arno, trotzdem würde es ihn interessieren, ob es sich bei der Frau, die Mehmed in der Silvesternacht einen Korb gegeben hatte, um dieselbe handelte, die neulich geheult hatte, angeblich aus Liebeskummer. Wer hatte den ausgelöst? Mehmed? Der ominöse S. D.? Aber trug man die Initialen seines Geliebten auch in großer Runenschrift auf der Jacke? «Haben Sie das schon jemand anderem erzählt?», fragte er.

«Nee, wem denn?»

Arno nickte nachdenklich und drückte seine Zigarette aus. «Na gut, dann zahlen wir mal.» Er zog sein Portemonnaie hervor und bezahlte auch für Müller mit. «Oder wollten Sie noch aufrauchen?»

«Ich kann gut ihm Gehen rauchen», entgegnete Müller und gab ihm den Tabaksbeutel zurück. Dann verabschiedeten sie sich und verließen den Imbiss.

«Warum spricht eine Frau, die in einen solchen Laden geht, in der Disco mit einem Kurden?», meinte Müller, als sie an der *Märkischen Botschaft* vorbei und Richtung Südwall gingen.

«Das würde mich auch interessieren», sagte Arno. «Vielleicht wollte sie ihn nur provozieren, schließlich hat sie ihn ja abblitzen lassen.» Er erzählte Müller von der Frau, die er neulich in der *Botschaft* gesehen hatte.

«Sehr seltsam», sagte Müller. «Aber das ist nicht mehr unser Fall. Sollten wir das nicht dem LKA erzählen?»

«Seit wann sind Sie so korrekt? Wir könnten später noch ein Bier trinken gehen und selbst mal nachschauen. Was halten Sie davon?»

«Das Private wird wieder beruflich», brummte Müller und warf die Kippe auf den nassen Gehweg.

«Langsam verstehen Sie», sagte Arno und schlug seinem Kollegen auf die Schulter. «Sie haben das ganze Wochenende frei. Und das LKA können wir immer noch einschalten, wenn wir mehr Indizien haben.»

Kurz darauf hatten die beiden den Volvo erreicht und fuhren erneut quer durch die Stadt zum Allgemeinen Krankenhaus.

Müller ließen die Zweifel nicht los. «Wir lassen El Tahir jetzt offiziell suchen», begann er nach einer Weile. «Was wollen wir noch von seiner Frau?»

«Trotz einer offiziellen Suchmeldung müssen wir mehr über seine Vergangenheit herausfinden», entgegnete Arno.

«Glauben Sie wirklich, die Frau erzählt uns, woher die Familie stammt?», fragte Müller.

«Wir müssen es jedenfalls versuchen.»

«Wie wichtig ist es? Ich meine, wie weit sollen wir gehen, um es herauszufinden?»

«Ich will die Frau nicht in die Mangel nehmen, wenn Sie darauf hinauswollen. Ihr Zustand ist ja schon labil genug.» Arno wusste auch nicht genau, wie er vorgehen sollte, aber es gab noch einige andere Fragen, die er der Frau stellen wollte. Eines wollte er ihr allerdings auf jeden Fall ersparen. «Sagen Sie vorerst nichts von Viola Wilke», bat er seinen Kollegen.

Müller nickte, und bis zum Krankenhaus fuhren sie schweigend weiter. Am Informationsschalter erfuhren sie, dass Frau

El Tahir mittlerweile von der Notaufnahme in eine andere Station verlegt worden war. Wie Dosto hatte sie ein Einzelzimmer bekommen, bei ihr lag es aber wahrscheinlich daran, dass sie die Ehefrau eines Chefarztes und zudem privat versichert war. Die zuständige Oberschwester wies die beiden Polizisten streng darauf hin, dass Frau El Tahirs Zustand noch immer instabil sei und dass sie viel Ruhe brauche. Sie dürfe sich nicht aufregen, und bei dem ersten Anzeichen von Beunruhigung sollten sie das Gespräch bitte beenden.

Arno hatte das Gefühl, man hätte ihm Fesseln angelegt, als er in das Krankenzimmer trat. Müller erging es offenbar ähnlich, denn der Oberkommissar, der sonst schnell ruppig werden konnte, traute sich kaum zu atmen und trat so leise wie möglich auf.

Die kleine Frau sah verloren aus in dem großen Bett und wirkte tatsächlich, als könnte sie bei der leisesten Erschütterung in sich zusammenfallen. Ungeschminkt war ihr Gesicht erstaunlich konturenlos. Die Nadel des Tropfes, der sie versorgte, erschien wie ein riesengroßes Insekt auf ihrer faltigen Puppenhand.

Mit äußerster Vorsicht zog Arno einen Stuhl heran, während sich Müller an das Fensterbrett lehnte. Hinter der Scheibe zog bereits die Dämmerung auf.

«Sie wissen noch, wer wir sind?», fragte Arno.

Frau El Tahir nickte. «Haben Sie gefunden?», wollte sie sofort wissen. Ihre Stimme war leise, klang aber bedeutend fester als noch am Tag zuvor.

«Nein, noch nicht.» Arno schüttelte bedauernd den Kopf. «Es tut mir leid. Wie geht es Ihnen?»

«Besser.» Sie klopfte auf ihre schmale Brust. «Aber noch schwach, sehr schwach.»

Wie anfangen, fragte sich Arno. Alles, was er von ihr erfahren wollte, könnte sie beunruhigen. Deswegen begann er mit einem zwar sehr sensiblen, aber immerhin in der Vergangenheit liegenden Thema. Wenn ihr das zu viel war, dann war der ganze Besuch umsonst. «Frau El Tahir, kannten Sie eigentlich die Freunde Ihrer Tochter Layla?»

Müller verzog bei der Frage gleich das Gesicht, aber er stand hinter Arno.

Frau El Tahir blinzelte von einem zum anderen. «Layla war immer mit Ausländern zusammen.» Sie schüttelte den Kopf. «Nicht gut. Nicht gut für sie.»

Offenbar ging es ihr besser als gestern, dachte Arno bitter. «Meinen Sie zum Beispiel ihre Freundin Ronahi?»

«Ronahi?» Sie runzelte ihre schmale Stirn. «Ich kenne nicht Ronahi.»

«Jian», soufflierte Müller.

Frau El Tahir beugte sich etwas vor. «Wie?»

«Jian», wiederholte Arno. «Sie war doch mit Jian Duman befreundet, richtig?»

«Jian, ja», sagte Frau El Tahir und ließ sich wieder ins Kissen fallen. «Nicht gut. Wie früher.»

«Wie früher? Haben Sie sie in der letzten Zeit gesehen?»

«Ja. War vor Weihnachten bei uns.»

Arno rückte auf die Stuhlkante vor. «Rona… äh, Jian war bei Ihnen? Was hat sie gewollt?»

«Ich weiß nicht, hat nur mit meinem Mann geredet.»

«Und der hat Ihnen nicht gesagt, worüber sie geredet haben?»

«Nein.»

«Wie hat er auf den Besuch reagiert?»

«Wie hat regiert?»

Einen treffenderen Versprecher hatte Arno lange nicht gehört. «Als Jian weg war, in welcher Stimmung war da Ihr Mann?», fragte er. «Gut gelaunt oder schlecht gelaunt? Ruhig oder böse?»

«Ein bisschen böse. Aber nicht viel gesagt.»

Arno meinte, ein leichtes Zucken ihres Kopfes bemerkt zu haben, und er fragte sich, ob der gute Doktor auch seine Frau gezüchtigt hatte. Manche Menschen, die häufig geschlagen wurden, zuckten schon zusammen, wenn der Peiniger ihnen nahe kam. Oder wenn sie sich nur an die Schläge erinnerten. Arno lehnte sich wieder zurück und rieb sein Gesicht. Er hatte eigentlich nur nach Ronahi gefragt, um etwas über das Verschwinden von Layla herauszufinden. Doch jetzt ließ ihn die Frage nicht los, was sie bei El Tahirs gewollt hatte. Und warum sie diesen Besuch nicht erwähnt hatte, als sie beide am Vorabend über den verschwundenen Doktor gesprochen hatten.

«Kennen Sie auch Mehmed?», fragte Arno. «Jians Bruder? Er war auch sehr eng mit Ihrer Tochter Layla befreundet.»

Die Erwähnung von Mehmed war wohl etwas zu viel für sie. Sie schüttelte den Kopf. «Er hat Schuld», stieß sie nach einem Augenblick hervor.

«Mehmed hat Schuld an Laylas Tod?», fragte Arno vorsichtig.

Sie nickte heftig.

«Haben Sie Mehmed in letzter Zeit gesehen?»

«Vor wenigen Tagen hat Wagen vor Tür gestanden.»

«Was für ein Wagen?»

«Wagen wie mein Mann.»

Also ein BMW, dachte Arno. Ein Fabrikat, das auch Mehmeds Bruder Ilhan fuhr. Mit dem Mehmed unterwegs gewesen war, als er erschossen wurde. «Haben Sie gesehen, wer im Wagen saß?»

«Nein. Nicht genau. Aber ein Mann. Einer von denen.»

«Ein Kurde?»

«Ja.»

«Könnte es Mehmed gewesen sein?»

«Ja.»

«Und er hat nur dagestanden?»

Sie nickte und begann zu zittern.

Die gleiche Masche wie bei dem Soldaten Peel, dachte Arno. Einschüchterung, ohne den Mut zur direkten Konfrontation. Aber aus welchem Grund? «Sie wissen nicht, was er gewollt hat?», fragte er. «Warum er dort vor Ihrem Haus stand?»

Sie schüttelte den Kopf.

«Waren Sie da allein zu Hause?»

«Ja. Ich hatte Angst.»

«Haben Sie Ihrem Mann davon erzählt?»

«Ja.»

«Wie hat er reagiert?»

«War sehr böse.»

Arno spürte eine Hand auf seiner Schulter. Er drehte sich zu Müller um. Der Blick des Kollegen sagte zwei Dinge: Raus hier und LKA. Doch Arno beugte sich noch einmal zu Frau El Tahir vor und zog sein Notizbuch aus der Manteltasche. «Frau El Tahir», fuhr er fort. «Wir haben mit Ihrem Sohn telefoniert.»

Jetzt hellte sich ihre Miene auf. «Ja. Saif. Wo ist er?»

«In München», antwortete Arno überrascht. «Er studiert doch dort, oder?»

«Ja, in München.»

«Wo ist er eigentlich geboren worden?», fragte Arno. Es sollte einerseits beiläufig klingen, der Stift in seiner Hand und das Notizbuch sollten aber gleichzeitig das Offizielle der Frage unterstreichen.

«Beirut», sagte sie eifrig.

«Und Sie?»

«Beirut.»

«Ihre ganze Familie stammt also aus Beirut?»

«Ja. Alle Beirut.»

Entweder war sie von ihrem Mann gründlich geimpft worden, dachte Arno, oder Saif war doch nur ein überheblicher junger Mann, der ihm Unsinn aufgetischt hatte.

«Kennen Sie einen Hussein Al Massud?»

Sie überlegte. «Nein», sagte sie dann. «Kenne ich nicht.»

«Gut, Frau El Tahir», sagte Arno und steckte sein Notizbuch zurück in die Manteltasche. «Das war im Moment alles. Ruhen Sie sich aus.»

«Helfen Sie, meinen Mann zu finden?»

«Wir tun alles, was in unserer Macht steht, Frau El Tahir.» Arno erhob sich und schaute auf die kleine Frau hinab. «Können wir sonst irgendetwas für Sie tun?»

«Mein Sohn, Saif», hauchte sie mit einem flehentlichen Blick. «Können Sie anrufen und fragen, ob kommt?»

Arno schluckte. Traute sie sich nicht, ihren Sohn selbst darum zu bitten? «Ja, Frau El Tahir, das kann ich machen», sagte er dann, wandte sich schnell ab und verließ das Krankenzimmer.

32

«Ach nee, der Herr Kommissar ist wieder da.»

«Die Freude ist ganz meinerseits.»

«Ich bin ehrlich erfreut, Hennings», sagte Köhler und richtete sich von der Theke auf. «Ich diskutiere gerne mit Ihnen. Und dieses Mal haben Sie sogar Verstärkung mitgebracht.»

Als sich Arno in dem Lokal umschaute, fragte er sich, ob es Köhler vielleicht tatsächlich nicht unangenehm war, ein wenig Gesellschaft zu haben. An diesem Abend war die *Märkische Botschaft* völlig leer. Nicht einmal das Radio lief, und die Blonde saß auch nicht am Tresen. Nur der kalte Rauch stand in der Luft. «Hier ist ja noch weniger los als beim letzten Mal», bemerkte Arno.

«Sie kommen immer zur falschen Zeit», erwiderte Köhler. «Es ist noch zu früh. Gestern war hier wieder gut was los.»

Arno und Müller ließen sich auf den Barhockern nieder.

«Müssen Sie wieder für die Chefin aushelfen?», fragte Arno.

Köhler zuckte mit den Achseln. «Von müssen kann keine Rede sein. Ich bin froh, dass mir jemand eine Chance gibt. Sie sollten am besten wissen, dass ich eine schwere Zeit hatte.»

«Mir kommen die Tränen», sagte Arno.

«Was wollen Sie? Wollen Sie was trinken, oder wollen Sie mir die Laune verderben?»

«Hatten Sie so gute Laune?»

«Sie wissen, was ich meine», entgegnete Köhler. «Können wir nicht wie zivilisierte Menschen miteinander umgehen?»

«Das liegt ganz an Ihnen, Köhler. Dann machen Sie uns mal zwei Bier.»

Köhler humpelte zur Zapfanlage, nahm zwei Gläser aus dem Regal und begann, das Bier zu zapfen.

«Wo ist das Mädchen, das hier neulich gesessen hat?», fragte Arno.

«Welches Mädchen?»

«Die hier an der Theke saß und vor lauter Liebeskummer geheult hat.»

«Keine Ahnung.»

«Was hat sie gesagt? Man muss für sein Land kämpfen?»

Köhler reagierte nicht, hielt sich am Zapfhahn fest und starrte in die Gläser.

«Sie haben sie noch aufgefordert, sich zusammenzureißen. Und dann hat sie gesagt – korrigieren Sie mich, wenn ich mich täusche –, fick dich, Ecki. Ziemlich vertraulich, finden Sie nicht?»

Köhler nahm die beiden Gläser und stellte sie vor Arno und Müller ab. «Wohlsein.»

«Prost, Köhler», sagte Arno, hob sein Glas erst in Richtung des Wirtes und stieß dann mit Müller an. «Sagen Sie mir den Namen und die Adresse der Frau», verlangte er, nachdem er den ersten Schluck getrunken hatte. «Dann sind Sie uns los.»

«Tut mir leid», entgegnete Köhler, verschränkte die Arme und lehnte sich an das Regal hinter der Theke, «aber da kann ich Ihnen nicht weiterhelfen. Sind Sie deswegen gekommen?»

«Unter anderem.»

«Was wollen Sie denn von dem armen Mädchen?»

«Reden.»

Köhler wollte gerade etwas erwidern, doch in diesem Moment ging die Tür auf. Arno und Müller drehten sich gleichzeitig um. Statt einer Horde Halbstarker kamen zwei attraktive schwarze Frauen in dunklen Hosenanzügen und weißen Blusen in die *Märkische Botschaft*. Die eine hatte langes, lockiges Haar, die andere einen kurzgeschorenen Schädel, und beide hatten eine Art Bauchladen vor der Brust. Sie schauten sich unsicher um und schritten dann zaghaft durch das leere Lokal an die Theke.

«Dürfen wir Promotion machen für Zigarillos?», fragte die Langhaarige Köhler.

Der Wirt zuckte mit den Schultern. «Von mir aus», entgegnete er und betrachtete sie uninteressiert.

Die beiden Frauen wandten sich zu Arno und Müller um. Nun hatte jede in der einen Hand eine Schachtel und in der anderen ein Feuerzeug.

«Rauchen Sie Zigarillo?», fragten sie.

«Normal nicht», sagte Müller.

«Und Sie? Schmeckt sehr gut, aromatisiert, sehr angenehm.»

«Ich probiere gerne mal einen», sagte Arno.

«Probieren würde ich auch einen», zog Müller nach.

Nachdem beide mit einem Zigarillo ausgestattet waren, gaben ihnen die Frauen Feuer. Arno und Müller bedankten sich höflich und nahmen einen tiefen Zug.

«Und?», wollte die Langhaarige wissen.

Müller atmete genüsslich den Rauch aus. «Ganz lecker eigentlich.»

«Nicht übel», sagte Arno und lächelte die beiden an. «Das war alles? Wir müssen nichts unterschreiben oder kaufen?»

«Nein, nein», sagte die Langhaarige und lächelte zurück. Sie nahm ein Blatt Papier von ihrem Bauchladen und wandte sich wieder an Köhler. «Jetzt brauchen wir nur noch einen Stempel.»

«Stempel haben wir nicht.»

Die beiden Frauen schauten sich unsicher an. Offenbar benötigten sie die Stempel der Lokale als Arbeitsnachweis.

Arno drehte sich zu Köhler um. «Dann unterschreiben Sie eben», forderte er den Wirt auf. «Wird doch nicht so schwer sein, oder?»

Widerwillig suchte Köhler einen Stift hervor und kritzelte seine Unterschrift auf das Papier. Die beiden Frauen bedankten sich, durchquerten schnell das leere Lokal und verschwanden in der Kälte.

«Unmöglich.»

Arno sah Köhler an. «Was ist unmöglich?»

«Die beiden eben», meinte Köhler. «Sie tun doch sonst immer so korrekt.»

«Worauf wollen Sie hinaus?»

«Also, wenn Sie mich fragen, ist das Rassismus.»

Arno hätte sich beinahe am Rauch seines Zigarillos verschluckt. «Wie bitte?»

Köhler deutete mit seinem unrasierten Kinn zur Tür. «Na, für Prince-Denmark-Werbung würde man die beiden nicht durch die Kneipen ziehen lassen, oder?»

«Das ist Marktwirtschaft, Köhler.»

«Eben. Denken Sie mal drüber nach.»

Schon wieder, dachte Arno. «Ich habe keine Lust auf Ihr Gewäsch», sagte er. «Geben Sie uns den Namen der Frau.»

«Warum interessiert Sie die Kleine eigentlich so?»

«Sie könnte Zeugin in einem Mordfall sein.»

Köhler verschränkte wieder seine Arme und setzte ein schiefes Grinsen auf. Er wirkte unsicher. «Wie kommen Sie denn darauf?»

«Unsere Ermittlungen führen uns immer wieder hierher.»

«Komisch», meinte Köhler. «Man hört, das ist nicht mehr Ihr Fall.»

Arno konnte seine Überraschung nicht verbergen. Woher hatte Köhler diese Information? Soweit Arno wusste, hatte keiner der an der Schlägerei beteiligten Nazis einen Anwalt eingeschaltet, der möglicherweise Akteneinsicht hätte beantragen können. Hatte die rechte Szene Informanten im Justiz- oder gar Polizeiapparat? «Wo haben Sie denn Ihre Ohren, Köhler?», fragte Arno.

Der Wirt grinste nur und genoss den Moment.

«Langsam beginne ich zu glauben, dass Sie etwas mit dem Fall zu tun haben», sagte Arno.

«Sie können mir gar nichts», entgegnete Köhler trotzig.

Müller stieß Arno an und schaute in sein Glas. «Haben Sie nicht auch den Eindruck, dass das Zeug schal schmeckt? Wie Pisse, finden Sie nicht?»

«Ich habe jedenfalls schon besseres Bier getrunken», meinte Arno, der nicht genau wusste, was sein Kollege im Schilde führte.

«Die Leitung ist bestimmt total verdreckt», fuhr Müller fort und stellte das Bierglas auf die Theke. «Ich glaube, wir sollten mal das Ordnungsamt vorbeischicken. Alles mal gründlich durchchecken. Auch die Küche und so. Und vor allem die Klos. Ich möchte nicht wissen, wie es da aussieht, nachdem sich eine Horde Nazis ausgekotzt hat. Die Pisse wird wahrscheinlich direkt in den Zapfhahn geleitet. Ich wette, nach so einer Untersuchung kann der Laden hier dichtmachen.»

«Wollen Sie mir drohen?» Köhler trat einen Schritt vor und baute sich vor den beiden auf, aber der Mann wirkte alt und bemitleidenswert.

«Ich stelle nur fest», entgegnete Müller kühl und drückte seinen Zigarillo aus. «Wie wichtig ist Ihnen die Chance, die Ihnen hier geboten wird, Köhler? Oder brauchen Sie mal wieder eine schwere Zeit?»

Köhler starrte ihn mit flackerndem Blick an und presste seine schmalen Lippen zusammen.

«Hören Sie zu, Köhler», sagte Arno ruhig und lehnte sich auf die Theke. «Sie wollen nicht wieder ins Gefängnis. So wie Sie aussehen, glaube ich auch nicht, dass Sie ein paar weitere Monate in einer Zelle verkraften würden. Sie scheinen es aber genau darauf anzulegen. Vergessen Sie das Ordnungsamt. Wir jagen das LKA hier durch, und dann sitzen Sie wieder in der Scheiße.»

«Ich habe nichts damit zu tun.»

«Wen wollen Sie dann schützen? Und weshalb? Sie sind doch völlig allein. Glauben Sie, einer von Ihren Freunden würde sich für Sie einsetzen?»

Köhler ließ seine Arme sinken und stützte sich auf dem Tresen ab. «Na schön», sagte er nach einer Weile. «Aber von mir haben Sie nichts erfahren.»

«Sagen Sie uns den Namen, und wir sind weg.»

«Die Kleine heißt Mandy Paschke», presste Köhler hervor. «Allerdings weiß ich nicht, ob sie noch in der Stadt ist. Sie kommt nicht von hier.»

«Woher kommt sie?»

«Ich habe Ihnen den Namen gesagt, den Rest müssen Sie schon allein machen.»

Arno stand auf. «Hat mich auch gefreut, Köhler», sagte er, setzte seine Mütze auf und ging zur Tür.

Müller warf Köhler noch einen letzten, drohenden Blick zu, dann folgte er Arno. Draußen blies ein eisiger Sturm durch die Straße. Sie blieben am Wagen stehen, den sie direkt vor dem Lokal geparkt hatten.

«Und was fangen wir jetzt mit dieser Information an?», fragte Müller und vergrub die Hände in den Hosentaschen.

«Wir könnten gleich in die Inspektion fahren und die Adresse dieser Mandy Paschke herausfinden.»

«Mandy», meinte Müller verächtlich. «Die kommt bestimmt auch aus dem Osten. Wenn sie etwas mit der Sache zu tun hat, ist sie wahrscheinlich schon längst weg.»

«Vielleicht», sagte Arno nachdenklich. «Und genau deswegen sollten wir sie so schnell wie möglich finden.»

Er schlug seinen Kragen hoch und schaute hinüber zum Imbiss. Der Wind hatte ihm Tränen in die Augen getrieben. Er schob seine Brille hoch und rieb das Gesicht. Hinter dem Tresen konnte er niemanden sehen, aber an einem Tisch stand jemand mit einem Döner in der Hand und beobachtete sie. Eine dunkelhaarige Frau. Als Arno seine Brille wieder auf die Nase setzte, trafen sich ihre Blicke, und da erkannte er sie. Sie schlang den letzten Bissen ihres Döners herunter, knüllte die Alufolie zusammen und kam über die Straße gelaufen.

«Hey, was macht ihr denn hier?», rief Emma Fuller mit vollem Mund.

«Das wollte ich dich gerade fragen.»

Emma schaute von einem zum anderen und fuhr mit dem Handrücken über ihre Lippen. «Können wir reden?»

«Worüber?», fragte Arno.

«Über Sergeant Peel.»

Müller sah auf seine Uhr. «Also, ich müsste eigentlich los.»

«Dann gehen Sie», sagte Arno. «Aber tun Sie mir vorher noch einen Gefallen. Rufen Sie in der Polizeiinspektion an und lassen Sie diese Mandy Paschke zur Fahndung ausschreiben. Außerdem soll das LKA davon unterrichtet werden.»

«Okay.» Der Oberkommissar zögerte einen Moment. «Schönes Wochenende», sagte er schließlich, zog sein Handy hervor und ging mit gesenktem Kopf in die Richtung, aus der der Wind kam.

«Ihnen auch», rief Arno und schaute ihm hinterher. Dann wandte er sich an Emma. «Wollen wir was essen gehen? Ich habe schon wieder Hunger.»

Emma zeigte zum Dönerladen. «Ich habe gerade gegessen. Aber wenn du willst …»

«Nein», unterbrach Arno sie. «Dort nicht. Außerdem hatte ich heute schon einen Döner.»

«Wir könnten zu deinem Cousin gehen», schlug Emma vor. «Ich erinnere mich, dass es dort gutes Bier gibt.»

«Okay.»

Sie gingen die Bergstraße hinunter und bogen nach wenigen Metern in die Prinzengasse ein. In der schmalen Seitengasse waren sie vor dem steifen Ostwind geschützt. Arno wollte Emma gerade fragen, warum sie im Dönerimbiss gewesen war, doch sie kam ihm zuvor.

«Tut mir übrigens leid mit deiner Frau und deinem Kind», sagte sie unvermittelt.

Arno blieb stehen und sah sie überrascht an. «Woher weißt du davon?»

«Hat mir dein Kollege erzählt.»

«Müller?»

«Ja.»

«Na großartig.»

Emma berührte seinen Arm. «Hey, sei nicht böse», sagte sie. «Ich habe ihn gefragt. Er hätte sonst nichts gesagt.»

Arno ging weiter. «Was ist mit Sergeant Peel?», wollte er wissen.

«Es ist wegen dem erschossenen Kurden.»

«Ich habe mit dem Mordfall Mehmed Duman nichts mehr zu tun.»

«Wieso?»

«Das LKA hat ihn übernommen», erklärte Arno. «Sie denken, dass es eine politisch motivierte Tat war.»

Emma schwieg. Mittlerweile hatten sie die *Heidestube* erreicht. Arno sah gleich, dass das Schild nicht erleuchtet war und auch die Fenster dunkel waren. Merkwürdig, dachte er, dass Hans und Jutta an diesem Abend nicht geöffnet hatten. Aber da in der Stadt kaum etwas los war, waren sie vielleicht schon früh nach Hause gefahren.

«Und jetzt?», fragte Emma.

Arno überlegte. «Wir sind gerade an einer Pizzeria vorbeigekommen», fiel ihm ein. «Gehen wir da hin.»

Sie drehten schnell um, gingen zwei Querstraßen zurück und betraten die Pizzeria, in der Arno noch nie gegessen hatte. Das Lokal war vor allem von Jugendlichen besucht, an deren Tischen es laut herging. An der Theke begrüßte sie ein junger Mann und führte sie zu einem freien Tisch im hinteren Bereich. Der Kellner sah südländisch aus, aber er war mit Sicherheit kein Italiener, denn sonst hätte er seinen Akzent kultiviert, und sei es nur, um das Geschäft anzukurbeln. Nachdem sie Platz genommen hatten, bestellten sie gleich zwei Gläser Bier, dann studierte Arno die Speisekarte, die so umfangreich war, dass er sich kaum entscheiden konnte. Als der Kellner mit den Getränken zurückkam, bestellte er schließlich eine Pizza mit Thunfisch, eine Wahl, die eine angeekelte Miene bei Emma hervorrief.

«Was ist?», fragte Arno.

«Die Fische werden totgeschlagen mit Stöcken», sagte Emma, hob ihren Arm und führte ihm vor, was sie meinte.

Arno hob sein Glas. «Na dann, prost Mahlzeit.»

Emma musste wider Willen lachen. «Cheers.»

«Also», begann Arno und setzte sein Glas ab. «Ich nehme mal an, du willst nicht mit mir reden, um dich zu entschuldigen, oder?»

«Entschuldigen?» Sie schaute ihn verblüfft an. «Warum?»

«Vergiss es. Was ist mit Peel?»

Emma musterte ihn skeptisch. «Mir hat das mit dieser Band keine Ruhe gelassen», erzählte sie dann, senkte ihre Stimme und beugte sich über den Tisch. «Die LP, die du rausgezogen hast. *Skrewdriver.* Irgendwo hatte ich den Namen schon mal gehört. Aber ich habe keine Verbindung gefunden. Dann habe ich von der Attacke in der Stadt gehört. Wo diese Nazis auf die Kurden losgegangen sind. Warst du dabei?»

Arno nickte. «Mittendrin sozusagen.»

Sie zeigte auf seine Stirn. «Kommt daher die Schramme?»

«Ja.» Arno betrachtete sie lächelnd. «Dein Deutsch ist besser geworden. Ist mir neulich schon aufgefallen.»

«Danke», erwiderte sie. «Deins ist auch nicht schlecht.»

«Danke. Und was hat die Attacke mit Peels Platte zu tun?»

«Als ich das mit den Nazis gehört habe, ist es mir eingefallen, und ich habe nochmal geforscht.» Emma sah ihn mit großen Augen an. «*Skrewdriver* ist eine berüchtigte britische Naziband.»

Arno stutzte. «Wirklich?»

«Ja. Ian Stuart Donaldson hat sie gegründet. Schon mal gehört?»

«Nein.»

«In den siebziger Jahren spielte er noch bei einer Band mit Namen *Tumbling Dice.* Du kannst dir vorstellen, was die gespielt haben, oder?»

«*The Rolling Stones,* I presume.»

«Yes, Sir. Die haben nur Stones-Songs nachgespielt. Ganz harmlos. Später hat Stuart *Skrewdriver* gegründet und Punkrock gespielt. Doch Anfang der achtziger Jahre hat er plötzlich die Mitglieder ausgewechselt und ist zum Nazi geworden. Er hat auch die Naziorganisation *Blood and Honour* gegründet. Stuart hatte immer von sich gesagt, er ist ein britischer Nationalsozialist. Ein britischer Patriot.»

«Hatte?»

Emma nickte. «Ian Stuart ist 1993 bei einem Autounfall gestorben, seitdem gilt er in der Szene als Märtyrer. Aber SD hat immer noch eine fanatische Fangemeinde.»

Jetzt wurde Arno hellhörig. «SD?», wiederholte er.

«Ja, so wird die Band von den Fans genannt.»

Arno lehnte sich nachdenklich zurück. Der Ober kam und servierte die Pizza. Doch als er den dicken Teig und die Fettaugen darauf sah, verging ihm der Appetit. Arno schob den Teller vorerst beiseite und erzählte Emma von der Blonden, die in der Silvesternacht mit Mehmed gesprochen und vor wenigen Tagen heulend in der *Märkischen Botschaft* gesessen hatte. Und deren Namen er gerade erfahren hatte.

«Na also», sagte Emma, drehte sich kurz zu den lärmenden Jugendlichen um und sprach dann noch leiser weiter. «Sie könnte ein Köder gewesen sein.»

«Du meinst, sie hat Mehmed auf den Schützenplatz gelockt?»

«Vielleicht. Du musst sie finden und das herauskriegen.»

«Ich habe Müller gerade gebeten, sie zur Fahndung auszuschreiben», sagte Arno. «Aber warum soll sie ein Köder für Mehmed gewesen sein? Was ist das Motiv?»

«Das weiß ich auch nicht», meinte Emma und lehnte sich zurück. «Willst du nicht essen?»

«Du bist wirklich lustig, Emma», sagte Arno. Aber dann nahm er das Besteck und probierte die Pizza.

«Ich habe mir Peels Akte noch einmal genauer angeschaut», fuhr Emma fort und beobachtete ihn. «Er hat eine Sonderausbildung als Sniper. Scharfschütze. Außerdem wollte ihn die Army loswerden.»

«Warum?»

«Weil er ein Rassist ist. Am Anfang noch nicht. Aber schon im Kosovo hat er Einheimische bei Verhören verprügelt. Sein Hass ist dann immer schlimmer geworden. Wenn er bei dem Anschlag im Irak nicht verletzt worden wäre, hätte er ein Diszi… ein Dis-zi-pli-nar-ver-fah-ren gekriegt.» Emma verdrehte die Augen.

«Interessant.»

«Ja. Und weißt du, wer in Hermannsburg auch wohnt?»

«Eckart Köhler.»

«Genau. Auch er war mal Soldat, und er ist ein Nazi. War er heute Abend in der Kneipe?»

«Ja.» Arno legte das Besteck neben den Teller und spülte seinen letzten Bissen mit einem Schluck Bier hinunter. Die Pizza schmeckte so, wie er befürchtet hatte. Und von den vielen Zwiebeln musste er aufstoßen. «Entschuldige», sagte er und legte eine Hand vor den Mund. «Kennen sich die beiden?»

«Das wollte ich herausfinden. Ich bin heute Peel gefolgt. Er ist nach Celle gefahren, und ich dachte, vielleicht geht er zu Köhler. Er hat dann aber nur seine Schwägerin besucht und ist wieder nach Hause gefahren. Und deswegen war ich im Dönerladen, der war in der Nähe.» Emma verschränkte die Arme.

«Vor Weihnachten fand in der Nähe von Hermannsburg eine Sonnenwendfeier statt», fiel Arno ein. «Köhler und ein paar andere Nazis sind dort gewesen. Wer weiß, vielleicht war auch Thomas Peel dabei.»

«Wollen wir nicht noch einmal mit Peel reden?», fragte Emma.

Arno holte seinen Tabak hervor und drehte sich eine Zigarette. «Wie gesagt, es ist nicht mehr mein Fall. Damit muss sich das LKA auseinandersetzen. Du musst das alles den Beamten vom LKA erzählen.»

«Bisher ist es nur ein Verdacht», entgegnete Emma. «Wir müssen mehr wissen, um zum LKA zu gehen. Wir können morgen bei Peel vorbeifahren, und dann sehen wir weiter.» Sie verstummte und schaute den Kellner an, der wieder vor ihrem Tisch aufgetaucht war.

«Hat es nicht geschmeckt?», fragte der junge Mann, als er sah, dass Arno nur die Hälfte der Pizza gegessen hatte.

«Danke, ich bin satt», erwiderte Arno. «Aber ich nehme noch einen Espresso.»

Der junge Mann nickte, nahm den Teller und ging davon. Bestimmt war er ein Kurde, dachte Arno und erinnerte sich an das Gespräch mit Tahsin.

«Und?», hakte Emma nach.

Arno steckte sich die Zigarette an. «Ich weiß nicht», sagte er nachdenklich.

«Warum warst du in der *Botschaft*, wenn es nicht mehr dein Fall ist?»

Arno erzählte ihr von dem verschwundenen Dr. El Tahir und wie er bei der Suche nach ihm mit einem Mal immer wieder auf den Mordfall Mehmed Duman gestoßen war.

«Vielleicht steckt dieser Doktor auch da drin», sagte Emma.

«Die Frage ist nur, wie.»

«Du hast gesagt, du weißt nicht, wieso er seine Herkunft versteckt hat.»

«Wenn das überhaupt stimmt. Der Sohn hat diesen Verdacht geäußert, aber wir haben keine Hinweise gefunden, die ihn bestätigen.»

«Dann hat er es gut gemacht. Alle Spuren verwischt. Wie die Nazis, die nach dem Krieg nach Südamerika geflohen sind.»

Diese dritte Möglichkeit, warum jemand seine Herkunft verschleierte, war Arno beim Besuch der *Märkischen Botschaft* auch schon in den Sinn gekommen. «Du meinst, er hat sich in seinem Heimatland etwas zuschulden kommen lassen? Er ist nach Deutschland gekommen, um nicht für seine Verbrechen belangt zu werden?»

Emma zuckte mit den Achseln. «Vielleicht.»

«Aber welche könnten das sein?»

«Das musst du herausfinden.» Emma trank ihr Bier aus

und beugte sich wieder über den Tisch. «Wenn du bei der Suche nach dem Doktor immer wieder auf den jungen Kurden triffst, dann vielleicht auch andersherum. Vielleicht ist es doch dein Fall. Du musst mit Peel reden.»

«Na gut», sagte Arno nach einem Augenblick. Obwohl er die Sachlage etwas anders sah als Emma. Seine notorische Neugier würde ihn zwar morgen noch einmal zu Peel fahren lassen, aber dann würde er dem LKA Bericht erstatten müssen. Über Peel, über die Blonde aus der Botschaft, selbst über Ronahis Besuch bei El Tahir und über Mehmed, der mit dem Wagen vor dem Haus des Doktors gestanden war. Die beiden Fälle schienen tatsächlich etwas miteinander zu tun zu haben, vielleicht waren sie sogar zu einem Fall geworden. Aber der war nicht seiner.

33

Celle, Samstag, 7. Januar 2006

In dieser Nacht hatte sich Arno zum ersten Mal von Bastas traurigem Blick erweichen lassen und ihr erlaubt, im Schlafzimmer vor seinem Bett zu liegen. Sie wieder allein zu lassen, hatte er nicht übers Herz gebracht, denn schon als er am Abend zurückgekehrt war, hatte er ihr angesehen, wie sie den ganzen Tag an der Einsamkeit gelitten hatte. Zu seiner Überraschung hatte ihn ihre Anwesenheit nicht gestört, der gleichmäßige Rhythmus ihres Atems hatte ihn im Gegenteil mit einer so friedlichen Ruhe erfüllt, dass er bald tief eingeschlafen war. Erst am Morgen, in der empfindlichen Phase zwischen Schlafen und Wachen, hatte er zu träumen begonnen und war von verstörenden Bildern heimgesucht worden. Bilder von geschlossenen Räumen und bedrohlichen, dunklen Wänden, die immer näher kamen und ihm den Atem nahmen und ein Gefühl der Beklemmung und Einengung aufkommen ließen.

Nachdem er schließlich in bedrückter Stimmung aufgewacht war und widerwillig, so als hätte er Angst, sich zu orientieren, die Augen geöffnet hatte, war ihm schnell der Grund für diesen Traum klar geworden. Während er tief geschlafen hatte, musste Basta irgendwann in der Nacht auf das Bett gesprungen sein, und nun lag sie zusammengerollt am Fußende, so schwer und reglos wie ein großer schwarzer Fels. Er beugte sich vor und gab ihr einen Knuff, und da kam sie mit allen vier Läufen zappelnd zu sich und schaute ihn derart verstört an, als wäre sie ihrerseits mitten in einem unguten Traum gefangen gewesen.

«Runter!», rief Arno und schubste die noch schlaftrunkene Hündin vom Bett. Sie schüttelte sich, streckte ihren Rücken durch und gab ein langes, brummendes Gähnen von sich. Dann trottete sie hinaus.

Arno schaute auf die Uhr. Er hatte sich mit Emma um neun Uhr bei Peel in Hermannsburg verabredet, und bis dahin war noch etwas Zeit. Im Grunde hatte er wenig Lust auf den Besuch, und das lag nicht nur daran, dass er befürchtete, den Ermittlungen des LKA in die Quere zu kommen. Sein zweites Problem war, dass gegen Peel außer seiner rassistischen und musikalischen Neigung nichts sprach. Das ließ seine Fehde mit Mehmed Duman zwar in einem anderen Licht erscheinen, zu einem Tatverdächtigen machte es ihn jedoch nicht. Vor allem aber bereitete Arno die erneute Begegnung mit Emma Sorgen, denn der vergangene Abend hatte später eine unangenehme Wendung genommen.

Erst hatte Emma vorgeschlagen, von der Pizzeria noch auf einen Absacker in eine andere Kneipe weiterzuziehen. Arno hatte sofort eingewilligt, schließlich war ein Abend in anregender Gesellschaft eine Seltenheit in seinem Leben geworden. Doch mit der Zeit hatte er sich immer mehr von ihr bedrängt gefühlt. Nach einer ausgiebigen Diskussion über den Fall hatte Emma das Gespräch auf private Themen gelenkt. Sie hatte ihm erzählt, dass sie zwar stolz darauf war, bei der Military Police Karriere zu machen, aber sehr darunter litt, deswegen keinen Lebenspartner zu finden und wohl für immer ein Single zu bleiben. Am Ende hatte sie erneut nach Aglaja gefragt und dann etwas schüchtern angedeutet, wie schade es doch wäre, wenn zwei erwachsene Menschen, die sich offensichtlich so sympathisch waren, die Nacht allein verbrächten. Obwohl auch Arno einsam war, hatte er sofort Basta als Ausrede dafür benutzt, keine Zeit mehr zu haben und unbedingt nach Hause zu müssen. Dass Emma beleidigt war, hatte sich natürlich nicht verhindern lassen, und so hatten sie sich in angespannter und trauriger Stimmung voneinander getrennt.

Basta kam zurück ins Schlafzimmer und stupste ihn mit ihrer feuchten Nase an. Als Arno die Augen öffnete und ihren herausfordernden Blick sah, musste er sofort daran denken, dass er kein Futter mehr für sie im Haus hatte. Deshalb sprang er aus dem Bett, machte sich schnell fertig und packte seine Sachen zusammen. Er hatte Basta heute sowieso mitnehmen wollen, um ihr nach dem Gespräch mit Peel draußen in der Natur Auslauf zu gönnen, nun aber war er gezwungen, nicht nur für sich, sondern auch für die Hündin ein Frühstück zu besorgen. Der erste Blick aus der Haustür ließ ihn wie gebannt stehenbleiben. Bereits in der Nacht musste es zu schneien begonnen haben, denn ein dicker weißer Mantel bedeckte die Straßen und Häuser und bog die Äste der Bäume zu Boden. Die dunklen, tiefhängenden Wolken sahen zudem so aus, als trügen sie einen nicht enden wollenden Vorrat an großen Flocken in sich. Während Basta sich sofort vergnügt in die weiße Pracht stürzte, ging Arno zurück und holte einen Besen, mit dem er den Schnee vom Wagen fegte. Danach kratzte er das Eis von den Scheiben. Kurz darauf war der Volvo befreit und Bastas schwarzes Fell mit weißen Klumpen besprenkelt. Arno öffnete die Heckklappe, und die Hündin schüttelte sich und sprang hinein.

Langsam fuhr Arno durch die verschneiten Nebenstraßen und hielt dann vor dem Fleischerladen an. Er kaufte ein Brötchen mit einer frischen Frikadelle für sich und einen großen Knochen für Basta, mit dem sie eine Weile beschäftigt sein würde. Nachdem er gegessen hatte, bog er auf die Bundesstraße Richtung Bergen. Obwohl selbst die Hauptstraßen kaum geräumt waren, heiterte sich seine Stimmung während der Fahrt schnell auf. Er schob die Kassette ein und lauschte den warmen Klängen von Denise LaSalles Song *Love Me Right*, der ein so bedächtiges Tempo vorlegte wie der Volvo im Schnee und in den sich immer wieder Bastas Schmatzen mischte. Je weiter er die Stadt hinter sich ließ, desto dichter wurde das Schneetreiben, das ihm in diesem Moment aber keinerlei Sorgen machte. Er freute sich nur darauf, später irgendwo weit weg von aller Hektik spazieren zu gehen, seine Gedanken zu ordnen und zuzuschauen, wie Basta sich am Leben erfreute.

Als Arno schließlich etwas verspätet auf Peels Haus in Hermannsburg zufuhr, sah er schon Emmas Land Rover davor stehen. Dieses Mal hatten sie ihren Besuch nicht angekündigt, und wenn der ehemalige Soldat nicht zu Hause wäre, hätte es Arno nicht betrübt, sondern sogar erleichtert. Nachdem die beiden aus ihren Wagen gestiegen waren und sich im Wirbel der Schneeflocken auf der Straße etwas distanziert begrüßt hatten, wurde ihm diese vage Hoffnung von Emma gleich wieder genommen.

«Wir haben Glück», sagte sie und deutete mit einer Kopfbewegung zum Haus. «Er ist da.»

«Na, wunderbar», entgegnete Arno.

«Was ist?»

«Nichts.»

Emma schaute zum Volvo hinüber, in dem Basta völlig auf ihren Knochen konzentriert war. «Nimmst du sie jetzt schon mit, damit du deine Ruhe vor mir hast?»

Arno schüttelte den Kopf. «Komm, gehen wir rein und bringen es hinter uns.»

Constanze Peel öffnete die Tür und schaute die beiden überrascht an. Bei Arno löste der Anblick der Frau des britischen

Exsoldaten Erstaunen und ein unruhiges Kribbeln aus. Denn in diesem Moment glaubte er zu wissen, dass es eine weitere Verbindung zwischen dem Mordfall Mehmed Dumans und dem Verschwinden von Dr. El Tahir gab. Doch ehe seine Vermutung bestätigt werden konnte, musste er sich noch einen Moment gedulden. Im Haus war ein Rumoren zu hören.

«Wer ist da, Conny?», rief Peel.

Constanze Peel winkte die beiden herein und drehte sich fast gleichzeitig um. «Inspector Fuller und der Kommissar», rief sie in den Flur. «Kommen Sie», sagte sie dann leiser und ging voraus.

Thomas Peel saß wieder an seinem Platz neben dem abgedunkelten Fenster und vor seinem Plattenregal. Er war nicht erfreut, Emma und Arno zu sehen, und er versuchte keineswegs, dieses Gefühl zu verbergen. «Was wollen Sie?», fragte er barsch. «Können Sie nicht vorher anrufen?»

«We need to talk», entgegnete Emma resolut. Nach ihren neuen Entdeckungen hatte sie alle Behutsamkeit gegenüber dem ehemaligen Soldaten abgelegt. «Now.»

«Was wollen Sie?», wiederholte Peel.

Ohne eine Aufforderung abzuwarten, nahm Emma auf dem Stuhl ihm gegenüber Platz und musterte ihn. Arno blieb hinter ihr und neben Constanze Peel stehen.

«Sie haben uns bei unserem letzten Besuch nicht alles gesagt», begann Emma.

«Und was soll das sein?»

«Zum Beispiel haben Sie uns nicht gesagt, dass Sie ein Rassist und ein Nazi sind.»

Peel lachte. Seine rechte Hand spielte mit der Strippe des Rollladens, doch der war schon vollständig heruntergezogen. Gleich daneben stand die Schale mit den Medikamenten, und Arno sah darin ein Pillendöschen von der Sorte, die er auch bei Frau El Tahir gesehen hatte.

«Ich weiß nicht, was es zu lachen gibt», sagte Emma erbost.

«Ich bin ein Patriot, der für sein Land gekämpft hat», entgegnete Peel scharf. «Ich wäre fast für mein Land gestorben. Vergessen Sie das nicht.»

«Die Army hätte Sie entlassen, wenn der Anschlag nicht passiert wäre.»

«Das steht nicht fest.»

«Ich habe Ihre Akte sehr genau gelesen. Sie wären vor Gericht gekommen.»

«Was wollen Sie eigentlich von mir?», blaffte Peel.

«Reg dich nicht auf, Tom», bat seine Frau.

Er reagierte nicht auf sie und konzentrierte sich nur auf Emma. «Waren Sie schon einmal im Krieg? Wissen Sie, wie es ist, wenn jeder Ihren Tod will? Hatten Sie schon einmal Angst um Ihr Leben?»

«Darum geht es nicht.»

«Sie haben überhaupt keine Ahnung. Sie kommen in mein Haus und klagen mich an. Was wissen Sie denn schon?» Peel winkte ab und schaute auf den Rollladen. «Military Police!», fuhr er schnaubend fort. «Wir Soldaten riskieren unser Leben im Kampf, und die MP sitzt in Sicherheit und greift uns von hinten an.»

«Wir schützen die Army vor Leuten wie Sie», erwiderte Emma.

«Bullshit!»

«Sie haben uns auch nicht gesagt, dass Sie ein Sniper sind.»

«Ich bin Scharfschütze in der Army gewesen. Ist das ein Verbrechen?»

«Warum haben Sie uns das nicht gesagt?»

«Ich muss Ihnen gar nichts sagen.»

«Dieser Kurde, der Sie und Ihre Frau bedroht hat, ist erschossen worden.»

«Nicht von mir», sagte Peel grimmig.

«Haben Sie eine Waffe?»

Peel hob seine zittrigen Hände. «Und wenn?»

«Wir werden Ihr Haus durchsuchen.»

Peel kniff seine Augen zusammen. «Don't you dare!»

«You wait and see», zischte Emma.

«Bugger you, Inspector.»

Die beiden starrten sich voller Feindseligkeit an. Arno hatte die letzten Sätze nicht ganz verstanden, aber üble Verwünschungen erkannte man in jeder Sprache.

«Kennen Sie Dr. El Tahir?», fragte er in die eisige Stille hinein.

Während Peel weiter schweigend Emma fixierte, drehte sich seine Frau zu Arno um. «Was hat er damit zu tun?», fragte sie erstaunt.

Arno sah sie an. «Das würde ich gerne von Ihnen wissen.»

«Ich weiß nicht, was Sie meinen.»

«Viola Wilke ist Ihre Schwester, richtig?»

«Ja.»

Nun schauten auch Emma und Peel zu Arno. Er erklärte Emma knapp, dass Viola Wilke die Geliebte des verschwundenen Doktors war. «Ihr Mann war gestern bei ihr», fuhr er dann, an Frau Peel gewandt, fort. «Weshalb?»

«Um ihr beizustehen», antwortete Constanze Peel. «Sie ist völlig aus dem Häuschen und hat Angst um El Tahir. Können Sie sich das nicht vorstellen?»

«Weil er verschwunden ist?»

«Ja, natürlich.»

«Haben Sie eine Ahnung, warum er verschwunden ist?» Arno beobachtete Thomas Peels Reaktion, aber er zeigte keine.

«Nein», sagte seine Frau. «Überhaupt keine. Viola auch nicht. Wir sind ratlos. Es sieht ihm auf jeden Fall überhaupt nicht ähnlich.»

«Wie gut kennen Sie El Tahir?»

«Ich kenne ihn vor allem als Freund meiner Schwester.» Sie zuckte mit den Achseln. «Mir behagt es nicht, dass sie ein Verhältnis mit einem verheirateten Mann hat», sagte sie. «Aber das geht mich nichts an. Das ist Sache der beiden. Dr. El Tahir ist ein sehr netter und hilfsbereiter Mensch. Ich mache mir auch Sorgen um ihn.»

«Und Sie, Herr Peel?»

«Sind Sie wegen ihm hier?»

«Beantworten Sie seine Frage», herrschte Emma ihn an.

«Er ist ein guter Doktor.»

«Hat er auch Sie operiert?»

Thomas Peel nickte.

Und wahrscheinlich mit Tavor versorgt, dachte Arno. «Aber er ist Araber», wandte er ein.

«Na und?»

«Herr Peel, Sie haben bei Ihren Einsätzen offenbar zunehmend Probleme mit den Einheimischen gehabt, um es vorsichtig auszudrücken. Sind das nicht Leute wie El Tahir gewesen?»

Peel schüttelte den Kopf. «Nein. Sie verstehen nichts. Niemand versteht. Die Leute, gegen die ich gekämpft habe, waren Leute ohne Ehre und Gewissen. Partisanen, Guerilla, Terroristen.»

«Und El Tahir?»

«Wie gesagt, er ist ein guter Doktor. Außerdem war er früher Soldat wie ich.»

Arno kam einen Schritt näher. «Dr. El Tahir war Soldat? Wo?»

«In seinem Heimatland.»

«Im Libanon?»

Als Peel nur nickte, ärgerte Arno sich, dass er ihm zu schnell eine Antwort souffliert hatte. Mit etwas mehr Geduld hätte er vielleicht mehr aus dem Briten herausbekommen. Aber Geduld war etwas, was ihm fehlte in letzter Zeit. «Waren Sie mal dort?», fragte er. «Im Libanon?»

«Nein, nie.» Peel griff in seine Medikamentenschale, was seine Frau dazu veranlasste, besorgt neben ihn zu treten. Doch dann zog er seine Hand zurück. «Soldaten sind Gegner im Krieg», fuhr er fort. «Aber wenn der Krieg vorbei ist, hat man Achtung voreinander. Ein Mann wie er wäre nie mein Feind gewesen.»

Während Arno zuhörte, kam ihm die unheilige Allianz von Nazis und Arabern in den Sinn, die sich vor allem auf einem gemeinsamen Antisemitismus begründete. Aber in diesem Fall ging es nicht um Juden, sondern um Kurden. «Abgesehen davon, dass Sie beide Soldaten waren, haben Sie noch etwas gemeinsam, nicht wahr?», sagte er.

Peel sah ihn fragend an.

«Wie Sie hatte El Tahir Probleme mit Mehmed Duman.»

Der ehemalige Soldat reagierte nicht.

«Haben Sie beide darüber gesprochen?», fragte Arno.

In der angespannten Stille begann sein Handy zu klingeln. Er zog es aus der Manteltasche und schaute auf das Display. Ulf Mertens versuchte ihn zu erreichen. Im ersten Moment wollte er das Gerät ausschalten, aber dann entschuldigte er sich und verließ das dunkle Zimmer.

«Was ist los?», fragte er ins Telefon, als er auf dem Flur stand.

«Mertens hier.»

«Ich weiß. Was gibt's?»

«Ich … ich muss Ihnen etwas erzählen.»

«Ist es wichtig?»

«Ich glaube schon.»

«Na dann, erzählen Sie.»

Mertens seufzte auf. «Ich weiß gar nicht, wo ich anfangen

soll. Die Sache ist ein bisschen heikel. Also, gestern kam doch der Castortransport durch Celle und …»

«Mertens», unterbrach Arno ihn genervt. Im Hintergrund hörte er, wie sich Emma und Peel auf Englisch anschrien. «Der Scheiß-Castor interessiert mich im Moment nicht. Wir haben hier einen Fall zu klären.»

«Es könnte etwas damit zu tun haben», entgegnete Mertens kleinlaut.

«Dann fassen Sie sich kurz.»

«Okay, äh, ein paar Schüler von Maja, von Frau Miele, wollten etwas gegen den Transport unternehmen», begann Mertens verunsichert. «Sie sind rausgefahren Richtung Unterlüß und wollten die Bahnstrecke besetzen. Ich weiß, das ist illegal, und ich hatte nichts damit zu tun. Jedenfalls haben sie sich eine abgelegene Stelle gesucht, wo sie nicht so schnell entdeckt werden können. Die Bahntrasse führt dort durch den Wald. Weit und breit gibt es keine Ortschaften, nur ein paar alte Ställe.» Er hielt inne, als suchte er nach Worten.

Doch Arno war bereits hellhörig geworden. «Weiter», forderte er den Kollegen auf.

«Die Schüler waren auf dem Weg durch den Wald und kamen dabei an diesen verlassenen Ställen vorbei, als sie plötzlich auf eine Frau trafen. Die Schüler müssen sie wohl ziemlich erschreckt haben.» Mertens schluckte. «Jedenfalls sind sie von der Frau mit einem Gewehr bedroht worden.»

«Was für ein Gewehr?»

«Die Schüler kennen sich offenbar nicht damit aus. Außerdem hatten sie furchtbare Angst. Aber es hörte sich nicht so an, als wenn es ein Jagdgewehr gewesen wäre. Und die Frau war vermummt.»

«Vermummt?»

«Ja. Sie hatte so ein Palästinensertuch vor dem Gesicht. Die Schüler sind sich sicher, dass es eine Ausländerin war. Sie haben kein Wort verstanden, es war aber klar, dass mit der Frau nicht zu spaßen war.»

«Die Frau hat nicht Deutsch gesprochen, meinen Sie?»

«Genau. Welche Sprache es war, haben die Schüler nicht erkannt, aber es klang für sie orientalisch. Wie Türkisch oder so.»

«Es war nur eine Frau?»

«Ja», sagte Mertens, «eine junge schwarzhaarige Frau. Sonst haben sie niemanden gesehen.»

«Sie waren nicht dabei?»

«Nein, wirklich nicht. Die Schüler haben es Maja erzählt, und die hat er mir erzählt.»

«Wo war das genau?»

«Wie gesagt, in der Nähe von Unterlüß. Südlich von Lutterloh. Auf der Karte wird die Stelle als Franzosengrund bezeichnet. Es gibt im Dorf offenbar nur einen Weg, der von der Hauptstraße nach Süden abgeht, und nach einigen Kilometern …»

«Wo sind Sie jetzt?»

«Die Schüler?»

«Nein, Sie, Mertens.»

«Zu Hause.»

«Passen Sie auf», befahl Arno ihm. «Fahren Sie sofort in die Inspektion und erzählen Sie Pries davon.»

«Pries?» Mertens schluckte. «Ich dachte, Sie würden …»

«Ich bin sowieso gerade in Hermannsburg. Lutterloh ist ganz in der Nähe. Ich fahre dort vorbei und …»

«Aber …»

«Haben Sie mich verstanden? Erzählen Sie Pries genau das, was Sie mir gerade erzählt haben. Ich melde mich. Wenn nicht … Pries wird schon wissen, was dann zu tun ist.»

Arno beendete das Gespräch, steckte das Handy ein und ging zurück in das abgedunkelte Zimmer. Während Constanze Peel betreten im Raum stand, gifteten sich Emma und der ehemalige Soldat noch immer an.

«Ich muss sofort weg», erklärte Arno.

Emma drehte sich zu ihm um und deutete mit einer leichten Kopfbewegung auf Peel. «Aber …»

«Darum kümmern wir uns später.»

«God damn, was ist los mit dir?», rief Emma, aber da hatte Arno schon das Zimmer verlassen.

34

In Hermannsburg brannten noch alle Straßenlaternen, obwohl es bereits Mittag war. Trotzdem konnte man selbst im Dorfkern kaum zwanzig Meter weit sehen. Der Tag schien nicht anbrechen zu wollen, und der Schneesturm war heftiger geworden. Als Arno auf die Landstraße nach Unterlüß bog und bald die Ortschaft hinter sich ließ, wurde die Sichtweite noch geringer. Die hektisch schwenkenden Scheibenwischer konnten des Ansturms der auf den Wagen zutreibenden Flocken kaum Herr werden. Die gesamte Umgebung glich einer endlosen weißen Höhle, in die der Volvo langsam immer weiter vordrang. Angespannt hielt Arno das Lenkrad fest. Wie vor einen Bildschirm hatte er sich dicht vor die Windschutzscheibe gebeugt, als könnte er auf diese Weise mehr sehen. Doch alles um ihn herum blendete so stark, dass er seine Augen zusammenkneifen musste und Kopfschmerzen bekam. Zudem war die Straße an manchen Stellen von Schneeverwehungen überzogen, die er immer erst im letzten Moment erkannte, und Arno hoffte nur, mit seinen Sommerreifen nicht in einer davon stecken zu bleiben.

Hinter sich hörte er ein lautes Knacken und dann ein leises Knurren. Er schaute in den Rückspiegel und sah Basta, die voller Hingabe den Knochen abgenagt hatte und nun damit begann, ihn in seine Einzelteile zu zerlegen. So wie sie die Welt um sich herum vergessen zu haben schien, hatte er für eine Weile ganz vergessen, dass seine Hündin im Heck lag.

Er musste daran denken, wie er diese Strecke vor zwei Tagen in entgegengesetzter Richtung gefahren war. Nun beschlich ihn das ungute Gefühl, sich nicht nur an diesem Abend, sondern die ganze Zeit über zum Narren gemacht zu haben. Offenbar war er von Anfang an geblendet gewesen. Er hatte während all seiner Befragungen weder Wahrheit von Unwahrheit trennen können, noch war es ihm gelungen, die verwirrenden Informationen richtig zusammenzusetzen. Selbst jetzt fiel es ihm schwer, sich einen Reim auf die Geschehnisse zu machen. Was Mertens Arno berichtet hatte, hatte eine schreckliche Befürchtung in ihm ausgelöst. Noch immer fehlte ein entscheidendes Teil, um das Bild komplett zu machen, doch mit einem Mal ergaben sich völlig neue Verbindungen, an deren Kreuzpunkten eine Person stand. Egal, was passiert war, jedes Mal war plötzlich wie aus dem Nichts Ronahi aufgetaucht. Sie war sofort nach dem Mord auf dem Schützenplatz am Tatort gewesen, sie hatte von der Prügelei in der Innenstadt gewusst und als Erste Dosto im Krankenhaus besucht, sie war sogar Arno nach Hause gefolgt, und schließlich war sie auch bei Dr. El Tahir gewesen. Nicht zuletzt war sie eine derjenigen, die politisch sehr aktiv waren. Weit mehr, als sie Arno erzählt hatte, hatte sie ihm verheimlicht. Sie war besser über seine Schritte informiert als er über ihre, wobei er ihr am Ende noch geholfen hatte, sich im Wald zu verschanzen. Irgendetwas hatte er übersehen, um verstehen zu können, was wirklich dahintersteckte.

Als sein Handy erneut klingelte, zuckte er erschrocken zusammen. Seine Nerven lagen blank. Am liebsten hätte er es klingeln lassen. Aber möglicherweise meldete sich Mertens noch einmal, oder es war Heiner Pries, der vielleicht schon informiert worden war. Ohne den Blick von der Straße zu nehmen, zog er das Telefon aus der Manteltasche und hielt es an sein Ohr.

«Ja?»

«Arno?»

Aglajas vertraute Stimme klang verstörend nah und traf ihn völlig unvorbereitet. Sie rief einen Verlustschmerz in ihm hervor, den er in den vergangenen Tagen verdrängt hatte. Wie weggewischt war mit einem Mal alle Wut, die er nach ihrem letzten Anruf verspürt hatte. In diesem Moment hätte er alles dafür gegeben, bei ihr und seinem Sohn zu sein.

«Aglaja», sagte er und wurde gleichzeitig von einer ungeheuren Angst überwältigt. «Ist etwas passiert?»

«Nein.» Sie reagierte verwundert. «Ist alles in Ordnung mit dir?»

«Ja, ja. Was ist?»

«Ich wollte mit … Können wir nicht noch einmal vernünftig miteinander reden?»

Jetzt wirkte sie wieder reserviert. Und vor allem furchtbar entschlossen. «Ich kann jetzt nicht», entgegnete er und starrte nach vorn auf die weiße Wand.

Sie seufzte. «Wie immer.»

Nur die Enttäuschung teilten sie noch, dachte er. «Aglaja, es tut mir leid. Ich bin in einem wichtigen Einsatz. Ich melde mich bei dir.» Er beendete das Gespräch und überlegte, das Handy auszuschalten. Aber dann ließ er es an. In dieser Situation war es besser, für seine Kollegen erreichbar zu bleiben.

Obwohl die Heizung warme Luft verströmte, begann er zu zittern. Seine Stimmung schwankte von einem Extrem ins andere, und dieses Hin und Her zwischen Wut und Enttäuschung hielt ihn davon ab, einen klaren Gedanken zu fassen. War er kurz davor, einen Fehler zu begehen?

Beinahe hätte Arno das verschneite Ortsschild übersehen. Die zumeist abseits liegenden Häuser von Lutterloh waren kaum auszumachen. Der Rauch, der aus den Schornsteinen zog, ging konturenlos in die grauen Wolken über. Kein Mensch war unterwegs. Einen Augenblick erwog er, zuerst den Schäfer zu finden, bei dem Ronahi arbeitete. Vielleicht war sie bei ihm, vielleicht wusste er etwas, und alles klärte sich auf. Doch dann entschied er sich dagegen.

Arno nahm den Fuß vom Gaspedal und suchte den rechten Straßenrand nach einer Abzweigung in den Wald ab. Erst am Dorfende, hinter einer langgezogenen Kurve, war so etwas wie ein Weg zu erkennen. So wie es aussah, führte er zwischen zwei Gehöften hindurch über eine Lichtung und verlor sich dann im Wald. Vorsichtig trat Arno auf die Bremse und bog von der Hauptstraße ab. Der Weg war zwar nicht geräumt, doch er war bereits befahren worden, sodass der Untergrund einigermaßen fest war und der Wagen gut vorankam. Nachdem er aber die Häuser hinter sich gelassen hatte und in den Wald gelangte, hatte noch keine Reifenspur die frische Schneedecke des Weges durchbrochen. Auch zu Fuß war seit dem Einsetzen des Schneefalls niemand hier entlanggegangen. Die Räder des Volvos wirbelten eine sprühende weiße Gischt auf, in der Arno kaum noch etwas sehen konnte. Schon nach wenigen Metern drehten sie das erste Mal durch. Dann bekam er den Wagen unter Kontrolle und kämpfte sich eine Weile schlingernd in den Wald vor. Als Arno nach ungefähr zwei Kilometern erneut auf eine kleine Lichtung kam, blieb der Wagen in einer Verwehung stecken. Er legte den Rückwärtsgang ein, doch die Reifen gruben sich nur tiefer in den Schnee. Verärgert schaltete er wieder in den ersten Gang. Aber es ging weder vor noch zurück. Was er die ganze Zeit befürchtet hatte, war eingetreten. Er saß fest.

Umtost vom eisigen Wind, stieg Arno aus, setzte seine Mütze auf und stapfte um den Wagen herum. Die Reifen waren nicht allzu tief im Schnee versunken, wahrscheinlich würde er sie frei schaufeln können. Aber da er glaubte, fast am Ziel zu sein, beschloss er, zu Fuß weiterzugehen. Sollte er Basta mitnehmen oder hierlassen? Langsam werde ich paranoid, dachte er und öffnete die Heckklappe. Die Schäferhündin war noch immer mit dem Knochen beschäftigt, obwohl nicht mehr viel von ihm übrig geblieben war. Unschlüssig schaute sie ihn an und schnupperte die Luft. Dann richtete sie sich auf, gähnte und sprang mit einem weiten Satz hinaus. Sie lief ein Stückchen davon, schlug ausgelassen einen Haken und fraß gierig den Schnee.

Als Arno losmarschierte, trottete Basta langsam neben ihm her. Hinter der Lichtung umschloss wieder dichter Wald den einsamen Weg. Es war mit einem Mal gespenstisch still, der dicke weiße Mantel dämpfte jedes Geräusch. Selbst der Wind war hier eher zu sehen – an den wirbelnden Flocken und dem von den Bäumen rieselnden Schnee –, als zu hören. Seltsam verstärkt hörte Arno nur seinen eigenen Atem, ein schon nach wenigen Metern angestrengtes Schnaufen, das ihm fremd vorkam und nicht von ihm zu stammen schien.

Nachdenklich und angespannt bewegte er sich mit langsamen Schritten tiefer in den weißen Wald hinein, immer auf der Hut und auf der Suche nach einer verräterischen Spur im Schnee. Aber es war, als hätte nie ein Mensch vor ihm einen Fuß in diese abgelegene Gegend gesetzt. Bald drang die feuchte Kälte unter seinen Mantel, und er beschleunigte seinen Schritt, stopfte die Hände in die Taschen und folgte der dampfenden Wolke seines Atems. Bis er nach ungefähr einer Viertelstunde an eine Gabelung kam und aus seinem Trott aufschreckte.

Ein paar Meter vor ihm stand etwas auf dem Weg. Basta hatte genauso gebannt innegehalten wie Arno. Die Hündin hob ihre Nase in den Wind und duckte sich dann in den Schnee, als wollte sie sich anpirschen. Jetzt erkannte Arno, dass es ein Reh war, das dort, den Kopf ihm zugewandt, reglos wie eine Statue verharrte. Der Wind kam aus der Richtung des scheuen Waldtiers, sodass es die beiden nicht wittern konnte. Doch ehe Arno seine Hündin am Halsband packen konnte, stürmte Basta schon davon. Offensichtlich hatte der große Knochen nicht genügt, um ihr den Jagdinstinkt zu nehmen. Nur einen Augenblick später machte das Reh einen Satz zwischen die Bäume und verschwand geräuschlos im Wald, und Basta lief hechelnd hinterher.

Arno blieb stehen. Um keine Aufmerksamkeit zu erregen, unterließ er es, Basta zu rufen. Außerdem wäre es sowieso zu spät gewesen. Im Jagdfieber nahm sie nichts mehr wahr. Das Reh hatte einen gesunden Eindruck gemacht, sie würde es niemals erreichen und sich nur austoben, bis sie das Interesse verloren hatte. Trotzdem war Arno in Sorge. Sie müssten nicht nur bald den Stall erreicht haben, den Mertens beschrieben hatte, auch die Bahntrasse konnte nicht weit entfernt sein. Aber er wusste: Wenn Basta zurückkehrte, durfte er ihr seine Verärgerung nicht zeigen, denn sonst würde sie beim nächsten Mal noch länger wegbleiben. Wer kam schon gerne zurück, wenn eine Bestrafung wartete?

Arno schaute sich auf der Gabelung um und folgte dann dem Weg, auf dem das Reh gestanden hatte und der nach Osten führte, dem Wind entgegen. Nachdem er eine Weile weitergegangen war, gelangte er erneut auf eine Lichtung, deren Ausmaße er im Schneegestöber nicht gleich ausmachen konnte. War das der Franzosengrund, den Mertens erwähnt hatte? Arno fragte sich, was es mit dem Namen auf sich hatte. Ob hier eine Schlacht stattgefunden hatte, als Napoleon vor zweihundert Jahren mit seinen Armeen bis nach Moskau gezogen war, um die Macht über ganz Europa zu gewinnen? Ein windschiefes Gebäude, das mit der Längsseite am Wegesrand stand, erregte seine Aufmerksamkeit. Dem verwitterten, hohen Holztor nach zu urteilen, war es wahrscheinlich einmal eine Scheune gewesen. Einige Meter weiter war hinter dem Schneeschleier am Ende der Lichtung die Stirnseite eines zweiten Gebäudes auszumachen, auf das der Weg direkt hinzuführen schien. Arno blieb stehen, hielt die Luft an und lauschte. Nur der Wind war zu hören. Er trat einen Schritt vor, wölbte die Hände um eines seiner Augen und schaute durch eine schmale Ritze im Tor der Scheune. Drinnen roch es nach muffiger Feuchtigkeit, alter Holzlasur und auch nach Benzin, wenn er sich nicht täuschte. Aber es war zu dunkel, um etwas zu erkennen.

Als Arno vorsichtig weiterging, sah er, dass sich in dem zweiten Gebäude neben dem hohen Haupttor eine niedrige Tür öffnete. Er blieb wieder stehen, sein Herz begann schneller zu schlagen, und unter der Mütze juckte die Stirn. Eine dunkle Gestalt trat gebeugt aus der Tür. Sie schien ihn nicht gleich zu bemerken, doch dann, als hätte sie seine Anwesenheit gespürt, hielt sie inne und schaute zu ihm herüber. Eine Weile rührten sich beide nicht, nur der Wind fegte über die Lichtung und wirbelte den Schnee auf. Schließlich kam die Gestalt zögernd näher, und da erkannte Arno sie an ihrem Gang. Sie hatte die Kapuze ihres Parkas aufgesetzt und einen Schal umgebunden. Ein paar Meter vor ihm blieb sie stehen. Sie wirkte erschöpft und nervös, der Glanz in ihren Augen war verschwunden.

«Was wollen Sie hier?», fragte Ronahi und musterte ihn kühl.

Arno sah sich nach Basta um. «Meine Hündin ist weggelaufen», sagte er.

«Ihre Hündin?», wiederholte sie alarmiert und schaute sich ebenfalls um.

«Ja», sagte Arno und zeigte auf das Gebäude, aus dem Ronahi gekommen war. Es war vollständig aus Holz gebaut, sah er nun, und hatte ein altertümliches, weit heruntergezogenes Reetdach. «Sind dahinten Schafe drin?»

Sie nickte. «Warum sind Sie hier?»

«Ich wollte zu Ihnen.»

«Weshalb?»

Als Arno in seine Manteltasche griff, wich Ronahi einen Schritt zurück. Misstrauen und Wachsamkeit lagen in ihrem Blick. «Zum einen wollte ich Ihnen das hier zurückgeben», antwortete er und zog ihren Führerschein hervor.

«Deswegen hätten Sie nicht herkommen müssen», erwiderte sie, machte aber keine Anstalten, ihm den Führerschein abzunehmen.

In diesem Moment hörte Arno, wie Basta hinter ihm herangeprescht kam. «Basta», rief er. «Komm her.»

Während Arno sich zu seiner Hündin umgedreht hatte, war Ronahi noch einen Schritt zurückgewichen.

«Haben Sie Angst vor Hunden?», fragte Arno, steckte den Führerschein wieder ein und versuchte, Basta zu packen. Doch sie sprang an ihm vorbei, schnüffelte kurz an Ronahis Beinen und lief dann auf den Stall zu.

«Basta, hierher!», rief Arno, aber es war zwecklos.

Ronahi schaute der Hündin einen Augenblick hinterher, ehe sie sich wieder an Arno wandte. «Gehen Sie», bat sie ihn.

«Sind Sie allein hier?»

«Nehmen Sie Ihren Hund und gehen Sie», wiederholte Ronahi leise, und nun klang es wie ein Flehen.

Arno schüttelte den Kopf. «Ronahi», begann er, «was ist hier los?»

Sie antwortete nicht und sah ihn nur mit müden Augen an. In diesem Moment hatte Arno nicht mehr das Gefühl, vor einer Frau zu stehen, Ronahi wirkte nun wie ein Kind auf ihn, ein unsicheres Mädchen, das sich verrannt hatte und das Hilfe brauchte.

«Reden Sie mit mir», forderte er sie auf. «Was immer es ist, sagen Sie es mir.»

«Sie würden es sowieso nicht verstehen.»

Arno seufzte auf. «Haben Sie eine Waffe?», fragte er.

Ronahi wollte etwas sagen, doch da zog ein Rauschen auf, das schnell näher zu kommen schien und immer lauter wurde. Obwohl man die Bahntrasse nicht sehen konnte, bewirkte der im nahen Wald vorbeirasende Schnellzug, dass der Sturm auf der Lichtung noch heftiger wurde. Als der Lärm und der Schneewirbel abzuklingen begannen, ertönte ein ohrenbetäubender und dumpfer Knall. Arno zuckte zusammen. Im ersten Moment dachte er an den Zug, aber der entfernte sich ungehindert. An dem Echo, das zwischen den Gebäuden und den Bäumen nachhallte, erkannte er, dass es ein Schuss gewesen war. Erschrocken schaute er an sich hinab, wartete auf den Schmerz und sah dann Ronahi an. Sie wirkte genauso gelähmt wie er. Totenstille setzte ein. Basta, fiel ihm ein. Wo ist Basta? Er wollte rufen, brachte aber keinen Ton hervor. Verstört schaute er sich um. Vor dem Stall sah er etwas Schwarzes im Schnee liegen. Sofort lief er los, seine Beine waren taub, er stolperte, fiel hin, rappelte sich auf und lief weiter. Bis er schließlich wieder zu Boden sank.

Basta lag flach ausgestreckt im Schnee, ihre Brust bewegte sich fiebrig auf und ab, und ihre Läufe zappelten wie am Morgen, als sie auf seinem Bett gelegen hatte und aus ihrem Traum erwacht war. Ihre Zunge hing seitlich aus dem Maul, eines ihrer schwarzen Augen schaute hoch zu ihm, und Arno war, als würde sie ihn anlächeln. Er strich ihr besänftigend über das Fell und bemerkte erst jetzt die blutende Wunde am Hals. Dann stieß sie einen schweren Seufzer aus und wurde im gleichen Moment ganz ruhig, furchtbar ruhig.

Arno spürte die Tränen in seinen Augen aufsteigen, und als er sich zu Ronahi umdrehen wollte, schien mit einem Mal sein Schädel zu explodieren. Augenblicklich war alles um ihn herum so schwarz wie das Fell seiner leblosen Hündin.

Das Reich der Dämmerung

35

Chamchamal, Irak, März 2003

Mit Einbruch der Dunkelheit legte sich eine seltene Stille über die Grenzlinie bei Chamchamal. Von Süden wehte ein warmer Wind herbei, der den Staub der Straße aufwirbelte und schläfrig machte. Aber Beriwan wusste, dass sie dieser Ruhe nicht trauen durfte. Gemeinsam mit den anderen Peschmerga stand sie am Kontrollpunkt vor der Stadt, manche Kameraden hatten Gurte aus Handgranaten um die Hüften. Hin und wieder fingerte Beriwan geistesabwesend an ihrer Kalaschnikow herum. Wie alle kurdischen Kämpfer neigte sie dazu, ihre Waffe stets im entsicherten Zustand mit sich zu tragen.

Chamchamal im Norden des Irak war eine tote Stadt geworden, eine Geisterstadt. Die Straßen waren wie leergefegt. Seit Tagen schon hatten die Menschen ihre Häuser geräumt und ihr armseliges Hab und Gut auf Traktoren, auf alte, verbeulte Taxis und auf Karren gepackt. Noch am Nachmittag hatten sich auf der Straße vor dem Kontrollpunkt in endlosen Reihen die Fahrzeuge gestaut. Nicht nur aus Chamchamal flohen Tausende von Kurden in die Berge und versteckten sich in Höhlen.

Abgesehen von den Kämpfen im nahen Kirkuk gab es einen weiteren Grund für diese Fluchtwelle. Vor kurzem hatte sich herumgesprochen, dass in Kuwait irakische Scud-Raketen niedergegangen sein sollten. Damit schien zur Gewissheit geworden zu sein, was man seit langem befürchtet hatte: Wenn Saddam im Besitz der Raketen war, hatte er auch das Gas. Er würde es wieder einsetzen, er könnte es jederzeit auch hierherschicken. Und es gab kaum jemanden in dieser Region, der durch diese Nachricht nicht von schlimmen Erinnerungen heimgesucht worden wäre.

Beriwan musste an die Zeit denken, als sie noch ein kleines Mädchen gewesen war und auf den Namen Nasira gehört hatte: Ihr Heimatdorf war wie Tausende anderer kurdischer Ortschaften von der irakischen Armee mit Giftgas bombardiert worden. Wie alle Menschen in diesen Tagen war sie mit ihren Verwandten erst in die Berge gezogen und dann weiter an die Grenze zur Türkei. Dort waren die Flüchtlinge mitten in die Kämpfe zwischen der Armee und den Peshmerga geraten.

Von der Front dröhnte es herüber, die Gipfel am Rande des Tales erzitterten. In der Ferne waren schwere Donnerschläge zu hören. Beriwan stieß sich von der Baracke ab und schaute die Straße hinab Richtung Westen nach Kirkuk. Rote und gelbe Feuerpilze schossen am Abendhimmel empor. Sie wusste, dass es amerikanische Bomber waren, die Angriffe auf irakische Stellungen flogen. Schon nach einer halben Stunde war alles vorbei. Enttäuscht lehnte sich Beriwan wieder an die Baracke. Auf diese Weise würden sie so bald keinen Erfolg haben.

Noch war Kirkuk von Saddam Husseins Truppen besetzt, in der Stadt herrschte der Ausnahmezustand. Mehr als 2000 junge Kurden sollten verhaftet worden sein, viele andere hatte Saddams Statthalter exekutieren lassen. Beriwan hatte gehört, dass bewaffnete Mitglieder der Baath-Partei und der Einheiten der Fedajin, Saddams Elitetruppen, durch die Stadt patrouillierten. Alle Kurden hatten Ausgangsverbot, und wer sich dennoch auf den Straßen blicken ließ, wurde ohne Umschweife erschossen.

In der Vergangenheit war Kirkuk schon einmal zum Zentrum des Krieges geworden. Der damalige Kampf war Beriwans erster großer Einsatz gewesen, den sie nur mit Mühen unversehrt überstanden hatte. Die Stadt war für Kurden, Turkmenen, Araber, Amerikaner und vor allem für Saddam Hussein von unschätzbarer Bedeutung, denn unter den Steppen in ihrer Umgebung lagerten viele Millionen Tonnen Öl im Boden. Nun konnten es Beriwan und die anderen kurdischen Kämpfer kaum abwarten, mit Hilfe amerikanischer Soldaten Kirkuk endlich zurückzuerobern.

Der Aufstand war vorbereitet, stattfinden konnte er aber erst, wenn die Luftangriffe der Amerikaner nicht mehr ins Leere gingen. Seit Tagen versuchten sie, Stellungen und Kasernen der Armee zu zertrümmern und die Panzer- und Artilleriestützpunkte zu vernichten. Aber die Kasernen waren meistens leer. Die Soldaten hatten sich über die Stadt verstreut in Wohnhäusern versteckt, und die wurden nicht bombardiert. Beriwan wusste, dass Saddams Getreue aufs Sterben eingeschworen waren und bis zum bitteren Ende kämpfen würden.

Vor wenigen Tagen waren auf einigen Flugplätzen in Kurdistan amerikanische Spezialeinheiten gelandet, gemeinsam mit ihnen sollten die kurdischen Peshmerga-Truppen eine neue Front im Norden bilden. Aber vorerst mussten die Amerikaner einen anderen Feind der Kurden bekämpfen: In den Chinerve-Bergen im Grenzgebiet zum Iran hatte sich seit Jahren die islamistische Terrorgruppe Ansar El Islam verschanzt und mit ihren Anschlägen immer wieder Angst und Schrecken in Kurdistan ausgelöst. Ansar El Islams Nachschub an Material und Geld schien unerschöpflich zu sein. Was kein Wunder war. Schließlich würde jeder Nachbarstaat alles dafür tun, um den kurdischen Freiheitskampf zu untergraben.

Als yezidische Kurdin war Beriwan mit der Angst vor den moslemischen Nachbarn aufgewachsen, die manchmal schon im nächsten Dorf wohnen konnten. Im Laufe der Jahre hatte sie die Religion immer mehr zu verabscheuen gelernt. Nicht nur den Islam, der ihr Volk als Ungläubige betrachtete und seit Jahrhunderten unterdrückte, sondern auch ihre eigene Religion. Denn was hatte sie ihnen gebracht außer Erniedrigung und Isolation? Sie hatte die Menschen nicht gestärkt, wie manche behaupteten, sondern immer nur geschwächt und zur Flucht getrieben. Beriwan wollte damit nichts mehr zu tun haben, auch wenn sie wusste, dass man ein Leben lang Yezide blieb. In den Peshmerga hatte sie eine Gemeinschaft gefunden, die statt Religion der Traum von einem vereinten Kurdistan verband. Und sobald Ansar El Islam vernichtet und Kirkuk eingenommen war, würden sie dieses Ziel erreicht haben. Danach, so hoffte Beriwan, könnte sie ihren anderen Traum verwirklichen.

Scheinwerfer näherten sich dem Kontrollpunkt. Sofort legte Beriwan den Finger an den Abzug ihrer Kalaschnikow. Einer ihrer Kameraden trat an den Schlagbaum, die anderen hielten sich wachsam im Hintergrund. Der Wagen kam langsam herangefahren. Auf das Dach waren Kisten und Pakete gebunden, drinnen saßen Flüchtlinge aus Kirkuk, die gerade noch dem neuerlichen Luftangriff entgangen waren. Auf der Rückbank hockte ein kleines Mädchen auf dem Schoß einer alten Frau, beide schauten Beriwan verängstigt an. Nachdem der Fahrer aufgeregt von den Kämpfen berichtet hatte, äußerte er den Wunsch, dass die Peshmerga bis zum kurz bevorstehenden Newroz-Fest den Sieg für ihr Volk davontrugen. Die Peshmerga versprachen ihm, alles dafür zu tun, und winkten ihn schließlich durch.

Während Beriwan dem Wagen hinterherschaute, musste sie daran denken, wie viele bedeutende Ereignisse der vergangenen Jahre sich um die Zeit des kurdischen Neujahrsfestes zugetragen hatten. Vor mittlerweile sechzehn Jahren war sie wenige Tage nach Newroz aus ihrem Heimatdorf geflohen. Genau einen Tag vor dem etwas später stattfindenden yezidischen Neujahrsfest hatte sie ihre Familie verloren.

Sie war damals in einen Schockzustand geraten und hatte sich gefragt, was mit ihrer Familie geschehen war. Zu jener Zeit, als die Peshmerga Nasira in ihr sicheres, gut verstecktes Lager tief in den Bergen mitgenommen hatten, hatte sie gedacht, dass alle in die Hände des Militärs gefallen und tot wären. Mit den Jahren hatte sie aus dieser Trauer die Kraft geschöpft, selbst eine Kämpferin zu werden, eine, die dem Tod ins Auge sieht. Wie vor Jahren ihr Vater, den sie nicht vergessen konnte. Auch von ihm hatte sie nie wieder etwas gehört.

Beriwan konnte sich noch gut daran erinnern, dass wenige Jahre später der *Serhildan* begonnen hatte, die kurdische Intifada, wie der massenhaft ausbrechende Protest gegen das Militär genannt wurde. Kurz vor dem Newroz-Fest 1991 hatte der erste Kampf um Kirkuk begonnen. Was konnte schlimmer sein als jene Tage nach dem Golfkrieg 1991? Die Peshmerga und alle Kurden hatten den Aufstand gegen Saddam Hussein geprobt, um die Stadt zu befreien. Doch nachdem Saddam die Herrschaft wiedergewonnen hatte, begannen die Plünderungen, die Verhaftungen, die Folterungen. Alles schien vergeblich gewesen zu sein.

Genau ein Jahr später hatte sich die Kurdin Rashan Demirel in Izmir verbrannt und damit den Befreiungskampf symbolisch in die türkischen Metropolen getragen, was sie zur Märtyrerin gemacht hatte. Zur gleichen Zeit hatte sich zumindest im Norden des Iraks eine autonome kurdische Region gebildet. Noch ein Kampf, hoffte Beriwan, dann wäre Kirkuk für immer befreit und sie konnte sich endlich um ihre persönlichen Ziele kümmern.

Als sich auf der Straße erneut ein Wagen näherte, schob Beriwan ihre Gedanken beiseite. Ihr Körper spannte sich an. Wenn man am Leben bleiben wollte, das hatte sie in all den Jahren gelernt, durfte man sich keine Sentimentalitäten erlauben. Ungefähr hundert Meter vor dem Kontrollpunkt hielt der Wagen an. Beriwan und ihre Kameraden tauschten einen Blick. Doch schon fuhr der Wagen weiter. Sie sah, dass es ein Taxi war. Aus irgendeinem Grund beruhigte sie das für einen Moment. Bis sie merkte, dass der Wagen nicht langsamer wurde. Jetzt konnte sie bereits das Gesicht des Fahrers erkennen. Es war glatt rasiert. Beriwan riss ihre Kalaschnikow hoch, warnte die Kameraden und drückte ab. Aber das Taxi wurde immer schneller und hielt direkt auf die Baracke zu. Ehe Beriwan erneut abdrücken konnte, explodierte der Wagen. Sie sah einen grellen Blitz und weißen Qualm. Dann hörte sie nur noch das Geschrei, gellende Stimmen, die selbst den Nachhall der Detonation zu übertönen schienen. Und eine davon war ihre eigene.

36

Franzosengrund bei Lutterloh, 7. Januar 2006

Er war ein schwereloser Geist und fiel mit zunehmender Geschwindigkeit durch unsichtbare Orte, immer im Kampf, ständig in Bewegung, nie da anwesend, wo er gerade war, und wartete auf die Stelle, wo der Raum ein Ende hatte. Als ob es noch eine gewisse Entfernung zu bewältigen gäbe. Als ob er noch etwas suchen müsste auf dem Weg hinab, der nicht enden wollte. Aber was das ablief, war nicht die Zeit, spürte er. Es war das Leben.

Nach einer Weile dröhnten von allen Seiten Stimmen auf ihn ein, fremde Stimmen, die er nicht verstand und die ihm Angst machten und von denen er abprallte wie von einer harten Wand. Schwankend und trudelnd ging es weiter in die Tiefe, immer weiter, ohne Ende, ohne Ziel. Doch als er mit einem Mal aufschlug, wusste er, dass es kein Traum war.

Der Lärm der Stimmen war in ein gleichmäßiges Rauschen übergegangen. Rief da jemand? Nein, da war nur dieses entfernte Rauschen. Hektisch schnappte er nach Luft. Mit einem Mal war alles still. Als wäre er in tiefes Wasser gefallen und die Fluten hätten sich über ihm geschlossen. Er schluckte, doch der Druck auf die Ohren ließ nicht nach. Dann spürte er die durchdringende Kälte und schreckte auf.

Als Arno versuchte, sich zu bewegen, konnte er sich nicht

rühren. Statt eines Rauschens hörte er nun einen schweren Atem. War es sein eigener? Er hielt die Luft an, aber das Atmen hörte nicht auf. Jetzt nahm er auch den beißenden Geruch wahr, der etwas Unbestimmtes in ihm wachrief. Und als er die Augen öffnete, wurde ihm schwindelig.

Der Schädel dröhnte. Arno schluckte den galligen Geschmack hinunter, wartete einen Moment und hob erneut die bleischweren Lider. Vor sich sah er seine ausgestreckten Beine auf dem mit gelben Strohresten übersäten Boden liegen. Dahinter hing ein dichter Schleier vor der Dunkelheit, der es ihm unmöglich machte, etwas zu erkennen. Er schaute an sich hinab. Seine Arme waren auf den Rücken gebogen, er konnte sie nicht bewegen. Die tauben Hände berührten rissiges Holz. Dann sah er etwas aufblitzen. Als er die Augen zusammenkniff, wurde ihm wieder übel.

Jetzt hörte Arno ein Scharren hinter der Wand. Es übertönte aber nicht das schwere Atmen, das zu hören war. Zitternd drehte er sich zur Seite. Ganz nahe lehnte jemand an den Holzlatten, den Kopf nach vorn geneigt, das Kinn auf der Brust. Obwohl der kleine Mann seine große Brille nicht trug, wusste Arno sofort, dass es Dr. El Tahir war. In dem Moment kam die Erinnerung mit ungeheurer Kraft zurück, und als am Ende das Bild der leblosen Basta vor ihm stand, zerrte Arno an den Fesseln und schrie verzweifelt auf. Aber genau so, wie er die Hände nicht frei bekam, verklang sein Schrei ohne ein Echo.

«Niemand kann Sie hören», sagte eine Stimme aus der Dunkelheit.

Arno starrte nach vorn. «Ronahi? Sind Sie das?»

Keine Antwort. Hatte er tatsächlich etwas gesagt, oder hatte er es sich nur eingebildet? Er schaute wieder angestrengt nach vorn. Mittlerweile hatten sich seine Augen an die Dunkelheit gewöhnt. Auch ohne Brille erkannte er jetzt die Umrisse einer dunklen Gestalt, die auf dem Boden vor ihm hockte. Dahinter drang Licht durch einen schmalen Schlitz herein. Als er seinen Kopf ein wenig zur Seite neigte, fiel ihm wieder dieses Funkeln auf. Die Gestalt hatte etwas Metallisches in der Hand.

«Ronahi, antworten Sie mir!», rief er mit einem Kratzen im Hals.

«Es tut mir leid», sagte sie leise.

Arno räusperte sich. «Was tut Ihnen leid?», fragte er dann.

«Ich wollte nicht, dass Sie in die Sache hineingezogen werden.»

«Ich bin Polizist. Haben Sie das vergessen?»

«Ich wollte auch nicht, dass Ihrem Hund etwas geschieht.»

Arno schluckte. «Woher haben Sie die Waffe?»

Sie antwortete nicht. Der Frost kroch vom Boden an Arno empor und ließ ihn zittern, aber die Kälte machte ihn auch wacher und klarer. Er schaute sich in der Dunkelheit um, konnte jedoch niemand anderen sehen.

«Sind Sie allein?», fragte er.

«Nein», antwortete Ronahi matt. «Meine Schwester ist bei mir.»

«Welche Schwester?»

Wieder keine Antwort. War diese Schwester der Schutzengel, von dem Dosto gesprochen hatte? War sie der Grund, warum niemand in der Familie Duman Ronahi noch etwas sagen konnte? «Wo ist sie jetzt?», fragte Arno.

«Sie kommt gleich zurück.»

Arno zerrte erneut an seinen Fesseln. «Lassen Sie mich frei», forderte er Ronahi auf.

«Das kann ich nicht.»

«Natürlich können Sie das», entgegnete Arno mit aller Überzeugungskraft, die er aufbringen konnte. «Hören Sie auf, bevor es zu spät ist.»

«Es ist schon zu spät.»

«Was ist mit Dr. El Tahir?»

«Machen Sie sich keine Gedanken um ihn.»

«Was wollen Sie von ihm?»

«Er bekommt das, was er verdient», antwortete Ronahi kühl, doch ihre Stimme bebte.

«Wofür wollen Sie sich rächen? Für Layla?»

«Das auch. Aber vor allem für meine Eltern und für mein Volk.»

Ronahi hielt inne. In der Ferne war wieder das Rauschen zu hören, das anschwoll und zügig näher zu kommen schien. Arno fiel die nahe Bahntrasse ein und fragte sich, mit welcher Regelmäßigkeit der ICE nach Hamburg fuhr. Wahrscheinlich stündlich. Außerdem verkehrten dort Regionalbahnen und Güterzüge. Wie oft hatte er schon einen Zug gehört, seitdem er hier saß? Wie lange war er bereits gefangen? Durch die Schlitze hinter Ronahi drang ein schwaches Licht in den ansonsten stockfinsteren Raum. Es war also noch Tag.

Nachdem das Rauschen so schnell verklungen war, wie es begonnen hatte, kehrte die Stille zurück, in die sich ab und zu ein seltsames Scharren mischte. Schafe, hinter der Wand müssen die Schafe sein, fiel Arno ein. Dann zwang er sich, seine Gedanken zu sammeln, und konzentrierte sich wieder auf Ronahi. «Was ist mit Ihren Eltern?», fragte er nach einer Weile.

«Meine Mutter ist tot, und mein Vater ist verschollen», antwortete sie sofort, als hätte sie nur auf seine nächste Frage gewartet.

«Mehmed ist nicht Ihr Bruder, nicht wahr?»

«Nein, er ist nicht mein Bruder. Und Ilhan auch nicht. Aber das habe ich erst im letzten Jahr erfahren. Als ich meine Schwester kennengelernt habe. Meine leibliche Schwester.»

«Und wer sind die Dumans?»

«Mein Onkel und meine Tante.»

«Was hat Dr. El Tahir damit zu tun?

Ronahi schnaufte. «Er hat meine Mutter umgebracht», sagte sie schließlich und kam, immer noch in der Hocke, ein Stückchen näher.

Arno hörte das metallische Klappern des Gewehres und sah das Weiße in ihren Augen. «Weshalb hätte er das tun sollen?»

«Mein Vater war zu den Peshmerga gegangen, bevor ich geboren wurde», erzählte Ronahi. «Dann wurde unser Dorf bombardiert. Mit Giftgas. Komischerweise ist bei diesem Angriff nur unser Haus getroffen worden. Später kamen Soldaten. Sie wollten wissen, wo mein Vater ist. Der Offizier hat meine Mutter erschossen.»

Arno drehte sich zu dem Mann neben sich um. Er saß immer noch mit dem Kinn auf der Brust da und schien, obwohl sein schwerer Atem zu hören war, bewusstlos zu sein. Was hatten sie mit ihm gemacht? Wenn es stimmte, was Ronahi sagte, dann stammte der Arzt aus dem Irak. Dass er Soldat gewesen war, hatte Arno bereits erfahren. Warum war er nicht früher auf diese Verbindung gekommen?

«Dieser Offizier war El Tahir?», fragte er.

«Ja.»

«Wie können Sie sich da sicher sein?»

«Meine Schwester ist sich sicher. Sie hat gesehen, wie er unsere Mutter erschossen hat. Sie hat ihm in die Augen gesehen, und sie hat es nie vergessen.»

Arno versuchte, sich etwas weiter aufzurichten. Sein Schädel dröhnte wieder. Aber er musste sie dazu bringen, weiterzureden, dachte er. Je mehr Zeit verstrich, desto besser für ihn. Außerdem war er neugierig. «Was ist dann passiert?», fragte er.

«Er hat gedroht, das ganze Dorf auszulöschen», fuhr Ronahi mit ruhiger, beinahe teilnahmsloser Stimme fort, die nicht zu dem passte, was sie erzählte. «Also blieb meinem Onkel und meiner Tante keine andere Wahl. Sie mussten ihre Heimat verlassen. Sie wollten über die Grenze in die Türkei.

Dort war die Situation zwar auch schlimm, aber zu der Zeit nicht so gefährlich wie im Irak. Außerdem hatten sie Verwandte dort. Auf dem ganzen Weg durch die Berge hat mich meine Schwester getragen. Ich war noch ein Baby, ich habe keine Erinnerung daran.» Sie hielt kurz inne, als müsste sie neue Kraft schöpfen. «An der Grenze sind sie in die Kämpfe zwischen dem Militär und den Freiheitskämpfern geraten», nahm sie den Faden wieder auf. «Als sie einen Fluss überquert haben, ist Beriwan abgetrieben worden. Sie konnte nicht schwimmen. Mein Onkel wusste nicht, was er machen sollte. Meine Schwester war verschwunden, aber durch die Kämpfe waren auch die türkischen Soldaten so abgelenkt, dass die Gelegenheit günstig war, über die Grenze zu kommen. Außerdem war meine Tante hochschwanger, schon auf der Flucht hatten immer wieder die Wehen eingesetzt. Mein Onkel konnte gar nicht anders: Er hat die Situation genutzt und uns in die Türkei geführt. Anscheinend hatten wir wirklich Glück, nicht erwischt zu werden. Noch am selben Tag ist Mehmed geboren worden. Und später sind wir alle nach Deutschland gekommen.»

«Und was ist mit Ihrer Schwester geschehen?»

Ronahi seufzte. «Im Grunde hat sie auch Glück gehabt», sagte sie. «Glück im Unglück. Sie wurde von den Peshmerga gefunden und ausgebildet. Ich habe über all die Jahre nichts von ihr gewusst, ich wusste gar nicht, dass ich eine Schwester habe. Mein Onkel hat gedacht, sie wäre entweder ertrunken oder getötet worden, und nie von ihr erzählt.»

«Und wie kam sie nun nach Deutschland?»

«Durch Dosto.»

«Dosto?», wiederholte Arno. Langsam fügten sich in seinem noch immer betäubten Geist die Puzzleteile der vielen Geschichten zusammen, die sich angesammelt hatten. «Haben Sie sich getroffen, als er im Irak war?»

«Er war in Lalish», sagte Ronahi. «Das ist das religiöse Zentrum der Yeziden. Deswegen war er in den Irak gereist. Aber in der Stadt gab es auch ein Lager der Peshmerga, die im Kampf verwundet wurden. Dort hat er Beriwan kennengelernt. Und das Paradoxe daran ist, dass Dosto am Anfang noch dachte, Dr. El Tahir könnte sie operieren.»

El Tahir war Soldat und Chirurg, dachte Arno, er hatte zwei Berufe, durch die er ständig mit dem Tod in Berührung gekommen war. Zwei Berufe, die auf ihre Weise über Leben und Tod herrschten. Kein Wunder, dass sich sowohl Ärzte als auch Soldaten gerne über die normal Sterblichen erhoben. «Was ist mit Ihrer Schwester geschehen?», fragte Arno.

«Sie hat jahrelang für die kurdische Freiheit gekämpft. Als die Amerikaner vor ein paar Jahren in den Irak einmarschiert sind, hat sie an der Seite der Peshmerga gekämpft. Während Kirkuk bombardiert wurde, hat Beriwan einen Straßenposten überwacht. Ein Selbstmordattentäter ist mit einem Wagen auf den Posten zugerast und hat sich in die Luft gesprengt.»

Arno musste an die Geschichte von Thomas Peel denken. Es schien vor einer Ewigkeit und in einer anderen Welt gewesen zu sein, dass er gemeinsam mit Emma vor dem britischen Soldaten gestanden hatte. «Dosto hat Sie also nach Deutschland geholt?»

«Ja.»

«Und dann?»

«Beriwan hat Dr. El Tahir sofort erkannt. Er ist der Offizier, der unsere Mutter erschossen hat. Und er hat es auch schon zugegeben.»

Allmählich offenbarte sich Arno ein Zusammenhang, der ihm die ganze Zeit verborgen geblieben war. Es fehlte nicht mehr viel, spürte er. «Hat sie sich auch ihm gleich zu erkennen gegeben?», wollte er wissen.

«Nein», sagte Ronahi. «Denn dann hätte ja ihr Plan nicht

mehr funktioniert. Und obwohl es Jahre her war, war Beriwan immer auf diesen Moment vorbereitet. Dafür hat sie gelebt.»

«Aber Sie waren bei den El Tahirs in Boye.»

«Ja. Ich wollte Gewissheit haben.»

Arno fiel ein, was Frau El Tahir erzählt hatte. Ronahi hatte den Doktor aufgesucht, vermutlich um mehr zu erfahren und um Gewissheit zu haben, wie sie sagte. Offenbar hatte sich ihre Schwester im Hintergrund gehalten. Aber auch Mehmed war nach Boye gefahren, er hatte sich zwar nicht hineingetraut, doch er hatte vom Wagen aus das Haus beobachtet. «Wusste Mehmed von Dr. El Tahir?», fragte er.

«Nicht viel. Ihn interessierte vor allem, was mit Layla geschehen war. Mehmed hatte sich schuldig gefühlt nach ihrem Tod. Aber Layla ist nicht vor ihm davongelaufen, sondern vor ihrem Vater.»

Wahrscheinlich hatte sie recht, dachte Arno. Aber wie musste es auf Dr. El Tahir gewirkt haben, als er erst durch Ronahi mit seiner Vergangenheit konfrontiert worden war und dann deren vermeintlicher Bruder drohend vor seinem Haus gestanden und seine Frau in Angst und Schrecken versetzt hatte? Der gleiche junge Mann, den der Arzt für den Drogenkonsum und letztlich für den Tod seiner Tochter verantwortlich gemacht hatte. Was, wenn er davon dem britischen Soldaten Peel erzählt hatte, dem Schwager seiner Geliebten, der Ähnliches mit Mehmed erlebt hatte? Peel, der mit ziemlicher Sicherheit Kontakte zur Naziszene hatte. Einer Szene, zu der auch Mandy Paschke gehörte, die Mehmed in der Silvesternacht in der Disco kennengelernt hatte. Mit einem Mal ergab alles einen schrecklichen Sinn.

Doch kaum hatte Arno diese Möglichkeit durchdacht, fiel ihm eine andere ein, und die war nicht weniger schlimm. Ilhan hatte sich als Spitzel angeboten und war offensichtlich bereit, dem Verfassungsschutz Interna über die Machenschaften der kurdischen Parteien und Kulturvereine preiszugeben. Selbst wenn er es nur tat, um seinen Hals zu retten, und kaum Einzelheiten kannte, musste er nicht der Freiheitskämpferin Beriwan und ihrer Schwester Ronahi wie ein verabscheuungswürdiger Verräter erschienen sein? Hatte er nicht zudem Ronahi schon früher schlecht behandelt? Heute würde sie mit ihm fertigwerden, hatte sie Arno erzählt, mit diesem Angeber, der alles tun würde für große Autos. Mehmed war an dem Abend, an dem er den Tod gefunden hatte, mit Ilhans Wagen unterwegs gewesen. Und beide waren nicht die leiblichen Brüder von Ronahi, die gerade ihre verschollene Schwester wiedergefunden hatte und von dieser aufgestachelt worden war.

«Was ist?», fragte Ronahi. «Hat es Ihnen die Sprache verschlagen?» Ihre Stimme hatte nun wieder diesen leicht amüsierten und schnippischen Ton, der Arno zum ersten Mal aufgefallen war, als sie bei ihm am Küchentisch gesessen hatte und für eine Weile entspannt gewesen war.

Während Arno noch überlegte, ob und auf welche Weise er sie mit seinen Vermutungen konfrontieren sollte, war von draußen ein Scharren zu hören. Ronahis Lockerheit war sofort wieder verschwunden. Kaum hatte sie sich wachsam aufgerichtet, wurde eine Tür hinter ihr aufgerissen. Das hereinfallende Licht war zwar schummerig, aber die gleißende weiße Umgebung blendete so sehr, dass Arno zurückschreckte und für einen Augenblick nichts erkennen konnte. Als er dann im Schneegestöber die vermummte Frau sah, die hereinkam, ertönte direkt neben ihm ein gellender Schrei.

37

Nachdem Beriwan die Tür geschlossen hatte, wurde es schnell wieder finster in dem kleinen Raum. Vorher hatte Arno noch gesehen, wie sie einen Kanister abstellte. Vor der Holzwand erkannte er die Konturen eines weiteren Benzinbehälters, und da wusste er, welchen Geruch er die ganze Zeit wahrgenommen hatte. Als Dr. El Tahir erneut aufschrie, riss Beriwan das Gewehr aus Ronahis Händen, kam herangehumpelt und holte aus. Instinktiv drehte sich Arno zur Seite. Und kurz darauf hörte er ein fürchterliches Krachen.

«Hören Sie auf!», rief Arno.

Doch der Arzt war schon verstummt. Das schwarz-weiß gemusterte Tuch war Beriwan vom Gesicht gerutscht. Als sie sich zu Arno hinabbeugte, schreckte er erneut zurück. Kein Wort von Ronahi über den Selbstmordanschlag hatte Arno beschreiben können, was dieser Anblick ihm erzählte. Aus der Finsternis funkelte ihn ein flackerndes Auge an. Das andere war trübe, die linke Gesichtshälfte sah aus, als wäre sie geschmolzen und dann erstarrt. Die Haut war tief vernarbt und wirkte wie weißliches Leder. Vom Ohr war nur noch ein knorpeliger Rest übrig geblieben, den das dichte, pechschwarze Haar normalerweise verdeckte. Neben der auffälligen Nase war es alles, worin sie ihrer jüngeren Schwester ähnelte.

Ronahi sagte etwas, Worte, die Arno nicht verstand, die Beriwan aber dazu veranlassten, das Tuch wieder vor ihr entstelltes Gesicht zu ziehen und sich von ihm abzuwenden. Während die Frauen auf Kurdisch miteinander sprachen, lehnte sich Arno zurück und atmete durch. Was hatten die beiden vor? Worüber redeten sie? Neben sich hörte er ein dumpfes Schnaufen. Arno wandte sich um und betrachtete Dr. El Tahir. Sein Kopf war wieder nach vorn gesackt, die Augen waren geschwollen und von dunklen Schatten umgeben. An der Schläfe rann Blut hinab. Doch nun fragte sich Arno, ob der Arzt tatsächlich bewusstlos gewesen war oder ob er ihm und Ronahi die ganze Zeit verstohlen zugehört hatte.

Das Gespräch der beiden Schwestern wurde hitziger, dann trat mit einem Mal eisige Stille ein, die Arno noch mehr beunruhigte. Hinter der Holzwand, an der er lehnte, hörte er das Scharren der Schafe. «Was ist los?», fragte er.

«Die Polizei ist auf dem Weg hierher», antwortete Ronahi leise.

«Wie viele sind es?»

«Keine Ahnung. Einige.»

«Wie sehen sie aus?»

«Was soll die Frage?»

«Fragen Sie Ihre Schwester!», forderte Arno sie auf.

Ronahi wandte sich auf Kurdisch an Beriwan, die knapp und kühl antwortete. «Wie Soldaten, sagt sie», übersetzte Ronahi.

Ein Sondereinsatzkommando, dachte Arno und spürte, wie er wieder zu zittern begann. Wahrscheinlich hatte Heiner Pries nach Mertens' Bericht sofort ein Team angefordert, aber dass eines im Anmarsch war, beruhigte ihn nicht, es alarmierte ihn eher. Er hatte schon einige solcher Einsätze erlebt und war dabei immer froh gewesen, außerhalb der Schusslinie zu stehen. «Wie spät ist es?», wollte er wissen.

«Ungefähr vier, wieso? Was fragen Sie die ganze Zeit?»

«Lassen Sie mich frei und mit den Polizisten reden», verlangte er so bestimmt, wie es ihm möglich war. «Es sind schließlich meine Kollegen. Noch kann die Sache glimpflich ausgehen.»

Beriwan herrschte ihn an, aber Arno achtete nicht darauf. Er musste sich an Ronahi halten, sie war seine einzige Chance. «Wenn es dunkel ist und der Stall hier erstürmt wird, gibt es eine Katastrophe», fuhr er fort. «Sie wissen nicht, worauf Sie sich einlassen.»

Beriwan wollte auf ihn losgehen, doch Ronahi hielt sie zurück und redete auf sie ein. Obwohl sie eine für Arno fremde Sprache sprach, konnte er hören, wie verunsichert sie war. Während Beriwan sich dann umdrehte und durch einen Schlitz im Holz nach draußen spähte, wandte sich Ronahi wieder an Arno. «Ich habe Ihnen gesagt, dass Sie nicht hätten kommen sollen. Sie haben mit dieser Sache nichts zu tun.»

«Sagen Sie das Ihrer Schwester!»

«Jetzt ist es zu spät.»

«Was haben Sie vor?»

«Das werden Sie schon sehen.»

«Sie haben keine Chance gegen die Polizisten.»

«Meine Schwester ist eine Peshmerga», erwiderte Ronahi trotzig. «Vergessen Sie das nicht. Keiner dieser Polizisten hat schon solche Kämpfe erlebt wie sie. Glauben Sie, dass jemand, der jahrelang gegen die irakische Armee gekämpft hat, Angst vor ein paar deutschen Polizisten hat?» Sie hielt inne. «Beriwan wird sich niemals stellen», sagte sie dann tonlos.

Arno schüttelte hilflos den Kopf. «Und was ist mit Ihnen, Ronahi? Wollen Sie getötet werden?»

«Wen interessiert das schon, ob ich lebe oder nicht?»

«Mich!», rief Arno und überraschte sich damit selbst. «Und Ihren Onkel und Ihre Tante», fügte er leise hinzu.

Ronahi starrte ihn an, doch ehe sie reagieren konnte,

krachte plötzlich ein Schuss. Es war Beriwan, die durch ein Loch in der Tür nach draußen gefeuert hatte. Während Ronahi erschrocken herumwirbelte, hörte Arno in der Stille nach dem Schuss das Blöken der Schafe. Und neben ihm war Dr. El Tahir wieder zu sich gekommen und begann zu wimmern.

Arno wartete auf eine Reaktion des SEK, aber es gab keine. Die Beamten draußen hielten sich zurück, sie versuchten nicht einmal, mit einem Megaphon Kontakt aufzunehmen. Ein Verhalten, das Arno nicht einschätzen konnte, es irritierte aber nicht nur ihn, sondern offenbar auch Beriwan.

Sie gab Ronahi ein paar knappe Anweisungen und drückte dann ihrer Schwester das Gewehr in die Hand. Beriwan hantierte mit der Waffe wie ein Mensch, der jahrelang vertraut damit war und dem der Umgang in Fleisch und Blut übergegangen war. Jetzt sah Arno auch, dass es eine Kalaschnikow war und kein G3. Doch da kam Beriwan schon auf ihn zu, packte ihn am Kragen und zog ihn mit einer Kraft hoch, mit der er nicht gerechnet hätte.

«Lassen Sie mich los!», schrie er bewusst laut, damit ihn vielleicht die Kollegen draußen hören konnten.

Als Antwort stieß Beriwan ihn zurück, sodass Arno mit dem Kopf hart gegen die Holzwand knallte. Sein Schädel begann wieder zu dröhnen. Noch ehe er wieder richtig zu sich gekommen war, hatte Beriwan eine Rolle Klebeband hervorgeholt, ein Stück abgerissen und ihm über den Mund geklebt. Danach wickelte sie das Band um seine Knöchel und machte ihn vollends bewegungsunfähig. Arno versuchte, Blickkontakt mit Ronahi aufzunehmen, aber sie hatte sich von ihm abgewandt.

Schließlich packte Beriwan ihn wieder am Kragen und zerrte ihn durch eine zweite Tür, die ihm vorher nicht aufgefallen war. Arno stemmte sich mit aller Kraft dagegen, aber es war vergeblich. Wie einen Strohballen schleppte ihn die Frau unerbittlich von der kleinen Kammer in den eigentlichen Stall, der sich über das gesamte Gebäude erstreckte und in dem sich eine Herde von über hundert Schafen aufhielt, die nun auseinanderstoben. Beriwan legte Arno in der Mitte des Stalles ab und humpelte zurück.

Als sie weg war, hob Arno angestrengt seinen hämmernden Kopf. Auf beiden Seiten des Stalles befanden sich große Holztore. Die Schafe um ihn herum glotzten ihn mit schwankenden Köpfen an, und er hörte ein unaufhörliches Glucksen, das aus den Bäuchen der erschrockenen Tiere zu kommen schien. Von draußen konnte er keinen Laut hören. Wahrscheinlich hatten die Beamten des SEK genau wie er Probleme gehabt, mit Fahrzeugen über den verschneiten Weg zu gelangen, und waren zu Fuß bis zum Stall vorgedrungen. Was würde nun geschehen?

Nach einem Augenblick kehrte Beriwan mit El Tahir zurück. Auch den Doktor hatte sie geknebelt und gefesselt. Sie ließ ihn wie einen Sack auf den Boden neben Arno fallen. Kurz darauf wurde das vordere Tor geöffnet, das zur Lichtung hinausführte. Draußen war es bereits finster. Beriwan und Ronahi duckten sich zwischen die Herde und begannen, die Schafe durch das Tor zu treiben. Erst trotteten sie unruhig blökend umher, bald aber kam Bewegung in das Gedränge, und die Schafe liefen hektisch hinaus. Was hatten die beiden Frauen vor?, dachte Arno. Wollten sie im Schutz der Herde entkommen? Doch nachdem alle Tiere draußen waren, wurde das Tor wieder geschlossen und verriegelt. Noch immer gab es keine Reaktion vom SEK. Was machten die Beamten nur? Mit Bestürzung sah Arno dann, wie die beiden Frauen die Benzinkanister nahmen und entlang der Stirnseite des Stalles entleerten.

Wenig später züngelten Flammen empor. Ronahi und Beriwan liefen an den gefesselten Männern vorbei auf das hintere

Tor zu. Arno hörte sie miteinander reden und hätte alles darum gegeben, ihre Sprache zu verstehen. Oder Ronahi ein letztes Mal anflehen zu können, zur Vernunft zu kommen. Doch schließlich waren sie verschwunden und das Tor wieder verriegelt. Der Doktor lag reglos da, als wollte er sich seinem Schicksal ergeben, Arno aber wand sich wie eine Schlange auf dem Boden. Angetrieben vom Wind, der durch die Schlitze der Holzwände fegte, breitete sich das Feuer rasend schnell aus, und schon bald trieben Rauchschwaden über ihn hinweg und wirbelten nach oben. Arno wusste, dass man bei einem Feuer die meisten Überlebenschancen am Boden hatte, weil der tödliche Rauch nach oben zog. Aber über kurz oder lang, dachte er, würde der Dachstuhl in Brand geraten und die Gefahr wäre dann nicht mehr, im Qualm zu ersticken, sondern von den herabfallenden Holzteilen erschlagen zu werden.

Wie ein wildes Tier fraßen sich die Flammen durch die Wände des Stalles und kamen immer näher. Als der Rauch begann, den gesamten Raum zu erfüllen, sank er langsam zu Boden. Verzweifelt versuchte Arno, auf das hintere Tor zuzurollen, das am weitesten vom Feuer entfernt war, doch seine gefesselten Hände und sein Mantel blieben immer wieder an den rissigen Latten hängen. Nach einer Weile drang ihm der Qualm in die Nase und nahm ihm den Atem. Als er würgen musste, glaubte er, an seinem Knebel zu ersticken. Da hörte er von draußen Schüsse und hielt atemlos und mit tränenden Augen inne. Weitere Schüsse. Es war der Feuerstoß eines einzelnen Schnellfeuergewehrs, vermutete er. Entweder schoss Beriwan auf die Beamten, oder ein Schütze des SEK hatte die beiden Frauen unter Beschuss genommen. Arno konnte nichts tun, als die Luft anzuhalten. Kraftlos sank er zu Boden.

In diesem Moment konnte er förmlich spüren, wie jeder Lebenswille aus ihm herauszuströmen begann. Alles ist umsonst, es lohnt sich nicht mehr, schien jede Faser seines ermatteten Körpers zu rufen. Bleib in der Wärme liegen, schien jemand zu flüstern. Er musste an Basta denken, die draußen tot im Schnee lag, er sah Aglaja vor sich, die weit weg war, seinen kleinen Sohn, der unerreichbar und fremd blieb. Seltsam, aber diese Bilder der Trauer lösten eine tiefe Ruhe in ihm aus, einen Frieden, den er lange nicht mehr gespürt, nach dem er sich oft gesehnt und den er meistens eigenhändig zerstört hatte. Jetzt musste er nichts mehr tun. Er schloss die Augen und wollte nur noch liegen bleiben.

Dann wirbelte eine plötzliche Böe durch das Feuer. Die Dachbalken ächzten und stöhnten. Arno wollte seinen Kopf heben, konnte sich aber nicht bewegen. Erst als er etwas Kaltes auf dem Gesicht spürte, schreckte er auf. Was war das? Er sah nichts mehr, Wasser rann ihm über die Augen. Mit einem Ruck wurde ihm das Klebeband vom Mund gerissen, aber als er nach Luft schnappte, schmeckte er nur Rauch. Er schaute hustend auf und sah im dichten Qualm eine vermummte Gestalt über sich hocken. Kalte Hände rieben Schnee in sein Gesicht. Langsam kam Arno wieder zu sich und erkannte das funkelnde Messer in ihrer Hand. Er zuckte zurück. Das war kein Polizist. Es war Ronahi, und sie zerschnitt die Fesseln an seinen Händen und Knöcheln. Schließlich wollte sie ihm aufhelfen, doch er zog sie nach unten. Er hatte zwar die Orientierung verloren und keine Ahnung, wo der Ausgang war, aber er hatte seinen Lebensmut wiedergefunden und wusste, dass sie in Bodennähe bleiben mussten. Auf allen vieren robbten sie los. Überall loderten jetzt die Flammen. Die ersten Teile des Daches stürzten herab und krachten neben ihnen auf die Holzdielen. Und nach ein paar Metern fiel Arno Dr. El Tahir ein.

Als er sich umwandte, zog Ronahi ihn nach vorn. Er riss sich von ihr los, krabbelte ein Stück zurück und tastete umher, ohne etwas zu finden. Doch er durfte den Arzt nicht dem

Feuer überlassen. Endlich griffen seine Hände in einen schütteren Haarschopf. Obwohl er von dem vielen Husten und Würgen schon ganz schwach war, packte er den Mann an den Schultern und zerrte ihn hinter sich her. El Tahir war ein kleiner Mann, trotzdem kam er Arno tonnenschwer vor. Und der Weg erschien ihm unendlich weit. Zu seiner Überraschung hatte Ronahi auf ihn gewartet und half ihm. Der Qualm wurde dünner, je näher sie dem hinteren Tor kamen. Gemeinsam schleppten sie den Doktor Meter für Meter über den Holzboden, immer weiter dem Ausgang zu.

Kaum hatten sie das Holztor aufgestoßen, schürte der hereinwirbelnde Wind das Feuer. Die Flammen und der Rauch schienen sich aufzubäumen und der frischen Luft entgegenzuspringen. Ein Funkenschauer sprühte auf sie herab. Hinter ihnen stürzte ein schwerer Balken vom Dach und krachte zu Boden. Arno rappelte sich auf und wankte mit dem reglosen El Tahir im Schlepptau los, doch schon nach wenigen Metern brach er zusammen. Völlig erschöpft sank er in den Schnee und atmete gierig die Luft ein, die zwar noch immer verqualmt, nun aber auch angenehm kühl war.

Kurz darauf spürte Arno Hände, die ihm unter die Arme griffen und ihn vom Brandherd wegzogen. Er ließ es geschehen. Um ihn herum schienen überall Flammen zu lodern. Alles war so hell, dass seine tränenden Augen geblendet wurden und er nichts erkennen konnte.

«Hier, trinken Sie», forderte ihn eine seltsam vertraute Stimme auf.

Arno spürte die Flasche, die an seine Lippen gesetzt wurde, und stürzte durstig das Wasser herunter, von dem das meiste an seinem Kinn hinablief.

«Ich dachte, Sie haben Urlaub», krächzte er dann und wurde sofort von einem Hustenanfall geschüttelt.

«Dachte ich auch», entgegnete Müller und setzte ihn ab.

«Aber ich muss Sie ja ständig aus irgendeiner Scheiße rausholen. Alles okay mit Ihnen?»

Arno nickte matt und spuckte aus. Als er zu sprechen versuchte, musste er wieder husten.

«Schon gut», sagte Müller und reichte ihm eine neue Flasche.

Arno nahm sie und schaute sich um. Es hatte aufgehört zu schneien, und die feuchte Kälte brachte ihn allmählich wieder zu Kräften. Mit zitternden Händen hielt er die Flasche und rieb seine Augen. Der Stall war vollständig in Flammen aufgegangen und an einigen Stellen bereits eingestürzt. Am Ende der Lichtung, direkt vor dem Wald, stand dicht zusammengedrängt und wie erstarrt die Schafherde. Überall liefen Polizisten umher, deren Gesichter vom Feuer hell erleuchtet wurden. Zwei Sanitäter kamen an ihm vorbei, in ihrer Mitte eine Bahre, auf der Dr. El Tahir lag.

«Der Krankenwagen ist nicht ganz bis hierher durchgekommen», sagte Müller. «Soll ich Sie nicht lieber auch hinbringen?»

Arno schüttelte den Kopf. Aus der Menge kam ein gedrungener Mann in einer grellen roten Jacke auf ihn zu.

«Arno», rief Heiner Pries außer Atem. «Ich habe … ich habe Basta gefunden. Sie ist … sie ist …»

«Ich weiß», entgegnete Arno und räusperte sich. «Was hast du mit ihr gemacht?»

Der Erste Hauptkommissar war schnaufend vor ihm stehengeblieben. «Ich habe sie vom Feuer weggetragen. Mein Gott, was ist hier nur geschehen?»

Ehe Arno antworten konnte, sah er einige Meter weiter Ronahi, die von Ulf Mertens gestützt wurde. Anscheinend wollte sie sich losreißen, doch der Kommissar hielt sie fest und führte sie heran. Pries war Arnos Blick gefolgt. «Was sollen wir mit ihr machen?», fragte er.

«Sie hat nichts damit zu tun.»

«Aber ...»

«Wenn sie nicht gewesen wäre, wären wir in dem Stall umgekommen», erklärte Arno. «Ihre Schwester hat sie gezwungen, bei der Sache mitzumachen.»

«Welche Schwester?»

«Die andere Frau.»

«Das ist eine Frau?», meinte Müller.

«Ja. Habt ihr sie?»

«Nein», sagte Pries. «Sie ist in den Wald geflohen. Die Kollegen vom SEK sind hinter ihr her.»

Mittlerweile standen Mertens und Ronahi vor ihnen. Arno wandte sich an Ronahi. «Wo ist Beriwan?»

Sie hob langsam den Kopf und sah ihn mit einer Mischung aus Trotz und Resignation an. «Sie werden sie nicht kriegen.»

Arno hatte sie kaum verstanden, so leise hatte sie gesprochen, und ihre letzten Worte wurden von einem herannahenden Rauschen übertönt. Arno schaute in den Wald. Der Lärm wurde lauter, ein heftiger Wind kam auf und wirbelte die Flammen und den Schnee umher. Nicht weit entfernt näherte sich im Wald erneut ein Zug.

Von einer inneren Unruhe gepackt, sprang Arno auf. «Pass auf sie auf», bat er Pries mit einem Blick zu Ronahi, dann lief er mit wackeligen Beinen los.

«Arno», rief Heiner Pries, «was soll das? Wo willst du hin?»

Doch Arno lief wie betäubt weiter, an dem brennenden Stall vorbei und in den Wald hinein. Noch ehe er hörte, dass Müller ihm folgte, wurde er von der Finsternis umschlossen. Er stolperte über den unebenen Boden, kalte Äste peitschten in sein Gesicht. Nach einer Weile sah er zwischen den Bäumen die Güterwaggons, die auf einem erhöhten Damm Richtung Norden davonrauschten. Arno blieb kurz stehen, und als er weitergehen wollte, hielt ihn etwas zurück. Er kam ins Straucheln, drehte sich erschrocken um und schaute in den Lauf eines Gewehrs. Ein vermummter SEK-Beamter zog ihn hinter einen Baum. Mittlerweile hatte Müller Arno eingeholt und kauerte sich atemlos neben die beiden. Auch Arno verschnaufte. Im Wind des sich entfernenden Zuges wehte ein Geruch in seine Nase, den er die ganze Zeit über im Stall wahrgenommen hatte. Benzin.

Ungeduldig starrte Arno nach vorn. Als endlich der letzte Waggon des Zuges an ihnen vorbeigerattert war, sah er jenseits der Gleise das Feuer im Wald. Es schien eine einzelne Fackel zu sein, die zwischen den Bäumen aufloderte. In den gelben Flammen erkannte er deutlich die Umrisse einer menschlichen Gestalt. Sie hatte die Arme hochgestreckt, als würde sie sich ergeben, und sank dann reglos in sich zusammen. Arno wollte loslaufen, doch der SEK-Mann hielt ihn fest.

«Sie hat sich noch bewegt», rief Arno entsetzt.

«Das sieht nur so aus», sagte der vermummte Polizist.

Arno versuchte sich loszureißen, aber er schaffte es nicht.

«Es ist zu spät», sagte der Polizist tonlos. «Das sind nur Muskelkontraktionen. Als der Zug kam, hat sie schon gebrannt. Wir konnten nichts machen.»

Ungläubig starrte Arno auf die menschliche Fackel, aber er sah nicht Beriwans entstelltes Gesicht vor sich, er sah in den Flammen nur Ronahi, ihre kleine Schwester, die bisher nicht gewusst hatte, wer sie wirklich war. Und die im letzten Moment eine Entscheidung getroffen hatte, die zwar ihr Weiterleben bedeutete, die ihr aber dennoch schwerer gefallen sein musste als alle Entscheidungen zuvor.

«Kommen Sie», sagte Müller nach einem Augenblick und legte einen Arm um Arnos Schulter. «Die Sache hat sich erledigt.»

38

Als Arno später am Abend in der Polizeiinspektion am Fenster seines Büros stand und hinunter auf den dunklen, verschneiten Parkplatz schaute, trotz frischer Sachen noch immer den rußigen Geruch in der Nase, wunderte er sich, dass er weiterhin bei Kräften war und funktionierte, wie man es von einem Polizisten erwartete. Obwohl er zuvor schon mehrere Male kurz davor gewesen war, loszulassen und sich seiner Erschöpfung hinzugeben, Augenblicke, die ihm jetzt, wenn er daran zurückdachte, beinahe schmerzhaft unangenehm waren. Aber jedes Mal war er aus seiner Ohnmacht herausgerissen und zum Weitermachen angetrieben worden. Und nun hielt ihn allein die Anspannung auf den Beinen, die Sache zu Ende zu bringen. Denn erledigt war sie noch nicht.

Müllers Worte hatten lange in seinem Kopf nachgeklungen und ihn schnell wieder auf den Boden der Tatsachen gebracht. Wenn diese ganzen schrecklichen Ereignisse irgendeinen Sinn haben sollten, dann blieb ihm keine andere Wahl, als weiterzumachen. Noch auf dem Weg zurück durch den Wald hatte er von Müller erfahren, dass Mandy Paschke bisher nicht gefunden worden war. Ihm war sofort klar gewesen, dass es ohne diese wichtige Zeugin nur eine einzige Möglichkeit gab, die Wahrheit herauszufinden. Auch wenn das bedeutete, den Schwächsten im System herauszusuchen und mit allen Mitteln unter Druck zu setzen.

Auf der Lichtung vor dem völlig zerstörten Schafstall war inzwischen ein Löschzug eingetroffen. Doch die umhereilenden Männer der freiwilligen Feuerwehr hatten nur noch den Brandherd sichern und dafür sorgen können, dass die Flammen nicht auf den Wald übergriffen. Ronahi hatte vor dem Feuer zwischen Pries und Mertens gestanden, und bei ihrem Anblick hatte Arno wieder die erhobenen Arme in den Flammen vor sich gesehen, diese schreckliche Geste der Kapitulation, als es bereits zu spät war, und die, wie der SEK-Beamte gesagt hatte, wahrscheinlich nur ein trügerischer Schein gewesen war. Bei der Waffe, die mit einem leeren Magazin neben der Leiche gefunden worden war, hatte es sich tatsächlich um eine Kalaschnikow gehandelt. Darin hatte sich Arno nicht getäuscht.

Er hatte Ronahi nicht sagen müssen, dass ihre Schwester tot war. Sie wusste es, und sie wusste auch, wie Beriwan gestorben war. Außerdem zweifelte Arno keinen Augenblick daran, dass Ronahi ihr gefolgt wäre, wenn nicht etwas Unvorhergesehenes geschehen wäre. Wenn sich der Castortransport nicht verzögert hätte, wenn die Demonstranten nicht gerade bei Lutterloh die Bahnlinie hätten besetzen wollen, wenn sie nicht Schüler von Maja Miele gewesen wären, wenn die Lehrerin nicht den Kriminalkommissar Ulf Mertens kennengelernt hätte. Und wenn nicht zufällig Arno bei dem Versteck im Wald aufgetaucht wäre. Doch vielleicht war alles, wie Dosto gesagt hatte, kein Zufall, sondern eine Kette der Folgen.

Nachdem Arno sich anfänglich Vorwürfe gemacht hatte, war er bald zu der Erkenntnis gelangt, dass sein spontanes Eingreifen und seine alleinige Fahrt zum Schafstall letztlich insofern einen Sinn gehabt hatten, dass Ronahi dadurch zu einer Entscheidung gezwungen worden war. Indem sie Arno gerettet hatte, hatte sie auch sich selbst gerettet. Denn wenn sie sich gemeinsam mit Beriwan einem heranstürmenden Sondereinsatzkommando gegenübergesehen hätte, hätte sie auf jeden Fall bis zum Schluss an der Seite ihrer Schwester gestanden, möglicherweise sogar bis zum bitteren Ende gekämpft. Alles sprach dafür, dass sie bereit zu diesem Schritt gewesen wäre, und Arno war froh, dass es nicht so weit gekommen war, auch wenn die junge Frau keineswegs so wirkte, als wäre sie ihm dankbar dafür.

Das einzige Opfer seiner Einmischung war Basta, und der Schmerz über den Tod seiner Hündin drängte erst in diesem Moment wieder an die Oberfläche. Während Heiner Pries und Ulf Mertens Ronahi abgeführt hatten, hatte Arno mit zitternden Armen und Beinen Basta den ganzen Weg zurück zum Volvo getragen und sie ins Heck gelegt, wo noch die Reste des Knochens lagen, an dem sie vormittags genagt hatte. Mit Müllers Hilfe hatte er den Wagen freibekommen, dann hatte er sich von seinem Kollegen nach Celle chauffieren lassen.

Jetzt schaute Arno hinunter zum Volvo, in dem Basta noch immer lag. Ohne seine Brille, die wahrscheinlich im Schafstall verbrannt war, nahm er den Wagen nur als dunklen Schatten wahr. Nachdem er und Müller in die Polizeiinspektion gekommen waren, hatte sich Arno im Waschraum geduscht und erneut seine verschmutzten Sachen gegen frische von Heiner Pries ausgetauscht. Obwohl der Erste Hauptkommissar die meiste Zeit beim Delegieren im Büro verbrachte, war der Spind in seinem Büro anscheinend stets gut gefüllt für Situationen, in die er selbst nie kam, in die sich Arno aber innerhalb weniger Tage bereits zum zweiten Mal manövriert hatte. Dieses Mal war es ihm immerhin egal, welche Figur er in den Klamotten seines Vorgesetzten abgab.

Während Arno darauf wartete, dass er den letzten Puzzlestein in das Bild einfügen konnte, wurde Ronahi von Beamten des Landeskriminalamtes verhört, die schon in der Inspektion gewartet hatten, als sie eingetroffen waren. Mit einem Mal waren an diesem Samstag, sieben Tage nach dem Mord an Mehmed Duman, alle Fäden zusammengelaufen. Wenn man bedachte, wie schwierig und chaotisch die Ermittlung verlaufen war, kam es Arno beinahe absurd vor, wie effektiv sie letztlich doch zum Abschluss gebracht wurde.

Ungefähr zur gleichen Zeit, als Mertens nach seinem Anruf bei Arno Heiner Pries über den Vorfall am Schafstall Bericht erstattet hatte, war auch das LKA auf die beiden Schwestern aufmerksam geworden. Nachdem die Konzentration auf Ilhan Duman nichts ergeben hatte, hatte dieser den Beamten schließlich doch noch einen entscheidenden Hinweis geben können. Offenbar hatte er durch seinen Freund Tahsin von Dr. El Tahirs Verschwinden gehört und daraufhin dem LKA von Beriwan erzählt, der Kämpferin aus dem Irak, die nicht nur Ronahis Schutzengel, sondern auch El Tahirs Racheengel gewesen war. Ilhan war nicht in die Einzelheiten des Plans der Schwestern eingeweiht gewesen, in diesem Fall hatte sein Gespür jedoch ausgereicht, um die richtigen Schlüsse zu ziehen. Vielleicht war er es aber auch nur leid gewesen, im Fokus der Ermittlung zu stehen, und hatte von sich ablenken wollen. Die Beamten des LKA hatten diesen Rettungsanker jedenfalls dankbar ergriffen, denn sie hatten keinerlei Hinweise gefunden, die darauf hindeuteten, dass der Mordanschlag Ilhan galt oder er irgendetwas mit der Sache zu tun hatte. Am Ende hatte er sich als das erwiesen, was Ronahi über ihn gesagt hatte: als Aufschneider und Angeber, der wenig zu sagen hatte und nur gern im Mittelpunkt stand.

Auch Emma war nach Arnos plötzlichem Verschwinden nicht untätig gewesen. Sie hatte Thomas Peel weiter unter Druck gesetzt, und obwohl er größtenteils mit Aggression und Abwehr reagiert hatte, hatte sie immerhin erfahren, dass der ehemalige Soldat an der Sonnenwendfeier der Celler Naziszene kurz vor Weihnachten teilgenommen hatte. So war Baustein für Baustein zusammengetragen worden, und es war eine Ironie des Schicksals, dass selbst die Entführung Dr. El Tahirs einer davon war. Vielleicht wäre Arno El Tahir nie auf die Schliche gekommen, wenn er nicht gefesselt und den Tod vor Augen neben ihm im Schafstall gesessen hätte. Mittlerweile wurde der Arzt im Krankenhaus behandelt, wo er einst als anerkannte und geschätzte Koryphäe gewirkt hatte und wo noch immer auch seine Frau lag. Ob aber dieser Umstand für einen der beiden ein Trost war, konnte sich Arno nicht vorstellen.

Das Klopfen an der Tür hatte er erwartet, es beendete seine Gedanken. Er wandte sich vom Fenster ab. «Herein.»

Oberkommissar Müller blieb auf der Schwelle stehen. «Er ist jetzt hier», sagte er.

«Wie war es?»

Müller zuckte mit den Achseln. «Großes Theater, wie vermutet. Wollen Sie gleich anfangen?»

Arno holte tief Luft. «Ich komme.»

«Alles in Ordnung mit Ihnen?»

«Ja», log Arno und nahm eine Akte vom Schreibtisch, die am vergangenen Tag dort abgelegt worden war und die er kurz zuvor gleichgültig durchgeblättert hatte. Fünf Minuten später öffnete er die Tür des Verhörzimmers. Der alte Mann saß schwer atmend an dem kleinen Tisch. Als er Arno sah, wurden seine Augen zu schmalen Schlitzen.

«Was soll das?», keifte Eckart Köhler sofort los und hob die Arme, deren Gelenke mit Handschellen gefesselt waren. Müller hatte es an nichts fehlen lassen.

«Das werden Sie schon sehen», entgegnete Arno.

«Wollen Sie mich fertigmachen, Hennings?»

«Regen Sie sich ab, Köhler.»

«Ich glaube, Sie haben persönlich was gegen mich.»

«Das stimmt zwar, aber darum geht es jetzt nicht.»

«Was wollen Sie von mir?»

Arno zog den Stuhl heran, setzte sich Köhler gegenüber und ließ die Akte auf den Tisch fallen. «Die Wahrheit über den Mord an Mehmed Duman.»

Köhler sackte zurück und schüttelte den Kopf. «Das schon wieder. Ich habe mit der Sache nichts zu tun, das habe ich Ihnen bereits gesagt.»

«Ja, das haben Sie. Aber seitdem habe ich etwas anderes gehört.»

«Was?» Der Mann riss die Augen auf. «Von wem?»

«Sie können sich entscheiden, ob Sie wieder ins Gefängnis gehen oder endlich die Wahrheit sagen wollen.»

«Welche Wahrheit?»

«Passen Sie auf», begann Arno. «Wir machen das jetzt andersherum. Ich stelle die Fragen, und Sie antworten. Verstanden?»

«Sie können mir gar nichts.»

«Ich mache es Ihnen leicht. Sie waren bei dieser Sonnenwendfeier kurz vor Weihnachten.»

«Na und?»

«War auch ein gewisser Thomas Peel dabei?»

Köhler überlegte nicht lange. «Ja.»

«Na sehen Sie, es geht doch.» Arno musterte ihn genau. «Und was ist mit Dr. El Tahir?»

«Mit wem?»

«Kommen Sie, Köhler.»

«Von mir aus. Ja, der war auch dort. Und?»

«Woher kennen Sie den Doktor?»

Köhler zuckte mit den Achseln. «Peel hat ihn mitgebracht.»

«Einen Araber?»

«Na und?»

«Bestimmt kommen nicht viele Ausländer zu einem Nazitreffen», bemerkte Arno. «Und ich hätte nicht gedacht, dass Araber in Ihrer Hierarchie der wertvollen und weniger wertvollen Rassen weit über den Juden stehen.»

Köhler versuchte ein überhebliches Lächeln, doch er war eindeutig verunsichert. «Da vertun Sie sich», erklärte er.

«Kennen Sie den Koran? Wahrscheinlich nicht. Der Koran enthält Sprüche, die von jedem Islam-Kenner mit Leichtigkeit als prophetische Worte gelesen werden können, die auf das Erscheinen eines Führers hinweisen.»

«Ich bin mir sicher, dass man mit Ihrer Phantasie mit Leichtigkeit jede Menge Schwachsinn da reinlesen kann.»

«Das ist kein Schwachsinn. Wussten Sie, dass es eine SS-Division gegeben hat, die sich aus bosnischen Muslimen rekrutierte?»

Arno seufzte genervt auf. «Was verbindet Sie sonst mit Dr. El Tahir?»

«Er ist früher Soldat gewesen. Genau wie ich und Thomas Peel.»

«Ja, das habe ich gehört. Wissen Sie auch, in welcher Armee?»

«Eine, die gegen die willfährigen Knechte der Juden gekämpft hat und noch immer kämpft.»

«Sind die Kurden willfährige Knechte der Juden?»

«Die meine ich nicht.»

«Kommen wir wieder zu den Fakten.» Arno schlug die Akte auf und legte sie so vor sich, dass Köhler nichts lesen konnte. Ermittlungsbericht Gerling, Holger, gemäß § 243 sowie § 113 STGB, begann der Text. «Laut Aussage von Thomas Peel wurde bei dieser Feier der Mord an Mehmed Duman geplant», sagte Arno mit einem Blick auf die Akte. «Er und Dr. El Tahir sind an Sie herangetreten, um ihn auszuführen.»

«An mich?», rief Köhler erbost. «Was soll der Unsinn?»

Arno schaute ihn wieder an. «Eine Anstiftung zu einer Tat wird genauso bestraft wie die eigentliche Tat, Köhler. Das sollten Sie eigentlich wissen. Und hier geht es um Mord.»

Köhlers Gesicht war dunkelrot geworden. «Das ist doch … Das ist eine Lüge.»

«Wirklich? Dann steht Ihre Aussage gegen die Aussage der beiden.»

«Die beiden lügen.»

«Erzählen Sie mir die Wahrheit. Wenn Sie ein Geständnis ablegen, wird es sich auf Ihr Strafmaß auswirken.»

«Mein Gott, ich habe nichts zu gestehen.»

«Sagen Sie mir, wie es wirklich war.»

«Ich gehe nicht wieder ins Gefängnis.»

«Dann sollten Sie jetzt reden, Köhler.»

Eine Weile schien der Mann mit sich zu ringen. In dem kleinen, muffigen Verhörzimmer hörte man nur seinen schweren Atem und das Klappern der Handschellen an seinen bebenden Armen. «Er sollte doch gar nicht ermordet werden», sagte er dann, so leise, wie Arno Eckart Köhler noch nie erlebt hatte.

«Wie meinen Sie das?»

«Verdammte Scheiße», fluchte Köhler, wurde aber sofort wieder leiser. «Er sollte nur einen Schreck bekommen.»

«Einen Schreck? Erzählen Sie mir, warum.»

Was Köhler schließlich stockend von sich gab, stimmte größtenteils mit Arnos Vermutungen überein. Der alte Wirt hatte persönlich nichts mit der Tat zu tun gehabt, er war allerdings ein Mitwisser, wenn nicht gar ein Vermittler gewesen. Dr. El Tahir hatte sich von Mehmed Duman bedroht gefühlt, außerdem war er seit dem Tod seiner Tochter auf Rache aus gewesen. Thomas Peel hatte den Geliebten seiner Schwägerin darin bestärkt, etwas zu unternehmen, was den jungen Kurden in seine Schranken wies. Offenbar hatte der ehemalige britische Soldat schon seit längerem seine Kenntnisse und Erfahrungen an junge Rechte weitergegeben und mit ihnen Schießübungen und Kampftraining veranstaltet. Mandy Paschke war tatsächlich der Köder gewesen, auch wenn sie nicht damit gerechnet hatte, dass der junge Kurde durch ihre Mithilfe sterben würde. Ihr vermeintlicher Liebeskummer war also wahrscheinlich in Wirklichkeit die tiefe Verzweiflung über die Bürde ihrer Schuld.

Köhler wischte sich den Schweiß von der Stirn.

«Gut», sagte Arno. «Wer hat geschossen?»

«Wenn ich Ihnen das erzähle, bin ich erledigt», erwiderte Köhler, ohne aufzuschauen.

«Falsch. Wenn Sie es mir nicht erzählen, sind Sie erledigt.»

«Ich werde nichts, was ich hier gesagt habe, jemals vor Gericht wiederholen.»

«Das sehen wir dann, wenn es so weit ist», meinte Arno. «Wer hat geschossen?»

Köhler sah ihn immer noch nicht an. «Der Junge heißt Daniel Grabow.»

Arno notierte den Namen. «Adresse?»

«Er ist nicht mehr hier.»

Arno betrachtete Köhler. «Wo steckt er jetzt?»

«Er ist gemeinsam mit Mandy geflohen.»

«Die beiden sind gemeinsam geflohen?»

«Ja. Die beiden sind ein Paar.»

«Wo verstecken sie sich?»

Köhler schaute auf. Seine Augen waren rot, als hätte er geweint. Es waren aber keine Tränen zu sehen. «Ich habe keine Ahnung, wirklich.»

«Kannte Daniel Grabow Mehmed Duman?»

«Nicht dass ich wüsste.» Köhler schüttelte den Kopf. «Nein, bestimmt nicht.»

Das war also des Rätsels Lösung, dachte Arno. Er hatte die ganze Zeit kein Bild des Mörders vor sich gesehen. Jetzt hatte er einen Namen, aber noch immer keine Vorstellung von einer Person. Und genauso zusammenhanglos war auch diese Tat. Es gab keine Verbindung zwischen Täter und Opfer. Das einzige Motiv war offenbar ein diffuser Fremdenhass und vielleicht die Aussicht, sich in seiner Gemeinschaft zu profilieren. Und Geld hatte vielleicht auch eine Rolle gespielt.

Aber das war im Moment nebensächlich. Jetzt mussten Mandy Paschke und vor allem Daniel Grabow gefunden und verhaftet werden. Bisher gab es lediglich Indizien und die Aussage von Eckart Köhler. Doch Arno zweifelte nicht daran, dass die beiden Flüchtigen nach Lage der Dinge sehr schnell ein Geständnis ablegen und sowohl Peel als auch El Tahir belasten würden. Es war nur eine Frage der Zeit.

«Was passiert jetzt?», fragte Köhler.

«Das kann ich Ihnen noch nicht sagen.»

«Kann ich gehen?»

«Nein», sagte Arno und schlug die Akte zu.

«Sie haben mir versprochen, dass ich gehen kann, wenn ich die Wahrheit sage.» Eckart Köhler schaute ihn beinahe flehend an, und es schien ihm nicht peinlich zu sein.

«Ich habe Ihnen nichts versprochen, Köhler.»

«Aber …»

«Bei Ihrem Umgang werden Sie vielleicht noch einmal froh sein, nicht frei dort draußen rumzulaufen.» Arno stand auf, öffnete die Tür und winkte die beiden Beamten heran, die im Flur gewartet hatten. «Führen Sie ihn ab.»

Nachdem sich Köhler schwerfällig erhoben hatte, ließ er sich widerstandslos von den beiden Polizisten abführen und schlurfte über den langen Flur davon. Kurz darauf ging Arno los, um die neuen Informationen an die Beamten des LKA weiterzugeben. Es war ihr Fall. Sollten sie den Rest erledigen und seinetwegen auch die Lorbeeren dafür ernten. Er hatte seine Arbeit getan, und sie war ihm selten derart zuwider gewesen.

Als Arno schließlich am frühen Sonntagmorgen kurz vor Einbruch der Dämmerung nach Hause kam, zerbrach mit einem Mal die Fassade, die sich bis dahin im entscheidenden Moment immer wieder wie von selbst aufgebaut hatte. Er konnte sich nicht daran erinnern, wann es ihm zuletzt passiert war, aber in diesem Augenblick, allein in seiner kalten und dunklen Küche, begann er zu weinen wie ein kleines Kind.

Ohne Anfang, ohne Ende

39

Celle, Dienstag, 21. März 2006

Obwohl laut Kalender der Winter zu Ende war, fühlte sich Arno noch immer wie ein Gefangener der Kälte. Seit Weihnachten herrschte ein ständiger Wechsel aus Schneetreiben und kurzen Perioden des Tauwetters. Mittlerweile hatte der Frost das Land wieder fest im Griff und ließ Natur und Menschen in einer merkwürdigen Starre zurück. In den letzten Tagen hatte es zwar nicht mehr geschneit, aber die Sonne war schon seit Ewigkeiten verschwunden, und die Temperatur wollte einfach nicht ansteigen.

Einen Tag nach Frühlingsbeginn befand sich Arno auf dem Rückweg von Hannover nach Celle. Aus den Lautsprechern seines Volvos erklang *I Can't Stand The Rain* in der Originalversion von 1974, einem Jahr, das in seiner Erinnerung durch einen verregneten Sommer und eine gewonnene Fußballweltmeisterschaft bestimmt war. *I can't stand the rain, it brings back sweet memories,* sang Ann Peebles mit brüchiger Stimme, und auch wenn es nicht regnete, konnte Arno es ihr nachfühlen und summte die Melodie mit. Doch als er dabei den Blick in den Rückspiegel schweifen ließ, verstummte er sofort wieder.

Seit zweieinhalb Monaten sah Arno, wenn er hin und wieder instinktiv in den Rückspiegel schaute, nur die graue Straße, die er gerade hinter sich gelassen hatte, und nicht mehr die schwarzen Augen von Basta, die so oft mit ihrer Schnauze auf der Rücklehne gelegen und scheinbar den Klängen aus den Lautsprechern gelauscht hatte. Basta hatte seine Musik immer gemocht, dachte er traurig, während Aglaja ständig etwas daran auszusetzen hatte. Sie war ihr entweder zu langsam, zu schnell, zu schwülstig oder zu ausgelassen gewesen. Im Grunde hatte Aglaja seine Musik immer als Konkurrenz empfunden. Ihrer Meinung nach lebte Arno seine Gefühle vor allem in der Musik aus, statt sie denen zu zeigen, die ihn liebten.

Obwohl Aglaja ihm gesagt hatte, dass sie nun einen Volvo-Händler liebte, hatte er sich noch nicht von seinem Wagen getrennt. Vielleicht war es Bequemlichkeit, vielleicht hielt ihn aber auch die Erinnerung an Basta von einem Verkauf ab. Als er Aglaja am Telefon vom Tod der Schäferhündin erzählt hatte, im Glauben, seine Trauer mit ihr teilen zu können, hatte sie ihm die Schuld dafür gegeben. Du kannst nicht einmal die Verantwortung für einen armen Hund übernehmen, hatte sie wütend gesagt und damit das schlechte Gewissen, an dem er sowieso litt, noch geschürt. Im Laufe der Wochen war ihre Reaktion auf Arnos Anrufe zunehmend aggressiver geworden. Mittlerweile rief er nur noch in Danzig an, um sich nach seinem Sohn Andrzej zu erkundigen, und auch das tat er immer seltener, weil es zu schmerzhaft für ihn war.

Die einzige Person, mit der er in dieser Zeit seinen Schmerz hatte teilen können, war Jutta gewesen. Obwohl auch sie unendlich traurig über Bastas Tod war, hatte sie Arno keine Vorwürfe gemacht, sondern verständnisvoll getröstet. Doch vielleicht war der Tod der Schäferhündin, die sie am liebsten bei sich behalten hätte, auch der letzte Auslöser gewesen, ihrer inneren Stimme zu folgen und das wahr zu machen, was sie Arno gegenüber angedeutet hatte. Denn Ende Januar war Jutta von einem Tag auf den anderen tatsächlich spurlos verschwunden, womit sie Hans in eine tiefe Krise gestürzt hatte. Das Restaurant musste geschlossen bleiben, weil dieser Koloss von einem Mann nicht zum Arbeiten in der Lage gewesen war. Noch nie hatte Arno seinen Cousin derart gebrochen erlebt. Doch dann war Jutta genauso plötzlich, wie sie gegangen war, nach zwei Wochen wieder aufgetaucht. Allen Nachfragen zum Trotz hatte sie nie preisgegeben, wo sie gewesen war oder warum sie sich zur Rückkehr entschlossen hatte. Auf Arno wirkte sie weder glücklicher noch geläuterter als zuvor, sie schien einfach nur mit ihrem Leben fortzufahren.

Genau das fiel Arno immer schwerer. Auch wenn in den letzten Wochen im Polizeidienst nicht viel passiert war, spürte er im Inneren ständig eine Nervosität oder Unrast, die ein flaues Gefühl im Magen verursachte und ihn selbst jetzt zum Tabaksbeutel greifen ließ. Eigentlich mochte er es nicht, wenn der Wagen verqualmt war, und mit Basta im Heck hätte er nie geraucht. Aber in der letzten Zeit war sein Zigarettenkonsum schlagartig angestiegen, sodass er auch auf dieser kurzen Fahrt nicht darauf verzichten konnte.

Wie lange war es her, dass er auf der Autobahn vor dem Lenkrad eine Zigarette gedreht hatte? Bestimmt zwanzig Jahre. In seinem Alter, fiel Arno ein, gab es bereits zu viele Dinge, die vor zwanzig Jahren geschehen waren. Eigentlich war dies ein verbotener Akt, aber Arno ließ sich nicht davon abhalten. Er klemmte die Oberschenkel unter das Lenkrad, öffnete den Tabaksbeutel und begann genüsslich zu drehen. Es war wie Radfahren, merkte er schnell, man verlernte es nicht.

Als er fertig war und den Aschenbecher aufklappte, sah er eine einzelne Kippe in ihm liegen. Ronahi hatte sie geraucht, erinnerte er sich, auf dieser nächtlichen und beinahe friedlichen Fahrt über vereiste Straßen hinaus ins kleine Dorf Lutterloh, in dessen Nähe vor zweihundert Jahren ungefähr 14000 Soldaten Napoleons auf dem Weg zur Schlacht bei Jena und Auerstedt biwakiert hatten, wie Arno inzwischen erfahren hatte.

Während er nachdenklich seine Zigarette ansteckte, ging die Autobahn in die Bundesstraße über, und der Verkehr Richtung Celle wurde zäher. Wenn man glaubte, mit einer Sache abgeschlossen zu haben, ereignete sich häufig etwas, das einen zurückwarf. Dann merkte man schnell, dass man sich getäuscht und die Sache noch längst nicht überwunden hatte. Diese Zigarettenkippe wäre mit Sicherheit ein solcher Auslöser gewesen, wenn Arno in den letzten Wochen durch Nachrichten aus der fernen Welt nicht ständig an die schrecklichen Ereignisse kurz nach dem Jahreswechsel erinnert worden wäre. Ende Januar waren im Irak zwei deutsche Ingenieure entführt und immer noch nicht freigelassen worden, neue Folterbilder amerikanischer Soldaten waren aufgetaucht, und in vielen islamischen Ländern hatte es wegen in Dänemark veröffentlichter Karikaturen Mohammeds wilde Straßenkämpfe und Angriffe auf westliche Botschaften gegeben.

Obendrein hatte einen Tag zuvor, direkt zu Frühlingsbeginn, Ronahi bei Arno angerufen. Nachdem er wochenlang nichts von ihr gehört hatte, wollte sie plötzlich mit ihm sprechen. Sie saß noch immer in Untersuchungshaft in Hannover, und er kam gerade zurück von diesem Treffen, das ihn vollends zurückkatapultiert hatte in diesen Fall, der seine Einstellung seinem Beruf gegenüber gehörig durcheinandergebracht hatte.

Am 10. Januar, einem bitterkalten Dienstag, drei Tage nach dem Brand des Schafstalls im Franzosengrund, waren Mandy Paschke und Daniel Grabow in ihrer Heimatstadt Schwedt in Brandenburg, direkt an der Grenze zu Polen, aufgespürt und verhaftet worden. Die beiden jungen Leute hatten keinen Widerstand geleistet, und besonders Mandy Paschke schien sogar erleichtert gewesen zu sein, dass ihre Flucht ein Ende gefunden hatte. Es hatte auch nicht lange gedauert, bis Daniel Grabow gestanden hatte, mit einem G3 von Thomas Peel auf Mehmed Duman geschossen und die Drogen in seinen Wagen gelegt zu haben, um den Verdacht in eine falsche Richtung zu lenken. Übereinstimmend mit Eckart Köhlers Aussage hatte der zwanzigjährige Mann allerdings behauptet, dass er Mehmed Duman nicht hatte töten wollen, dass der junge Kurde lediglich erschreckt werden sollte und der Schuss ein Zufallstreffer gewesen wäre. Außerdem wollte Grabow die Tat nicht allein begangen haben und hatte neben Peel und El Tahir als Auftraggeber drei weitere Mitglieder der Kameradschaft 18 belastet. Die daraufhin einsetzenden gegenseitigen Schuldzuweisungen hatten offenbart, wie brüchig der Zusammenhalt in der Gruppe war, und vielleicht sorgte diese Stimmung im weiteren Verlauf dafür, dass die Kameradschaft völlig in sich zusammenbrach. Die *Märkische Botschaft* war in der Zwischenzeit immerhin geschlossen worden.

Einen Tag nach der Verhaftung in Schwedt war Mehmed beerdigt worden, tatsächlich genau zehn Tage nach seinem Tod, so wie es die yezidische Tradition vorsah. Arno war der Zeremonie ferngeblieben. Familie und Freunde des Opfers hätten sich durch ihn nur an all das erinnert gefühlt, was geschehen war, und ihn deshalb als Eindringling empfunden, eine Rolle, die er sich lieber ersparen wollte.

Während alle Tatverdächtigen in Untersuchungshaft saßen, wurde der Prozess vorbereitet, und bei diesem würde auch Arno wieder direkt mit dem Fall konfrontiert werden. Dem Schicksal der meisten Beteiligten stand er mittlerweile recht gleichgültig gegenüber, nur bei Ronahi und Dr. El Tahir sah es anders aus.

Der Arzt war nach Daniel Grabows Aussage direkt vom Krankenhaus ins Gefängnis überführt worden. Abgesehen von seiner Beteiligung an dem Mordfall musste er sich dem schwerwiegenden Vorwurf der Kriegsverbrechen stellen. Die Geschichte, die Ronahi erzählt und die später sowohl ihr Onkel als auch ihre Tante bestätigt hatten, lag zwar viele Jahre zurück, aber ebenso wie gemeiner Mord verjährten Völkermord, Kriegsverbrechen und Verbrechen gegen die Menschlichkeit nicht. Angesichts der Situation im Irak bestand das größte Problem vor allem darin, El Tahirs tatsächliche Herkunft und seine mutmaßliche Soldatenzeit in Saddams Armee nachzuvollziehen und zu beweisen. Es war ein Verfahren, auf dessen Ausgang Arno gespannt war, das sich aber noch über eine lange Zeit hinziehen würde. Eine Zeit, die der geschätzte Dr. El Tahir nach dem Prozess im Mordfall Mehmed Duman höchstwahrscheinlich hinter Gittern verbringen sollte. Seine Frau würde allem Anschein nach in einer psychiatrischen Klinik bleiben müssen.

Und Ronahi? Arno hatte alles in seiner Macht Stehende getan, um die junge Frau vor einer Strafverfolgung zu schützen, doch offenbar hatte sie selbst nichts unterlassen, um sich trotzig und kämpferisch zu der Entführung zu bekennen. Die Tatsache, dass sie sich im entscheidenden Moment entschlossen hatte, nicht nur Arno, sondern auch Dr. El Tahir zu retten, würde sich natürlich positiv für sie auswirken, auch die Motive und Hintergründe für die Entführung des Arztes dürften strafmildernd wirken, von dem Vorwurf der Freiheitsberaubung konnte sie aber nicht freigesprochen werden. Nach Arnos Kenntnis hatte sich die junge Frau den Beamten des Landeskriminalamtes gegenüber zudem äußerst unkooperativ verhalten und keinerlei Aussagen über Beriwans Verwicklung in den kurdischen Freiheitskampf, dessen Vernetzung in Deutschland, die Herkunft der Kalaschnikow oder die Einreisewege ihrer Schwester gemacht. Seit der Nacht im Franzosengrund hatte Ronahi vor allem eines getan: geschwiegen.

Deshalb war ihr Anruf eine große Überraschung für Arno

gewesen, und er hatte keine Sekunde gezögert, ihrer Bitte nachzukommen. Was ihn dabei stärker angetrieben hatte, die Neugier oder die Zuneigung, hätte er nicht sagen können. Als er dann in dem grauen Besucherzimmer des Gefängnisses saß und Ronahi hereinkommen sah, mit ihrem katzenhaften, geschmeidigen Gang und dem leicht gesenkten Kopf, aus dem ihn die tiefschwarzen Augen anblickten, spürte er, dass er, wenn er nicht gesessen hätte, wieder weiche Knie bekommen hätte.

Arno wusste nicht, was er erwartet hatte, aber ihm fiel sofort auf, dass sie einen ausgeruhten und zufriedenen Eindruck machte. Sie setzte sich an den schmalen Tisch ihm gegenüber und sah ihn einen Augenblick schweigend an.

«Schön, dass Sie gekommen sind und wir uns noch einmal sehen», sagte sie schließlich.

Arno nickte nur. Ihre Stimme klang warm und freundlich, aber die Worte hatten diesen endgültigen Ton, den er in letzter Zeit nicht mehr gut ertrug.

«Ich wollte mich bei Ihnen entschuldigen und bedanken», fuhr Ronahi fort.

«Das müssen Sie nicht», entgegnete Arno. «Viel eher sollte ich mich bei Ihnen bedanken.»

«Doch, ich muss es. Das mit Ihrem Hund …»

«Es war eine Hündin.»

«Es tut mir leid. Wirklich.»

«Es war nicht Ihre Schuld.»

«Trotzdem. Sind Sie jetzt ganz allein?»

Arno wurde etwas unbehaglich zumute. «Wollten Sie darüber mit mir sprechen?»

Er hätte sich gerne eine Zigarette angesteckt, aber in dem Zimmer herrschte Rauchverbot. Ronahi schien es nichts auszumachen, sie saß ganz ruhig da mit den Händen auf dem Schoß und betrachtete ihn. Seltsam, dachte Arno, die meisten

Menschen rauchten im Gefängnis mehr als sonst oder fingen überhaupt erst damit an.

«Ich war eine Zeitlang total sauer auf Sie, wissen Sie das?», fuhr sie fort.

Arno hob eine Augenbraue. «Weshalb?»

«Weil Sie mich dazu gezwungen haben, mich gegen meine Schwester zu entscheiden.»

«Ich habe Sie zu nichts gezwungen.»

«Wenn Sie nicht dort aufgetaucht wären, wäre alles anders gekommen.»

«Aber bestimmt nicht besser, glauben Sie mir», sagte Arno. «Im Grunde haben Sie sich für das Weiterleben entschieden. Und das war richtig so.»

«Das weiß ich jetzt auch. Und das Verzeihen ist der Anfang jedes neuen Lebens.»

«Sie verzeihen mir also?», meinte Arno.

«Ja. Aber vor allem verzeihe ich mir.»

«Wollen Sie ein neues Leben führen?»

«Ja.»

«Wie soll das aussehen?»

Ronahis Blick schweifte zu dem kleinen Fenster ab, durch das nur der graue Himmel zu sehen war. «Es war eine kurze, aber sehr intensive Zeit mit Beriwan», sagte sie nach einer Weile. «Eine Zeit, die mir sehr viel gegeben und mich sehr durcheinandergebracht hat.»

«War das ihr richtiger Name?»

«Nein, es war ihr Kampfname, wie es unter den kurdischen Kämpfern üblich ist. Sie hieß eigentlich Nasira.»

«Und was bedeutet Beriwan?»

«Sie hat mir erzählt, dass sie den Namen in Erinnerung an unseren Onkel gewählt hat», erklärte Ronahi. «Beriwan bedeutet so viel wie die Frau mit dem besonders aufrechten Gang. Für ihren Stolz hat mein Onkel sie schon als Kind geliebt.» Sie schaute wieder aus dem Fenster. «Sie hat mir auch von dem Dorf erzählt, aus dem wir stammen. Von dem Bruder, der lange vor meiner Geburt umgekommen ist. Und vor allem von meiner Mutter, die bei meiner Geburt beinahe gestorben wäre.»

Arno musste daran denken, dass ihr eigentlicher Name – Jian – Leben bedeutete. «Was haben Sie jetzt vor?», fragte er nach einer Weile. «Ich meine, wenn Sie hier rauskommen?»

Ronahi sah ihn wieder an. «Durch meine Schwester habe ich mein wahres Leben gefunden», sagte sie. «Ich bin eine Kurdin. Natürlich wusste ich das schon immer, aber was es bedeutet, ist mir erst durch Beriwan klar geworden. Ich bin im Irak geboren worden. Meine Mutter ist dort getötet worden. Mein Vater ... keiner weiß, was mit ihm geschehen ist. Ich bin die letzte Überlebende unserer Familie. Ich gehöre einem Volk an, das seit Jahrhunderten unterdrückt wird und um seine Freiheit kämpft. Das alles bin ich, es ist ein Teil von mir. Und den kann und will ich nicht mehr verleugnen.»

«Haben Sie ihn denn verleugnet?»

«Fast mein ganzes Leben. Bis meine Schwester kam.»

Arno nickte. «Wollen Sie damit sagen, dass Sie in den Irak gehen wollen?»

«Nicht in den Irak, sondern nach Kurdistan», antwortete sie bestimmt. «Zuerst wollte ich so schnell wie möglich dorthin. Ich wollte dort kämpfen wie meine Schwester. Aber jetzt glaube ich, dass es der falsche Weg ist. Ich bin keine Kämpferin wie sie. Ich bin zwar dort geboren worden, aber ich bin hier aufgewachsen.» Sie hielt einen Moment inne und schaute hinab auf ihre Hände. «Ich will die Schule zu Ende machen und dann studieren. Ich will etwas lernen, womit man etwas anfangen kann. Ich will nichts zerstören, sondern etwas aufbauen. Wenn ich Ingenieurin bin, werde ich zu meinen Wurzeln reisen und dort so viel helfen, wie ich kann.»

Arno musterte sie. «Das hört sich gut an», sagte er.

«Und irgendwie liegt es auch an Ihnen, dass ich mich so entschieden habe.»

«An mir?», fragte Arno verwundert.

«Ja», antwortete sie. «Als ich wusste, dass Sie dort in dem brennenden Stall liegen, konnte ich nicht mehr weitermachen. Mir fehlt die konsequente Haltung von Beriwan. Auf jeden Fall für diese Art von Kampf. Ich konnte Sie nicht sterben lassen.»

«Vielen Dank», sagte Arno lächelnd.

«Ich meinte es ernst», entgegnete sie.

«Ich auch.»

Ronahi musterte ihn skeptisch. «Wie alt sind Sie eigentlich?»

«Ich bin letzten Monat zweiundvierzig geworden, wieso?»

Sie drehte sich weg und schaute aus dem Fenster. «Wissen Sie, dass Sie mir gleich aufgefallen sind?»

Arno wurde rot. «Sie mir auch.»

Ronahi sah ihn wieder an. «Ich dachte, was macht dieser Mensch dort? Er passt da nicht hin.»

«Wohin?»

«Ich weiß nicht genau. Zwischen die Polizisten, überall. Irgendwie passen Sie nicht in diese Welt.»

Arno überlegte, was er dazu sagen sollte. Am liebsten hätte er ihr gesagt, was sie bei ihm ausgelöst hatte, welche Gefühle er für sie hatte und dass er auch von ihr den Eindruck gehabt hatte, sie passe nicht in diese Welt. Doch bevor er etwas sagen konnte, war Ronahi aufgestanden, als wollte sie das Gespräch mit einem Mal so schnell wie möglich beenden. Nachdem Arno sich ebenfalls erhoben hatte, hatte sie ihn in den Arm genommen, nur für einen kurzen Augenblick, aber lange genug, damit ihr Duft noch jetzt an ihm haftete.

«Leben Sie wohl, Adler», hatte sie mit diesem schüchternen

Lächeln gesagt, das Arno so an ihr gefiel. Dann hatte sie sich umgedreht und war, eskortiert von zwei wie aus dem Nichts aufgetauchten Justizbeamtinnen, verschwunden.

Eine Weile hatte Arno gelähmt in dem Besucherzimmer gestanden und den Schritten auf dem Flur gelauscht, die langsam verklungen waren. Schließlich hatte er sich mit einem flauen Gefühl im Magen in Bewegung gesetzt und sich plötzlich in seinem Wagen wiedergefunden, ohne eine Erinnerung daran, wie er aus dem verwinkelten Gefängnisgebäude gelangt war.

Mittlerweile hatte er trotz des Staus Celle erreicht. Es war dunkel geworden, und die Straßenlaternen waren gerade angegangen. Arnos Magengrummeln war noch schlimmer geworden. Wahrscheinlich habe ich einfach nur Hunger, vermutete er, während er einen Parkplatz suchte und bereits überlegte, was er essen sollte. Doch am besten überließ er die Entscheidung seinem Cousin. Nach Juttas Rückkehr war Hans wieder aufgeblüht, und dieser Zustand drückte sich vor allem in seiner Kreativität in der Küche aus.

Hans war es auch, der Arno schließlich eine Erklärung dafür geliefert hatte, warum seine Frau zu ihm zurückgekommen war. Jutta wäre in diesen zwei Wochen klar geworden, dass sie am Ende zu viel verloren hätte, wenn sie fortgeblieben wäre, hatte er mit einer Bestimmtheit gesagt, die Arno verwundert hatte. Aber nicht nur deswegen waren ihm diese Worte nicht mehr aus dem Kopf gegangen. Denn Arno hatte zunehmend den Eindruck, dass es außer seinem Beruf, mit dem er noch nie so gehadert hatte wie in der letzten Zeit, kaum noch etwas gab, was er verlieren konnte. Im Grunde nur sein nacktes Leben. Ich bin der Freiheit ziemlich nahe, dachte er, als er aus dem Wagen stieg. Aber es war kein gutes Gefühl.

40

Irak, Dezember 2007

Anfal, legitime Beute, nannte die irakische Führung Ende der achtziger Jahre ihre Kampagnen gegen die kurdische Bevölkerung im Norden des Landes. «Die Armee muss im Rahmen ihrer Vollmachten jeden Menschen und jedes Tier in diesen Gebieten töten», heißt es in einer Order aus dem Jahre 1987. Zwei Jahren später waren 182000 Menschen tot und 3000 Dörfer zerstört.

Architekt dieser Kampagnen und Unterzeichner der Order war Ali Hassan Al Majid, besser bekannt als «Chemie-Ali». Denn der Cousin Saddam Husseins und spätere Gouverneur Kuwaits ist auch dafür verantwortlich, dass die Kurden mit Giftgas bekämpft wurden.

Am 24. Juni 2007, zwanzig Jahre danach, befand das irakische Sondergericht Al Majid des Völkermordes, der Verbrechen gegen die Menschlichkeit und diverser Kriegsverbrechen für schuldig und verurteilte ihn zum Tode durch den Strang. Für sein Todesurteil fand er drei Worte: «Allah sei gedankt.»

Noch vor Vollstreckung und nur ein halbes Jahr nach Verkündung des Urteils wurden erneut kurdische Dörfer im Norden des Iraks bombardiert, dieses Mal vom türkischen Militär.